LES DIEUX OUBLIÉS

2 . POSÉIDON ET AMPHITRITE

KALYPSO CALDIN

LES DIEUX OUBLIÉS

2 . POSÉIDON ET AMPHITRITE

Plumes du Web

82700 Montech
www.plumesduweb.com
978-2-38151-145-0

1.

— Incroyable. Vous saviez que les baleines à bosse pouvaient chanter pendant plusieurs heures d'affilée et que leur cri s'entendait jusqu'à trente kilomètres à la ronde ? Minute, c'est pas la particularité des sirènes aussi ? Attendez ! Peut-être qu'elles sont mi-baleines, mi-garces ? Je vais demander à Samantha.

Cette dernière étant la fille d'une amie de ma mère, tout aussi peste que sirène. Par chance, ces bestioles arrogantes ne sortent jamais de l'océan dans lequel elles vivent, nos contacts restent donc très limités.

— Phita.

J'ignore délibérément ma mère pour continuer de lire mon magazine. La seconde anecdote de l'article est celle-ci : les noix de coco tuent plus que les requins. L'étude n'évoque en revanche pas les sirènes, ces meurtrières en puissance.

— Phita, je sais que tu m'as entendue, ferme cette revue stupide. Tu pourrais montrer à ta sœur davantage de considération, c'est important pour elle.

— Ma seule présence dans le dressing est une preuve de mon indéfectible soutien.

— Dis-nous donc ce que tu penses de cette robe alors, insiste-t-elle en agitant les bras, agacée.

Moi qui voulais y échapper... À contrecœur, je lève les yeux du papier glacé. Je les gardais baissés pour éviter de détailler cet affreux amas de tulle d'un rose barbe à papa que vient d'enfiler ma grande sœur. Ce truc est pire que la robe violette qu'elle a essayée juste avant. Je prends une longue inspiration en affichant un sourire figé. Lorsque je croise les yeux de Thétis, je remarque qu'elle n'a pas l'air spécialement convaincue non plus.

— Des tas d'adjectifs me viennent à l'esprit, mais je vais abréger par : gastroentérite. C'est une maladie qui touche généralement les mortels et qui fait ressortir les principaux flux du corps à la fois par la bouche et le...

— Arrête ça tout de suite, soupire ma mère.

— C'est trop rose, conclus-je. Puis elle ressemble au gâteau de mariage de Shelby Stuart. Tu te souviens, Thétis ?

— Oui, très bien. C'est si horrible que ça ?

— Désolée, frangine.

Le bal pour lequel ma mère et ma sœur se préparent est d'une extrême importance à leurs yeux. Mon comportement sert à essayer de détendre Thétis, qui sera l'une des invitées d'honneur.

— Viens plutôt nous aider, s'énerve notre mère.

Une armée d'employés court partout dans la pièce depuis une heure, on dirait des abeilles en train de butiner. Les fleurs de ma comparaison étant représentées ici par les tas de robes éparpillés dans le dressing.

— Vous n'avez clairement pas besoin de moi pour préparer la future princesse. Je vous serai inutile.

— Je suis sûre que non, intervient Thétis avec douceur. Et puis, rien ne dit qu'on me choisira, alors bon. Raffe, peut-on opter pour un peu moins de volume ?

Le styliste personnel de ma mère est l'une des abeilles les plus affolées de l'essaim. Il est si stressé qu'il pourrait bien claquer d'un arrêt cardiaque. Je le plaindrais volontiers si je ne le détestais pas. Pardon, s'il ne *me* détestait pas.

— Et moins de longueur, ajouté-je. Le prince tombera raide dingue de ses jambes si on les dévoile un peu.

Bien entendu, le sale type nous ignore. Il conseille du « bleu » à ma mère. La réaction est immédiate chez Thétis et moi :

— Non !

À ma sœur de développer :

— Toutes les néréides présentes vont en porter...

— Évidemment, chérie, c'est le thème de la soirée.

— Je sais, maman, toutefois, je voudrais innover. J'aime le rose, mais avec beaucoup moins de fioritures, tu vois ?

Ma mère opine, cédant à la demande de ma sœur, comme chaque fois. Les minutes suivantes, Thétis essaie d'autres horreurs, jusqu'à ce qu'elle trouve la bonne : une tenue élégante d'un gris perlé, sans tulle, dénudée au niveau des épaules et un peu décolletée. Parfait. Je l'observe de la pointe de la couronne en diamant qu'elle porte sur la tête, jusqu'au bout de ses escarpins blancs. Cette robe met en valeur sa taille élancée et souligne la finesse de ses jambes halées. Ses cheveux blond platine tombent de chaque côté de son visage avec la légèreté d'un voile. Et son sourire. Par l'Olympe, il illuminerait le Tartare à lui seul.

Puis Raffe suggère de lui coller un horrible chapeau avec des plumes sur la tête. Je me marre, alors qu'il s'extasie sur « cette œuvre d'art ». Énervée, ma mère me décoche son éternel regard mauvais :

— Phita, tu peux t'en aller, on n'a pas besoin d'un stress supplémentaire.

— Non, je reste. J'aime la lumière naturelle de cette pièce.

— Il n'y a pas de fenêtre, ne raconte pas d'idioties.

Je referme mon magazine et papillonne des paupières.

— Je parle de la lumière que tu dégages, mère. Si chaude et pleine d'amour, je me sens comme une étoile de mer sur une plage de sable blanc en été.

Elle roule des yeux, mais renonce à me convaincre de sortir. En vérité, je reste parce que Thétis me l'a demandé.

Tout ce raffut pour un seul évènement : le bal des Joyaux.

Il a lieu quand l'un des princes des mers atteint l'âge de vingt ans. Il se met alors en quête de la néréide parfaite qui deviendra son épouse. Si je ne suis pas fan du concept de mariage sans amour, ce n'est pas le cas des autres femmes de mon espèce, comme ma mère et Thétis. Je lui souhaite donc d'être choisie, puisque c'est son vœu le plus cher. Mais pour ça, il faudrait qu'elle porte la couronne et pas cette espèce de machin hideux sélectionné par Raffe.

— Pas le chapeau, décide ma mère, qui semble d'accord avec moi, on garde la couronne. Phita, l'année prochaine, ce sera à ton tour de participer à un bal des Joyaux. Le prince de la mer Caspienne vient de fêter son dix-neuvième anniversaire. Ce serait parfait si vous étiez élues l'une après l'autre.

— J'ai tellement hâte ! m'exclamé-je.

— Vraiment ? demande-t-elle, surprise.

— Oui. On raconte qu'il y a des ducs des eaux lors de ces soirées, des comtes, des vicomtes ! Puis on dit qu'ils sont tellement... Thétis, aide-moi à trouver un déterminant.

— Beaux ? propose-t-elle.

— C'est ça ! Si chiants. Merci, frangine.

Sans nul doute, j'incarne la honte de la famille Nérés. Je suis l'une des rares à ne pas me réjouir de mon avenir dans le milieu aristocratique. J'ai des prédispositions à la violence, aux bagarres et aux injures. J'aime le tir à l'arc, le maniement des épées, les sports de combat. Tout ce qu'une fille de la haute société se garde d'apprécier.

— Tu as dix-neuf ans, me réprimande ma mère. Comporte-toi comme une adulte.

Bla-bla-bla... j'encaisse le énième savon ponctué des mots : déception, honte, enfant, responsabilités.

Deux heures plus tard, je sors sous le soleil de la Floride en compagnie de Thétis. Elle porte de nouveau un jean et un tee-shirt, ce qui n'entache pourtant pas sa beauté. Bras dessus, bras dessous, on descend le grand escalier devant les portes du manoir. L'air sent l'été et la mer. En tendant l'oreille, je peux entendre les vagues sur la plage qui borde notre propriété.

— J'aurais aimé que papa soit là pour cet évènement, m'avoue Thétis. Il me manque beaucoup.

— Moi aussi.

Mort d'une maladie propre aux tritons un an plus tôt, il a laissé un grand vide dans notre famille et nos cœurs. Même si ma mère est du genre opportuniste, elle aurait largement préféré hériter de quelques années de plus avec lui, que de sa fortune colossale. Elle l'aimait. Moi aussi, il me manque. Il me soutenait dans mes projets professionnels un peu fous. Il avait même accepté de m'envoyer dans une académie réservée aux demi-dieux qui souhaitent devenir gardiens.

Mais il est parti. Et ma mère a continué de nous faire l'école à la maison en employant des professeurs d'université surdiplômés. Pour elle, nous sommes destinées à n'être que des femmes de tritons richissimes, comme les autres néréides.

— Une dernière chevauchée avant que la grande et belle Thétis se transforme en princesse de la mer Noire ? changé-je de sujet en désignant les écuries.

Elle me sourit avec nervosité. Ses iris bleus brillent toujours d'une douceur infinie. Thétis est la néréide la plus gentille de la planète. Elle ne se met jamais en colère, elle parle avec calme, et ne possède pas un gramme de méchanceté.

— Phita, je ne serai pas choisie ce soir, dit-elle en m'emboîtant le pas.

— Quoi, à cause de ta robe ? Ne dis pas de bêtises, c'est celle qui la porte qui compte. Puis les princes sont davantage connus pour aimer les enlever que les regarder.

Elle m'envoie un coup de coude en s'esclaffant.

— Eh, tu m'as dit que tu aimais ma tenue !

— Je sais, je rigole. Tu ne devrais pas t'inquiéter. Pourquoi tu doutes de toi ?

— Je crois que je ne suis pas assez bien pour devenir princesse. Pas assez... raffinée.

Je m'étouffe. Ça pourrait être d'indignation, mais c'est de rire.

— Arrête, tout se passera bien.

— Est-ce que tu as vu Meredith, dernièrement ? se défend-elle.

Tout le monde a vu cette pimbêche, parce qu'elle aime se pavaner dans des carrosses et des fringues luxueuses. Elle participe à tous les dîners mondains, aux galas, aux évènements organisés par la haute société. Ce sale petit rat vaniteux me met hors de moi.

— Elle n'a aucune chance face à toi, déclaré-je.

— On dit qu'un des princes lui a déjà adressé la parole !

Des rumeurs, des rumeurs et encore des rumeurs.

— Sans doute afin de lui faire remarquer qu'elle portait des talons trop hauts pour sa taille, soupiré-je. D'ici une semaine, tu partiras vivre dans un château splendide sous la mer. Pour couronner le tout, tu auras une magnifique bague à ton doigt.

— Tu crois ?

— J'en suis sûre. Allons préparer nos fidèles montures. Tu vas laisser un vide dans le cœur de Cara.

— *Si j'étais choisie*, insiste-t-elle sur le début de sa phrase, ma jument me manquerait aussi terriblement. Et toi également.

— Oh, je ne te quitterai pas, puisque je te suivrai. Le prince n'aura pas d'autre choix que de me supporter si tu deviens sa femme, c'est moi qui te le dis. Je serai même ton garde du corps ! Pour toi, j'apprendrai à nager, promis.

Enfin, elle retrouve son sourire magnifique.

— Merci, Phita.

— Avec plaisir, votre future altesse.

Elle s'éloigne en sautillant afin d'aller voir Cara, rassérénée par mes paroles. Une partie de moi s'en veut parce que j'espère me tromper. Quand Thétis mettra les voiles, en compagnie de son prince ou tout autre triton, il ne me restera personne pour m'écouter me plaindre. Avec qui vais-je me moquer des tenues de soirée ridicules de nos invités, de leur manière de parler, des chapeaux hideux de tous les Raffe qui bossent au service des néréides ? Je la regarde disparaître dans le box, honteuse d'être si égoïste.

— Salut, Phita. Laisse-moi m'occuper de ton cheval.

— Bonjour, Kallan.

Le garçon d'écurie porte une lourde selle. Ses vêtements sont crades et il pue le crottin, mais il reste incroyablement mignon avec ses cheveux noirs et son visage androgyne. Il est le seul employé du manoir à avoir mon âge, raison pour laquelle on s'entend bien.

— Tu reviens de la séance d'essayage de Thétis ? me demande-t-il.

— Comment tu le sais ?

Il pose la selle par terre et lève les bras par-dessus sa tête et s'étire, faisant saillir ses muscles.

— C'est au cœur de toutes les conversations du personnel, c'est l'effervescence. On part du principe que ta sœur va être couronnée. Je te prépare Vague ?

J'opine, il continue :

— Toi, tu es prête ? me demande-t-il en tirant la bride d'un magnifique pur-sang afin de le sortir de son box.

— Je préférerais affronter une armée de furies que toutes les néréides et les tritons que je vais croiser à ce stupide bal. Tu peux me cacher dans les écuries ? Je te jure que si on m'attrape, je dirai que tu es hors de cause.

— Ta sœur le vit sans doute mieux que toi, note-t-il en lui jetant un coup d'œil.

Thétis parle à sa jument blanche en la caressant avec tendresse.

— Le fait de se rendre dans l'un des plus beaux palais du pays pendant une soirée ? Tu m'étonnes. Pendant qu'elle brillera par sa présence, je m'empiffrerai au buffet.

— Bon plan. Tu as ta robe pour ce soir ?

— Évidemment ! Je ne compte pas monter sur l'échafaud en jean. Pour mon exécution, je veux être incroyablement sexy.

Autant rendre le bal des Joyaux un minimum marrant en affrontant les regards scandalisés des prétendantes.

2.

Un triton est une créature masculine dont l'élément est la mer. Il est capable de vivre sur la terre ferme, tout comme dans les eaux glaciales des océans. Ces créatures d'apparence humaine viennent de l'union d'un triton et d'une mortelle.

L'accouplement entre une néréide et un triton, en revanche, donne toujours naissance à une néréide. Voilà pourquoi il est important pour les femmes de mon peuple de trouver l'amour auprès de l'un d'eux. Par « amour » j'entends mariage d'intérêt. Ces types sont pleins aux as grâce à leur capacité à plonger et à récupérer des trésors inestimables. S'unir avec l'une d'entre nous offre aussi un avantage qu'ils ne peuvent ignorer : en moyenne, leur durée de vie est de trente ans. Toutefois, s'ils échangent des vœux avec une néréide, leur longévité peut atteindre celle d'un humain.

On leur est autant utile pour leur survie qu'ils le sont pour la nôtre.

Le prince de la mer Noire a sorti le grand jeu : le bal des Joyaux a lieu dans l'une de ses résidences secondaires, en bord de mer. La maison immense ressemble à un château de conte de fées avec sa façade bleu-gris, ses tourelles aux toits dorés qui filent vers le ciel, ses bannières aux couleurs de son royaume battues par le vent.

Notre voiture chemine sur une route de cristaux multicolores, dont la beauté n'a d'égal que le coucher de soleil. Ai-je souligné que les princes des sept mers étaient effroyablement riches ? Je ne crache pas sur le fait que cet endroit est sublime et vaut largement le coup d'œil. D'ailleurs, je me penche hors de la voiture dans le but de prendre en photo cette splendeur. Il nous a fallu plus de quatre heures pour arriver jusqu'ici.

— Si ça, c'est une résidence secondaire, je serais curieuse de voir la principale ! m'exclamé-je en me replaçant convenablement.

Thétis, qui en a aussi plein les yeux, me taquine :

— Essaie de charmer l'un des amis proches du prince. Peut-être que l'un d'entre eux aime les jolies bagarreuses ?

— J'ai dit « voir » et pas « vivre ». Aucun triton ne m'arrachera à ma destinée de grande gardienne.

— À t'entendre, soupire ma mère, on dirait que les tritons sont des monstres.

Alors là, je ne le pense pas une seule seconde. Papa faisait partie des personnes les plus gentilles et serviables que je connaissais. En sa mémoire, je n'insulterai pas son peuple.

— Ce n'est pas ça. Ce sont les mariages d'argent qui me posent davantage problème. Enfin bref, vous connaissez ma position sur le sujet. Thétis, selfie !

J'immortalise sur mon portable nos deux visages savamment maquillés. Ma mère assiste à la scène avec ses sourcils froncés habituels.

— De toute façon, réplique-t-elle, tu ne deviendras pas gardienne. Tu seras une grande dame, comme je le suis et comme ta sœur le deviendra. Thétis, remets de l'ordre dans tes cheveux, s'il te plaît, la vitre ouverte t'a un peu décoiffée.

Nous descendons de voiture pour rejoindre un chemin de cailloux blancs mélangés à des pépites de lumière bleue et or. Les néréides, accompagnées parfois de tritons, se comptent par dizaines. Ma mère, Thétis et moi franchissons une arche magnifique de roses céruléennes, bientôt accueillies par des dryades. Ces femmes que l'on peut considérer comme des nymphes des bois déposent quelques fleurs derrière nos oreilles et autour de nos cous.

— Bienvenue au bal des Joyaux, mesdames.

— Merci, glousse ma mère.

Si je n'ai rien contre elles, le pollen en revanche menace de mettre un terme à ma vie depuis que je suis gamine.

— Pas pour moi, lancé-je en reculant à l'approche d'une de ces filles sublimes en robe verte.

— Elle ne supporte pas les fleurs. Elle s'excuse, intervient ma mère.

— Comment ça ? m'offusqué-je dès qu'on passe les larges portes du château. Je ne m'excuse pas d'avoir une saleté d'allergie !

— Phita, ton langage.

Je gronde en serrant les poings. Un coup d'œil par-dessus mon épaule m'apprend que la nymphe a chopé d'autres victimes entre ses jolis ongles.

— Tu sais comment elle est, me souffle Thétis en désignant celle qui nous a mis au monde, un mètre devant nous.

— Je sais, oui.

— Essaie de t'amuser, d'accord ? Tu ne participeras plus à ce genre d'évènements, parce que l'année prochaine, tu seras devenue la meilleure gardienne de la terre.

Voilà des mots qui me remontent le moral.

— Je vais essayer, je te jure. Tu es sublime, ce soir. Franchement, si tu n'es pas choisie, c'est que ce mec est aveugle.

Elle me sourit en rougissant. Malgré le monde autour de nous, les convives ne se marchent pas dessus, on arrive à respirer et à entretenir des conversations. Le hall d'entrée est immense, luxueux, agencé avec soin. Au lieu de me focaliser sur la déco, je détaille les autres aspirantes à la couronne : elles ont dans les vingt ans, leur beauté magnifique illumine leurs yeux pleins d'étoiles et elles portent toutes des robes bleues. Je reconnais des membres lointains de ma famille, parmi une ribambelle de néréides appartenant à d'autres clans.

Ma mère pousse un cri de joie en apercevant l'une de ses cousines. Immédiatement, elle nous oblige à la suivre pour aller lui parler.

Contrairement au reste des invités, je porte une robe noire ouverte dans le dos et s'arrêtant à mi-cuisse. Les seules autres personnes qui arborent cette teinte ténébreuse sont les gardiens de la résidence, vêtus de combinaisons qui moulent leurs corps musculeux. J'aperçois quelques femmes parmi eux, aussi impressionnantes qu'impassibles. Ces soldats chargés de la sécurité sont issus de héros : des êtres à la force formidable qui possèdent à la fois du sang humain et divin. Capables de prouesses, les demi-dieux sont formés très jeunes au combat, parce qu'ils apprennent rapidement et de façon efficace. Ils développent le don de devenir invisible dans une foule et, a contrario, d'attirer tous les regards sur eux. Leur prestance m'oblige à me redresser et à utiliser une démarche quasi militaire. Ridicule, je sais. Mêmes si rien ni personne ne leur échappe jamais, je ne suis qu'une néréide à leurs yeux.

— Phita, m'interpelle ma frangine, tu rêvasses.

— Excuse-moi. Comment tu te sens ?

— Nerveuse, admet-elle. Si tu t'ennuies, viens me retrouver, d'accord ? On sortira ensemble.

En arrivant dans la somptueuse salle de bal, je me moque du marbre et de l'or partout autour de moi, des sublimes draperies bleues contre les murs, des immenses lustres en cristaux pendus au plafond. Je mate encore les gardiens avec envie.

— Regardez comme c'est splendide ! s'exclame ma mère. Oh, quels sublimes tableaux. Ce doit être les ancêtres du prince qui y sont représentés.

— Tu vas en mettre plein la vue à Sa Majesté, Thétis, lui murmuré-je.

— Sinon tu lui enverras ton poing dans l'œil pour l'obliger à l'ouvrir ? propose une voix amicale derrière nous. Salut les filles, je suis contente de vous voir.

On se tourne vers une adolescente brune au sourire facile et aux airs de garçon manqué.

— Sélène ! s'écrie ma sœur en prenant notre cousine dans ses bras. Ça fait si longtemps ! Tu as accompagné Paulina ?

— Oui, elle est là-bas.

Cette dernière tente aussi sa chance pour le futur mariage. Le visage de la rouquine n'affiche aucune émotion, ses lèvres forment une ligne serrée, ses yeux globuleux fixent un grand escalier de marbre sur le côté gauche de la pièce et des rides strient son front. Je me marre.

— C'est moi ou elle a l'air constipée ?

— Toi, répond Sélène en me prenant dans ses bras, tu es en forme.

Elle se détache de moi, peu soucieuse d'avoir décoiffé ses cheveux coupés très court. Sélène est la plus cool de nos cousines, parce qu'elle n'apprécie pas spécialement les codes de notre peuple. On se ressemble, d'une certaine manière. On ne voit pas souvent les membres de la famille, disséminés à travers le pays.

— Et moi ? demande soudain un type gringalet à la pâleur excessive. Je vous ai manqué ? Personne ne me fait de câlin ?

Nate est le demi-frère de Paulina et Sélène, fruit d'une nuit torride entre leur père et une mortelle il y a presque un demi-siècle. Les aventures d'un soir entre un triton – même déjà marié à une néréide – et une humaine ne sont pas rares. C'est la seule façon pour eux de perpétuer leur propre espèce. Les garçons intègrent les familles de néréides, sans jamais connaître leur mère, à qui on les a arrachés à la naissance. Ça a un côté cruel. Par chance, les tritons effacent les mémoires des humaines de manière à rendre la situation plus simple.

— Tu as convaincu tes parents de t'emmener ? demandé-je à Nate, surprise.

— Nous ne sommes que tous les trois, répond Sélène, ils n'ont pas pu se libérer.

— Je trouverai peut-être néréide à mon pied, ce soir, lance-t-il en bombant son torse dénué de muscles.

Je lui envoie un coup de coude amical dans les côtes.

— Elles sont toutes ici pour le prince. Pas de chance.

Il me glisse un sourire brûlant, agrémenté d'un clin d'œil. Je me retiens de rire.

— Pas toutes. Certaines ont accompagné leur sœur, comme toi et Sélène. Vous m'excusez, mesdemoiselles ? Je pars en chasse.

Dans son costard sombre, il se joint à la foule. L'instant d'après, un rideau se lève, dévoilant un orchestre armé d'instruments fabuleux. La musique retentit, puis s'ouvrent les doubles portes à l'opposé de l'entrée. Des tritons surgissent dans des tenues de soirée magnifiques pour se mêler aux néréides solitaires. Puisque le prince n'apparaîtra pas avant un moment, beaucoup de jeunes et de moins jeunes néréides ne refusent pas les invitations à danser.

— Je vous abandonne, préviens-je Thétis et Sélène. Amusez-vous bien !

Avant d'être abordée, je file me réfugier devant le buffet. Des tritons qui ont accompagné leurs épouses discutent ensemble, des verres à la main. Je me glisse entre un groupe de néréides et une table pour attraper du nectar, la boisson des divinités. Je me cache derrière des membres du personnel afin de manger quelques canapés. Tant que je mâche, on ne m'invitera pas à valser. J'en profite pour observer les nombreux gardiens. Ils n'ont pas bougé d'un millimètre. Leur posture militaire ne changera que si un danger surgit.

Alors que je fantasme sur leur tenue qui m'irait à merveille, une vague de frissons froids remonte le long de ma colonne vertébrale et un haut-le-cœur menace de gâcher la soirée. Je me fige, les yeux écarquillés. Cette sensation ne dure qu'une seconde, s'ensuivent une chaleur au creux de ma poitrine et le mouvement automatique de mes jambes au cœur des danseurs. Je me fonds parmi les couples sans aucun problème, habituée à me faufiler avec la facilité d'une ombre. Je sais exactement quelle direction prendre.

Ce phénomène s'est déjà produit trois fois dans ma vie : quand j'avais cinq ans, alors que j'étais en vacances avec mes parents et Thétis en Italie, j'ai machinalement été attirée dans les rues étroites et ensoleillées de la ville par un homme qui chantait devant un café. Il était entouré d'une lueur dorée fascinante et lorsqu'il ouvrait la bouche, un flot de mots imprégnés de magie en sortait. Ses pouvoirs me caressaient avec la douceur d'une plume. Avant que je puisse lui parler, ma mère m'avait retrouvée et me traînait derrière elle en me hurlant dessus, folle d'inquiétude. J'ai appris plus tard que j'avais vu la réincarnation d'Apollon, Olympien et dieu du chant.

À mes neuf ans, lors de l'anniversaire de ma mère, ça s'est reproduit. J'ai été fascinée par l'invité d'honneur et grand ami de la famille : la réincarnation de Dionysos. C'était la première fois que je le voyais, et je n'ai jamais pu oublier son visage rouge bouffi, ses petits yeux porcins, son nez énorme. Grand orateur, il captivait les foules en leur racontant des histoires sur son passé.

Enfin, la sensation m'a saisie avec bien plus de violence à mes seize ans, en présence du Roi des Enfers : Hadès. Il avait rendu visite à ma mère pour qu'elle répare une couronne sertie de diamants violets.

Bref, avant même que mon regard rencontre celui qui vient de gâcher ma soirée, je perçois sa puissance, sa nature de roi, ses ondes de pouvoir. Plus un dieu est fort, plus mon malaise l'est aussi. Je « ressens » la présence de l'un d'eux dès qu'il entre dans mon périmètre. Je peux affirmer sans problème que l'homme en costume bleu n'est pas un triton.

Comme Apollon avant lui, Hadès ou encore Dionysos, un halo d'or l'entoure. Je n'aperçois que la musculature impressionnante de son dos et ses longs cheveux bruns coiffés de dreadlocks. Plus je l'approche, moins je me sens malade. C'est toujours ainsi : une fois que j'ai identifié l'objet de mes troubles, les symptômes disparaissent. Je reste tout de même à bonne distance et contourne les danseurs afin de voir à quoi il ressemble. Il valse au bras d'une néréide blonde au rythme lent de la musique. Puisqu'il la dépasse de deux têtes, son visage m'apparaît avec netteté : la lumière accroche ses traits anguleux et sa peau hâlée. Il possède d'épais sourcils sombres par-dessus des yeux noirs d'une intensité remarquable. Il sourit à sa cavalière et cette simple attention est porteuse d'une beauté infinie.

— On invite n'importe qui aux bals, de nos jours.

La voix grinçante emplie de venin, accompagnée par des rires dignes de dindes asthmatiques, me pousse à me retourner. Lorsque mon regard croise celui de Meredith, l'aînée de la famille Ashford, je serre les dents. J'aurais dû me douter que cette garce et ses stupides sœurs viendraient. Ma mère et la sienne se détestent, donc par extension, c'est pareil pour leurs enfants.

— Meredith ! Je me disais aussi que ça sentait le brûlé, dans le coin.

Même si elle garde son sourire machiavélique, elle se crispe. J'ai failli mettre le feu à sa robe, lors d'une des nombreuses fêtes qu'organisent les clans des environs. Chez nous, même si on ne s'aime pas, on s'invite.

— Thétis va tenter d'approcher le prince ? continue-t-elle, hautaine. Elle n'a aucune chance. On raconte qu'il cherche quelqu'un avec du caractère. La pauvre ne tiendra pas deux secondes en sa compagnie.

Je fais mine d'écarquiller les yeux de surprise en formant un O avec ma bouche.

— Une seconde, c'est toi la fille de caractère que devrait choisir le prince ? Tu as raison, après tout, tu n'es plus avec Dave. C'est triste, d'ailleurs. Je voulais t'envoyer des fleurs pour te témoigner tout mon soutien. Voir celui qu'on aime s'en aller avec l'une de ses petites cousines, c'est dur. Elle est ici ? J'ai envie de la saluer.

Ses gourdasses de sœurs retiennent leur souffle. Dans les yeux gris de Meredith, la surprise et la colère forment un drôle de mélange.

— Il préfère les pauvres filles, riposte-t-elle. Tu devrais peut-être te présenter à lui ?

— J'adore ta robe. Cette coupe si commune et sa couleur quelconque. Ce sont tes frangines qui l'ont choisie ? Il faut dire qu'elle te va à ravir.

Je me détourne, prête à retrouver Thétis pour m'assurer qu'elle s'amuse, quand l'autre mégère reprend :

— Ta sœur ne sera pas l'élue du prince. Tout le monde sait que c'est une catin et la royauté n'aime pas ça.

Alors que sa remarque attire quelques regards sur nous et attise l'hilarité de Maia et Jenner, je perds les pédales. Ce qui se passe ensuite n'est pas le fruit de ma volonté. Promis. Le monde s'assombrit autour de moi, la musique déformée frappe mon crâne, la chaleur inonde mon corps. Je me tourne vers celle qui a osé répandre la rumeur prétendant que Thétis avait couché avec plusieurs de nos voisins. Ce qui est faux, bien sûr. Mais cette garce a des partisans qui ont aidé à propager le mensonge. Nombreuses sont les néréides à l'avoir cru. Je me rappelle à quel point Thétis a pleuré lorsqu'elle l'a su. Voilà pourquoi j'ai voulu mettre le feu à Meredith.

Ce soir, au lieu de lui jeter une bougie allumée, je fais preuve de plus d'esprit et lui envoie mon poing dans la figure. Elle crie de douleur et ses sœurs de surprise. Meredith se met à geindre, le nez en sang. Beaucoup des invités et des tritons l'entourent pour l'aider à se relever. Lorsque je m'apprête à la frapper encore, une main masculine crochète mon poignet. La seconde d'après, je me retrouve à tournoyer parmi les danseurs, entre les bras du Roi des Océans.

— Ça, c'était une belle droite, admet-il d'une voix aussi profonde qu'une grotte sous-marine. Content de te voir, Trésor.

3.

Trésor ? Pourquoi il s'adresse à moi comme s'il me connaissait ? Non, en vrai, je m'en tamponne. Une seule chose a de l'importance :

— Lâche-moi ! grondé-je. Je vais lui refaire le portrait à cette salope !

Je me débats, mais l'inconnu me plaque contre son torse en appuyant sa paume au creux de mon dos. Si je n'étais pas aussi furieuse, j'aurais prêté attention à ce corps musclé pressé contre le mien, à ce parfum marin envoûtant, à ce sourire en coin si torride qu'il pourrait presque me calmer.

Presque.

— Je crois qu'elle a eu son compte.

Je me dévisse le cou pour m'assurer qu'il a dit vrai, mais ses pas rythmés nous éloignent du lieu de mon crime. Un rideau de danseurs dissimule la scène.

— Pour être sûre, je vais lui remettre un coup.

— Et prendre le risque de renvoyer ta famille de cette soirée ? Si j'ai bien compris, ta sœur est l'une des prétendantes, non ?

OK, il a raison. Ça m'énerve encore plus. Je me mets à jurer, et constate dans la foulée que mon corps s'est mis en pilote automatique. Mes pieds suivent les pas de l'homme. Enfin, le qualifier ainsi est peu flatteur. Je suis dans les bras du mec que je voulais absolument éviter : celui qui a éveillé mon pouvoir.

Merde. J'affiche un calme apparent, le menton haut. Aussi fort et olympien qu'il soit, s'il essaie de me peloter, je lui colle mon genou dans les...

— Es-tu en train de t'imaginer me frapper ? me demande-t-il avec un sourire en coin.

— Si je te réponds oui, tu me libères ?

— Je ne crois pas.

Je tente de me soustraire à son contact, mais il resserre son étreinte. Je prends une grande inspiration en sentant soudain sa main sur la peau nue de mon dos. Son toucher explose en moi avec la violence d'un tsunami.

— Pourquoi es-tu ici ? demandé-je en fronçant les sourcils.

Il m'examine en silence avec un regard aussi doux que mille flèches destinées à transpercer mon âme. Je ne me détourne pas, même si sa manière de me fixer me met mal à l'aise.

— Pour aider une castagneuse en détresse ?

On continue de tournoyer, exactement comme les autres danseurs. Je m'attends à ce que les gardiens me tombent dessus à la demande de la famille Ashford, mais pour le moment, rien à signaler.

— Je n'avais pas besoin de ton aide, ricané-je.

— Certes. Moi, j'ai besoin de la tienne, d'où ma présence.

Sa réponse me déconcerte tellement que j'en reste bouche bée.

— Quoi ? L'un des trois Rois de l'Olympe a besoin de l'aide d'une simple néréide ?

À son tour de dévoiler sa surprise, avant d'éclater de rire. La musique de l'orchestre ralentit, et avec elle nos pas. On se met à bouger lentement. Je n'arrive toujours pas à me détacher de lui. L'idée de me défendre devient de plus en plus tentante.

— C'est exactement ce que j'espérais, dit-il en me souriant.

— Je ne pige pas. Tu vas devoir t'expliquer.

— Tu possèdes le don très rare de sentir la présence et la puissance des divinités qui t'entourent. Quel niveau a atteint cette particularité, chez toi ?

Choquée qu'il en parle ouvertement, alors que ma mère a éludé le sujet toute ma vie, je hausse les épaules.

— Tu... tu prends ma vie pour un jeu de rôle ou quoi ?

Le sarcasme a toujours été un moyen de défense chez moi, quand mes pieds et mes poings ne suffisent pas.

— Et-tu capable de situer un dieu en tenant un objet qui lui appartient ?

— Quoi ?

Son sourire s'évanouit, sa voix devient pressante.

— Quel est le niveau de ton don, exactement ?

Je déteste sa manière de s'adresser à moi. Il a beau faire partie du gratin de l'Olympe, je m'en fiche. Si je devais lui retourner une beigne, je le ferais sans hésiter. Au lieu de quoi, je profite qu'il ait baissé sa garde pour me détacher de lui en bondissant en arrière. Je percute un couple de danseurs, mais c'est Poséidon que je fixe.

— Je ne vois pas de quoi tu parles. Ne m'approche pas.

Je me mêle à la foule, prenant le plus de distance possible avec le dieu et Meredith. Je cherche Thétis et l'aperçois en train de valser avec un triton. Elle a l'air heureuse, détendue, à sa place. Ce genre de soirée lui convient tellement davantage qu'à moi. Parfois, je me dis qu'on m'a échangée à la maternité, ce n'est pas possible autrement. Mon hypothèse expliquerait ma présence au sein de cette famille.

J'hésite à aller lui raconter ce qui vient de se passer. Le dieu Poséidon en personne a daigné se pointer à la soirée privée d'un prince des mers ! Ce n'est pas rien, quand même. Je pourrais me vanter d'avoir dansé avec lui pour gagner en popularité auprès des autres néréides, si je n'en avais pas rien à carrer.

Thétis mérite de se détendre un peu avant l'arrivée de son futur époux, elle n'a pas besoin que je lui casse les pieds. Je quitte donc la salle de bal afin d'aller me réfugier dehors, par une porte de service qui donne sur le jardin. La nuit est tombée sur la Californie, il règne une douce chaleur. Le château éclairé de mille feux rayonne avec autant d'intensité que la lune rouge dans le ciel. J'emprunte un chemin illuminé de torches. Autour de moi, des pépites d'or brillent au milieu des arbres et des haies. J'enlève mes escarpins afin de me balader plus confortablement sur la pelouse bien entretenue. J'adore ces chaussures, mais ce sont des instruments de torture. Ces petits bijoux servent à allonger les jambes et rester assise, pas à danser avec un dieu.

Lorsque je retourne aux abords du château, une heure a dû s'écouler. Flâner à travers les fleurs colorées, les fontaines d'or et le labyrinthe végétal m'a permis de me calmer un peu. Je n'ai plus envie de frapper quelqu'un. Ma colère a laissé place à la curiosité. La question de Poséidon concernant mon don reste encore très vive dans ma tête.

Trouver un dieu en utilisant un objet qui lui appartient.

Il m'a prise pour un chien policier ou quoi ?

Je prends une pause au bord du chemin, près du grand escalier menant au hall intérieur de la bâtisse quand, au loin, un élément attire mon attention. Une lueur dorée se dirige vers moi. Elle avance rapidement. Lorsque des bruits de pas trop proches retentissent, je me dissimule derrière un buisson taillé en forme d'hippocampe. Un luxueux carrosse s'arrête à l'entrée du château, entouré d'au moins une quinzaine de gardiens armés de tridents. La garde rapprochée du prince en jette un max. Ces types ont tellement d'allure, de muscles, de prestance. La porte du fiacre s'ouvre, un gringalet en sort en élégant costume bleu. Une couronne dorée luit dans ses cheveux blonds bouclés. Sa taille minuscule me fait hausser un sourcil. Je n'ai rien contre les petits, je mesure à peine un mètre soixante-sept, mais Thétis fait vingt centimètres de plus que moi. À côté de lui, elle va ressembler à une géante.

Enfin bon, qui suis-je pour juger ? Même si je ne le trouve franchement pas fameux et que sa bouche tombante ne semble pas capable de sourire. Il pousse un long soupir dans le silence de la nuit, signe qu'il aimerait se trouver ailleurs.

— Allons-y, qu'on en finisse.

Le personnel du prince vient l'accueillir en grande pompe à coups de compliments. Le groupe disparaît à l'intérieur. Je reste cachée encore une minute, et emboîte le pas à la cavalerie. Le nombre de gardiens a considérablement augmenté depuis mon départ en balade. On ne peut pas faire dix pas sans en croiser un. L'un d'eux sort alors d'une pièce et s'adresse à moi :

— Vous n'avez pas l'autorisation de vous trouver ici. Veuillez regagner la salle de bal. Le prince va se présenter. Et enfilez vos chaussures, s'il vous plaît.

— Chef, oui chef !

Je me grouille donc d'accélérer l'allure – après un sourire d'excuse – et de prendre la direction qu'il m'indique. Je franchis la porte de la salle de bal plongée dans un silence étrange. Je rase les murs en essayant d'apercevoir Thétis. Mais avec tout ce monde, c'est impossible. J'attrape un verre de nectar en décidant de rester à l'écart. Tous les regards ont convergé vers le grand escalier en marbre. Bientôt, l'orchestre joue une mélodie basse et un vieil homme aux airs un peu prétentieux se place au sommet des marches.

— Mesdemoiselles, mesdames et messieurs, Son Altesse de la mer Noire.

Les souffles se coupent, des murmures traversent les invités. Une tension ridicule épaissit l'air. Je l'ai vu, leur délicieux prince, et il n'y a pas de quoi en faire un fromage. Pourtant, quand l'intéressé apparaît près du serviteur qui l'a annoncé, des piaillements excités que je ne comprends pas me poussent à lever les yeux au ciel. J'espère que Thétis n'agit pas comme l'une de ces quiches. Aucune d'elle n'est amoureuse de ce gars.

Je bois quelques gorgées, alors que l'homme royal disparaît

au milieu de la marée de femmes. Les tritons se sont placés en retrait dans un silence plein de respect.

— Mesdames ! s'exclame Sa Fichue Majesté en montant à nouveau quelques marches pour être vu de toutes et de tous. Et mesdemoiselles, bienvenue entre mes humbles murs. J'espère que le voyage vous a été agréable. Je suis le prince de la mer Noire, dirigeant de la quatrième mer. Ce soir, je...

Et bla-bla-bla. La totalité de son auditoire est pendue à ses lèvres. De sa voix traînante, il continue son discours en expliquant qu'il choisira une néréide qui deviendra bientôt son épouse. Celle-ci sera invitée, dès demain, à se rendre dans son château principal.

— Les critères de sélection ne vous seront pas révélés afin de donner sa chance à toutes, enchaîne-t-il. Contentez-vous de rester vous-mêmes et amusons-nous.

Après ça, le bal se transforme en vrai capharnaüm. Les tritons n'ont plus aucun succès aux yeux des néréides, chacune d'entre elles cherche à attirer l'attention du prince en se pavanant, en gloussant, en essayant de commencer une discussion. Je demeure en retrait, trop peu concernée par cette histoire. J'aperçois ma mère en train de babiller avec quelques-unes de mes tantes et afficher un sourire si grand sur son visage que je suis surprise que ses joues ne se bloquent pas. Peu d'invitées peuvent réellement approcher la star de la soirée. Il est entouré par sa garde qui empêche certaines dingues de lui sauter dessus. Mais il est sur toutes les lèvres.

Alors que je longe le mur pour essayer de m'échapper de la fête, une conversation attire mon attention. Deux femmes d'âge mûr discutent à voix basse en picolant.

— Ils ont disparu ! On raconte qu'ils ne sont pas revenus des Enfers.

— C'est impossible. De qui tiens-tu cette information ?

— Ma cousine a une amie qui connaît quelqu'un qui travaille au Royaume des Morts.

Cool, j'adore les potins. Qu'ils soient vrais ou non, ils rendent cette soirée brusquement très intéressante. Avec discrétion, je me place dans un renfoncement et tends l'oreille.

— Tout de même, s'étonne la blonde sceptique, on parle du Roi des Damnés et de sa compagne. S'il leur était réellement arrivé quelque chose, ça se saurait.

— Ça s'est passé il y a trois jours. Pour le moment, l'information est confidentielle.

D'après ce que j'ai saisi, Hadès et Perséphone auraient disparu ? Il y a un an, déjà, ils avaient fait du bruit en se retrouvant l'un et l'autre. Un des couples mythiques de l'Olympe, tu parles que ça avait fait jaser. Si ça se trouve, aujourd'hui, ils se sont juste pris des vacances. Le couple royal des Morts a bien besoin d'un peu de repos, après tout.

Je continue d'écouter, mais ne déniche aucune autre info intéressante. Je connais quelqu'un qui pourra me renseigner et par chance, cette personne est justement mon chauffeur préféré. Sans attendre, je me sauve.

4.

Je traverse le grand parking situé juste derrière l'une des immenses tours. Toutes les voitures se ressemblent : noires, de grosses cylindrées, luxueuses et rutilantes. La nôtre ne fait pas exception, mais je la trouve assez facilement parce que Ty' a décidé de se garer près d'un grand buisson en fleurs taillé en forme de trident.

Tyron sursaute lorsque j'ouvre la portière arrière pour me jeter sur la banquette. Il ne s'attendait pas à ce que je déboule comme une dingue, puisqu'il devait venir me récupérer devant le château avec Thétis et ma mère dans plusieurs heures.

— Relax, Ty', ce n'est que moi.

L'homme soupire de soulagement en reportant son attention sur son téléphone. Quand je tends la tête, je remarque qu'il joue à une application que je lui ai conseillée, la semaine dernière. Si ma mère le chopait, aussi peu professionnel, il se prendrait le savon du siècle.

Cela dit, il y a peu de chances qu'elle débarque ici, contrairement à moi.

— Tu ne t'amuses pas, Phita ? me demande-t-il en me lançant un coup d'œil à travers le rétro intérieur.

— Non, c'est chiant à mourir. Toujours aucun drame à

l'horizon pour pimenter la soirée. Enfin, si on exclut la droite que j'ai envoyée à une nana.

Mon reflet trahit un peu trop de fierté.

— Qui ?

— Meredith Ashford.

Il ricane en passant une main dans ses cheveux cendrés déjà en bataille.

— Ah, la fameuse… tu es là parce que tu t'es fait choper et on t'a virée du bal ?

— Même pas ! Je voulais juste m'éloigner un peu de cette agitation. Depuis que le prince a débarqué, les filles sont toutes comme ça : ooooooh par tous les dieux, il est trop beauuuuuu. Sauf Thétis. Enfin, je crois. J'espère qu'elle garde un peu de dignité. Si ma mère débarque, préviens-moi, OK ?

— Ça roule.

Je m'allonge sur la banquette, bien décidée à piquer un somme pour faire passer le temps plus vite. Avant, j'ai besoin d'éclaircir un point important.

— Ty', faut que je te demande un truc.

Je croise son regard curieux lorsqu'il pivote vers moi. Physiquement, il ressemble à un humain normal, à la pâleur un peu excessive. En vérité, il est mort. Je m'explique : trente ans plus tôt, il a péri dans un accident de voiture. D'après les infos que j'ai pu glaner auprès de la sécurité et de Tyron lui-même, il a passé un pacte avec Hadès aux Enfers pour être ramené à la vie. Ensuite, il est resté un bout de temps auprès du Roi des Morts, avant de rouler sa bosse en solitaire et de décider de profiter de sa vie. Ou de son trépas. J'ignore comment qualifier la situation.

À présent, il bosse pour ma famille depuis une poignée d'années, déjà. Il fait partie des membres du personnel les plus sympas.

— Je viens d'entendre une rumeur intéressante, tu pourras peut-être me la confirmer. On raconte qu'Hadès et Perséphone ont disparu.

— Quoi ? s'étonne-t-il.

— Tu rends visite au dieu des macchabées de temps à autre, non ? J'ai pensé que tu savais quelque chose à ce sujet. Juré, ça restera entre nous.

Visiblement, je me suis trompée. Tyron secoue la tête, sincèrement très surpris, et reporte son attention sur son téléphone. Il a baissé le son du jeu depuis que je suis entrée dans la voiture.

— Je ne crois pas que ce soit vrai.

Dommage. J'en profite pour fermer les paupières et me détendre avant de retourner au cœur de l'arène, en compagnie des lions.

— Le prince a choisi sa prétendante ? demande-t-il en préférant changer de sujet.

— Pas encore. Ce serait bien qu'il se dépêche, histoire qu'on puisse rentrer. En plus, c'est le soir de mon masque concombre-avocat. J'ai dû faire un sacrifice.

— Comme ta présence, c'est ça ?

— Bon, OK, admets-je, j'ai fait plusieurs concessions, ce qui me rend encore meilleure, à mon sens. D'ailleurs, devine qui a pointé son trident à la petite fête ?

Puisqu'il ne répond pas, je lance :

— Poséidon. Tu y crois, toi ? Il est venu incognito, je suis sûre que personne ne l'a remarqué. Faut un sacré pouvoir pour passer inaperçu quand tu es un roi, je trouve.

Je songe à notre danse, à ses mains dans mon dos, à la facilité avec laquelle il me faisait virevolter, à ses yeux rieurs, à son sourire en coin. Poséidon.

Par tous les dieux (sauf lui), c'est fou !

Je ne pensais pas qu'il ressemblait à cela. En apparence, il est aussi jeune que moi. Il a un peu plus de vingt ans, pourtant j'ai aperçu l'éternité dans ses yeux, telle la porte d'un manoir récent ouverte sur une pièce poussiéreuse. C'était une sensation étrange, si peu naturelle. On raconte que les divinités les plus puissantes peuvent changer d'apparence.

— Ben ça alors, grogne Ty'. Qu'est-ce qu'il fichait ici ?

— Je suppose qu'il voulait assister au choix du prince. Ou manger à l'œil ? Les Rois de l'Olympe sont connus pour aimer ce genre de fêtes, non ?

— C'est relatif, Hadès est plutôt du style à éviter le gratin. Tu avais déjà rencontré Poséidon auparavant ?

Je l'entends se tourner vers moi, j'en profite et secoue la tête en signe de négation.

— Comment tu sais que c'est lui, alors ? Il te l'a dit ?

— Ouais, mens-je honteusement. J'ai dansé avec, on a papoté. Surtout, tu n'en parles à personne, pas même à ta patronne.

— Évidemment.

J'ouvre un œil, constatant qu'il s'est replongé dans son jeu mobile. J'en profite pour cogiter un peu. Peu à peu, la musique discrète de son jeu me conduit au cœur des bras de Morphée. C'est lorsque la portière s'ouvre à la volée que je me redresse en sursaut, la nuque endolorie par ma position.

— Tu es ici ! s'exclame ma mère. On t'a cherchée partout, enfin !

Sans répondre, je m'assois en appuyant le dos contre la banquette. La lumière du jour illumine l'habitacle, j'en déduis que la mascarade est terminée. Ty' est sorti de la voiture dans le but d'aider ma mère et ma sœur à y monter. Il se glisse derrière le volant lorsque tout le monde a regagné son siège. J'examine l'expression de ma sœur, mais elle reste soigneusement impassible. Presque figée dans la pierre.

— Méduse a encore frappé ? plaisanté-je pour détendre un peu l'atmosphère.

Elle ignore ma vanne. Mauvais signe. Je grimace en concluant qu'elle n'a pas été choisie par le prince. La voiture repart déjà, laissant le magnifique château derrière nous. Le besoin de la réconforter m'oblige à briser le silence tendu :

— Vous étiez cinquante, le nombre de prétendantes n'a pas joué en ta faveur. Qui a été choisi ?

— Meredith Ashford, répond ma mère de fort méchante humeur.

— Putain de merde !

Des larmes noient peu à peu les yeux de Thétis. Elle tente de les dissimuler en regardant dehors, sauf que les perles salées accrochent la lumière du jour. Mon cœur se fend. J'aime ma frangine au point où la voir dans cet état me file des envies de meurtre. Je regrette de ne pas m'être tenue auprès d'elle quand cet abruti de prince a choisi une garce de première.

— Comment c'est possible ? Je lui ai pété le nez à la mégère !

— Quoi ? s'indigne ma génitrice. C'était donc toi ?

— Fais demi-tour, Ty', je vais la finir à coups de pelle !

Personne ne m'écoute, bien entendu. Ma génitrice continue de s'insurger sur mon énième accès de violence. Je prends la main de Thétis pour lui montrer que je suis là. Que si elle veut insulter Meredith, elle peut, on comprendrait tous. Mais elle garde le silence une très grande partie de la route. Même si elle l'avait voulu, elle n'aurait pas pu en placer une à cause des nombreux savons que me passe ma mère. J'ai arrêté de l'écouter au milieu du premier, alors j'ignore de quoi il retourne.

C'est lorsque le silence tombe sur l'habitacle que Thétis intervient :

— C'est justement parce qu'elle pleurait qu'elle a attiré l'attention du prince.

Une vague de remords me submerge. La culpabilité me file la nausée. Ce sentiment ne m'étreint pas très souvent, pour être honnête.

— Je croyais qu'il cherchait une fille de caractère, pas une pleurnicheuse.

Elle hausse les épaules en reniflant, le visage toujours tourné vers sa vitre.

— Peu importe, de toute façon.

— Nous te trouverons un mari convenable, lance ma mère.

Entendez par là : plein aux as et à la génétique avantageuse.

Pour ce dernier point, le prince n'était franchement pas folichon.

Pas vrai ?

— Ou alors, rétorqué-je en trouvant le moment opportun pour lui dispenser ma façon de penser, tu tomberas amoureuse et là, tu envisageras le mariage.

Thétis ne répond pas. Ni pendant le reste du voyage ni les deux jours suivant sa mésaventure. Je tente de la sortir de sa chambre à de nombreuses reprises, mais elle s'y enferme et décide même d'y prendre ses repas.

Le troisième jour, alors que je me rends à mon cours quotidien d'arts martiaux gentiment octroyé par le chef de la sécurité, je constate qu'elle a remis le nez dehors. Elle est assise sur des rochers, près d'un de nos nombreux étangs. En tant que néréide, nous tirons notre force de l'eau. Généralement, rester proche de cet élément nous suffit à guérir de petites blessures ou à retrouver le moral. Je suis contente qu'elle ait suivi mon conseil de tenir compagnie aux poissons.

Je m'installe en tailleur à côté d'elle.

— Je peux insulter qui tu sais de gros con ou c'est trop tôt ?

D'une voix étrangement égale, elle répond :

— Tu peux.

— OK, alors ce gros con ne te mérite pas. Non mais tu l'as vu ? Et tu l'as entendu ? Vos enfants auraient été tout petits et ils se seraient exprimés comme çaaaaaa.

Mon imitation lui tire au moins un sourire.

— Si je me souviens bien, Mace n'est pas très grand non plus, remarque-t-elle.

Ah, c'est de bonne guerre.

— Mais mon ex ne s'exprimait pas de cette façoooooon, siiiiiinon tu imaaaaaagines ? Je me serais pendue.

À mon grand soulagement, elle sourit franchement.

— Donc, on est d'accord que la taille ne compte pas ? reprend-elle.

— On parle du garçon en lui-même ou de sa...

— Phita.

— Non, tu as raison, ça ne compte pas. Je ne pouvais pas le critiquer sur ses cheveux, ils ont la même teinte que les tiens. Tu veux que j'aille noyer Meredith ?

Elle se lève et j'en fais autant.

— J'ai besoin d'aller nager, me répond-elle. On se voit au dîner, ce soir.

Au moins, ça signifie qu'elle compte manger avec ma mère et moi. Sa présence aux repas me manquait. Ma génitrice a profité de son absence pour critiquer ma vie sociale et amoureuse à chacun d'eux. J'ai eu droit à des discours du genre : « Phita, il est temps de te faire des amis dans la haute société. Le duc Océan vient de se séparer de la duchesse, son cœur est à nouveau à prendre. On devrait planifier une rencontre bla-bla-bla... »

Elle sait très bien que ses plans ne fonctionnent pas sur moi. Si elle essaie de me caser avec un type que je n'apprécie pas, je risque la réputation de ma famille rien qu'en ouvrant la bouche. Je me doute qu'elle ne prendra pas le risque.

Thétis s'éloigne en direction du manoir pour apaiser ses nerfs dans notre immense piscine. Moi, je dois avoir les gènes d'une pierre, parce que je coule. Sans rire, ma mère a payé un tas de maîtres-nageurs pour m'apprendre ce qu'une femme de mon espèce peut faire avant même de marcher. Personne ne sait pourquoi les eaux m'entraînent vers le fond dès que j'y mets un pied. J'évite donc les soirées sur les plages, les bains de minuit et autres joyeusetés de ce genre.

Voilà pourquoi je n'ai aucune amie de mon espèce. Je ne veux pas qu'on apprenne pour mon « handicap ».

Je décide moi aussi de me détendre en prenant part à une de mes activités préférées : le combat rapproché. Xander, chef de la garde du manoir, me file des cours de temps à autre. Grâce à lui, j'ai développé mon endurance et ma musculature. Je connais des prises capables de briser un os. Je me rends donc dans l'aile réservée aux douze gardes. Ils s'y entraînent, y mangent, y dorment quand ils n'effectuent pas de rondes minutieuses, nuit et jour.

Je traverse le manoir jusqu'à entrer dans une large pièce aux murs couverts d'écrans de surveillance et de consoles avec plein de boutons. Au milieu, une table est parsemée de paperasse et Xander est penché dessus, le visage dissimulé par ses cheveux roux. Erina et Clyde, deux gardes que j'apprécie beaucoup, discutent en se jetant des coquilles de cacahuètes.

— Salut, la compagnie ! lancé-je.

Aucun n'est surpris de me voir, puisque chaque pièce de la maison est surveillée par une caméra. Enfin, presque toutes : les chambres et les salles intimes ne le sont pas.

— Phita, réagit Clyde en évitant les projectiles de sa collègue, dis à Erina que je saurai la ravir lors d'un rencard.

— Ne me mêle pas à ça, elle a failli me casser le bras la dernière fois que je t'ai défendu, me marré-je.

— Eh ! C'était un accident. Tu voulais que je te montre toutes les manières d'effectuer une clef pour immobiliser un adversaire. Je l'ai fait. J'adore ton tee-shirt.

— Merci. Quoi de neuf, Xander ?

Il lève enfin les yeux sur moi avec un regard particulièrement vigilant. Il arbore toujours cette expression, en service. D'un mouvement vif, il réunit les feuilles en un paquet qu'il retourne afin de me le dissimuler. Il bosse pour ma mère depuis plus de dix ans. Je l'ai déjà vu se battre, enguirlander ses gardes, botter les fesses de jeunes du village qui tentaient d'escalader le mur d'enceinte, s'entraîner, courir, faire la misère à ses équipiers, mais jamais sourire. Pourtant, j'ai déjà essayé de briser son armure, peine perdue. Sans être désagréable, il reste toujours très pro.

— J'ai un contretemps, je ne pourrai pas t'entraîner après mon service. Dame Nérés a une visite importante, ce soir, on est tous réquisitionnés.

C'est comme ça qu'il appelle ma mère. Je grimace en devinant de quoi il s'agit. Si elle ne m'en a pas parlé, ça signifie que c'est l'une de ces soirées interminables avec la haute. Je vais être forcée d'assister à un dîner barbant avant de m'esquiver.

— Qui est l'invité d'honneur ?

— Demande à ta mère.

Il ordonne à Erina et Clyde de reprendre leur sérieux. La seconde d'après, j'ai affaire à trois soldats surentraînés qui possèdent du sang de demi-dieu. Ils quittent la pièce et je leur emboîte le pas. Xander distribue des ordres, y compris aux gardes qu'on croise sur notre route. Les autres s'éparpillent pour remplir diverses missions. J'en profite et me place à la hauteur du chef.

— Ce sera dangereux, ce soir ?

— Possible.

— Comme chaque évènement réunissant du monde, finis-je à sa place, je sais. Mais je veux dire : est-ce qu'il est réellement envisageable qu'un truc grave se produise ? Je pourrais être utile.

Il accélère dans un long couloir du rez-de-chaussée.

— Tu fais partie de celles qu'on doit protéger, me fait-il remarquer très justement, alors tu vas assister à cette soirée et ne pas t'occuper de mes affaires. Je dois consulter ta mère pour les derniers détails.

Il bifurque à l'intérieur d'un grand salon bleu où sa patronne prend le café avec deux amies néréides. Je les entends glousser. Je m'esquive en passant devant la porte avant qu'elle me remarque. Par chance, elle ne m'interpelle pas. Le personnel de maison s'affaire à nettoyer et décorer les pièces. Il règne une agitation palpable qui m'avait échappé jusqu'à maintenant. Je suis toujours la dernière au courant, de toute façon.

5.

Au cœur de la salle couverte de tatamis, il règne une ambiance tranquille que j'apprécie. Ici, on ne vient jamais me déranger, je peux donc déployer ma nature de « sauvage » – dixit ma mère – sans qu'elle fasse tache dans ce monde de snobs. Afin de me détendre, j'attrape un bokken, une arme anguleuse en bois semblable à un katana, le tranchant en moins. Xander refuse de me laisser utiliser une vraie lame à cause de mon impulsivité.

Scandaleux, je sais.

Deux heures plus tard, mon corps déclare forfait. Couverte de transpiration, j'assène un coup de pied d'adieu au mannequin d'entraînement, suivi d'un revers de bokken qui lui aurait probablement tranché la gorge s'il avait été humain. Cette séance de sport intensive m'a assez détendue pour encaisser un énième dîner ennuyeux en compagnie de parfaits inconnus.

Je suis prête. Enfin, je le serai après une bonne douche.

Je quitte l'aile des gardiens pour rejoindre ma chambre. Sur le chemin, ma mère déboule comme une tornade blonde, presque aussi stressante et dévastatrice qu'une vraie tempête.

— Phita, tu es répugnante !

— Merci.

— Dépêche-toi d'aller t'habiller et retrouve-nous dans la salle à manger.

Elle porte une élégante robe argentée en satin qui moule son corps parfait. Ce soir, elle va faire un malheur, comme d'habitude. Attendez, je suis peut-être un peu injuste, en réalité. Elle n'a jamais cherché à remplacer papa. Ça a surpris du monde, moi compris, lorsqu'elle a repoussé le premier prétendant d'une très longue liste. Elle se contente de briller en société, de rester la magnifique veuve Nérés inaccessible. D'un côté, je respecte son souhait de garder l'âme de papa auprès d'elle, d'un autre... comment se sentira-t-elle quand Thétis trouvera un mari et que moi, je deviendrai la meilleure gardienne de ce monde ? Seule, j'imagine.

Avant que cette élégante femme fatale tourne à l'angle d'un couloir, je demande :

— C'est en quel honneur ?

— Nous recevons une personne importante. Je compte sur toi pour ne pas gâcher ce dîner.

— Au singulier, donc ? Je n'aurai pas besoin de m'intéresser aux conversations de vieux croulants gâteux ?

Elle roule des yeux sans prendre la peine de me répondre.

Après une douche rapide, je tente de démêler mes cheveux qui ont décidé de former un amas couleur blé, assez semblable à la crinière d'un lion. Assise face à ma coiffeuse, je passe ma brosse plusieurs fois au même endroit dans l'espoir d'être « présentable », comme me l'a demandé ma mère. Au bout de plusieurs minutes, mon propre regard me fuit pour rencontrer celui du portrait de mon père, au-dessus de la cheminée. Il m'a donné cette peinture quelques mois avant sa mort. Il porte l'une des cravates avec des oursons que je lui ai offertes pour rire quand j'avais treize ans. Il l'adorait. Je me rappelle sa joie lorsqu'il a ouvert le paquet. Sa lumière me manque. Rodrigue Nérés m'observe avec une tendresse infinie et un inépuisable amour. Dans ses iris, je peux deviner l'estime qu'il avait pour moi de son vivant. Tout le respect que je lui imposais malgré mon esprit rebelle.

Sa disparition continue de me briser le cœur. Quand je songe à lui, ce n'est pas mon enfance heureuse, nos balades sur la plage, les soirées qu'on passait à fabriquer des maquettes de bateau qui me viennent en premier. Non, la perte reste trop vive pour que je puisse me focaliser sur le bonheur. À la place, je le revois, étendu sur son lit de mort, le teint livide, son regard triste déjà si loin.

Une demi-heure plus tard, je descends au rez-de-chaussée sans dévoiler la moindre faiblesse, l'esprit presque anesthésié à force de m'être répété qu'à dix-neuf ans, on ne pleure plus. J'atteins la dernière marche en espérant que cette comédie sera de courte durée. Avec un soupir, je lisse ma robe du plat de la main, replace une mèche rebelle à l'aide d'un miroir à l'encadré doré, puis je marche d'un pas décidé vers la salle à manger.

À peine ai-je franchi le seuil de la pièce qu'une énergie enivrante me submerge. Je m'arrête un instant, troublée, presque aveuglée. L'air crépite et forme des vagues de lumière, sa couleur bleue lumineuse me rappelle les aquariums géants de la baie de Monterey. Je papillonne plusieurs fois des paupières, jusqu'à ce que les murs reprennent leur teinte cyan habituelle. Le parfum des vagues salées continue malgré tout d'incruster mes sens.

Poséidon se tient en face de ma mère, assis juste à côté de Thétis. Je retiens mon juron en affichant un sourire poli, parce que ma génitrice m'envoie des œillades menaçantes. Incroyable que l'Olympien m'ait collée au train jusqu'ici. Il se prend pour qui ? Venir chez moi, alors que je lui ai clairement ordonné de me laisser tranquille. Je constate, encore une fois, qu'il ne s'est pas déplacé avec tout un cortège. C'est déjà ça.

Ma mère rit aux éclats à l'une de ses plaisanteries, alors qu'il esquisse un sourire immaculé suintant la perfection. Thétis, concentrée sur son assiette, se contente de l'imiter avec un manque flagrant de joie.

— Impressionnant, lance Poséidon en se tournant vers elle. J'ignorais que les Nérés possédaient autant de talents sportifs.

— Oh si, continue ma mère en battant des paupières. Elle a même gagné une coupe il y a un mois, lors de sa dernière compétition. Peut-être pourra-t-elle vous la montrer après le dîner ? Elle est aussi très douée à la peinture. N'est-ce pas, Thétis ? Tu voudras bien faire visiter ton atelier à Cove ?

Ma sœur se liquéfie, mal à l'aise. Je claque délibérément mes talons au sol afin d'attirer l'attention générale.

— Si tu arrêtais de vouloir vendre ta fille aînée comme un morceau de viande bien juteux, maman ?

L'intéressée me lance son regard réprobateur que l'on peut traduire par : pour l'amour du ciel, tu recommences !

Poséidon et Thétis se tournent vers moi, bien que je sois certaine que l'Olympien m'a repérée avant même que j'entre dans la pièce. J'ai décidé de porter une robe rouge très courte. J'ignore si c'est pour cette raison que dans les yeux bleus de notre invité, une étincelle s'embrase. À la base, je souhaitais surtout ajouter un peu de scandale à ce dîner, juste mine de rien, pour rendre la soirée plus drôle.

Je m'installe à côté de ma mère, en face de notre invité à qui je décoche un sourire acerbe. Des plats aux odeurs délicieuses sont disposés sur la table, imposant un florilège de couleurs estivales.

— Phita, je te présente un ami de ton père : Cove.

— *Cove*, ricané-je. C'est un plaisir.

Les dieux ne prennent pas de surnoms, ils assument leur identité, d'ordinaire. Donc pourquoi se fait-il appeler Cove ? Je m'attends à ce que ma mère ajoute qu'il est le Roi des Mers, mais elle s'en abstient. En même temps, si elle le savait, ce dîner se déroulerait en grande pompe et des tas de néréides seraient invitées. Ce n'est pas tous les jours qu'un Roi de l'Olympe se joint à ma famille. Ni à aucune autre de ma connaissance, d'ailleurs.

— J'ignorais que mon père avait des amis aussi... vieux, lancé-je.

— Jeune, tu veux dire ? me reprend ma génitrice. Cove n'a

même pas vingt-cinq ans. Quand il a commencé sa carrière, Rodrigue l'a pris en stage de découverte. Excusez-la. Phita est un peu... arrogante, parfois.

Poséidon m'observe avec un sourire amusé.

— Ne vous en faites pas, j'aime la franchise. Ce repas est délicieux, madame Nérés, intervient-il.

Elle saute alors sur l'occasion pour changer de sujet. La veinarde.

— Tout ce qui se trouve dans nos assiettes provient directement de nos producteurs locaux. Rodrigue aimait bien manger et surtout du bio. Vous connaissez un peu la région ? Vous pouvez y trouver de charmantes sociétés familiales.

— Je ne viens pas souvent, avoue-t-il. Mais je serais ravi d'y passer quelques jours afin de la visiter, plus tard.

En prononçant ces mots, il me fixe avec une intensité qui me met mal à l'aise.

— Thétis se chargera de vous escorter, en profite ma mère pour arranger ses petites affaires. Vous comptez vous installer dans les environs ?

Son espoir me donne envie de vomir. Je grimace en avalant mes légumes. J'ignore à quoi joue Poséidon, mais il m'agace. Pourquoi cacher sa véritable identité ? Sa venue chez nous a forcément un rapport avec l'aide qu'il m'a demandée lors de la soirée du prince.

— Non, en réalité, je suis pressé et je repars demain matin. Peut-être une autre fois ?

— Oh, d'accord, c'est dommage, vous auriez eu plaisir à passer un peu de temps en compagnie de Thétis. Encore de la purée de pommes de terre ?

Pendant que Mélisse, notre servante, ressert Poséidon, je demande – en ayant pleinement conscience de plomber l'ambiance :

— Connaissez-vous les rumeurs qui circulent à propos d'Hadès et Perséphone ?

À côté de moi, ma génitrice se tend à l'extrême, tout comme ma sœur, qui m'observe avec de grands yeux étonnés et un peu terrifiés. Je sais pourquoi : on n'est jamais censé parler des Rois de l'Olympe ou se mêler de leurs affaires. Les néréides se contentent d'exister en marge de la société humaine sans vraiment se soucier des autres divinités.

Poséidon plisse les yeux en portant son verre de bourbon à ses lèvres.

— Phita, non ! s'exclame ma mère. Tu ne vas pas ennuyer Cove avec tes histoires.

— Ce ne sont pas les miennes, mais celles du boss des Enfers et de sa fiancée. J'ai entendu dire qu'ils demeurent introuvables depuis un moment. Qu'en pensez-vous, Cove ? le questionné-je en insistant sur son faux prénom.

Ma mère claque ses couverts sur la table, le dos si droit que sa colonne vertébrale menace de sortir de son corps.

— Cela ne nous concerne pas. Je ne vois pas pourquoi tu poses cette question à notre invité.

— Parce que c'est Po...

Les mots restent coincés dans ma gorge. Je peux respirer normalement, mais plus parler. Je tente de les cracher malgré tout, sans succès. Rouge d'embarras, et ne se rendant compte de rien, ma mère reprend à l'attention du dieu :

— Habituellement, elle se tient bien mieux.

— Ce n'est pas un problème, madame Nérés. Tu n'aimes pas les haricots, Phita ?

À ma grande surprise, je peux rétorquer sans problème :

— Je déteste les légumes verts. Que fais-tu chez nous, Cove ?

J'ai bien compris qu'il m'avait empêchée de dévoiler son nom à ma famille. Les dieux de l'Olympe possèdent généralement de grands pouvoirs, ça ne m'étonne donc qu'à moitié.

— Je suis venu rendre visite à quelqu'un.

— Une petite amie ? enchaîne ma sœur avec un entrain qui me tire un rire moqueur.

Elle espère qu'il dira oui, histoire que ma mère arrête ses allusions concernant une éventuelle relation entre eux deux. Si elle savait à qui elle a affaire, est-ce que Thétis tenterait sa chance ? Elle veut trouver un mari qui possède une bonne situation. Peu importe l'amour, elle s'en fiche, ce qui compte c'est le profit qu'elle tirera de ce mariage.

— Elle pourrait le devenir, ça ne m'ennuierait pas.

Je m'étouffe avec mon verre de soda. Je dois être la seule à ressentir cette aura de pouvoir qui me caresse comme une plume. Poséidon ne cesse de me fixer. Dans ses iris, un océan calme sous un soleil agréable me donne l'impression de me trouver sur un bateau. J'entends le bruit des vagues, le cri des mouettes. Je peux même sentir l'odeur du sel dans l'air.

— Souhaitez-vous rester ici cette nuit ? lui propose ma mère, inconsciente de ce qui se trame sous son nez.

— Avec plaisir, accepte-t-il.

Et merde.

— Mélisse, voulez-vous demander à Lola de préparer une chambre pour Cove, s'il vous plaît ?

Elle ajoute à son intention :

— Vous logerez au même étage que Thétis. Si vous avez besoin de quoi que ce soit, n'hésitez pas à aller frapper à sa porte.

Je rêve, ce n'est plus du forcing là, c'est la surchauffe d'une centrale nucléaire impossible à arrêter. La situation a quelque chose de comique. Je dissimule mon sourire derrière ma fourchette, faisant mine de regarder le portrait d'une de nos ancêtres accroché au mur. Je l'ai vu tellement de fois que je le connais par cœur. C'est une arrière-arrière-grand-tante ou un truc du genre. Encore plus étrange, c'est qu'elle me ressemble : on a les mêmes yeux violets.

La servante quitte la pièce en vitesse en opinant du chef. Je l'envie. J'aimerais me soustraire à ce dîner ridicule.

Par chance, il s'achève moins d'une demi-heure plus tard. Thétis, qui n'a pas attiré l'attention de Poséidon pour un sou, s'éclipse avec joie. Avant que ma mère ait pu lui demander de guider Cove à travers la maison, elle a déjà disparu. Devinez donc qui on charge de cette tâche ?

— Phita, veux-tu bien amener Cove à ses appartements ?

Poséidon salue ma mère avec respect, puis m'emboîte le pas dans les couloirs du manoir. Je n'ouvre pas la bouche sur le trajet. Dès qu'on arrive devant la porte de sa chambre, il intervient :

— J'ai été contraint d'utiliser mon pouvoir sur toi pour ne pas que tu divulgues mon identité, pardonne-moi.

— Va te faire voir.

La virulence de ma réponse le surprend. Rapidement, il troque son haussement de sourcils par un rire sincère. Il enfonce les mains dans les poches de son pantalon de costard. Ses dreadlocks créent un certain contraste avec ses fringues de luxe. Ça m'étonne que ça n'ait pas choqué ma mère, parce qu'il ressemble davantage à un pirate qu'à un homme de la haute société. Enfin bon, j'imagine que ses dons doivent lui permettre de s'attirer les bonnes grâces de tous. Le fait qu'il ait été invité à dormir chez nous en est la preuve. En temps normal, ça ne serait jamais arrivé.

— Pourquoi tu es ici ? Ne me mens pas.

— Je te l'ai dit, j'ai besoin de toi.

Je ricane en secouant la tête.

— En quoi le grand et beau Poséidon aurait besoin de l'aide d'une simple néréide ?

— Tu me trouves beau ?

— Arrête ou je te cogne.

Ma menace ne l'effraie pas.

— Tu as raison, annonce-t-il alors en retrouvant son sérieux.

— À propos de quoi ?

Je m'appuie contre le mur, les bras croisés sur ma poitrine. Poséidon reste bien droit, affichant une majesté presque hypnotique. Une partie de moi a du mal à croire que j'ai une discussion avec l'un des trois Rois de l'Olympe.

— De mon frère, Hadès. Il a disparu aux Enfers et personne ne sait où il se trouve.

Alors là, ça m'en bouche un coin. Tellement que je n'arrive plus à parler. Le dieu en profite pour continuer :

— J'ai besoin que tu m'accompagnes là-bas pour le retrouver.

— Aux Enfers ? Jamais de la vie. Je suis une néréide, je ne survivrai pas deux minutes sous terre.

D'un mouvement vif et plein de grâce, Poséidon se positionne devant moi. Ses mains se plaquent de chaque côté de ma tête. Son visage exprime brusquement une gravité qui me colle des frissons.

— Tu ne comprends pas. Son absence crée déjà des dérèglements sur notre planète et dans le monde souterrain. C'est urgent.

Je me baisse pour passer sous son bras tendu et m'éloigner de lui.

— Que veux-tu que je fasse ? Il doit exister des gens plus compétents capables de le retrouver. Cherche un oracle.

— Je veux que tu utilises tes pouvoirs comme un GPS et que tu me mènes à lui, dit-il sans se soucier de la seconde partie de ma phrase.

— Je ne vois pas de quoi tu parles.

— Je t'en prie, Phita, ne joue pas à ça avec moi.

— Je suis une néréide normale.

— Tu vas m'aider.

Le ton de sa voix me déplaît. Pour moins que ça, des garçons se sont déjà retrouvés avec des dents cassées.

— Non, Cove, m'énervé-je en lui adressant un sourire mauvais. Tu ne me forceras pas à te suivre au cœur d'une aventure pareille.

Je lui tourne le dos, prête à me réfugier dans ma chambre.

— Si tu le fais, ta sœur épousera le prince de la mer Noire.

Encore une fois, je m'arrête.

— Quoi ? demandé-je sans me retourner. C'est impossible, il a déjà choisi une fiancée.

— Je n'ai qu'un mot à dire et Thétis deviendra princesse. Je suis le Roi des Océans, après tout. Doutes-tu de mon influence ?

— Pourtant, personne ne semble se rendre compte que tu es si « influent ». N'est-ce pas, Cove ? renchéris-je d'un ton moqueur.

Toujours détendu, il me rejoint et se place à ma hauteur.

— Il est vrai que j'aime l'anonymat et la tranquillité d'une vie sans vagues. Mais si tu acceptes de retrouver Hadès, je te rendrai ce service.

— Comment se fait-il que personne ne te reconnaisse ? demandé-je, curieuse.

— C'est une simple illusion qui détourne l'attention des gens autour de moi.

— Et tu vas me faire croire qu'avec les pouvoirs que tu trimballes, tu es incapable de retrouver ton frère ?

— En effet, je ne peux pas.

Je soupire, et cette fois, je marche d'un pas décidé afin de mettre de la distance entre nous.

— Demain matin, tu me donneras une réponse. Pense aux relations que j'ai, aux opportunités que je peux offrir à ta famille... et ce que lui coûterait ton refus.

Une menace. Ma patience possède une limite très visible et Poséidon vient de la franchir. Raison pour laquelle je rebrousse chemin d'un pas lourd et lui balance mon genou dans l'estomac. Personne, pas même un dieu surpuissant, n'a le droit de menacer les miens. Je m'apprête à lui envoyer un nouveau coup dans le visage, mais il pare l'attaque. Une seconde plus tard, je me retrouve adossée contre le mur, une main enroulée autour du cou. Sans serrer ni me couper la respiration, il me maintient quand même immobile. Je n'ai pas l'impression que ma première attaque l'a véritablement atteint, pourtant je décèle une légère rougeur au niveau de ses joues, comme s'il avait eu le souffle coupé.

— Trésor, tu ne devrais pas te jeter tête baissée dans des batailles déjà perdues.

— Et toi, tu ne devrais pas penser que ton rang au sein de l'Olympe te donne tous les droits.

Il avance son visage vers le mien sans me libérer de sa poigne d'acier. Ses lèvres se fendent d'un sourire aussi obscur que la tempête qui règne maintenant dans ses iris devenus bleu foncé.

— Tu éveilles ma curiosité. Que compte me faire une simple néréide ? demande-t-il en utilisant ma propre formulation.

— Dans un premier temps, ne pas t'aider à retrouver Hadès. Ensuite, rendre ta vie impossible. Tu n'as pas idée du pouvoir que peut posséder une rumeur lancée par une néréide.

En vrai, je meurs de trouille malgré mon assurance de façade. D'un simple geste, Poséidon pourrait me briser la nuque. Ou pire, m'emmener en mer et m'y noyer. Pendant quelques secondes, il ne réagit pas. J'ai pleinement conscience de son humeur. Si je tends l'oreille, j'entends des vagues se fracasser contre une falaise, le hurlement fantomatique d'un vent venu d'ailleurs, les plaintes d'un océan enragé. Ces sons résonnent à l'intérieur de mon esprit d'une drôle de manière. C'est comme si je les percevais avec autre chose que mes oreilles.

Il me libère et recule d'un pas.

— On est partis du mauvais pied, toi et moi, annonce-t-il alors. Je propose qu'on discute calmement de la situation.

— Pas maintenant, j'ai sommeil.

Je me dépêche de fuir en vitesse, sans que Poséidon me retienne, cette fois.

6.

Je ferme la porte de ma chambre en m'y adossant. Zut, je la trouve bien trop proche de celle où va loger Poséidon, cette nuit. Je pourrais me réfugier aux appartements de Thétis, comme quand l'orage gronde. Sauf que donner satisfaction à l'Olympien en dévoilant ma peur me pousse à garder le contrôle. Je ne fuirai pas, je ne prendrai pas le risque d'impliquer ma sœur et ma mère dans cette histoire de fous. Je demeure immobile, le souffle lent pour apaiser les battements effrénés de mon cœur.

J'ai été menacée par le Roi des Océans.

Cette étrange vérité se creuse un passage en moi, jusqu'à allumer une flamme au creux de mon ventre. J'éclate de rire. Mes nerfs lâchent, mes mains se mettent à trembler, mes jambes ne me portent plus.

Ça alors. Tu as réussi à agacer l'un des dieux les plus puissants de ce monde.

Un nouveau record. Flippant, certes, mais qui peut se vanter d'une telle prouesse ? Je crois que je viens de mener l'art de l'exaspération à un très haut niveau.

Poséidon connaît l'existence de mon don. Comment ? Je n'en ai jamais parlé pour ne pas attirer l'attention. Ma mère n'aurait pas... non, impossible. Elle s'emploie à éviter le sujet depuis toujours, elle ne le mettrait pas sur le tapis devant un « ami » de mon père.

Je me lève en recouvrant mes émotions. Il se prend pour qui, lui ? Je ne vois pas pourquoi je devrais l'aider. Il a une armée de divinités à sa botte, il doit connaître un tas de gens susceptibles de retrouver Hadès et Perséphone.

Allez, oublie ça, me conseillé-je. *Il ne tentera rien dans ta maison, de toute façon.*

Je reste focalisée sur mon illusion de sécurité pour ne pas envisager le pire. Après m'être débarrassée de ma robe, je me fais couler un bon bain. Pendant que l'eau remplit la baignoire, je m'offre un gommage express du visage, j'applique des patchs anticernes sous mes yeux, puis un masque senteur melon. Il n'y a rien de plus déstressant qu'un bon soin cocooning après une journée harassante. Je reste persuadée que c'est mieux que de me pointer dans la chambre d'amis et planter le mec qui se fait passer pour un ex-stagiaire de mon père. C'est moins salissant et plus agréable.

Lorsque je me glisse dans mon lit sous l'œil rassurant de la pleine lune derrière ma fenêtre, je me sens beaucoup mieux. Je peux envisager de prévenir ma famille de l'imposture de Poséidon sans céder à mon impulsivité. Mais je me souviens de la manière dont il m'a réduite au silence pendant le dîner. Si ça se trouve, il me coupera la langue. C'est bien connu : mieux vaut éviter d'énerver un Olympien.

Cette nuit-là, je ne dors pas vraiment. Je me réveille souvent avec la trouille de voir ce sale type planté devant mon lit. Le lendemain, j'ai la migraine et l'envie de massacrer la terre entière. Aussi affamée qu'un loup sauvage, je traverse le couloir en dégageant une aura destructrice. Avant même que la porte de chambre de Poséidon s'ouvre, sa présence dévale mon dos sous forme de myriades de frissons. Je ferme les yeux, les lèvres retroussées sur une grimace en le sentant tout proche. Trop proche.

— Ne me colle pas !

— Bonjour à toi aussi, Trésor. On n'est pas du matin ? se moque-t-il.

Il porte un jean et un tee-shirt très simples. Il n'a plus rien de l'invité princier de la veille. Enfin, sauf si on se perd dans son regard chargé de puissance. On dirait un portail ouvert sur l'océan. Sa colère orageuse d'hier a cessé, le bleu calme et apaisant qui l'a remplacé rendrait presque Poséidon sympathique. Encore une fois, sa beauté sombre, pareille à celle d'un pirate des anciens temps – la crasse en moins – m'hypnotise. Juste l'espace d'une seconde, j'observe sa peau cuivrée en contraste avec son regard si clair ; son visage d'une virilité saisissante couvert d'une barbe bien taillée ; un sourire énigmatique... Je me détourne en soufflant. Dommage qu'il soit aussi détestable. S'il a remarqué mon observation, il ne la mentionne pas. Un bon point pour lui.

— Non, réponds-je froidement à sa question. Surtout quand un étranger m'empêche de dormir.

— Tu parles de moi ?

— Tu en vois un autre dans ce manoir ? Je n'arrive pas à croire que ma mère t'ait laissé rester.

Il sourit en regardant droit devant lui, les mains dans le dos, la posture fière.

— Je peux être persuasif. En parlant de ça, tu as réfléchi à ma proposition ?

L'apparition soudaine de Thétis au bout du couloir me donne une bonne raison de ne pas répondre. Resplendissante dans une robe de mousseline verte, elle passe une main dans ses cheveux soyeux. Je n'ai jamais été capable de me lever deux heures avant la sonnerie de mon réveil pour me maquiller et me coiffer comme elle le fait.

En apercevant Poséidon, elle lui sourit avec politesse.

— Bonjour, Cove. Vous avez passé une bonne nuit ?

— Très, oui.

Elle opine sans essayer d'alimenter cette conversation qui n'est qu'une simple marque de politesse.

— Bonjour, Phita, me dit-elle en me serrant au creux de ses bras. Tu vas t'entraîner, aujourd'hui ?

— Sûrement, oui.

Je ne peux dissimuler une touche d'embarras lorsque Poséidon me décoche un coup d'œil intéressé.

— Bien, ne te démène pas trop. Prends le temps de te reposer, on est en vacances.

À mon grand désarroi, elle s'éclipse en vitesse. Je me mets pratiquement à courir pour la rejoindre dans l'escalier qu'elle vient d'emprunter. Toutefois, je sens l'air se troubler et se charger d'une électricité chaude. J'ai beau sprinter, le corridor n'en finit pas. Lorsque je m'arrête, Poséidon se tient un pas derrière moi, les sourcils froncés.

— Tu t'entraînes à quoi ? me questionne-t-il sans se formaliser de ma colère naissante.

— Ça ne te regarde pas ! C'est toi qui fais ça ? D'ailleurs, c'est quoi ? J'ai l'impression d'être prisonnière...

— Les Rois de l'Olympe ont ce pouvoir étrange de créer des distorsions temporelles, explique-t-il calmement. Tu auras beau courir, tu n'atteindras pas ces marches si je ne le désire pas.

Pour vérifier, et parce que ça me fout les pétoches, je me précipite à nouveau à travers le couloir. Mais Poséidon a raison : on dirait que le sol s'étire à l'infini et je n'avance pas d'un mètre. Je reste sur place, alors qu'à côté de moi, la divinité marche tranquillement. Essoufflée, les mains sur les genoux, je m'arrête. Au moment où Poséidon ouvre la bouche pour parler, je recommence.

Grâce à Xander, je suis capable de courir longtemps à bonne allure. Pourtant, ça ne change rien. Je finis par m'écrouler sur le plancher ciré, le cœur au bord des lèvres. Une odeur de transpiration me pique le nez et j'ai du mal à reprendre mon souffle. Mon bourreau a fini par s'appuyer contre le mur dans l'attente de... de quoi, d'ailleurs ?

— Qu'est-ce que tu me veux ? craché-je.

— Tu le sais, ne m'oblige pas à te le répéter.

À mon tour, je m'adosse contre le mur d'en face pour me remettre de l'effort.

— Je refuse de céder à ton chantage.

— Du chantage ? Je dirais plutôt que c'est une proposition en or. Pense à ce que ressentira ta sœur quand le prince la choisira.

Je ferme les yeux et prends une grande inspiration.

— Peu importe. Sur le coup, elle sera ravie. Mais par la suite, elle s'en voudra d'avoir accepté un mariage sans amour.

Ma réponse le surprend. Poséidon glisse jusqu'au sol, les coudes posés sur ses genoux. Cette scène étrange ressemble à une discussion entre deux amis. Je me demande ce que penserait un membre du personnel s'il nous voyait.

— Tiens donc, Phita est une grande romantique dans l'âme. Qui l'aurait cru ?

— Comment tu connais l'existence de mon don ?

Le changement de sujet ne le dérange pas, puisqu'il enchaîne :

— Je connais tout ce que j'ai besoin de savoir. Tu oublies qui je suis.

— Ça ne risque pas : un dieu prétentieux et calculateur. Si tu es si fort, trouve quelqu'un d'autre. Je ne dois pas être la seule à pouvoir... faire ce que je fais.

— Mais c'est toi que je veux.

Il prononce ces derniers mots avec une gravité telle que j'en ai des fourmis dans le ventre. Sa manière de me regarder change l'espace d'un instant : son air amusé disparaît au profit d'une expression que je n'arrive pas à saisir, mais qui me frappe comme un poing invisible.

— Pourquoi ?

— Pour le jeu ? répond-il en arborant un sourire agaçant.

Je m'apprête à le rembarrer une nouvelle fois, quand ma sœur surgit de l'escalier en hurlant :

— Par Zeus, Phita !

Je bondis sur mes pieds, prête à la défendre en cas de problème. Sauf qu'à la lumière intense dégagée par son visage et son sourire, je devine qu'elle est contente. La seconde d'après, elle se jette dans mes bras en braillant.

— Le prince souhaite me rencontrer ! Il a appelé ici il y a quelques minutes ! Bon sang, Phita, tu y crois, toi ?

Je pivote vers Poséidon. Il affiche une sérénité qui me donne envie de le secouer. L'une de ses pommettes se retrousse lorsqu'un demi-sourire lui échappe. Il ne me quitte pas du regard. Je prends ça pour un fichu défi.

— Mais il t'a dit pourquoi ? m'enquiers-je auprès de Thétis.

— Ses fiançailles sont annulées ! Peut-être qu'il va me choisir ?

— Mais il t'a parlé lors du bal ? Est-ce qu'il t'a au moins regardée ?

Mes questions effacent sa joie comme une brise hivernale en plein été. Ses sourcils se froncent, la forme de sa bouche trahit son incompréhension. Elle n'a pas l'air de comprendre pourquoi je m'inquiète de la situation, pourtant ça me semble évident : notre monde est rempli de brutes et de psychopathes – la preuve sur ma droite.

— Je croyais que toi aussi, tu voulais que je sois choisie...

— Oui, je... ce que je veux dire, c'est que tu ne trouves pas ce revirement étrange ?

— Mais on s'en fiche, il a dû s'apercevoir que Meredith ne lui convenait pas. Ce qui compte, c'est qu'il ait changé d'avis. Tu n'es pas contente pour moi ?

Sa déception me harponne le cœur. Incapable de la regarder dans les yeux, je me détourne.

— Si, évidemment.

— Non, tu mens. Si vous voulez bien m'excuser, souffle-t-elle, la gorge serrée. Je dois changer de tenue.

Elle nous dépasse tous les deux pour entrer dans sa chambre. Je reporte mon attention sur le dieu aux dreadlocks.

— Qu'est-ce que tu as fait ?

— Toi, qu'est-ce que tu as fait ? Tu pourrais soutenir ta sœur, c'est la moindre des choses.

Ce qu'il m'énerve à se comporter de façon si sarcastique. J'avance de plusieurs pas pour le toiser.

— Pardon ? Tu parles de ma relation avec ma sœur, là ? J'ai cru comprendre que lorsque Crios a failli détruire la Terre, tu n'as pas bougé le petit doigt. Tu as laissé tes frères dans la mouise ! Tu es mal placé pour parler.

— Comment tu...

— Je te l'ai dit, les nouvelles se répandent vite chez les néréides.

Ainsi que chez les autres peuples de la nature : la mort d'une nymphe déchue pendant le combat s'est propagée comme une traînée de poudre, jusqu'à atteindre les oreilles des néréides.

— Ce n'est pas ce que tu crois, gronde-t-il. Je ne pouvais pas m'impliquer dans ce combat à ce moment précis, voilà tout.

— Pourquoi ?

— Bien sûr, ricane-t-il, je vais te le dire et l'info fera le tour du globe en un rien de temps.

Faussement scandalisée, je pose une main sur ma poitrine.

— Tu me blesses, Cove ! N'as-tu pas confiance en moi ?

— Tu es certaine de ta décision ? continue-t-il en ignorant ma remarque. Tu ne veux pas m'aider ?

— Non. Occupe-toi de tes trucs de dieu de l'Olympe tout seul.

Je suis ravie de constater que Poséidon a arrêté d'utiliser ses pouvoirs pour me retenir, parce que je peux descendre la première marche de l'escalier. J'en dévale quelques-unes, consciente qu'il me talonne.

— J'aurais voulu que les choses se passent autrement, Phita.

— Comment ça ?

Je n'ai pas le temps de me retourner. La divinité me bouscule en avant sans aucun ménagement. Alors qu'un cri franchit mes lèvres et que je me vois dégringoler l'escalier tête la première, il se produit quelque chose d'anormal : une intense lumière bleue m'avale. Ça ne dure qu'une fraction de seconde. Juste après, je m'effondre sur le sable. La matière blanche entre dans ma bouche, poisse mes cheveux et mes vêtements. Je me redresse à la vitesse de la lumière pour laisser mon instinct de survie prendre le dessus. Mon talon file vers Poséidon à toute allure. Il lui aurait brisé la mâchoire s'il n'avait pas attrapé ma cheville au vol. Je manque encore de tomber, pousse un autre cri, agite les bras... mais cette fois, je garde l'équilibre.

— Qu'est-ce que tu m'as fait ? hurlé-je. Où est-ce que je suis ? Veux-tu bien me lâcher ?

— Tu poses toujours autant de questions, le matin ?

Je ne peux ni me défendre ni me mouvoir. Je clopine sur un pied pour rester debout, les poings fermés en position d'attaque. Cette situation a encore l'air de l'amuser.

— Regarde autour de toi, tu auras la réponse à ta seconde question.

Une immense plage de sable blanc, bordée d'un côté par une étendue végétale d'un vert intense et de l'autre par une mer calme et magnifique.

— Je ne suis plus chez moi...

— Perspicace.

— C'est bon, libère-moi.

Il me lâche et je recule autant que possible. J'ai à nouveau envie de mettre mon poing dans la face de ce mec, mais je me contiens. Il faut que je garde la tête froide.

— Quel est cet endroit ?

— Une de mes îles privées.

Le soleil brille haut dans le ciel dénué de nuages. Si la situation n'avait pas été aussi critique, j'aurais adoré faire une séance de bronzage. Je fusille Poséidon du regard, attendant une justification de sa part. Il pousse un soupir et lance :

— Les âmes cesseront de se rendre aux Enfers, elles erreront sur terre. Et quand il y en aura trop, le monde des morts et des vivants se mélangera. D'abord, les naissances vont cesser, puis les gens finiront par ne plus mourir. Il fera très chaud, jusqu'à ce que ce soit aussi agréable qu'un petit séjour chez Hadès. La végétation va mourir, les animaux aussi. Ce vaste monde deviendra un désert dans lequel les mortels et les immortels devront combattre pour survivre. Ce sera le chaos.

À mesure qu'il parle, d'horribles images traversent mon esprit. Je peux presque sentir l'odeur de brûlé imprégner l'air, voir des traînées de sang par terre... Merci mon imagination trop débordante ! Je secoue la tête pour me reconcentrer sur la réalité.

— De quoi tu parles ?

— De ce qu'il se passera dans six mois si on ne retrouve pas Hadès et Perséphone. Et oui, tu es mon seul espoir pour y parvenir.

Je ferme les yeux, respire l'air marin, tente de gérer ma colère. Évidemment, je n'y arrive pas.

— Donc, pour que je t'aide, tu me kidnappes. Logique.

— Je n'ai pas le choix. Ce monde, tel qu'on le connaît aujourd'hui, ne peut garder son équilibre que si tu t'impliques dans cette histoire. Alors, pense à tous ceux qui vont mourir, ravale ta fierté et accepte de travailler avec moi.

7.

Je me tourne vers l'océan calme aux teintes allant du bleu très clair au blanc. La chaleur n'est pas la même qu'en Californie, je la trouve exotique. Je m'avance jusqu'à pouvoir toucher les vagues qui s'échouent sur le sable. Le contact de l'eau sur ma peau me procure une sensation de bien-être immédiat. J'aurais aimé pouvoir m'y baigner sans prendre le risque de couler. On raconte que les néréides originelles étaient capables de respirer sous l'eau. Quelle chance !

— Es-tu encore en contact avec les néréides de ton ancien cortège ? demandé-je pour essayer de me calmer.

— Je m'habitue difficilement à ta capacité de passer du coq à l'âne.

— Tu n'as pas à t'habituer, parce que je vais rapidement retourner chez moi.

Quand il aura décidé de me ramener. Consciente qu'il est mon unique espoir de rentrer au manoir, j'étouffe donc une vague de violence prête à surgir. Cette plage paisible m'aide à retrouver un peu d'équilibre.

— Je suis en contact avec certaines d'entre elles, oui. Pourquoi cette question ?

— Les néréides de ton cortège sont les seules femmes de notre espèce à pouvoir se réincarner au fil des siècles. C'est passionnant.

Les dieux de la mythologie grecque vieillissent et finissent par mourir. Toutefois, pour qu'ils ne tombent pas dans l'oubli, Chaos leur a permis de se réincarner.

Cette particularité ne concerne pas les néréides d'aujourd'hui. On pense que c'est parce qu'on se reproduit aussi facilement que les hommes.

Les Rois de l'Olympe, eux, ne meurent pas du tout. Ils restent figés dans le temps et traversent les âges sans encombre. Certains racontent que c'est Chaos qui leur a offert l'immortalité... D'autres disent qu'au contraire, il les a maudits pour une raison oubliée depuis longtemps.

— La plupart ne se souviennent plus d'avoir appartenu à mon cortège, m'avoue-t-il avec un soupir. Il arrive qu'à leur majorité, leur nature originelle refasse surface et les souvenirs reviennent. D'autres fois, ce n'est pas le cas. Mais pourquoi me questionner à ce sujet ?

— Pour rien, réponds-je en ne voulant pas lui avouer que j'envie ces néréides qui étaient capables de nager dans les profondeurs sans avoir besoin de remonter à la surface.

Dire que moi, je ne sais même pas nager.

J'observe la danse hypnotique de l'océan pendant un long moment, sans que le dieu coupe le fil de mes pensées. Peu à peu, ce qu'il m'a dit concernant les conséquences de la disparition d'Hadès et de Perséphone finit par m'obnubiler. Le monde est trop beau pour être détruit par les Enfers. Ma mère, Thétis, mes amis au manoir... Je ne peux pas les laisser mourir. Pas alors que j'ai une chance d'agir. Avec un peu de bol, cette mission attirera l'attention du Conseil des Gardiens qui me recrutera ensuite ? Enfin, si je réussis.

— Tu ne plaisantes pas sur la fin du monde ?

— La fin des mondes, me corrige-t-il. Si seulement c'était le cas...

Je me redresse en ayant pris ma décision.

— Je veux bien aider l'Olympe à les retrouver.

— En voilà une bonne nouvelle. Je vais t'accompagner dans ta quête et t'aider à te servir de tes pouvoirs.

— D'accord, rétorqué-je en étouffant une salve de questions à propos de mon don. Mais tu dois me ramener. La séquestration n'est pas une manière de faire chez les néréides.

— Tu crois que c'est une manière de faire autre part ? se marre-t-il.

Je hausse les épaules en reculant de plusieurs pas pour m'écarter de lui. Sa présence n'est pas désagréable, et les fourmillements dans mon corps, liés à sa prestance, ont depuis longtemps cessé.

— Chez les autres dieux, c'est monnaie courante, réponds-je. Je connais les mythes, j'ai eu des profs particuliers spécialisés dans le domaine. Vous n'hésitez pas à user de manières perfides pour parvenir à vos fins.

— Pas faux, mais tu te trompes, je ne t'ai pas enlevée. Je comptais te ramener chez toi.

— Menteur.

Il tressaille.

— Tes profs particuliers ne t'ont-ils donc pas informée que je ne pouvais pas mentir ?

— Non. Figure-toi que tu n'étais pas le sujet principal de mes cours. Je sais, c'est difficile à imaginer pour un grand Roi de l'Olympe, mais tu dois te faire une raison. Tu n'es plus aussi puissant que tu l'as été.

Il ne répond pas, ce qui me procure un sentiment de victoire. Lorsque je quitte l'océan des yeux pour le regarder, je comprends pourquoi il garde le silence : la surprise lui cloue le bec. Je ricane. Le sol se met tout à coup à vibrer, m'obligeant à retrouver mon sérieux. Un grondement sourd monte brusquement de l'océan. Des vagues de plus en plus agitées crèvent la surface et s'abattent sur la plage avec colère. Je recule, stupéfaite par ce qui se passe.

— Qu'est-ce que...

— Plus aussi puissant que par le passé ? lance Poséidon en attrapant mon poignet. Je vais te montrer à quel point tu te trompes.

Il marche en direction de l'océan en me traînant derrière lui. Une terreur sourde liée à l'eau m'envahit. Ça y est, il va me noyer !

— Non, arrête !

Il me tient assez fort afin que je ne puisse pas lui échapper, sans pour autant me faire mal. La seconde d'après, une force surnaturelle nous propulse à la surface de l'eau. Mon hurlement, vite étouffé par le clapotis des vagues, n'atteint pas Poséidon. Je m'attends à m'enfoncer dans les ténèbres glaciales sous la surface, mais on semble flotter juste au-dessus. J'entends alors des bruits de sabots et baisse les yeux. On dirait que ça vient de moi.

Non, pas de moi, réalisé-je lorsqu'un cheval apparu de nulle part se matérialise entre mes cuisses. Poséidon me lâche. Prise de terreur, je m'accroche au cou de l'animal, perchée sur son dos avec instabilité. Il est rapide et constitué uniquement d'eau. L'océan autour de moi défile à grande vitesse. Le dieu chevauche aussi à mes côtés, de manière bien moins ridicule que moi. Il se tient à sa crinière, semblant le diriger par magie.

— Détends-toi, Trésor ! hurle-t-il.

Puis il éclate de rire et sa monture immense accélère. Je ferme les yeux, le cœur sur le point d'exploser. Si je n'avais pas peur d'avaler une gerbe salée, j'insulterais ce mec de tous les gros mots de ma connaissance.

Je commets l'erreur de jeter un coup d'œil par-dessus mon épaule dans l'espoir d'apercevoir l'île. Il n'y a rien. Juste le bleu du ciel et de la mer. Un vertige me saisit, engendré par le grand espace. Je suis capable d'affronter n'importe quoi, y compris un dieu arrogant – même si je n'ai aucune chance –, mais pas de supporter ça. Quand je me contente de la toucher, l'eau me tranquillise. Cependant, dès qu'elle peut me tuer, elle me terrifie.

La tête me tourne, les bruits des sabots se transforment en un sifflement désagréable. Avant de réaliser ce qui se passe, je tombe.

La surface m'avale et tous les sons disparaissent, d'un coup. J'essaie de battre des bras et des pieds, comme ont tenté de m'apprendre ma mère, mon père ou Xander. Ça ne fonctionne pas. Je coule à une vitesse terrifiante. La lumière diamantée de la surface s'éloigne. J'ouvre la bouche pour hurler, mais la mer s'engouffre dans ma gorge. Une douleur atroce envahit ma poitrine, mon esprit, mes pensées.

Je meurs.

Tout à coup, deux mains chaudes saisissent mon visage. J'arrête de me débattre, envahie par un bien-être en contradiction avec mes précédentes émotions. Je cesse de chercher de l'air, tout simplement parce que je ne suis plus capable du moindre mouvement. Mon corps ne réclame plus d''oxygène, il se fige simplement dans une sorte de bulle hors du temps. Poséidon se tient devant moi, si proche que j'aperçois des paillettes dorées dans son regard cyan. Il m'observe avec inquiétude et incompréhension. Ses cheveux longs ne forment plus des dreadlocks, mais une sorte de couronne de lumière autour de sa tête. Je ne peux m'empêcher de le trouver magnifique. Il possède la beauté sauvage d'un guerrier. Soudain, il me plaque contre son torse et je nous devine en train de remonter. Lorsque je retrouve l'air libre, je prends de grandes bouffées pour tenter de calmer les battements de mon cœur. En me tenant toujours contre lui, Poséidon me ramène sur la plage. J'ignore comment il arrive à aller si vite, parce qu'on a parcouru au moins un kilomètre sur les chevaux, si ce n'est plus.

Je tombe à genoux sur le sable, les fringues dégoulinantes.

— Qu'est-ce qui t'a pris ? me demande-t-il d'une voix grave. Pourquoi tu t'es laissé entraîner au fond ?

Une colère aussi brûlante que le soleil sur ma peau humide m'envahit. Je me redresse et me précipite sur lui.

— Qu'est-ce qui m'a pris ? Tu te fous de moi ! C'était quoi tout ça ? Tu as failli me tuer !

Il attrape mes mains pour m'empêcher de le frapper. Alors je me sers de mes jambes, et il n'a d'autre choix que de me bloquer en effectuant une clef de bras pour m'immobiliser.

— Pourquoi tu t'es laissée couler ? redemande-t-il, presque en rogne.

— Parce que je ne sais pas nager ! hurlé-je. Je n'ai jamais su ! Tu n'aurais pas dû jouer au plus malin, espèce de crétin !

J'en ai les larmes aux yeux. Poséidon me libère de sa prise pour me contourner et se placer devant moi. J'essuie mes joues en vitesse, même s'il est difficile de différencier mes pleurs de l'eau qui ruisselle sur mon visage.

— Tu ne sais pas nager ? répète-t-il sur un ton qui me blesse. Comment c'est possible, tu as toujours été la meilleure dans ce domaine.

— Quoi ? Arrête de te moquer de moi, OK ? Inutile de remuer le couteau dans la plaie.

Je m'éloigne en le fusillant du regard. Il continue de me fixer comme si ce que je venais de dire n'avait aucun sens.

— L'eau est ton élément...

— Eh bien, on dirait que je suis née avec une infirmité, ricané-je. Qui l'aurait cru ? Tout comme il est difficile de croire que le grand Poséidon est si susceptible quand on bouscule son ego. Ne refais jamais un truc pareil.

Je marche d'un pas lourd en direction des arbres, juste pour me tenir loin de lui.

— Je suis désolé, Phita. Je croyais que tu aimais l'équitation, ajoute-t-il. Je n'aurais pas dû, tu as raison. C'est juste que...

— Tu ne supportes pas qu'on ne te pense pas au mieux de ta forme. J'ai saisi. Vous, les dieux de l'Olympe, vous êtes tous pareils. Toujours prêts à montrer qui pisse le plus loin.

— Ce n'est pas ce que tu crois.

— Ramène-moi, lui ordonné-je. Tout de suite.

8.

Il s'exécute et, aussi rapidement que lorsqu'il m'a emmenée sur la plage, on se retrouve dans le couloir du premier étage. Je papillonne des paupières pour effacer les taches de lumière qui continuent d'incruster mes iris, tout en gardant mes distances avec l'Olympien. L'odeur fruitée de la maison m'accueille, beaucoup plus agréable que celle du sel et de la mer. J'ignore si c'est à cause de ce que je viens de vivre, mais je n'ai plus jamais envie de voir un océan de ma vie.

— J'ai entendu un...

Thétis sort de sa chambre, son portable à la main. Lorsqu'elle nous aperçoit, Poséidon et moi, elle s'arrête net. Même si je la devine toujours blessée par mon manque d'entrain pour le commencement de sa future vie, elle écarquille les yeux de surprise :

— Tu es trempée, Phita.

— C'est une longue histoire, réponds-je en constatant que Poséidon est parfaitement sec.

À ce dernier, j'ordonne :

— Attends-moi ici.

Il me faut quelques minutes pour sécher mes cheveux et me changer. À mon retour dans le couloir, Poséidon n'est plus là.

Évidemment, à quoi m'attendais-je ? C'est un roi. Personne ne donne d'ordre à un roi, n'est-ce pas ?

Je le trouve attablé dans la salle à manger, au rez-de-chaussée, en train de beurrer du pain. Là où il dégage une sérénité remarquable, ma mère et ma sœur semblent s'être pris chacune une bonne claque. Elles ont un peu la même expression que Meredith, après que je lui ai cassé le nez.

— Phita, explique-toi ! Cove prétend que tu vas l'accompagner en Europe.

Ah, c'est donc ça, la version officielle ? Je ne m'attendais pas à ce que les évènements se précipitent. D'abord, je ne sais pas quoi répondre, puis Poséidon croise mon regard. Je devine qu'il m'ordonne silencieusement de suivre un plan dont je ne connais rien.

— Bonjour à toi aussi, maman.

Je prends le temps d'attraper deux brioches, la cafetière et quelques fruits. Je meurs de faim. Cette petite virée non souhaitée sur l'île m'a ouvert l'appétit, en plus de me filer des envies de meurtre. Sans passer par quatre chemins, j'annonce :

— En effet, je l'accompagne. Tu sais que papa voulait m'y emmener ? J'ai toujours rêvé d'y aller. J'ai discuté avec Cove et il se trouve qu'il avait besoin de quelqu'un...

Un coup d'œil à l'intéressé suffit pour qu'il reprenne les rênes du mensonge :

— Je cherche une stagiaire. Je me suis dit que ce serait merveilleux d'offrir à Phita la chance que m'a donnée votre mari avant que je me lance dans les activités.

— Quels genres d'affaires possédez-vous ? s'enquiert brusquement Thétis.

— Nautique, répond Poséidon avec un sourire éblouissant.

Bien entendu. Comme cette précision ne suffit pas à ma sœur, elle s'apprête à surenchérir. Mon voisin la coupe :

— Plus exactement, dans l'import-export de bateaux d'occasion.

— Mais pourquoi Phita ?! s'exclame ma mère, plus choquée que jamais. Elle n'aime pas les bateaux.

Faux. J'adore les navires, tant qu'ils ne coulent pas. Ça va de soi. Je balaie donc sa remarque d'un revers de la main en roulant des yeux.

— Parce que j'ai dix-neuf ans, il est temps que je grandisse, non ? Je préfère me lancer dans les affaires tout de suite, plutôt que de continuer à suivre des cours. Cove m'offre cette chance. Quel homme !

Personne, mis à part l'intéressé, ne semble percevoir l'ironie de mon ton. Ma génitrice continue de faire la navette entre Poséidon et moi. Cet imbécile mange en affichant son minuscule sourire agaçant. On dirait que pour lui, tout ce qui se passe dans ma vie est un vaste jeu. Il ne prend même pas la peine de manifester un peu de sérieux ou une once de gêne.

— Phita, intervient ma sœur avec sa douceur habituelle, nous pourrions peut-être en discuter ? C'est si précipité.

— Aussi précipité que les valises que tu as préparées pour te rendre au château du prince de la mer Noire ?

Ses bagages se trouvent au pied de l'escalier, j'ai dû les contourner avant d'entrer dans la pièce. Les voir m'a brisé le cœur, je dois l'avouer. Raison pour laquelle je suis moins sympa avec elle que j'aurais voulu. Elle reste interloquée, sa bouche parfaite formant un petit O. Je prends donc le temps de respirer avant de continuer :

— Écoutez, ce n'est pas ce que vous croyez, j'ai réfléchi. Je reviendrai bientôt.

— Quand ? Et que vas-tu faire là-bas ?

— Je ne sais pas encore, maman. J'ai juste envie de voyager un petit peu avant d'avoir vingt ans et d'épouser le triton que tu m'imposeras.

Mes paroles la surprennent. Cette fois, je ne lis pas de désapprobation sur ses traits durs, mais plutôt une agréable surprise. Je savais que prétendre accepter mon avenir au sein de la noblesse la calmerait. Depuis que j'ai huit ans, je lui assure que jamais je n'épouserai l'un des mecs soporifiques de la haute société. Quand je les qualifie ainsi, je ne mens pas : chacun de ceux que j'ai rencontrés à des soirées, des déjeuners et autres évènements divers ne m'ont jamais paru très intéressants. Ils parlent argent et biens possédés en public, puis femmes et sexe en privé. Ils passent des après-midi au golf – franchement, il n'y a pas plus chiant que ce sport – quand ils ne chassent pas la pauvre faune qui n'a rien demandé. Le reste du temps, ils bossent en tant que directeurs de banque ou autres sociétés dans lesquelles on peut renflouer les comptes très rapidement.

— Qu'est-ce qui t'a fait changer d'avis ? me demande-t-elle, des étoiles plein les yeux.

Du pouce et sans le regarder, je désigne Poséidon.

— Lui.

— Cove, roucoule ma mère, vous avez su inculquer à ma fille l'importance d'un bon comportement au sein de la noblesse. Son père et moi le tentons depuis son plus jeune âge.

Son sourire vacille un instant quand elle se rend compte qu'elle parle encore de papa comme s'il était là. Toutefois, elle garde une expression ravie.

— C'est un plaisir, répond-il. Ça ne devrait pas prendre plus d'un à deux mois.

Incroyable comme il arrive à charmer le monde avec son sourire. Je grimace en voulant me concentrer sur mon assiette, mais je rencontre le regard de Thétis. Elle me fixe toujours comme si un second nez m'avait poussé au milieu de la figure.

Puisque Poséidon doit préparer notre départ, on prévoit d'arriver à Phoenix en début de soirée. Je passe donc la journée à flâner dans le manoir et à embêter une dernière fois les gardiens. Thétis m'évite, et moi j'évite le dieu des Mers. Ce qui fait que l'ambiance est un peu étrange en fin d'après-midi, quand je descends avec mes affaires.

— Tu ne vas pas prendre que ça pour aller en Europe ?! s'exclame ma mère en remarquant l'unique sac de voyage que j'empoigne.

— J'ai tout ce qu'il faut là-dedans. Au besoin, j'achèterai sur place. On compte faire une escale à Paris, tu sais bien qu'il y a de merveilleuses boutiques, là-bas.

Pour une fois, je ne feins pas. Je rêve d'aller dans la capitale française et y dévaliser tous les magasins de mode. En vérité, j'ai pris le nécessaire pour un voyage aux Enfers : des vêtements chauds, certains plus légers, des chaussures de marche, un nécessaire de toilette, beaucoup de crème hydratante. Ce voyage s'annonce fatigant, autant que je m'allège au maximum.

— Tu as raison, Phita ! Je suis tellement fière de toi.

C'est la première fois qu'elle m'observe comme si je ne la décevais pas. Je dois avouer que c'est un peu étrange et très agréable. Elle me serre brièvement dans ses bras. Ce simple geste dure à peine deux secondes, parce que ni elle ni moi ne sommes habituées aux effusions d'amour. Je rejoins Thétis, placée un peu en retrait. Avant toute chose, je souhaite briser la glace entre nous.

— Je suis désolée pour ma réaction de ce matin, lui avoué-je. Tu mérites de devenir princesse. Ta cour va t'adorer, tu feras un boulot formidable.

— Merci, Phita. Prends garde à toi, d'accord ? On reste en contact. Fais un effort de ce côté-là.

J'ai tendance à ne pas me servir autant de mon portable que la plupart des néréides.

— Promis. À bientôt. Je t'aime.

Je ne m'attarde pas, les adieux, ce n'est pas mon truc. Une voiture nous attend, Cove et moi, devant l'escalier du manoir. Sans prendre la peine de mettre mon sac dans le coffre, je grimpe à l'arrière de la berline noire. Au volant, Tyron me décoche un sourire lumineux à travers le rétroviseur intérieur. Je tourne la tête vers Poséidon, la bouche grande ouverte.

— Il a été convenu avec ta mère qu'elle me sous-loue les services de votre chauffeur. J'ai cru comprendre que vous étiez amis, tous les deux.

— Juste pour... me faire plaisir ?

— Non, Phita, me répond Tyron. C'est parce que je connais bien mieux le night-club et les Nyx que vous deux. Je me suis dit qu'un peu d'aide serait la bienvenue.

— Tu étais dans la confidence ? demandé-je en me plaçant entre les deux places avant.

— Oui.

Il ne me donne pas davantage de détails, mais échange avec Poséidon un étrange coup d'œil entendu. Je m'enfonce dans mon siège en bouclant ma ceinture de sécurité. Ce voyage promet d'être surprenant. Et un peu excitant, aussi.

— Où est situé ce Royaume des Morts ?

— À Phoenix.

L'Arizona. Quelle horreur !

— Je réagis pareil chaque fois que je dois m'y rendre, soupire Poséidon. On ne peut pas dire que ce soit ma région favorite. Les créatures marines détestent les milieux arides et cette ville n'est pas un cadeau pour nous.

— Maintenant, dis-je à Poséidon à voix basse, raconte-moi comment tu sais pour mon pouvoir. Et ce qu'il représente exactement.

Avant de me répondre, il appuie sur un bouton d'une console située face aux banquettes, faisant s'élever une vitre entre Tyron et nous. Je suis un peu gênée pour mon ami, mais cette discussion est privée, donc je comprends.

— Tu possèdes un don de clairvoyance, annonce-t-il alors. Il est rare et seule une poignée de gens le développent. Avec lui, tu peux deviner la présence d'un dieu ou d'une déesse dans un certain périmètre, mais il te permet aussi de déterminer leur puissance et leur identité. C'est de cette façon que tu as su qui j'étais, n'est-ce pas ?

Je hoche la tête. Ces détails, je les connais déjà.

— Mais de quelle manière espères-tu que je retrouve ton frère ?

— Les personnes qui ont ce don sont appelées des Oriones. Elles peuvent aussi localiser une divinité en utilisant un objet personnel leur appartenant. J'ignore son fonctionnement, mais ça ressemble à une trace olfactive que tu peux voir et suivre. Ça fait de vous de très bons chasseurs de têtes, d'ordinaire.

Je n'ai jamais cherché à utiliser mon pouvoir de cette manière. J'ignorais même que c'était possible. Sa dernière phrase m'interpelle.

— Des chasseurs de têtes ?

— Ou chasseurs de primes, c'est la même chose. Les Oriones sont souvent payés par les divinités pour en trouver d'autres.

— Des Oriones, répété-je sans que ce mot éveille quoi que ce soit en moi.

— On vous appelle de cette façon à cause du géant Orion. C'était un chasseur redoutable, rien ne pouvait le terrasser. Il s'en vantait auprès de tous et même si c'était vrai, son arrogance a déplu à Héra, qui a envoyé un scorpion pour le tuer. Le géant ne s'est pas méfié de cet animal minuscule, bien trop habitué aux créatures sanguinaires énormes. Le scorpion l'a piqué et Orion est mort. Zeus l'a transformé en constellation. On raconte que peu après, des étoiles filantes provenant de celle-ci se seraient écrasées sur l'Olympe et la Terre. C'était ses capacités extraordinaires de chasseur. Ceux et celles qui ont été touchés par cette pluie divine ont hérité de ses dons. Voilà d'où viennent les Oriones.

Incroyable ! Jamais mes professeurs particuliers ne m'ont parlé de ce mythe, même s'ils ont vaguement essayé de m'apprendre les noms des constellations.

— Il existe combien de personnes comme moi ? soufflé-je, fascinée.

— Cinq, répond-il sans hésiter.

Donc, il connaît les autres.

— Pourquoi n'es-tu pas allé trouver ces femmes ? grommelé-je. Ça m'aurait arrangé que tu me laisses tranquille.

À travers le reflet de la vitre, j'aperçois son expression amusée. Ses yeux posés sur moi me filent une étrange impression. Je n'en suis pas gênée, mais en même temps, je le ressens jusqu'au plus profond de mon âme.

— Ce n'est pas parce qu'on les appelle ainsi que ce sont systématiquement des femmes.

— Tu éludes la question. Pourquoi moi ?

— Parce que tu es la seule actuellement en vie. Les autres dieux et déesses qui possédaient ton don sont morts. Soit ils vont recommencer un cycle, ce qui prendra des décennies avant qu'ils deviennent opérationnels, le temps qu'ils grandissent, et on n'a pas des années. Soit elles n'étaient pas concernées par les réincarnations et ne reviendront pas.

Un frisson parcourt mon dos. Chaque fois que je songe à cette histoire de réincarnation, je me dis que je suis trop contente de ne pas y être confrontée.

— C'est stupide de la part d'Orion de m'avoir affublée d'un tel pouvoir.

— Pourquoi ? demande-t-il, réellement curieux.

Je porte mon attention sur l'extérieur en haussant les épaules. Dehors, l'autoroute s'étend à l'infini et il y a des voitures de chaque côté de la nôtre. Je n'apprécie pas ce genre de paysage, tout comme les grandes villes.

— Je suis une simple néréide. Je ne joue aucun rôle dans la mythologie grecque, tout comme ma sœur, mes cousines, leurs parents avant elles, leurs grands-parents. Quand je mourrai, je ne reviendrai pas à la vie. Je ne suis pas l'une des créatures de ton cortège. Ça aurait été plus logique que l'une d'elles soit frappée par la pluie d'Orion.

Poséidon ne répond pas. Au bout de plusieurs secondes, croyant qu'il ne m'a pas entendue, je me tourne dans sa direction pour l'interpeller. Mais quand je remarque sa manière de me fixer, j'en perds la voix. Sans rire, on dirait qu'il essaie de m'éplucher pour lire ce qu'il y a dans mon crâne.

— Pourquoi tu me regardes comme ça ? grogné-je, mal à l'aise.

J'ai tendance à devenir plutôt dangereuse quand je suis trop embarrassée.

— À ton avis, que crois-tu que sont devenues les néréides de mon cortège ?

— Elles se sont réincarnées, j'imagine.

— En quoi, selon toi ?

Je pousse un soupir en inclinant la tête en arrière.

— Je n'en sais rien. Pourquoi tu me demandes ça à moi ? Quel est le rapport avec ce dont nous étions en train de parler ?

— Tu n'envisages pas que les néréides de ton entourage, ou même toi puissiez être l'une des Originelles ?

Je me marre. Pendant un instant, je tente de m'imaginer à l'époque où prospéraient les dieux grecs, en train de chantonner aux côtés de Poséidon en me tressant les cheveux.

— Qu'est-ce qui te fait rire, Trésor ?

— Primo, ton futur œil au beurre noir si tu continues de m'appeler Trésor. Secundo...

Je lui offre une imitation de nymphe des eaux assez caricaturale en minaudant comme une demeurée. À nouveau, il me toise, les paupières plissées.

— C'est ainsi que tu imagines les néréides originelles ? Des midinettes occupées à s'éclabousser sur un rocher en décorant leurs cheveux de coquillages ?

— Oui, admets-je en opinant, ça ressemble à l'image que je me fais d'elles, parce que c'est le comportement actuel de la plupart de mes cousines. Franchement, quand je vois les néréides d'aujourd'hui, je ne les imagine pas différentes par le passé. Si c'est le cas, c'est qu'il y a eu un bug dans la matrice de Chaos, un truc a dérapé au cours des siècles.

Il se concentre sur l'extérieur à son tour, réfléchissant à ce que je viens de dire. De mon côté, je songe aux néréides originelles. Sur ce qu'elles sont devenues aujourd'hui. Je n'ai jamais pensé que je pouvais avoir rencontré l'une d'elles à travers celles que je connais aujourd'hui. Je l'aurais su, sinon. Une Originelle, ce n'est pas n'importe qui.

— Toi, tu n'es pas comme les néréides que tu décris, remarque alors Poséidon.

— Parce que je suis cassée, pouffé-je. Regarde-moi, Posy, je ne sais même pas nager.

Il grimace.

— Ne m'appelle pas Posy.

— Toi, tu connais leur identité actuelle, n'est-ce pas ? Tu peux me filer des noms ?

— Oui. Cours toujours pour que je te donne des infos à ce sujet.

Mais comme il a éveillé ma curiosité, je ne peux m'empêcher d'insister :

— Allez, sois sympa.

Il souffle, mais à son sourire carnassier, je devine brusquement que la suite ne me plaira pas.

— Très bien, embrasse-moi et tu connaîtras le premier nom.

— Non, mais je rêve. Espèce de pervers !

9.

Tyron gare la voiture devant l'aéroport, mettant un terme à notre conversation assez étrange. Je talonne Poséidon à l'intérieur de l'immense structure remplie d'humains, suivie par mon ami. Alors qu'on se dirige vers une partie du bâtiment réservée aux pistes privées, je demande à Tyron :

— Tu penses quoi de cette disparition ?

— Je ne sais pas, justement. Ça ne s'est jamais produit. Il lui est forcément arrivé un truc à Hadès.

— Tu étais proche de lui ? Je veux dire... tu as été l'un de ses hommes.

— C'est vrai, admet-il, à une époque, je faisais partie de ses meilleures recrues. Je ne l'ai pas vu depuis longtemps.

— Pourquoi tu as quitté sa cour ? Qu'est-ce qui s'est passé ?

Sur le tarmac encore baigné de soleil, un magnifique jet privé nous attend. Je suis à peine surprise que Poséidon en ait un. Je vis dans l'opulence depuis gamine, je croise des tas de gens qui possèdent des avions ou des bateaux. Mais j'avoue, je n'en ai jamais vu d'aussi classe. Poséidon me décoche un clin d'œil provocateur, comme s'il avait saisi mes pensées, puis s'empare de son téléphone en grimpant l'escalier qui mène à l'intérieur de l'appareil. Ce dernier, tout en cuir et aux dominantes beiges, ressemble à ces bolides de gros politiciens comme on peut en voir dans les films. La cabine est plutôt étroite, mais n'en demeure pas moins luxueuse. Je m'affale sur un canapé en cuir, très confortable. Une hôtesse de l'air au sourire exagéré m'apporte immédiatement un cocktail coloré, puis un verre d'alcool à Tyron. L'ex-biker attend que la femme s'éloigne pour répondre à ma question initiale :

— Je suis parti afin de trouver autre chose que la mort, m'avoue-t-il. J'aime trop la vie pour y être rattaché le reste de l'éternité.

J'attends davantage d'explications qui ne viennent pas. J'avale une première gorgée de ma délicieuse boisson à la mangue en pointant le jeune homme avec ma mini-ombrelle jaune.

— Pourtant, tu as décidé de nous accompagner. Tu vas être de nouveau confronté à la mort, tu en as conscience ?

— Phita, répond-il avec douceur, j'y suis confronté chaque fois que je me regarde dans un miroir. J'ai compris que je ne pourrai jamais vraiment échapper à ma nature. C'était une question de temps avant que je retourne au Royaume des Morts.

Je me contente de son explication bancale, bien consciente qu'il me cache des choses. Un élément me chiffonne depuis qu'on est entrés dans l'aéroport, mais je n'arrive pas à saisir quoi. Pour oublier cette impression, je me concentre sur Poséidon, toujours en ligne. Il appuie un bras contre une porte, le corps légèrement penché en avant, ce qui accentue la musculature de son dos. Je ne peux m'empêcher de remarquer à quel point son jean moule ses fesses parfaites. Je pousse un léger soupir, désolée qu'un mec aussi sexy soit si... arrogant.

Je me détourne au moment où son regard manque de croiser le mien. Je feins d'attraper un magazine posé sur la petite table en chêne. J'y appuie également mes chevilles, bien décidée à me dissimuler derrière la revue. Je n'arrive pas à entendre ce que dit Poséidon, il parle trop bas et dans un dialecte étranger. Dommage. J'aime autant les potins que les autres néréides, je dois bien l'avouer.

Lorsqu'une paire de jambes musclées se dresse devant moi, je l'ignore.

— Alors, comment trouves-tu mon avion ?

— Pas mal, pas mal. Il n'y a pas de problèmes, j'espère ? questionné-je en désignant son portable.

— Aucun. J'ai d'autres coups de fil à passer. Profitez-en pour vous reposer, on se posera rapidement à Phoenix.

Et en effet, l'appareil arrive à destination une heure plus tard. Poséidon ne s'est pas montré de tout le voyage, enfermé dans sa cabine privée.

En sortant de l'avion, je m'attends à être frappée par la chaleur étouffante, mais le climat actuel n'est pas différent de celui de la Californie. Il fait chaud, sans que ce ne soit ni moite ni agressif. L'air plus sec, en revanche, griffe un peu ma gorge. Je pensais qu'on atterrirait au milieu du désert, sauf que la ville de Phoenix entoure l'aéroport, laminant mes clichés. Pas de serpents, de scorpions, de cactus.

— Comment s'est passé le trajet ? me demande Poséidon en se matérialisant à mes côtés, sur le tarmac.

Une berline noire nous attend à une centaine de mètres du jet. Dans la chaleur de l'Arizona, Poséidon est tout aussi impressionnant et détendu que sur la plage de l'île.

— C'était très ennuyeux, mens-je. Et puis, cette pollution que tu envoies dans l'atmosphère, tu devrais avoir honte.

— En fait, je possède l'un des avions à l'empreinte carbone la moins élevée. Je mêle le biocarburant et la magie.

Je fronce les sourcils pour garder un air dur, même si j'ai envie d'applaudir sa démarche. D'un revers de main, je balaie ma propre remarque en avouant :

— En vrai, je me suis gavée de cocktails et c'était plutôt cool.

— Tu m'en vois ravi.

— Mais il y a une question que je me pose : pourquoi ne pas m'avoir téléportée chez Hadès comme tu l'as fait sur l'île ?

Poséidon ralentit, ce qui m'oblige à calquer mon pas sur le

sien. Tout en observant les employés de l'aéroport s'affairer autour de nous, il répond :

— Parce que c'est impossible. Mes pouvoirs, bien que je sois génial et puissant, sont limités.

— Fais gaffe, tu risques de t'étouffer avec ta modestie. Bon, tu m'en dis plus sur ce que tu attends de moi ? Parce que dans l'immédiat, je voyage à l'aveugle.

Il ricane.

— Je suis là pour te guider.

— Étonnamment, ça ne me convainc pas.

— Dans un premier temps, on va y aller par étapes et tenter d'entrer en contact avec les hommes d'Hadès.

Je réalise qu'on s'est quasiment arrêtés, comme si, inconsciemment, on voulait stopper le temps. Je me remets en route, le menton dressé, la démarche assurée.

— OK. À qui téléphonais-tu dans l'avion ?

Je viens de décider de céder à ma curiosité. Quitte à être traînée aux Enfers par l'Olympien, il me doit bien des explications, non ?

— Des amis. Il fallait que je règle quelques problèmes.

— Tu as des amis ? Pour les problèmes, ça ne me surprend pas, en revanche. Tu m'intrigues, Posy.

Il ignore mon ton dubitatif.

— Si tu grimpais à l'arrière de cette voiture ? Tyron nous attend.

En effet, mon chauffeur s'est déjà installé et patiente avec professionnalisme, comme il le fait d'ordinaire. Je boucle ma ceinture, lorsqu'une soudaine nausée me saisit, accompagnée de picotements dans tout mon corps. Je ferme à la fois la bouche et les yeux le temps que ça passe. Des frissons m'assaillent, une chaleur poisseuse me colle à la peau. Dehors, les humains vaquent toujours à leurs occupations. Je déglutis en essayant de dissimuler mon malaise. Un pouvoir m'écrase, sans que je comprenne d'où il vient. Sa nature, bien plus sauvage que toutes celles que j'ai déjà décelées dans ma vie, transforme peu à peu mon sang en acide.

— Phita, demande Poséidon avec une certaine inquiétude. Quelque chose ne va pas ?

— C'est bon, rien de grave.

La voiture s'engage sur une longue route, et toujours aucune trace de l'entité qui me perturbe autant. Je capte l'intérêt de Poséidon, mais l'ignore pour ne pas lui dévoiler ma faiblesse. Bientôt, Tyron s'arrête à un poste de sécurité devant deux types en uniforme. Je profite qu'on ne bouge plus pour jeter un coup d'œil à l'arrière.

— Phita.

Le ton sans appel de Poséidon me pousse à obtempérer.

Bon, d'accord, c'est aussi parce que je flippe.

— C'est comme si je ressentais la présence d'une centaine de divinités d'un coup.

Sa main se pose sur la mienne, je remarque alors que mes doigts tremblent. Une migraine pointe aussi le bout de son nez, et elle promet d'être sévère.

— Tu te souviens de ce dont nous avons discuté sur la plage ? À propos des effets négatifs engendrés par la disparition d'Hadès ? Je crois que ce sont les Enfers que tu « ressens ». Du moins, les créatures qui y vivent et qui glissent à la frontière des deux mondes. Concentre-toi sur mon énergie.

— Quoi ?

— Suis mon conseil. Vas-y.

Même si je crains que cela empire mon état, je décide de lui offrir un minuscule morceau de confiance. Et pas parce que son regard suinte l'assurance. Ni car sa sollicitude me touche plus que je veux bien l'admettre ou que son sourire ruisselle de sincérité.

Enfin si, mais passons.

Je me focalise sur son aura, la laissant me couvrir comme de douces gouttes de pluie. Les ondes froides sous ma peau baissent en intensité, chassées par le pouvoir de l'Olympien. Ma nausée disparaît, mon malaise reflue. Sans être agréable, c'est déjà plus supportable.

— Ça va ? s'enquiert-il.

— Oui, je m'en remettrai. Pitié, dis-moi que je ne vais pas ressentir ça jusqu'à ce que je retrouve Hadès et Perséphone.

— Respire. Essaie de dresser une barrière mentale pour te protéger.

La voiture s'est remise en route. Plus on approchera du Royaume des Morts, moins j'aurai de chance de supporter l'assaut psychique des créatures d'en bas. J'ai intérêt à m'y mettre tout de suite.

— Comment ?

— En faisant ce que je viens de te demander.

Je prends une bonne inspiration et hoche la tête. De toute façon, je n'ai pas le choix. Peu à peu, je m'habitue, comme si savoir d'où provenait mon trouble me permettait de l'atténuer. Par chance, il s'avère que le phénomène ne se produit pas partout. Lorsque nous arrivons au night-club, j'ai juste de légers fourmillements dans les mains. Pendant tout le voyage, je me suis forcée à me concentrer sur Poséidon plutôt que sur les Enfers. Ce stratagème fonctionne bien.

Par la fenêtre, j'observe l'immense complexe sombre dressé au milieu du désert. De hauts murs de briques noires forment une propriété aussi grande que celle de mes parents, les jardins compris.

— Je vais éteindre la clim, me prévient Tyron. Prépare-toi à la température élevée.

En effet, à peine ai-je ouvert la portière qu'une vague de chaleur intense me frappe. La totalité de mes cellules se révolte lorsque ma peau de néréide semble s'assécher dans la seconde. Heureusement que j'ai pris beaucoup de crème hydratante. Mais à ce stade, je me demande si pour mon petit voyage au cœur du désert, couplé à quelques jours dans les Enfers, il ne vaudrait pas mieux que je loue un camion entier de lotion. Je grimace en mettant les pieds dehors. L'air sec, poussiéreux, s'agrippe à ma gorge et met à mal ma détermination.

Allez, Phita, me réconforté-je, *après ça, tu pourras encaisser les examens de gardiens, les doigts dans le nez.*

Poséidon se place à côté de moi, si proche que son bras frôle le mien. Il n'a pas l'air de souffrir du climat. Il détaille les nombreuses motos garées autour de la propriété, puis le night-club lui-même. On dirait une forteresse imprenable. Des fils barbelés courent sur le sommet du mur d'enceinte, et les rares portes se trouvent être en acier renforcé. Il n'y a pas de fenêtre. Si sur la devanture ne s'étiraient pas les mots « Le Royaume des Morts » en néon rouge, j'aurais parié me trouver dans une prison. Comment des humains peuvent-ils aimer venir ici ? D'ailleurs, il n'y a personne. Le silence m'écrase tout à coup, aussi féroce que les rumeurs qu'on raconte sur le monde des macchabées. Le ciel orange vire peu à peu au sanglant, comme pour souligner ma brusque angoisse.

— Tu es déjà venu ici ? demandé-je à Poséidon en lui emboîtant le pas.

J'entends Tyron fermer les portes, mais il ne nous suit pas.

— Non.

— C'est calme. Je m'attendais à un comité d'accueil, quand même, souligné-je. Il n'y a pas un chat à l'horizon. Tu crois qu'ils savent qu'on est là ?

— Oui.

Une porte de service s'ouvre dans un grincement terrible. Je sursaute, prenant conscience de son existence au moment où une lumière violette brille de l'intérieur. Toujours aucune âme qui vive.

Remarquez, le Royaume des Morts, quoi. Ça me semble cohérent.

Un rire nerveux m'échappe, attirant l'attention de Poséidon.

— Laisse tomber, ordonné-je, finissons-en au plus vite.

Le battant s'ouvre sur un petit couloir éclairé d'ampoules aux lueurs mauves assez glauques. Pour l'ambiance, je mettrais un cinq sur cinq. Une volée de marches s'enfonce dans une obscurité naissante. D'abord, j'hésite à m'y engager, contrairement à Poséidon. Puis je me souviens que dans les films d'horreur, c'est toujours celle qui s'éloigne du groupe qui meurt en premier.

Bien que je me sente capable de balancer mon talon dans l'estomac d'un éventuel agresseur zombie.

Je lance un dernier coup d'œil par-dessus mon épaule pour constater que Tyron est resté dehors. Il est peut-être timide. Ça doit faire un bail qu'il n'a pas vu ses amis motards.

— Trésor, m'interpelle Poséidon, tu fais du tourisme ?

— Absolument, Posy, je te cherche un cadeau. Oh, d'ailleurs, j'ai trouvé.

Avec mon plus beau sourire, je lui dresse mon majeur. Il se contente de me gratifier d'un rictus carnassier, assez semblable à celui que ferait une bête sauvage si elle était capable d'une telle expression. À présent, des petits plafonniers rouges éclairent les murs nus et froids. Une autre porte apparaît en bas de l'escalier, ouverte sur une pièce vivement éclairée. Sur la gauche, des tables et des chaises s'empilent pour former un large espace au centre, et sur la droite, il n'y a qu'un long comptoir en chêne. Derrière ce dernier, des dizaines de bouteilles d'alcool forment un tableau plutôt fascinant, rehaussé par les lueurs de quelques LED multicolores. Un élément attire mon attention. Je m'agenouille pour poser la paume sur le dallage noir strié de fils d'or.

— Il vibre, remarqué-je.

Tyron surgit derrière moi, l'air fasciné.

— La dernière fois que j'ai vu Hadès, le Royaume des Morts n'était pas implanté à Phoenix, mais à Barcelone. Pourtant, rien n'a changé. C'est à la fois si semblable et... différent.

— C'est peut-être toi qui es différent, en fait, lui réponds-je en cessant de me focaliser sur le sol.

— Tu as raison, dit-il en regardant le plafond sur lequel s'étire la peinture d'un ciel rouge sinistre.

La salle est décorée avec goût. Des tapisseries tissées vermeille et parme ornent les murs, montrant chacune une scène de l'antiquité qui m'est étrangère. Des colonnes noir et or, semblables à celles qui composaient les anciens temples, se dressent autour de nous. Je n'arrive pas à croire que des humains viennent ici des nuits entières pour danser, alors que le décor leur clame l'existence de divinités passées. Lorsque ces gens s'assoient au bar et qu'ils commandent un verre, se doutent-ils que les âmes des morts agonisent sous leurs pieds ? J'imagine que non.

Je n'ai jamais songé aux Enfers, parce que je n'ai pas été confrontée à ce monde avant ma rencontre avec Poséidon. Du moins, je me suis efforcée de ne pas y penser quand mon père est mort. Que se passera-t-il pour moi une fois que mon cœur aura cessé de battre ? Comment sont jugées les âmes ? En fonction de quels actes les juges des Enfers décident-ils de nous condamner au tourment éternel ou de nous accorder un repos paisible ? Une sorte d'angoisse m'arrache une grimace. J'ai peur de découvrir des secrets qui lamineraient mes croyances, ma foi... mon innocence.

— Phita ?

Je lève les yeux vers Poséidon, qui a remarqué que je me suis figée. Le dieu des Océans marche vers moi avec une assurance telle que, pendant une seconde, je me dis que rien de grave n'arrivera.

Pourtant, je crève de trouille.

— Si j'échouais à retrouver ton frère ? demandé-je, la gorge nouée. Je n'ai jamais fait un truc pareil. Si... s'il se passe des choses qu'on ne contrôle pas, là, en bas ?

— Je serai là pour te guider, il n'y a pas de raisons que tu échoues. Tout se passera bien.

Dans le fond, je connais déjà la réponse à la question qu'il a éludée. Il me l'a expliquée sur la plage et c'est exactement pour cette raison que j'ai accepté de le suivre à Phoenix. J'ai *intérêt* à retrouver Hadès et sa fiancée. Je ne dois pas flancher. Il faut absolument que je préserve ce monde des ténèbres.

— Tu as raison, et puis, j'ai vécu pire.

— Vraiment ? se moque-t-il.

Par exemple, la fois où j'ai dû retrouver le cochon d'Inde de Thétis dans les marais, derrière la maison. C'était en pleine canicule, au milieu du mois de juillet. Je me suis fait dévorer par une horde de moustiques pendant des heures. Ensuite, il a fallu que j'évolue dans ce bourbier, alors que mes bottes se faisaient avaler par le sol. Je suis sortie de cette mésaventure couverte de coups de soleil horribles, de boutons, et victime de démangeaisons terribles. J'ai réussi à retrouver la satanée bestiole, alors même que je n'avais pas de détecteur de rongeurs stupides à disposition. Ça devrait me prendre moins de temps pour retrouver le couple royal grâce à mon pouvoir. Si c'est comme Poséidon me l'a affirmé, j'ai un GPS dans la tête.

Donc facile, non ?

Si seulement…

10.

Je m'approche d'une Harley Davidson magnifique, noir métallisé, placée dans un petit renfoncement de la pièce. C'est seulement à cet instant que je remarque une autre porte marquée d'une plaque dorée « Privé ». Je m'apprête à demander à Tyron comment cette moto peut se trouver ici, lorsqu'une armée de types en blousons de cuir entre. Immédiatement, l'air s'alourdit, dégageant quelque chose de dangereux. D'étouffant. Tyron se tend, alors que Poséidon se tourne vers les nouveaux venus en affichant son assurance habituelle.

Je reste un peu en retrait pour les observer. Ils portent des armes à feu à leur ceinture, certains arborent d'épaisses chaînes en acier autour de la taille, d'autres exhibent de lourds bijoux en argent, mais le plus étrange est qu'ils possèdent tous des paires de lunettes de soleil. Ils écrasent le sol de leurs lourdes bottes de moto poussiéreuses, nous entourant tels des prédateurs. Je n'avais jamais vu de bikers jusqu'à aujourd'hui.

La porte donnant sur l'accès privé s'ouvre à son tour, et un homme massif, au visage dévoré par une barbe, en sort. Comme ses frères d'armes, des tatouages fleurissent sur ses bras musclés et il porte un blouson sans manches floqué d'une tête de mort ensanglantée et d'une couronne. Je recule, comme si le mur derrière moi pouvait m'avaler pour me dissimuler à lui. Lorsqu'il me regarde à travers ses Ray-Ban, je ne parviens pas à deviner ses émotions. J'esquisse un sourire poli, et j'enlève en vitesse ma main de la poignée de la moto. Je n'avais même pas réalisé que je touchais l'engin. Mon cerveau carbure à fond pour trouver une phrase intelligente à prononcer, sans succès. Par chance, le motard se détourne, l'attention rivée sur Tyron.

— C'est que la brebis galeuse rentre au bercail. Salut, mon frère !

— Spax. Ça fait une éternité, vieille branche !

Ils se saluent à grand renfort de claques dans le dos. J'en profite pour essayer de me détendre, mais mon cœur bat trop vite. D'abord, je mets ça sur le compte de l'apparition de tous ces gars flippants. Puis je réalise que deux énergies chargent l'air de la pièce au point de la rendre presque irrespirable. Celle de Poséidon, devenue plutôt familière, puis une autre que je n'arrive pas à saisir.

— Poséidon, Phita, nous présente Tyron avec aplomb, voici Spax, le vice-président des Nyx, bras droit d'Hadès au sein du club, mais aussi des Enfers.

— Nyx, comme la déesse de la nuit ? me contenté-je de demander lorsque l'intérêt général se pose sur moi.

J'aurais aussi pu dire bonjour. Voilà pourquoi ma mère rechigne à m'emmener lors de ses réceptions. Mais, au milieu de ces inconnus, je ne me sens pas à ma place. Pas plus que parmi les nobles. Comme s'il l'avait deviné, Poséidon me rejoint et sa présence suffit un peu à me tranquilliser.

Spax éclate de rire dans le silence lugubre du bar.

— Exactement, petite. La personnification de la nuit, celle qui effraie Zeus en personne. Nous avons décidé d'appeler notre club en son honneur, pour lui rendre hommage. À la fin de chacun des cycles saisonniers, nous lui offrons une âme en offrande. Souvent, celle d'une jeune fille.

D'accord. Tyron ne m'a pas parlé de ce truc. D'ailleurs, il ne m'a presque rien dit sur ses anciens amis. Je fronce les sourcils en interrogeant mon chauffeur du regard. Une nouvelle fois, l'hilarité particulière du vice-président résonne dans le bar.

— Je plaisante, Phita. Si tu voyais ta trogne !

Il continue de s'esclaffer, en chœur avec d'autres bikers. Je n'ai pas le temps de lui demander si sa plaisanterie concerne la première ou la seconde partie de son récit sur Nyx.

— Donc, continue-t-il, tu es une néréide.

— Et vous, contré-je, vous n'êtes pas un dieu. Comme tous ceux ici présents, en dehors d'un seul membre. Sans vouloir vous offenser, évidemment.

Immobile, il me détaille un long moment. Des murmures s'élèvent autour de moi, sans que je les comprenne.

— En effet, je ne suis pas une divinité. Tu es celle qui va nous aider à retrouver Hadès et Perséphone ?

Un homme aux cheveux roux et à la barbe naissante blonde s'approche de moi, forçant Poséidon à former un barrage entre nous.

— Une néréide ? crache l'autre.

Dans sa bouche, ma nature sonne comme une insulte. Je m'apprête à lui foncer dessus afin de lui demander s'il a un problème, quand Poséidon se sent obligé de dresser son bras afin de me bloquer.

— Phita, l'entends-je murmurer, du calme.

— Une néréide qui représente votre seul espoir, rappelé-je à l'impertinent en ignorant l'Olympien, alors un peu de respect, pigé ?

— Clint, le réprimande Spax, recule.

— Oui, Clint, sifflé-je, recule si tu ne veux pas savoir comment cogne une femme de mon espèce.

Mon comportement soulève quelques ricanements. Je replace l'une de mes mèches blondes derrière mon oreille en reprenant le contrôle de mes émotions. Le biker roux me jette un regard mauvais, mais ne réplique pas.

— Bon, lancé-je, par quoi on commence ? Je suppose que les Enfers sont derrière cette porte ? Je les sens aussi agréablement qu'une crème de jour périmée depuis dix ans.

En croisant le regard de Poséidon, je note une étincelle de fierté à l'intérieur de ses magnifiques iris bleus. Il observe ensuite le vice-président des Nyx avec une sorte de sourire plein de défi. C'est seulement à cet instant que je réalise qu'il reste en retrait depuis l'arrivée de nos nouveaux amis. Qu'est-ce qu'il attend ?

— L'entrée des Enfers se trouve, en effet, dans le bureau d'Hadès, annonce Spax. J'aimerais d'abord m'entretenir avec Tyron et Poséidon.

— C'est prévu, répond ce dernier. Je propose qu'on passe la nuit ici et que nous nous rendions dans le monde souterrain demain.

— Quoi ?! m'exclamé-je. Mais... ce n'était pas ça, le plan.

J'entends : dormir au Royaume des Morts. Je m'attendais à un hôtel cinq étoiles au cœur de Phoenix, pourvu d'une piscine dans laquelle je barboterais pour pallier le climat. Je sens déjà mon épiderme souffrir à cause de cette région aride.

— Un long voyage nous attend, me prévient l'Olympien. Il vaut mieux que tout le monde soit reposé avant de le commencer.

Là, il parle de moi. Ni Tyron ni lui n'ont l'air d'avoir besoin de repos. Il me vient l'idée de me rebiffer, mais il a raison. Je hausse les épaules, les mains enfoncées dans les poches de mon jean en signe d'approbation.

— D'accord, mais plus vite on aura retrouvé Hadès, plus vite je partirai d'ici, insisté-je.

— Je te l'accorde. Toutefois, on parle des Enfers, Trésor. Pas d'une balade champêtre.

Trois autres personnes surgissent du bureau privé. Ma gorge se noue en me sentant écrasée par une force invisible gigantesque. C'est celle que je ressens depuis que les bikers se sont manifestés de tous les côtés. La divinité en question arbore le blouson des Nyx, et ses vêtements sont sales. Contrairement aux autres, il n'a pas de lunettes de soleil. Ses yeux, d'un bleu surnaturel, scrutent la pièce jusqu'à se poser sur Poséidon. Son visage, déjà dénué de bienveillance se crispe davantage. Je lis le titre « sergent d'armes » sur son blouson, lorsqu'il s'approche.

— Tu es revenu, raille-t-il à l'intention du Roi des Océans. Dire que je pensais que tu te carapaterais pour les siècles à venir.

— Ne m'insulte pas, Léther. Je tiens toujours mes promesses.

Une sorte d'électricité malsaine crépite entre eux. Je laisse mon pouvoir déterminer la puissance du nouveau venu selon l'intensité de mon mal-être. Il est fort. Pas autant qu'Apollon, Poséidon, Hadès ou encore Dionysos, mais il se défend. À l'instant où je conclus cela, mes symptômes s'amenuisent. Ils laissent derrière eux une sorte de fiche incrustée dans mon âme. Je sais maintenant à qui j'ai affaire.

— Vous n'allez pas recommencer, tous les deux, soupire une fille que je n'avais pas remarquée jusque-là. Franchement, j'en ai ma claque de vos disputes. On a d'autres chats à fouetter que de gérer vos humeurs de machos.

Elle fait partie du trio qui vient de débarquer. Magnifique, elle ressemble à une néréide tant sa beauté illumine la pièce. Ses longs cheveux rouges soulignent son visage de porcelaine en forme de cœur. À peine croise-t-elle mon regard que je perçois quelque chose d'anormal chez elle. Comme une lueur enfouie au fond de son âme, mais éclipsée par la puissance du type qui l'accompagne.

— Tiens, salut toi, me lance-t-elle en me souriant. Tu n'étais pas là quand on est partis. Mon Dieu, j'adore ton top ! C'est Chanel ! La vache, il vient de sortir dans les plus grandes boutiques du pays. Trop de la chance.

Ah, une connaisseuse en matière de mode. Je hoche la tête en lui rendant la politesse, puis avoue :

— Oui, c'est un cadeau de ma sœur. Enfin, il se peut que je lui aie volé, mais elle le verra à peine. Je m'appelle Phita, je suis une néréide.

— Dément, répond-elle en ouvrant de grands yeux fascinés. Moi c'est Brook, et je suis morte.

J'attends quelques secondes pour voir si elle va éclater de rire, mais visiblement, ce n'est pas le cas.

— Tout le monde ici l'est, continue-t-elle en désignant les autres bikers. Tu es entourée d'une armée de morts-vivants. Ne t'en fais pas, ajoute-t-elle en m'offrant un clin d'œil, les cerveaux ne sont pas nos délires. Surtout lui, il préfère s'en tenir éloigné.

Elle tapote l'épaule de Léther qui n'a pas cessé de l'observer d'un air incrédule. Je me marre pendant qu'il grogne :

— Ça voulait dire quoi ça, Roussette ?

Mais déjà, elle s'est éloignée vers le comptoir. Je m'apprête à la suivre quand Poséidon enroule ses doigts autour de mon poignet pour me garder près de lui. Ce geste pourtant anodin m'envoie des ondes plaisantes dans le bras.

— Léther, voici Phita, comme tu as pu le deviner, me présente-t-il. Phita, tu fais face à...

— Au fleuve de l'Oubli des Enfers.

Mes paroles auraient très bien pu se matérialiser comme un coup dans le tibia du sergent d'armes. Avant qu'il puisse intervenir, je décide de ne pas passer par quatre chemins :

— Depuis que je suis née, j'ai la capacité de détecter la présence des dieux autour de moi et de deviner leur identité. Poséidon m'a mandatée pour vous aider à trouver Hadès aux Enfers.

La pression vient de redescendre un peu. Certains bikers se sont joints à Brook, rendant l'attention sur moi moins palpable.

— Tu es donc l'arme secrète de Poséidon. Tu penses réussir ? demande Spax.

Son sourire gêné doit être sa manière à lui de s'excuser.

— Je vais essayer, je suis nouvelle dans ce domaine. Hier matin, mon seul but était de devenir une gardienne de néréide.

— Ce poste n'est pas réservé aux demi-dieux ? me questionne le vice-président.

— Si tu voyais mon crochet du droit, tu comprendrais que j'ai le niveau pour ce poste. Je peux te montrer, si tu veux. Tu as un sac de frappe dans le coin ?

— Plus tard, répond-il, amusé. Revenons-en à Hadès. Je vais te montrer les zones qu'on a fouillées aux Enfers. Ton pouvoir ne se déclenche qu'à proximité d'un dieu, c'est ça ? Tu ne peux pas le trouver sur une carte, par exemple ?

Je jette un coup d'œil à Poséidon qui secoue la tête.

— Non. Cependant, confiez-lui un objet imprégné du pouvoir d'Hadès et elle pourra suivre sa trace dans le monde d'en bas.

— Quoi ? se marre un mec que je ne connais pas. Comme un clebs ?

Mon visage s'éclaire, parce que je vais pouvoir montrer à Spax de quoi je suis capable en combat. Ce type le mérite, franchement. Mais avant d'avoir pu rejoindre l'impoli, Poséidon lui fait déjà face.

— Qu'est-ce que tu as dit sur Phita ?

Même si j'aurais adoré intervenir seule, voir quelqu'un prendre ma défense me procure une drôle de sensation. L'autre tente de parler, sans y arriver. Quelque chose cloche, son visage se déforme de terreur, on dirait qu'il étouffe. Lorsque de l'eau coule de sa bouche, je devine que Poséidon le noie de l'intérieur. La seconde d'après, les motards autour de nous sortent leurs armes. J'avoue que le sang déserte mon visage. Tyron ferme les poings, le regard devenu soudainement sombre. J'ignore dans quel camp il se battrait si une bagarre éclatait.

— Ça suffit, gronde Spax, rangez vos flingues. Poséidon, il ne voulait pas insulter Phita. Ce bougre a la langue bien pendue et il réfléchit souvent après avoir parlé.

Le Roi des Océans demeure immobile, son attention brûlante toujours fixée sur sa victime. Cette dernière émet des bruits de gorge écœurants. Raison pour laquelle ses frères hésitent sans doute à suivre l'ordre de leur supérieur, jusqu'à ce que Spax hurle :

— J'ai dit : rangez-moi ça !

Puisqu'ils s'exécutent tous, même à contrecœur, je décide d'agir avec sagesse.

— C'est bon, laisse-le tranquille, Poséidon. Je suis sûre qu'il regrette. Tu regrettes, n'est-ce pas ?

Le motard ne peut toujours pas parler à cause de l'eau qui lui sort maintenant par les trous de nez. Ce que je trouve étrange, c'est qu'il ne s'est toujours pas écroulé. Je me demande si sa résistance provient de sa nature de « mort-vivant ». Sujet à creuser plus tard. J'envoie un coup de coude dans les côtes de Poséidon en remarquant qu'il ne réagit pas. Les Nyx recommencent à se tendre. Je doute que Spax intervienne en notre faveur, cette fois.

— Posy, grogné-je. Tu veux qu'on retrouve ton frère, oui ou non ?

Ma question lui arrache un sourire cruel. Le motard, à présent trempé, s'écroule à genoux en achevant de cracher une mare d'eau par terre. Quelques minuscules crabes morts se mêlent à la bile.

Beurk.

Reprenant son souffle, l'idiot lève son visage furieux vers l'Olympien.

— Espèce de sale fils de...

— Trix ! s'exclame Spax. Non !

Mon talon écrase malencontreusement la main de cet adorable Trix. Son hurlement remplace l'insulte qui l'aurait sans doute envoyé dans le Royaume des Morts pour toujours si elle avait franchi ses lèvres. On n'injurie pas un Roi de l'Olympe. Jamais.

— Tu vois, dis-je à l'intention de Poséidon, il regrette.

Je coule un regard nerveux au dieu. Je ne l'ai jamais vu aussi tendu. Son visage dégage une froide colère, de celles capables de coller des frissons à n'importe qui. Le silence écrasant de la pièce semble précéder une horrible tempête. Personnellement, je n'ai pas envie de la subir.

— Qu'on en finisse ! s'exclame Poséidon en se détournant de Trix. Je ne veux pas m'éterniser plus que nécessaire dans ce... charmant endroit.

Il prononce ces deux derniers mots comme il aurait formulé : trou à rats.

Et franchement, je suis bien d'accord avec lui.

11.

— Les Enfers sont divisés en zones plus ou moins dangereuses, portant chacune son lot d'âmes damnées, m'explique Spax en désignant la carte sur la table. Il faudra prendre garde, parce qu'elles sont immenses, et souvent en proie à des micro-climats. Tu peux te retrouver à marcher dans un désert sous cinquante degrés, et la minute d'après à grimper une montagne en affrontant un blizzard.

— Une balade de santé, donc, ricané-je.

Léther s'appuie à son tour sur la table. Une mèche noire tombe sur son front, et il la ramène en arrière sur une coupe déjà volumineuse. Il ressemble à l'un de ces vieux chanteurs des années cinquante qui dégagent, encore aujourd'hui, une classe et une beauté hypnotiques. J'imagine que s'il souriait de temps à autre, ça lui irait bien. La personnification du fleuve de l'Oubli prend la parole :

— On espère ne pas avoir à traverser toutes les zones, et encore moins à entrer dans le Tartare. C'est là-bas que pourrissent les âmes les plus viles. Ce sera tout sauf une balade de santé.

Outre le fait que j'ai plein de questions à poser à Poséidon sur la manière dont je devrais utiliser mon don, j'en ai aussi une flopée sur les Enfers. À commencer par :

— Qu'est-ce que nous croiserons là-bas ?

— Des âmes mauvaises, majoritairement, lance Spax.

L'ambiance dans le bar VIP s'est adoucie depuis que Trix l'a quitté. Si les autres Nyx restent prudents, voire sur les dents, l'importance de cette mission les oblige à ne pas sortir les crocs. Quant à Poséidon, il demeure silencieux, sauf lorsqu'il s'agit de me défendre ou de demander des informations. J'ai deviné que sa présence ici ne plaisait pas plus aux bikers qu'à lui-même.

Et surtout pas à Léther...

— Lors de leur jugement dernier, m'explique Spax, elles ont été indignes d'intégrer les champs Élysées et purgent leur peine dans les Enfers. Pendant notre voyage, on partira du principe qu'elles sont toutes hostiles envers nous, à des degrés plus ou moins différents.

— Il n'est pas exclu qu'on rencontre aussi des monstres, ajoute Léther.

Je croise les bras sur ma poitrine sans prendre la peine de dissimuler ma grimace. Décidément, ça promet.

— C'est quoi, les champs Élysées ? questionné-je en essayant de trier toutes les infos en ma possession. On ne parle pas de Paris, je suppose ?

— Non, c'est l'équivalent du paradis chez les humains, intervient Brook qui nous rejoint avec un plateau de boissons. Je n'y suis jamais allée, mais si c'est rempli de boutiques de luxe, j'ai hâte. Tiens, je t'ai concocté un cocktail au kiwi. Tu m'en diras des nouvelles.

L'odeur fruitée me fait déjà saliver. Poséidon attrape la pinte de bière qu'elle lui propose, et pendant qu'il avale une première gorgée, je goûte le breuvage.

— Un vrai délice ! Merci Brook.

Elle se rengorge avec un sourire lumineux. Elle croise le regard de Léther et je devine une once de défi à l'intérieur.

— Je suis contente que ça te plaise.

— Bon, si on en revenait aux Enfers, soupire Poséidon.

Malgré son humeur taciturne, il s'adapte plutôt bien, ici. Dire qu'hier, il portait un costard hors de prix et mentait à ma mère en se faisant passer pour un noble. Je le préfère en jean et tee-shirt moulant. Ce style s'accorde bien mieux à ses boucles d'oreilles en forme de tête de mort et aux perles de ses dreadlocks. Lorsqu'il se penche en avant pour appuyer ses bras musculeux sur la table, je repère les tatouages tribaux sur sa peau caramel.

— Phita, m'interpelle Spax, ton aide est une véritable aubaine, mais les Enfers sont dangereux. Tu es certaine de vouloir y aller ?

— Je la protégerai, déclare Poséidon sans la moindre hésitation.

— Je saurai m'occuper de ma propre sécurité, rétorqué-je.

Spax désigne un point sur la rive intérieure du Styx qui serpente sur le papier.

— OK. En prenant la porte dans le bureau d'Hadès, nous arriverons ici. Mes hommes et moi avons déjà fouillé le pré des Asphodèles, c'est la zone la moins dangereuse, les âmes là-bas ne sont ni bonnes ni mauvaises. Mais on y retournera par mesure de sécurité. Tu dénicheras peut-être quelque chose qu'on n'a pas vu. Tu dis que tu peux retrouver Hadès et Perséphone en suivant leur puissance, c'est ça ?

Moi, personnellement, je n'ai rien dit. Tout ce bric-à-brac lié à mon pouvoir provient des gouttes d'informations laissées par le dieu des Océans. Cependant, jugeant qu'il ne vaut mieux pas jouer la fine bouche, je hoche la tête.

— Si Poséidon me montre comment faire, j'essaierai.

Le vice-président des Nyx opine en passant une main fatiguée sur son visage. Ses lunettes descendent sur son nez et j'ai, un bref instant, l'aperçu de deux yeux d'un noir d'encre. Cette image ne dure qu'une seconde, pourtant un froid malsain me saisit le ventre et je me sens brusquement aspirée. Une main se pose sur mon épaule, le sol se reconnecte à mes pieds. Je tourne la tête vers Poséidon, qui me regarde avec inquiétude.

— Ça va ?

— Oui, je… tu as remarqué ça ?

Pendant que Spax et Léther mettent un plan d'action en place, le dieu des Océans m'explique :

— Tous les hommes ici présents, ainsi que Brook, sont des humains ramenés à la vie par Hadès à des époques différentes, et liés à lui et aux Enfers. Les regarder droit dans les yeux te vaudra un aller simple pour le Tartare. Évite.

Nom de Zeus ! Est-ce pareil pour Tyron ? C'est étrange, ses iris sont parfaitement normaux, je n'ai jamais rien ressenti de bizarre en les croisant. D'ailleurs, regarder Brook dans les yeux ne m'impacte pas non plus. Cette dernière semble capter ma question silencieuse, parce qu'elle avoue :

— Lentilles magiques. Ces grosses brutes refusent d'en porter.

— Bon, décide Spax, on part demain matin. Ce voyage risque d'être long, on prévoira d'établir des campements pour nous reposer, au cas où. Brook, tu veux bien conduire Poséidon et Phita à leur chambre ? C'est celle qui est au fond du couloir au premier étage.

— Tu as utilisé le singulier, pourquoi tu as utilisé le singulier ? paniqué-je.

Un ange passe. Un étrange silence s'abat sur la bande, et la surprise imprègne les traits de Spax.

— Je croyais que vous étiez ensemble, se justifie-t-il.

— Non, on ne l'est pas.

— Pourtant, vous êtes…

Avant qu'il puisse terminer sa phrase, Poséidon le coupe :

— J'occuperai l'une de ces banquettes, je n'ai pas besoin de beaucoup dormir. En revanche, j'ai une faim de loup. J'ai entendu parler de repas fantastiques servis ici. Vous nous montrez ?

Je tente de ne pas dissimuler mon soulagement, histoire d'éviter de le vexer. On quitte la salle VIP en compagnie de Brook, Léther, Spax et quelques inconnus. Alors qu'on grimpe un escalier en colimaçon en marbre noir, la jolie rouquine se place à côté de moi.

— Est-ce que ça va ? s'inquiète-t-elle. Tu débarques dans ce monde de fous sans rien connaître des Enfers. Je comprends que tu puisses flipper.

— Je gère. Du moins, pour le moment.

— D'accord. Je voulais te dire... Coré, enfin Perséphone, est ma meilleure amie. Je la connaissais avant même qu'elle sache qu'elle était une réincarnation divine. Ça fait des jours que je la cherche avec les gars dans les Enfers, et je t'avoue que j'ai très peur de ne jamais la revoir. Tu es notre seul espoir, on dirait. Même Poséidon n'a pas su nous aider sans toi. Alors... déjà, merci, et s'il te plaît, fais de ton mieux. D'accord ?

Même si elle sourit, je perçois la peine dans sa voix brisée.

— Promis.

— C'est pas pareil ici, sans elle, soupire-t-elle. Elle me manque tellement.

À présent, on remonte un immense couloir richement décoré de fleurs écarlates et de tableaux obscurs. Le groupe de bikers s'engouffre dans une pièce illuminée de bougies allumées et de tapisseries sombres en tissu. Une table immense est dressée sur toute la longueur, offrant quelques dizaines de plats aux teintes et aux parfums différents. Les discussions, qui ont déjà commencé dans les couloirs, continuent autour de moi. Poséidon attend que je choisisse une chaise, puis se place à ma gauche. Brook s'installe à ma droite, non sans dissimuler son appétit.

— Je meurs de faim, avoue-t-elle. Tu peux te servir, vas-y. Il y a de tout : entrée, plat, dessert, fromages... On n'appelle pas Hadès l'hospitalier pour rien.

Les bikers se dispersent déjà, certains ne prennent même pas la peine de s'asseoir pour manger. L'alcool coule à flots pendant toute la durée de ce succulent repas. Puisque Poséidon s'obstine à rester silencieux, Brook engage la conversation avec moi. Elle me parle de tout ce qui lui passe par la tête, sans aucun filtre, et souvent avec le sourire. J'ai rarement croisé quelqu'un d'aussi solaire. Elle m'avoue avoir grandi en famille d'accueil, jusqu'à prendre son indépendance à ses seize ans seulement.

— J'ai été tué par mon ex-copain, une nuit, m'annonce-t-elle calmement. Puis Hadès m'a ramenée et j'en suis là aujourd'hui, à vivre en compagnie de ces primates qui n'ont aucun goût pour la mode.

— Des primates que tu apprécies, souligne l'un d'eux. Avoue-le !

— J'en sais trop rien, répond-elle. Spax oui, mais toi Bat...

Ceux qui ont suivi la discussion éclatent de rire en décochant de grands coups dans le dos de Bat. Les conversations reprennent et je termine de manger mon dessert avec un étrange sentiment de paix. Je profite de l'inattention de Brook afin de me pencher vers Poséidon, dans l'espoir de lui arracher quelques mots.

— Tyron a l'air content d'être là, lui dis-je en désignant le chauffeur à l'autre bout de la table. Tu devrais faire pareil que lui et essayer de... je ne sais pas, parler ?

— C'est son monde, pas le mien.

— À quoi ressemble donc l'univers de Poséidon, dis-moi ? On n'y mange pas ?

Il n'a pratiquement pas touché à son assiette malgré sa « faim de loup ». En continuant de grignoter, il hausse les épaules et fixe Spax.

— Mon royaume se situe sous tous les océans. Tu as déjà plongé ?

Il me regarde et je ne peux m'empêcher d'apprécier la couleur de ses yeux dans cette atmosphère aux teintes foncés.

— Je te rappelle que je nage comme un rocher.

— Ah, j'avais oublié, grimace-t-il. Je t'apprendrai quand on aura retrouvé Hadès et sa compagne. Comme ça, je pourrai te montrer à quel point l'univers sous-marin est merveilleux, coloré, animé de millions de vies.

— Qu'est-ce qui te fait croire qu'après ça, j'aurai envie de te revoir ?

Je m'avachis contre le dossier de la chaise, le ventre plein. Du coin de l'œil, je remarque que Léther a rejoint Brook et qu'il lui parle à voix basse en caressant sa main. Ces deux-là sont bien assortis. Ils possèdent la même nature, mais j'ai comme l'impression que la jeune femme l'ignore. Puisque Poséidon ne me répond pas, je pivote vers lui. Il pianote sur son téléphone portable.

— Eh ! m'offusqué-je. Dis-le si je t'ennuie.

Mon portable vibre dans ma poche de jean. J'ai reçu un SMS d'un expéditeur dont je ne connais pas le numéro.

[Numéro inconnu : Tu auras envie de me revoir, alors enregistre-moi dans tes contacts, Trésor.]

Je fronce les sourcils et m'apprête à lui demander comment il a eu mes coordonnées, quand il désigne Tyron.

— Ah, je vois. Tu es incroyable, ricané-je.

— Je sais.

— Pas dans le bon sens, gros malin. Tu te crois tellement irrésistible. Je te rappelle que tu m'as traînée au cœur de cette histoire en me faisant du chantage.

Il se lève sans que sa chaise ne fasse de bruit.

— Tu aurais accepté de toute façon, au moins pour sauver ta famille de l'apocalypse. Vois mon intervention auprès du prince comme un bonus.

Il se fout de moi ?

— Viens, on sort, m'ordonne-t-il.

Vaut mieux, vu ce que j'ai envie de lui balancer à la figure. Je ne parle pas seulement de mes restes de poulet.

— Brook, la préviens-je, on va y aller, Poséidon et moi.

— D'accord, bonne nuit, Phita. Ta chambre se situe juste au bout du couloir, tu ne peux pas la manquer.

Je la remercie et je rejoins l'Olympien. Si chez moi, tout est blanc et pastel, ici les dominantes sombres offrent une drôle d'atmosphère aux corridors. Poséidon se détend enfin, comme s'il en avait été incapable jusqu'à maintenant.

— Tu as menacé d'interférer dans la future union de ma sœur, quelle qu'elle soit, lui rappelé-je. J'ai envie de te rayer de la surface de la Terre et de toutes les mers. Ne crois pas que je puisse ressentir de la sympathie à ton égard.

— Vraiment ?

— Quoi ?

Il se tourne à une vitesse telle que je ne le vois pas bouger. Ma poitrine frappe son torse et, lorsque j'essaie de reculer, il m'en empêche en glissant ses mains au creux de mon dos. Ça me rappelle la façon dont on a dansé au bal. S'il ne s'était pas révélé être un enfoiré, j'aurais sans doute pu profiter de lui pour m'amuser un peu. J'essaie de me dégager, mais il me tient trop fort. Il me vient l'idée de lui envoyer un coup de boule. Sauf que lorsqu'il reprend la parole, sa voix lente et grave agit sur moi comme la douceur d'une plume sur mon bras.

— Tu paries que je ne réussirai pas à faire en sorte que tu m'apprécies ?

Je m'oblige à me secouer afin de reprendre le contrôle sur mes pensées. Si je reste scandalisée, je suis quand même un peu moins en colère.

— Je ne parie rien du tout. Lâche-moi.

Je me débats de nouveau, et il finit par me libérer de sa prise. Je lui envoie une tape dans le torse en guise de représailles.

— Quand j'aurai retrouvé Hadès, tu resteras loin de moi.

— Même si je t'apprends à nager ?

Je le dépasse afin d'aller dans ma chambre.

— Ce n'est pas important.

— Pourtant, si tu veux devenir gardienne, tu devras savoir.

Il réussit à attirer mon attention, cette fois. Je me tourne vers lui, les bras croisés sur ma poitrine en signe de défi.

— Tu es vraiment un emmerdeur, Posy.

Il ricane en s'appuyant contre le mur d'une manière effroyablement sexy. Il est le genre de dieu à attirer le regard comme un aimant, où qu'il aille, quel que soit son public. L'applique murale plonge son visage dans une sorte d'aura orangée qui donne à son regard la couleur d'un coucher de soleil sur l'océan. Malgré mes constats positifs sur son enveloppe charnelle, je n'oublie pas qu'il a menacé ma famille. Il est capable de n'importe quoi pour obtenir ce qu'il désire.

— Un emmerdeur ? On m'a déjà qualifié de tas de choses, mais pas de ça.

— J'y arriverai sans toi.

Je remonte le corridor jusqu'à m'arrêter devant une porte. Brook m'a dit que je ne pouvais pas rater ma chambre. Effectivement, avec mon prénom gravé sur une plaque dorée, ce serait difficile. Poséidon m'a emboîté le pas tout du long.

— Tu peux me laisser, maintenant, le préviens-je.

— Si tu as besoin, envoie-moi un message.

— Compte là-dessus.

Je pousse la porte pour découvrir la chambre qu'on m'a assignée. Comme le reste du Royaume des Morts, elle est vaste et accueillante, peinte d'une couleur chaude. Le lit, les armoires et les bibliothèques sont fabriqués du même bois foncé.

Mon sac de voyage est posé par terre, près d'une table de nuit. La salle de bains adjacente contient une large baignoire et une douche. Quelques minutes plus tard, je me vautre dans un bain délicieusement brûlant pendant une bonne heure, consciente qu'aux Enfers, je n'aurai pas ce luxe. J'enfile ensuite mon pyjama, natte mes cheveux blonds et me dirige vers le lit. Le vol m'a épuisée, tout comme cette mascarade avec Poséidon. J'ai hâte que ce mec sorte de ma vie.

Alors que je m'apprête à me glisser sous la couette bouffante, je perçois la présence d'une divinité grâce à mon don. C'est très léger, je ne l'aurais sans doute pas sentie plus que cela si je n'avais pas été détendue. La poignée de la porte tourne, et quelqu'un frappe contre le battant.

— Phita, c'est Brook.

Je vais déverrouiller pour lui ouvrir.

— Qu'est-ce qui t'amène ? lui demandé-je en la laissant entrer.

La rouquine se dirige derechef vers un mini frigo disposé sous un bureau.

— L'alcool, répond-elle en prenant une mignonnette remplie d'un liquide transparent. Non, en vrai je voulais un peu de compagnie féminine. Les gars sont sympas, mais ce qu'ils peuvent être lourds !

Elle s'assoit dans un fauteuil confortable et je la rejoins. Elle avale plusieurs gorgées de vodka sans s'arrêter. Je lui donne dix-huit ans à peine, donc elle n'a pas l'âge de boire, normalement. Pourtant, le liquide fort ne semble lui procurer aucune sensation. Je tends la main pour qu'elle me donne la bouteille et bois une lapée. L'incendie dans ma gorge menace de me faire mourir. Je tousse, essuie des larmes, mais combats le mal par le mal en en prenant une seconde gorgée. Après tout, je vais aller dans le monde des damnés, j'ai donc le droit. Brook éclate de rire. Elle rebouche le récipient et le coince entre le bras du fauteuil et le coussin.

— Alors Phita, lance-t-elle, tu viens d'où ? Tu es qui ? Vu tes fringues, pas n'importe qui, j'imagine.

Je me marre en renversant la tête en arrière.

— J'habite en Californie et je ne suis personne en particulier. Je n'ai aucune importance, je n'ai rien de plus qu'une autre néréide. Tu as déjà entendu parler de mon peuple ?

— Pas vraiment. J'ai connu une nymphe, un jour, mais elle était pas super sympa. Son délire, c'était les plantes, je crois.

— Les néréides ont l'eau comme élément principal. Nous sommes à peu près deux mille aux États-Unis et à peine dix mille dans le monde entier. La plupart d'entre nous vivent plutôt bien et aux crochets de tritons, blindés de thune, qui subviennent à nos besoins.

Brook se tourne de manière à pouvoir poser l'arrière des genoux sur le bras du fauteuil.

— C'est ça, la vie d'une néréide ?

— À peu de choses près, oui. Mais j'imagine que pour une fille qui a vécu en famille d'accueil toute sa vie, ce n'est pas si mal.

Je dis cela sans jugement, raison pour laquelle elle ne le prend pas mal.

— Me rouler dans le luxe jour et nuit ? Oh non, quelle perspective terrible, pouffe-t-elle. En vrai, je crois que ta situation m'aurait bien plu si tu m'avais posé la question il y a deux ans. À présent, je m'en fiche, j'aime ma vie. Ou ma non-vie. Bref, je n'ai pas à me plaindre. Ici aussi, c'est cool, j'ai de la nourriture à volonté, les fêtes, des tenues magnifiques...

— Ça a l'air chouette, en effet. Bon, dis-moi ce que tu fais réellement dans ma chambre ?

Elle pique un léger fard.

— J'évite Léther. Tu sais, il a l'air d'un gros dur insensible, mais en vrai, il tient à moi. Parfois, cependant, il agit comme un connard fini. Exemple récent : ce soir.

J'ai bien remarqué, à leur manière de s'observer ou d'éviter de se regarder, qu'ils sont amoureux.

— Qu'est-ce qu'il a fait de si terrible ? demandé-je, curieuse.

— Je l'ai vu draguer une brebis. Enfin, il dit qu'il ne flirtait pas avec, mais on ne me la fait pas à moi. Je sais bien ce que j'ai vu !

J'imagine le biker faire les beaux yeux à un animal, mais je dois me tromper.

— On parle d'une fille ou d'une bête ?

Elle ne semble pas comprendre, jusqu'à ce que son regard pourvu de lentilles s'illumine. Elle m'explique alors que les brebis sont des filles faciles qui raffolent des bikers et qui leur tournent autour dans l'espoir de se caser avec eux pour toujours.

— Donc, Léther parlait à l'une d'elles ?

— Je crois que c'était un peu plus qu'une conversation, avoue-t-elle avec tristesse.

— Pourtant, c'est du sérieux entre vous, non ?

Elle ouvre la bouche, la referme et sourit, même si cette joie factice n'atteint pas ses yeux.

— Je crois. J'espère. C'est... c'est un biker. Il l'est depuis plusieurs décennies, et ça se voit. Il a du mal avec la conception du couple. Des fois, il doit se lasser de notre situation.

J'ai du mal à visualiser ce qu'elle me raconte.

— Il te l'a dit, qu'il se lassait de toi ?

— Non.

— Et tu lui en as parlé ?

Elle secoue la tête en signe de négation. La seconde d'après, elle saute sur ses pieds et tend les bras vers le plafond.

— Bon, je te laisse dormir. En tant que zombie, je n'ai pas besoin de sommeil, alors je vais aller embêter quelques Nyx. À demain. J'ai hâte qu'on retrouve Coré, je pense qu'elle te plaira.

Cette nuit-là, je rêve de Thétis. Elle se marie dans une hideuse robe verte qui sent le brocoli et elle a un sourire figé sur son visage, comme si je faisais face à une poupée. Je m'entends lui demander si elle est certaine de vouloir se marier et elle me répond que oui. Pourtant, elle marche comme un automate. Poséidon tient le rôle du prêtre. Dès qu'elle dit « oui » à son prince, je me réveille, les larmes aux yeux. Pendant une fraction de seconde, un sentiment d'abandon me transperce le ventre. J'ai l'impression qu'après la cérémonie, je ne verrai plus jamais Thétis, et cette crainte me dévore les entrailles. Je me force à ne pas y penser, pour essayer de dormir un peu avant le voyage. Mais, après cela, impossible de fermer l'œil.

C'est bizarre de craindre davantage ce mariage que mon séjour aux Enfers.

12.

Le lendemain, très tôt, je me trouve dans le bureau d'Hadès en compagnie de Spax, Léther, Brook, deux autres types dont je n'ai pas retenu les surnoms et Poséidon. J'ai passé une nuit affreuse. Même après m'être appliqué des patchs anticernes, je ressemble toujours à un cadavre.

— Les vivants entrent rarement aux Enfers, explique Spax. Tu risques de ressentir certains effets secondaires comme des migraines, de la nausée ou des hallucinations. Si tu ignores ce qui est réel et ce qui ne l'est pas, pars du principe que ça l'est. Ça t'évitera de courir des dangers inutiles.

Je hoche la tête en réglant les lanières d'un sac à dos de camping qu'on m'a prêté. J'ai emporté de l'eau et de la nourriture, en plus de vêtements de rechange et d'un sac de couchage. Poséidon porte des éléments encombrants, ainsi que trois lames passées à sa ceinture. Elles brillent d'une teinte perlée à la lumière. Lorsque je lui ai demandé s'il pouvait m'en confier une, pendant le petit déjeuner, il s'est contenté d'éclater de rire en changeant de sujet. Résultat des courses, je n'ai rien pour me défendre en cas d'attaque.

— On va latter du damné ! s'exclame Brook. Normalement, ils ne s'approchent pas de nous, donc tu devrais être tranquille.

Moins sensible à ma nervosité naissante, Léther lance :

— Roussette se goure. Ils désireront s'en prendre à toi, c'est une évidence. Les morts sont jaloux des vivants. Ils vont s'accrocher à ton essence pour pouvoir revenir sur Terre avec toi.

— Léther ! Tu vas l'effrayer !

— Comment je saurai s'ils s'accrochent ? couiné-je.

— Oh, ce sera une évidence, crois-moi.

Il ne me donne pas davantage de détails, mais un frisson d'angoisse me traverse le dos. On n'est pas encore partis que j'ai déjà hâte d'en finir avec cette mission. Pendant que les membres de notre groupe s'organisent ensemble en s'agitant comme un essaim d'abeilles, Poséidon en profite pour m'attirer à l'écart. Il reste très distant avec les Nyx, ne leur adressant la parole qu'en de rares occasions.

— Comment tu te sens ? s'inquiète-t-il.

— Au top, j'ai hâte de risquer ma vie pour retrouver le couple des Enfers !

Mon faux entrain interrompt la discussion de deux bikers qui patientent en attendant le départ. Plus bas, j'ajoute :

— S'il n'y a rien à trouver ? Si Hadès et Perséphone sont morts ?

Mes paroles font l'effet d'un bon poing dans le bide au dieu des Océans.

— Impossible, je l'aurais su si mon frangin avait passé l'arme à gauche.

— Et tu ne peux pas te servir de ça pour le retrouver toi-même ?

— Si j'avais pu, je ne t'aurais pas embarquée dans cette histoire. Spax m'a demandé de te confier cela. Il appartient à Hadès. C'est ce qui t'aidera à le retrouver. Tends ton bras.

Il accroche à mon poignet un délicat bracelet en or. Il est si fin que j'ai du mal à distinguer les maillons. Un pendentif représente une minuscule corne dorée de la taille de l'ongle de mon petit doigt. Je ressens à travers l'objet une chaleur magique, pareille à celle que je perçois quand je croise une divinité. Tout en gardant ma main plus longtemps que nécessaire dans la sienne, l'Olympien m'explique que j'ai en ma possession la fameuse corne d'abondance. Elle est capable d'offrir à son propriétaire de la nourriture à l'infini.

— Je ne l'imaginais pas comme ça, avoué-je en récupérant mon poignet.

— Je me suis chargé de la métamorphoser en bijou. Ce sera moins encombrant pour toi.

— Tu es donc capable de transformer les objets ?

— Certains, me répond-il en passant une mèche de cheveux derrière mon oreille. Tu es prête ? Ça ne va pas être une partie de plaisir, Trésor.

Dans le but de ne pas me focaliser sur les ondes agréables qui viennent de me traverser, je préfère en revenir à la corne.

— Je suis prête, oui. Je viens de comprendre comment les Nyx peuvent faire apparaître autant de nourriture. C'est grâce à ce truc.

— Ce *truc* est inestimable et d'une grande puissance. N'en parle pas comme si c'était un ornement en toc.

— Tu es certain qu'il est prudent de me confier ce tru... la corne ? me reprends-je en le voyant froncer les sourcils. J'ai tendance à perdre tout et n'importe quoi. À ton avis, pourquoi je n'ai aucun bijou sur moi ?

— Parce qu'ils t'empêchent de te battre ?

Je me marre. On dirait que Poséidon réussit à plutôt bien me cerner.

— C'est vrai, mais ce n'est pas la raison principale.

Il est si certain qu'on s'en tirera que je me raccroche à son assurance afin de dissimuler ma trouille.

— Grâce à la corne, ajoute-t-il, tu retrouveras Hadès. Il te suffira de te concentrer sur elle quand on sera aux Enfers. Pour le reste, ça fonctionne sur le même principe que ta détection divine.

Ça a l'air facile, expliqué de cette façon. Je me focalise alors sur nos accompagnateurs.

— Tyron ne vient pas avec nous ? Où est-il, d'ailleurs ?

— Il préfère éviter de retourner aux Enfers, je crois que ça lui rappelle de mauvais souvenirs.

Quelques minutes plus tard, la porte en acier au milieu du bureau s'ouvre sur un paysage rougeoyant. Une chaleur poisseuse me frappe, accompagnée par une odeur de brûlé assez étouffante. Spax et Léther prennent la tête du convoi. Brook et moi leur emboîtons le pas, suivies par Poséidon et les deux autres bikers qui ferment la marche. Je me félicite de porter de bonnes chaussures de randonnée dès qu'on franchit le passage magique. Sous mes pieds, une étendue de galets noirs, certains aussi tranchants que des lames de rasoir, s'accroche à mes épaisses semelles. On se trouve sur une large rive, léchée par un fleuve d'une terrifiante teinte rouge. À la surface de l'eau colérique, des visages se forment sur l'écume. Au grondement du courant se mêlent des hurlements de souffrance et des pleurs. Par instinct, je ferme ma veste en jean, même si elle ne peut pas me préserver de l'énergie écœurante qui se dégage du Royaume des Morts. Comme l'a signalé Spax, j'ai la nausée. Cependant, je ne détermine pas si c'est à cause de la puanteur ou du monde en lui-même. Je m'avance sur la rive, bientôt stoppée net par la main de Poséidon sur mon épaule.

— Non. Ne t'éloigne sous aucun prétexte, m'ordonne-t-il avec sérieux.

— Qu'est-ce que c'est ? demandé-je, le souffle court, en désignant les silhouettes fantomatiques sur l'eau.

Spax nous rejoint, l'air un peu désolé.

— Des morts qui ont essayé de franchir le fleuve à la nage après que Charon, le passeur d'âme, les a fait traverser. En croyant échapper à leur jugement dernier, ils se sont condamnés à un tourment sans nom.

Il n'a pas besoin d'en dire davantage pour que je comprenne que ce sort est pire que ce qu'ils auraient pu avoir en définitive. Le jour où je clamse, je n'ai pas intérêt à jouer la maligne.

— Je n'ai plus trop envie d'apprendre à nager, réponds-je pour moi-même.

Spax est surpris, mais ne me pose pas de questions. Léther annonce, en nous rejoignant :

— On a sécurisé la rive du fleuve Cocyte, jusqu'à la zone où sont envoyés les suicidés, explique-t-il, on atteindra cette dernière au bout de deux ou trois heures. Ensuite, il faudra ralentir l'allure et redoubler de vigilance. Qui sait ce qui pourra nous tomber sur le coin de la tronche. Allez, ne traînons pas. Mieux vaut rester en mouvement. Il n'y a pas que des damnés qu'on risque de croiser.

Brook pousse un soupir en observant le biker avec amour :

— Il est trop sexy quand il prend les commandes.

Je ne peux m'empêcher de sourire et de l'envier un peu. Le jour où quelqu'un me regardera comme elle le fait, je crois que j'aurai rempli un objectif de vie. Il n'y a rien de plus important que l'amour, à mon sens.

Nous longeons le fleuve, le fameux Styx, m'apprend Brook en restant à bonne distance de l'eau. De la fumée s'échappe de la surface, signe que piquer une tête là-dedans doit être aussi agréable que de plonger au cœur d'un volcan. En parlant de volcan, j'en aperçois plusieurs sur le fil de l'horizon. Ils crachent une fumée noire qui ressort sur le ciel sanglant. Dans l'immédiat, les Enfers ressemblent à l'idée que je m'en faisais : sinistres à souhait. J'ai l'impression que la chaleur s'accroche à ma peau et essaie de la pénétrer. C'est répugnant. Espérant me changer les idées, je demande à la rouquine :

— Et donc, tu travailles dans cet environnement avec les Nyx ?

— Oui, à mi-temps. Hadès m'a offert un poste au night-club et un autre ici pour que je puisse choisir lequel me convient le mieux.

Elle a plutôt l'air à l'aise aux Enfers. Elle porte des chaussures de randonnée roses qu'elle a personnalisées avec des strass. La couleur flashy ressort dans le paysage, lui offrant une touche plus gaie. Elle garde le sourire, affichant une bonne humeur constante.

Ce voyage en sa compagnie pourrait être moins glauque que je le pensais. Tant mieux.

— Tu penches vers lequel ?

— Je ne sais pas encore. Les Enfers ne sont pas constitués que de choses horribles, tu vois ? On m'a demandé de bosser avec Spax et Coré dans la salle d'arrivée des enfants.

— La salle d'arrivée ?

Alors que l'on continue de remonter le fleuve dans le sens contraire du courant et que les Nyx présents observent autour d'eux avec méfiance, Brook m'explique que les enfants qui viennent de mourir arrivent dans une salle souterraine qui leur est réservée.

— Depuis que Coré aide Hadès, elle a rendu cet endroit plus agréable. Avant, les murs étaient nus, il n'y avait rien qui soulageait les gosses de leur terreur. Elle a donc fait changer la déco et la salle ressemble à un immense complexe d'amusements avec jeux gonflables, glaces à volonté et j'en passe. Permettre aux petits de s'amuser un peu rend le voyage jusqu'aux juges plus supportable. Bref, moi je m'occupe de distribuer des glaces, alors il existe pire comme métier. Le petit Rayan en veut une au chewing-gum et à la banane ? Je lui fais apparaître ça. Sandy préfère de la crème glacée goût chocolat et caramel ? Brook à son service ! Tu vois le genre ?

Je hoche la tête, trouvant l'idée plutôt géniale. À ma grande surprise, Spax nous rejoint, ayant entendu la conversation. Je considère donc qu'on ne court pas de danger pour l'instant.

— Elle a réussi à créer des parfums qui n'existaient pas. Genre dessin animé, jeu de société, jeu vidéo... tu y crois, toi ? Alors, elle a intérêt à rester aux Enfers pour bosser avec nous. Les gamins l'adorent, en plus. Ce qui n'est pas le cas des clients du Royaume des Morts quand elle les agresse lorsqu'ils demandent une vodka sans glaçon.

La rouquine roule des yeux, mais je vois bien que le compliment du Nyx la touche.

— J'attends de savoir si Hadès va m'augmenter, avant de décider. Je...

Elle ne termine pas sa phrase. Une créature surgit des eaux brûlantes en lâchant un hurlement à glacer le sang. Pendant une fraction de seconde, le temps s'arrête. J'ai le sentiment de me trouver dans un film qui défile au ralenti et qui me laisse le loisir de détailler la bête immonde qui vient de s'échouer sur la plage de galets. Elle ressemble à un tas de chair sanglant rosâtre et rouge, comme si on avait dépecé et broyé plusieurs êtres humains avant de former une boule avec. Des visages apparaissent, parfois des mains. Ils hurlent, se lamentent avec la même ferveur que dans le Styx.

Lorsque je retrouve le contrôle de mes jambes, je recule, bousculant Brook au passage. Elle semble n'avoir jamais vu ce genre de créature, parce qu'elle-même a les yeux exorbités. Les bikers se sont déjà mis en action : ceux qui restaient à l'arrière pour fermer la marche nous dépassent, armés de grosses chaînes en acier. Spax et Léther tirent des coups de feu et Poséidon... lui s'est dressé entre moi et la chose. Cette dernière pousse un hurlement de rage à travers toutes les bouches que j'aperçois. La seconde d'après, des tentacules surgissent et fouettent l'air. Les quatre Nyx sont projetés dans les airs, heureusement à l'opposé du fleuve. L'assaut a duré à peine une seconde.

— Couchez-vous ! nous ordonne Poséidon.

J'attrape Brook, qui n'a pas l'air de vouloir réagir, et nous précipite au sol. La chute fait moins mal que les coups de tentacules incessants et violents que se prend le dieu des Océans. Des plaies déchirent sa peau, le sang se met à couler de plus en plus abondamment. Pourtant, il reste campé sur ses jambes, essayant d'attraper tous les tentacules pour entraver le monstre. Sauf que d'autres apparaissent, sortis tout droit de ce tas ensanglanté, rendant la tâche quasiment impossible. Je ne peux détacher mon regard du corps musculeux de Poséidon bandé à l'extrême.

— Mais c'est quoi, ce machin ? souffle Brook en reculant.

Peu importe si les galets affûtés entament nos mains et nos vêtements, je l'imite.

— Tu l'ignores ?

— Évidemment, je m'occupe des gamins moi, à la base ! Je ne sors pratiquement pas de la salle !

Les bikers se sont relevés, l'air plus furieux que jamais. Ils se précipitent sur la bête pour lui assener des coups de chaîne qui auraient brisé mes os en moins de deux – et pourtant, les néréides sont plutôt résistantes. Puisque l'Olympien l'immobilise un minimum, les Nyx parviennent à la repousser. Je cherche une arme autour de moi. Manque de bol, la brume se mêle au combat en sortant du sol. Elle entreprend de couvrir à la fois le fleuve, la plage et les montagnes rocheuses au loin. Sa couleur grise ne m'inspire pas confiance. Pourtant, je me détourne très vite d'elle lorsque Poséidon pousse un hurlement de souffrance : des tentacules enserrent sa taille et ses bras, ils tentent de le broyer. Pire, des piques suintants de blanc lui transpercent les membres. Il est soudain soulevé du sol, puis fracassé contre les galets. Plusieurs fois. Mon cri se mêle au sien et des larmes inondent mes joues. Lorsqu'un motard est éjecté près de moi et qu'il laisse tomber sa chaîne, j'hésite à peine avant de m'en saisir.

Je bondis sur mes pieds, rejoins l'ensemble de tentacules qui emprisonnent le dieu, puis balance la chaîne aussi fort que je le peux. Je réitère plusieurs fois mes coups en évitant les attaques de la créature. Xander m'a bien formée à l'esquive, ce sont même les premières leçons qu'il m'a données.

Poséidon se débat, mais notre attaquant resserre sa prise sur lui. J'ai vaguement conscience des égratignures sur l'ensemble de mon corps. L'adrénaline étouffe la douleur, m'oblige à vivre le moment présent. Même si j'ai envie de me rouler en boule, je continue de frapper. Au bout d'une éternité, Poséidon est propulsé dans les airs, mais libéré de cette étreinte assassine. Je m'immobilise pour m'assurer qu'il se relève. Les battements de mon cœur couvrent presque les cris de la créature.

— Mets-toi à l'abri ! hurle le Roi des Mers.

Trop tard. Je n'aurais pas dû baisser ma garde sous prétexte d'avoir rempli mon objectif principal. Xander en serait fortement déçu. Il m'obligerait sans doute à faire cinq cents pompes en me hurlant que je suis idiote.

Et il aurait raison.

L'un des tentacules me percute de plein fouet. Expulsée dans les airs, je n'ai pas le temps de réagir ni de comprendre ce qui m'arrive : je plonge dans le Styx.

Je coule sur-le-champ. Je devrais me débattre, hurler de terreur au point d'avaler l'eau sanglante, sauf que je n'y arrive pas. Une brume intérieure anesthésie mon corps et mon esprit. Je n'ai pas peur, pas mal. Je ne ressens ni la brûlure des eaux ni le froid de la mort. Tout est rouge autour de moi, flou. Mon dos frappe une surface molle, presque agréable. Je continue de papillonner des paupières avec calme, alors qu'une voix lointaine dans mon esprit me hurle de réagir. Je n'arrive plus à émettre le moindre mouvement. Mes forces m'abandonnent, laissant à leur place un sentiment de quiétude profonde.

C'est ça, mourir ? Ce n'est pas si terrible.

Des mains attrapent mon visage, d'autres s'accrochent à mes vêtements, s'agrippent à mes jambes. Elles tentent de m'entraîner à travers le sol spongieux. Elles peuvent bien m'emmener où elles veulent, je m'en fiche. J'espère que ce sera dans un endroit cool où je pourrai m'éclater. Genre une salle de dojo avec des gardiens à qui j'en mettrais plein la vue. J'espère que ce ne sera pas l'une de ces soirées mondaines organisées par ma mère. Si c'est le cas, je gâcherai la fête, me promets-je. Cette idée m'arrache un rire et un véritable incendie déferle soudainement dans ma gorge. La souffrance ne parvient pas à me sortir de ma léthargie.

Brusquement, un visage apparaît devant moi. Loin d'être celui d'un mort ou d'un damné, il appartient à Léther. Le motard m'attrape par le bras, se jouant de la prise des mains qui tentent de m'emmener je ne sais où, puis il me ramène à la surface. Je vis tout cela comme si je me trouvais hors de mon corps. Le ciel des Enfers réapparaît, l'eau disparaît. Toutefois, je n'arrive toujours pas à me mouvoir. Mes sens perdent en efficacité. J'entends à peine Poséidon quand il s'exclame :

— Laisse-moi faire ! Je m'occupe d'elle !

— Comment, gros malin ? le tacle Léther. Elle a été empoisonnée. Mais elle devrait s'en sortir. Si elle a survécu à un plongeon dans le Styx, elle surmontera cette épreuve.

Empoisonnée ? C'est sûrement pour cela que je ne peux plus bouger. Des galets entament mon dos lorsque je me retrouve allongée contre mon gré.

— La brume s'épaissit, faut se tirer. En plus, le damnos peut revenir, intervient Spax.

— Je la porte, annonce Poséidon en dissimulant à peine sa nervosité.

Ses bras me soulèvent. Son parfum marin et salé inonde mon odorat.

— Tu sens trop bon, soupiré-je.

— Je croyais que vous aviez sécurisé la zone, putain ? assène-t-il sans tenir compte de mes paroles.

— C'est le cas, mais on est aux Enfers, commente Spax. On ne sait jamais vraiment sur quoi on va tomber... Comment elle va ?

— Phita ?

La voix de Poséidon s'adressant à moi me soulage un peu. J'ai envie de lui dire que je l'entends. Surtout, de lui hurler dessus pour qu'il arrête de traiter les Nyx comme s'ils étaient nos ennemis. Un peu d'entraide, bon sang ! On est tous dans le même bateau.

Les phrases autour de moi se muent en murmures. Je ne les comprends plus. Le monde s'assombrit, mon cerveau également. Ma vision se trouble au point de me rendre quasiment aveugle. Percutée par une soudaine fatigue, je m'abandonne aux ténèbres.

13.

Un sursaut m'extirpe du brouillard apaisant dans lequel je flottais depuis plusieurs minutes. Un éclair de souffrance parcourt mon corps, le reconnectant à mon cerveau.

— Nom de Zeus, c'est quoi ces conneries ?

La douleur redouble d'intensité, ma vision se floute, ma tête tourne. Je pousse un grognement en me forçant à respirer profondément. *Allez, Phita. Inspire, expire. Plusieurs fois.* Voilà, ça va déjà mieux. Les souvenirs de mon plongeon dans le Styx me reviennent en même temps que ma vision. J'en ai une nuée de frissons. J'ai encore l'impression de sentir l'eau s'engouffrer dans ma gorge. Je tâte ma poitrine, les mains tremblantes, mes jambes, mon visage. Tout se trouve à sa place, encore heureux !

C'est alors que je relève les yeux et croise ceux hypnotiques de Poséidon. J'ai conscience des autres personnes autour de moi qui expriment leur surprise. Pourtant, je me raccroche aux iris de l'Olympien avec force. Peu à peu, mon angoisse reflue, je parviens à remettre de l'ordre dans mes pensées. L'amusement teinte ses traits foncés de telle manière que ça les rend plus agréables que je le voudrais.

— Bienvenue parmi nous, Trésor.

— Comment tu as pu te rétablir aussi vite ? grommelle Spax

sur ma gauche. Tu as frôlé la mort.

Effectivement. Je mets ça sur le compte de la chance.

— C'est une question d'habitude, réponds-je en détaillant les lieux. Je suis plus résistante que mes congénères, parce que je me renforce physiquement depuis plusieurs années. On est où ?

— En sécurité, répond Poséidon. On ne risque rien, ici. Comment tu te sens ?

— Tu vois un morceau de viande charcuté ? Tu as besoin de plus de détails ?

Je lève les mains devant mon visage pour examiner la multitude de petites entailles infligées par les picots sur les tentacules de la créature. Elles m'élancent encore, mon épiderme brûle un peu partout. Je me concentre sur mon environnement pour ne pas trop dramatiser. Des torches accrochées aux murs dévoilent une grande grotte. Je n'aperçois pas le fond, cependant une bouche béante s'ouvre sur un ciel d'une teinte violette inquiétante. Un feu crépite au centre du cercle de lumière, ses flammes vertes magnifiques m'hypnotisent un court instant. Je n'en ai jamais vu de semblables. Sans dégager la moindre fumée, il réchauffe ma peau glaciale. Par instinct, je m'en approche en serrant les bras autour de moi. L'avantage, c'est que je m'éloigne de Poséidon pour repousser cette onde électrique que j'ai sentie entre nous quand j'ai croisé son regard. J'offre un sourire embarrassé à Léther et Spax, remarquant que Brook n'est pas là. Les deux motards dont je ne connais pas l'identité non plus, d'ailleurs.

— Tout le monde va bien ? m'enquiers-je.

— Ouais, répond Léther.

Cette fois, je souris de soulagement.

— Bon, c'était quoi ce truc ?

— Un damnos, m'explique le petit copain de Brook. Il se forme lorsque des damnés s'embourbent au fond du Styx. On espérait ne pas en rencontrer. Généralement, ils n'attaquent pas les vivants. Ils s'en prennent aux âmes en peine. Tu as eu de la chance de survivre face à lui et au Styx.

Je me retiens de me rengorger parce que le voyage est loin d'être terminé, et je risque de claquer n'importe quand. Inutile de taquiner le diable, n'est-ce pas ? Surtout à l'endroit où je me trouve. Je secoue la tête pour effacer la brusque vision d'une pierre tombale arborant mon nom. J'imagine ma mère écrire, en guise d'épitaphe, « elle l'a bien cherché, elle aurait dû se mettre à la broderie ».

— Je ne l'explique pas, avoué-je en captant l'intérêt de mes interlocuteurs. Toi, tu as pu plonger sans problème, dis-je à Léther.

— Parce que le Styx se jette dans mon fleuve, m'apprend-il. Ce n'est pas un problème.

Pour ne plus avoir à parler de ma presque mort, je me concentre sur ce que je porte. On m'a enfilé de nouveaux vêtements.

— Eh, Posy ! Rassure-moi, tu n'as pas maté ce que je cache là-dessous ? demandé-je en désignant mon tee-shirt de rechange.

Il ricane, mais ne répond pas.

— Non, je m'en suis chargé, annonce Brook qui surgit de l'obscurité de la grotte.

— Il t'a fallu autant de temps pour pisser ? demande Léther.

— Eh, je suis une fille, c'est moins facile que pour vous, gros malin. Pas vrai, Phita ?

— Je n'ai jamais eu à me soulager autre part que dans des toilettes. Les morts ont des besoins de ce genre ? soufflé-je, fascinée.

À Léther de rétorquer avec un sourire carnassier :

— Les morts ont des tas de besoins, n'est-ce pas, Roussette ?

Sa copine roule des yeux en gardant le silence. Son minuscule sourire ne m'échappe pas, attisant le mien. Entre ces deux-là, il existe un amour palpable. Est-ce vraiment étonnant vu la véritable nature de Brook ?

— Comment tu vas ? me demande-t-elle avec un regard compatissant.

— Dans la mesure où je devrais être morte, bien. Merci pour les vêtements.

— Je n'ai pas pu te changer les chaussures, tu n'en avais pas pris de rechange. Et dans cet environnement, mieux vaut que tu gardes celles que tu as à tes pieds.

J'acquiesce.

— Ça n'explique pas comment tu as survécu, insiste Spax en revenant à notre conversation initiale. On parle du fleuve qui avale vivants et morts, quand même.

— Phita est exceptionnelle, répond Poséidon. Elle est dotée de dons et de capacités qui la rendent particulière. Elle est sans doute la néréide la plus formidable que j'ai rencontrée ce dernier siècle.

Son compliment me touche beaucoup trop. Mon regard croise à nouveau le sien, et mon cœur accélère dans ma poitrine. Les flammes embrasent soudainement ses yeux, les rendant tout à coup magnifiques. Je me serais détournée si son visage ne s'était pas paré d'un masque envoûtant. Là, à la lueur du feu, je le trouve...

Je tourne la tête en faisant mine de vérifier si je n'ai pas d'autres blessures. La chaleur diffusée dans la grotte n'a rien à voir avec celle qui inonde mes joues, mes veines, mon organisme entier.

— C'est lié à son pouvoir ? enchaîne Spax, qui n'a pas remarqué mon trouble. En tout cas, vaut mieux pas l'avoir en guise d'ennemie, le damnos s'est mangé la pâtée de sa vie.

Son interrogatoire me met mal à l'aise.

— Ne cherche pas à trop en savoir sur elle, gronde Poséidon. N'oublie pas que sans elle, tu n'as aucune chance de revoir ton chef de gang. Cesse donc de la harceler.

C'est la première fois que je l'entends se mêler réellement à une conversation. J'ai saisi qu'il n'appréciait personne ici, en dehors de moi. Je n'ai pas réussi à savoir si Brook lui évoque les mêmes sentiments de répugnance que les hommes d'Hadès.

— Je vais prendre l'air, décidé-je en me levant avec l'espoir de dissiper la soudaine tension dans l'air. Tu viens avec moi ?

Ma proposition surprend Poséidon. Mais c'est soit je le laisse ici au risque qu'il déclenche une bagarre, soit je me le coltine. Je préfère la seconde option.

Alors que je débouche sur un petit plateau, à l'entrée de la grotte, il m'emboîte le pas. Une immense montagne s'élève derrière moi, et une mer de brume grise s'étend à l'infini. Impossible de voir très loin.

— Il y a une question que je me pose sur cet endroit. On est sous terre, non ? Pourquoi ai-je l'impression que ce n'est pas le cas ?

Poséidon se prend volontiers au jeu :

— Vois ça comme plusieurs réalités. Imagine que notre monde, les Enfers ou même les champs Élysées sont des couches superposées, chacune ayant ses propres lois, structures et paysages.

— Donc si l'une des superpositions est détruite... les autres suivent ?

Il opine, je grimace de plus belle.

— On est hors de danger ?

— Si tu parles de la créature, elle ne reviendra pas. Tu ne t'en es sans doute pas rendu compte, mais la violence de ton attaque l'a poussée à retourner dans le Styx. C'était bien joué.

— Merci.

Je repense à la terreur qui m'a submergée quand j'ai imaginé cette bête tuer Poséidon.

— Cela dit, c'était particulièrement risqué d'intervenir, tu aurais pu mourir. Qu'est-ce qui ne tourne pas rond chez toi ?

— De rien, lancé-je pour cacher mon trouble, c'était un plaisir de te sauver les fesses. Tu m'en dois une. Ce que j'espère, c'est que d'autres trucs du genre ne nous tomberont pas dessus.

Je tique en croisant les bras sur ma poitrine. Au passage, je remarque que je porte toujours le bracelet en or, par chance, je ne l'ai pas égaré. Ce sera bientôt le moment d'activer mon pouvoir. J'espère y arriver.

— Alors, dis-moi, questionné-je, comment dois-je utiliser ce bijou et retrouver ton frère ?

Je fais comme s'il n'avait pas cessé de me fixer jusqu'à me donner l'impression de voir mon âme.

— Plus tard, il faut que tu dormes. Tu vas avoir besoin d'énergie en continu, et après ce qui s'est passé, tu en as perdu beaucoup.

— Je ne suis pas fatiguée, mens-je. Qu'on en finisse. Allez, montre !

— Non. Je ne t'ai pas amenée ici pour que tu meures d'épuisement... ou d'autre chose.

Son expression me confirme qu'il ne compte pas m'en dire plus. Je grommelle entre mes dents, ce qui le fait rire. Pour la première fois, je ne perçois pas de moquerie chez lui.

— Et puis, ta mère me tuera si je ne te ramène pas, elle me fait trop peur, prétend-il.

— Elle terrorise tout le monde, ce n'est pas une raison suffisante.

Au moins, il réussit à balayer un peu mon angoisse. Une partie de moi flippe encore à l'idée de rencontrer un autre monstre, voilà pourquoi je suis à ce point sur les nerfs.

— C'en est une, j'ai mon royaume à gérer.

Il s'appuie contre la paroi noire de la montagne, à bonne distance de moi. Son attention se perd sur l'horizon, sa posture détendue le rend incroyablement sexy au milieu de cet environnement hostile.

Il pivote vers moi, remarquant mon intérêt peu discret. Je me focalise sur la poussière grise à mes pieds.

— C'était une plaisanterie, avoue-t-il brusquement. Tu sais, je n'ai plus ni royaume, ni sujet, ni reine. Je suis une sorte de roi déchu. Quand les hommes ont commencé à oublier notre existence, les membres de ma cour se sont dispersés sur terre et dans les océans.

— Pourquoi ? soufflé-je en saisissant une note de tristesse dans sa voix.

Il hausse les épaules, puis reprend avec flegme :

— Parce que je leur ai ordonné. Il était temps pour nous... divinités grecques, de laisser notre place. Nous avions déjà bien vécu.

Alors là, il m'en bouche un coin.

— Donc, tu as décidé de ne plus être roi ?

— Oui. Mon mode de vie ne plaisait pas à celle que j'aimais. J'ai fini moi aussi par me lasser.

Pour la première fois, j'envisage que Poséidon soit en couple. Ça me fait un drôle d'effet.

— Attends, tu prétends qu'une fille a pu tomber amoureuse de toi ? Impossible, tu es trop énervant.

— Oh, mais c'est le cas de beaucoup de femmes, Trésor.

— Arrête de te pavaner. Elles devaient être aveugles ou droguées.

— Tu es dure, grimace-t-il.

— Va falloir t'y faire, Posy. Je ne suis pas une néréide comme les autres, tu l'as dit toi-même.

Sur ce, je me baisse légèrement pour lui offrir une révérence en soulevant une robe imaginaire.

— Votre Altesse, le devoir m'appelle. Je dois aller essayer de me soulager comme un mec.

Son sourire arrogant revient, signe que je vais essuyer l'une de ses remarques à deux balles. Ça ne loupe pas.

— Tu veux que je t'apprenne ?

— Rêve. Je ne fais pas partie de celles qui veulent sentir le toucher divin, si tu vois ce que je veux dire.

Il se marre et je dois lutter pour garder mon sérieux.

— On en reparle dans quelques jours, jolie Phita.

Je marmonne un « incroyable » qui accentue son hilarité, puis je m'engouffre à nouveau dans la grotte.

14.

Autour du feu, les bikers discutent de la mission en cours. Lorsque je les rejoins, Spax m'interroge derechef :

— Tu peux essayer de localiser Hadès pour qu'on reparte ?

À la base, ce n'est pas ce qui était prévu. Cela dit, vu les surprises qu'on découvre aux Enfers, je comprends que les Nyx veuillent écourter notre séjour. Moi aussi, je dois l'avouer.

— Impossible. Si les morts-vivants ne dorment pas, ce n'est pas mon cas. On en reparle demain, où dans une poignée d'heures. Allez savoir comment défile le temps, dans cet endroit de malheur.

— Elle a raison, reprend Poséidon avant que Spax conteste. Il faut qu'elle dorme.

— OK, soupire le gros barbu. On va donc former des groupes de surveillance pendant ton sommeil, Phita. Repose-toi au maximum, tu ne risques rien.

Je tais le fait qu'il a dit exactement la même chose avant qu'on passe les portes des Enfers, pour que finalement je me retrouve devant une créature sanguinaire. Silencieuse, je m'enroule dans mon sac de couchage en faisant dépasser mes pieds chaussés et en les gardant proches du feu afin qu'ils sèchent rapidement. En à peine quelques minutes, les voix autour de moi s'estompent et l'inconscience me happe dans une douce obscurité.

Je ne rêve pas du mariage de Thétis ni de brocolis, cette fois. Non, je me trouve face à Poséidon, debout devant la grotte. Il a la même allure inébranlable que dans la réalité, alors que des créatures ailées parcourent le ciel rouge sang au-dessus de nos têtes. Leurs hurlements meurtriers éveillent une sombre angoisse dans mon corps étrangement froid. Je me raccroche à l'aura de sécurité du Roi des Mers pour ne pas flancher et me mettre à courir. Du plat de la main, je lisse une magnifique robe dorée très longue, dont le tissu scintillant forme des vaguelettes sur le sol.

— Votre Altesse, dis-je en lui offrant une révérence moqueuse. Que me vaut le déplaisir de te voir t'incruster dans mon sommeil ?

Il éclate d'un rire puissant, de ceux capables de créer un tremblement de terre.

— Qui te dit que tu n'es pas dans *mon* rêve, Trésor ?

Ses yeux amusés me détaillent, puis s'imprègnent d'une expression que je n'ai encore jamais vue chez un homme. Elle me transperce, me coupe le souffle, alimente une chaleur qui se diffuse au cœur de mes veines. Un sourire idiot m'échappe, incontrôlable. Au lieu de lui offrir une remarque spirituelle de mon cru, je me mets à balbutier. La honte. Avant que je puisse répondre à sa question assez douteuse, le paysage écœurant autour de nous part en fumée.

Je me réveille, secouée comme un prunier.

— On se bouge, me brusque Léther, allez. La brume s'est retirée, faut en profiter. Il est peut-être temps d'utiliser ton pouvoir.

Que je sorte du sommeil serait déjà pas mal. Je me lève en m'étirant comme un chat.

— Si tu la laissais prendre un petit déjeuner avant de partir, l'enguirlande Brook en me tendant un paquet de biscuits. Tiens, c'étaient mes préférées avant que je meure. Aujourd'hui, je les trouve un peu fades, mais j'espère que tu les aimeras.

— Toi, tu es un amour, réponds-je.

— Je sais. Pardonne-lui, il est un peu psychopathe sur les bords.

Comme elle a parlé sans prendre la peine de faire preuve de discrétion, Léther s'éloigne en maugréant. Pendant que tout le monde se prépare au départ, je m'efforce de manger vite. Ils ont déjà tous l'air d'avoir le ventre plein. Je me demande combien de temps j'ai dormi.

— Entre sept et huit heures, je dirais, m'informe la rouquine quand je le lui demande.

— J'ai l'impression que ça a duré deux secondes.

— Je veux bien te croire. Tu avais l'air épuisée. Ça va ?

— Comme sur des roulettes, réponds-je en repensant à mon rêve.

Assis contre le mur en retrait, Poséidon semble plongé dans une sorte de transe éveillée. L'obscurité du fond de la grotte le rend presque invisible. Une fois rassasiée par ce petit déjeuner rapide, je le rejoins.

— Bien, il est temps que tu m'expliques comment retrouver Hadès, avant que les Nyx décident de m'embrocher.

— Bonjour à toi aussi, Trésor. Tu es resplendissante. Tu as bien dormi ?

— Tu crois que c'est le moment de faire preuve d'esprit, Posy ? Allez, je t'écoute.

Ma vision s'acclimate à l'obscurité environnante, me permettant de détailler son visage. Il demeure aussi figé qu'une statue. Comme il s'applique à rester silencieux, je roule des yeux.

— Bonjour ! m'exclamé-je, résignée. Tu es content ?

— Très. Tu ne me dis pas que je suis resplendissant, moi aussi ?

Je secoue la tête.

— Agaçant, ça tu l'es. Resplendissant, je ne crois pas.

Un peu plus loin, j'entends Spax tiquer :

— Si vous arrêtiez de flirter et que vous vous mettiez au travail ? Chaque seconde qui passe rend la situation plus critique.

Scandalisée, je m'apprête à répondre qu'on ne flirte pas, quand Poséidon attrape ma main. Le contact de sa peau froide me surprend, il me rappelle qu'on meurt de chaleur, ici.

— Ce n'est pas difficile, dit-il en glissant ses doigts jusqu'au bijou autour de mon poignet. Tu vas te concentrer sur la corne, sur sa légèreté, sur les maillons de la chaîne. Ferme les yeux.

Ayant repris mon sérieux, je m'exécute. J'essaie de me focaliser sur l'objet magique, mais je n'ai conscience que de Poséidon, de la douceur de sa main, des vibrations de sa voix qui déferlent encore en moi. Alors je me dérobe à lui, alarmée par les papillons dans mon ventre.

Allez, Phita, m'ordonné-je, *ce qui compte vraiment, c'est de quitter les Enfers...*

D'abord, il ne se passe rien. Puis, peu à peu, je sens la corne vibrer contre mon épiderme. Lorsque je le signale à mon prof particulier, il me répond :

— C'est l'aura divine de l'objet, c'est à elle que tu dois te cramponner. Comme la corne est rattachée à Hadès, ils possèdent la même signature énergétique. Imprègne-toi d'elle, laisse-la te parcourir.

Je suis son conseil, à la fois curieuse et fascinée. Les vibrations deviennent plus fortes, plus perturbantes. À tel point que je les sens bientôt se diffuser dans mon bras, ma poitrine et ma tête. Une lumière dorée éclate derrière mes yeux, elle inonde mon esprit jusqu'à m'ensevelir sous son pouvoir agréable.

Surprise, j'ouvre les paupières. Une lueur dorée entoure le bracelet, avant de s'élancer à toute allure en dehors de la grotte. Elle laisse sur son passage une traînée que je vois avec précision.

— Qu'est-ce que c'est que ça ? soufflé-je.

Les bikers et Brook nous entourent, rongés par la curiosité.

— De quoi tu parles ? demande Léther. Tu as réussi ? Tu sais où il est ?

— Personne ne voit ce que tu perçois, enchaîne Poséidon à mon attention. Ça ressemble à quoi ?

— À un long ruban de fumée figé dans l'air ? Il… il se dirige vers Hadès. Il me guide, je le sens.

— On s'en fout de ce à quoi ça peut ressembler, répond Spax en attrapant mon sac, on décolle. Je vais porter ça pour toi, ça te facilitera la tâche. Tu vas devoir marcher devant avec nous, autant que rien ne t'encombre. Allez, en route.

Je lui emboîte le pas, un sourire idiot rivé sur la face. J'ignorais que j'étais capable d'une chose pareille. Un don aussi formidable me permettrait de devenir facilement gardienne.

— Non.

Le ton sans appel de Poséidon nous fige tous.

— Quoi, non ? s'énerve Spax.

— Elle n'ira pas devant avec vous, elle reste au centre, en sécurité. Elle vous guidera oralement, c'est plus sûr.

— Je pourrais très bien…

— Non, me coupe-t-il.

Je ferme la bouche, agacée. Ce qu'il me saoule ! Il n'est pas mon roi. Il ne l'est plus, à ce que je sache. Léther intervient à son tour :

— C'est vrai, ce sera moins risqué pour elle à l'arrière. Elle est la seule à pouvoir nous conduire à Hadès.

À mesure que les secondes s'écoulent, je réalise qu'ils n'ont pas tort. Si un autre monstre surgit de nulle part et me zigouille, le couple des Enfers restera introuvable et la Terre disparaîtra dans une horrible apocalypse.

— Très bien. On décolle, somme Spax.

Puisqu'il n'y a pas d'eau potable dans le coin et qu'il vaut mieux garder les gourdes pour boire, je prends juste le temps de changer de sous-vêtements en profitant de l'obscurité du fond de la grotte.

Dehors, la lueur sanglante du ciel continue de dominer l'atmosphère. Les seules touches guillerettes des environs proviennent des vêtements de Brook, de ceux de Poséidon, des miens et du lien doré qui file au loin. Le reste se résume à du noir, du gris, du rouge.

Le groupe se reforme à quelques mètres de la grotte. Les deux bikers silencieux reprennent leur place à l'arrière et les autres ouvrent la file. Comme convenu, je reste au milieu avec Brook. Un peu à l'écart, Poséidon ne cesse de m'observer. Je pourrais trouver cela envahissant, si on n'était pas au Royaume des Morts et que je n'avais pas besoin de soutien.

Le paysage se compose d'un sol couvert de cailloux tranchants. Des rochers aiguisés s'élancent vers le ciel, et il n'y a rien ni personne autour de nous. Sur le fil de l'horizon, dans toutes les directions, j'aperçois des montagnes.

Nous marchons longtemps sans que le ciel change de couleur et que le climat se modifie. J'ai l'impression d'évoluer dans une carte postale. Le terrain accidenté rend notre marche pénible sous la chaleur tenace. Pour ne pas mourir déshydratée, j'ai besoin de m'arrêter au moins tous les quarts d'heure. Lorsque Hans, l'un des bikers qui restent en retrait, s'impatiente au bout de la dixième fois, Poséidon lui assène un regard meurtrier.

— C'est une néréide, espèce de primate en cuir, elle a besoin d'eau pour survivre. Elle s'arrêtera autant de fois que nécessaire. Si tu t'y opposes, on peut en discuter…

Vu le sourire carnassier de l'Olympien, je me doute que sa proposition orale implique plutôt les poings. C'est marrant qu'il intervienne toujours pour prendre ma défense, comme si j'étais sous sa responsabilité.

Non, je plaisante. Ça m'agace.

Il me prend pour une fillette de cinq ans ou quoi ? Du coup, je le bouscule en passant près de lui. De son côté, le biker a l'air de vouloir participer à une bonne bagarre. Un regard de Spax le dissuade de jouer les malins avec Poséidon.

Bref, ambiance au top !

Chacun reprend la route dans le silence. La direction désignée par le lien nous entraîne à travers la première zone, la moins dangereuse visiblement. J'ai conscience d'y pénétrer seulement parce que des silhouettes errantes apparaissent ici et là autour de nous, marchant dans le désert de roche comme des zombies. Elles n'ont pas de visage, pas d'expression et leurs membres sont trop longs. Je frissonne en essayant de les ignorer. Spax doit se rendre compte de mon malaise, parce qu'il m'explique :

— Nous sommes dans le lieu où marchent les innocents condamnés à mort. Ces âmes ne sont ni bonnes ni mauvaises.

— Il n'y en a pas beaucoup. J'imaginais que les damnés pullulaient, aux Enfers.

— C'est parce que la religion grecque d'antan a perdu de son influence aux yeux des mortels, intervient Poséidon. Les Enfers n'attirent plus autant d'âmes qu'auparavant. Les défunts sont maintenant répartis entre les différents au-delàs qui existent.

— Il y en a plusieurs ?! m'exclamé-je.

— Autant qu'il y a de religions.

— Oh. Je vois.

Le nombre d'âmes augmente à mesure que l'on avance dans ce paysage vallonné inchangé. Spax a raison : aucune d'elles ne s'intéresse à notre groupe. Elles ne poussent pas de lamentation et ne dégagent pas de tristesse. Elles errent, c'est tout.

Un temps interminable s'écoule avant qu'on parvienne aux portes de la seconde zone. Le panorama montagneux laisse sa place à un désert de sable rouge qui s'étend à l'infini. Le chemin qu'il reste à parcourir me démotive un peu. Je viens de finir ma seconde gourde, à cette allure je tomberai bientôt à sec. On a intérêt à trouver Hadès rapidement.

En tout cas, je perçois un léger changement d'ambiance, raison pour laquelle je devine qu'on vient de franchir un cap. Beaucoup plus d'âmes glissent sur le sol sans le toucher. Lorsque l'une d'elles me frôle, je cède à mon impulsion en tendant la main vers elle. Mes doigts passent à travers. Ma nouvelle amie disparaît sous mes yeux, pour réapparaître un peu plus loin.

Un grondement dans le ciel me tire un sursaut. Je repense alors aux créatures ailées de mon rêve, celles qui possèdent des bustes et des têtes de femme. Mais il n'y a personne, là-haut.

Lorsqu'une bourrasque souffle dans notre direction, elle soulève un nuage de sable. Je me détourne, même si les grains s'infiltrent dans mes cheveux et mes vêtements.

— Pitié, ne me dites pas que ce désert est dangereux !

— Il ne l'est pas plus que ceux des humains.

Ça ne me rassure pas du tout. Brook et les autres sortent d'épaisses lunettes de motards de leur sac et les enfilent. Lorsque la rouquine m'en tend une paire, son geste me pousserait presque à la prendre dans mes bras. Poséidon refuse la sienne.

— Enfile aussi ce foulard autour de ta bouche.

Cette fois, elle ne propose pas de bandana à l'Olympien, mais lui glisse un coup d'œil du genre : tu aurais dû accepter, bouffon.

Puisque je n'arrive pas à nouer le foulard à cause des milliers de grains qui veulent entrer dans ma bouche, Poséidon se dresse devant moi et fait barrage au vent. La seconde d'après, il attrape le morceau de tissu pour l'attacher lui-même. Il n'ouvre pas la bouche. D'ailleurs, il n'a pas parlé depuis sa dernière menace envers Hans.

— Le vent va souffler longtemps, m'informe Brook. Ça va demander des efforts pour avancer et on n'aura pas la possibilité de faire de pause. Tu penses gérer ?

Je hoche la tête. Je n'ai pas le choix, de toute façon. Léther me demande :

— Tu vois toujours le lien qui nous conduit à Hadès ?

— Oui, réponds-je, la gorge sèche. Qu'on en finisse, OK ? Allez, dépêchons !

Poséidon reste devant moi et je devine qu'il me protège du sable. Son corps forme un barrage assez fonctionnel pour rendre cette traversée plus facile. Aucun membre du groupe ne se plaint, personne ne parle durant un très long moment. De toute façon, quiconque essaierait ne pourrait pas se faire entendre à cause du vent. J'ai l'impression qu'on marche des heures, et chaque pas demande un peu plus d'effort que le précédent. Mais le pire, ce sont sans doute les pleurs des damnés autour de nous.

— Les âmes essaient de fuir afin d'échapper à leur châtiment, m'avoue Poséidon.

C'est triste. Parfois, les silhouettes se font emporter et j'imagine qu'elles sont obligées de recommencer le voyage. Une marche éternelle vouée à l'échec, quelle horrible punition.

J'essaie de ne pas me focaliser sur toutes ces âmes, parce que ça me plombe le moral. Mais le vent redouble de violence et il devient de plus en plus difficile de marcher. Notre groupe se disperse peu à peu sans qu'on ne puisse rien faire pour contrer le phénomène.

— Poséidon ! hurlé-je.

— Je suis...

Mais la seconde d'après, il disparaît derrière un rideau de sable. Zut, c'est bien ma veine ! Je continue ma lente avancée, quand mon pied crochète brusquement une racine. Je m'étale de tout mon long en poussant un cri bref.

Minute, une racine au milieu du désert ?

Je tourne la tête et constate que ce n'en est pas une. Une main de squelette vient de me saisir la cheville. Et cette garce ne me lâche pas, même lorsque je secoue la jambe en essayant de reculer. Les doigts se prolongent par un bras cadavérique, puis le sommet d'un crâne apparaît à la surface de cette mer de sable. Une tête affreuse dévoilant une bouche sertie de dents pointues émerge complètement. Prise de panique, j'envoie mon autre pied dans sa mâchoire.

Ce qui fout ce truc en boule.

— Les gars ! hurlé-je.

Mais il n'y a personne autour de moi. Je ne vois plus la bande à travers le rideau de poussière. Le squelette finit par sortir du sol jusqu'à hauteur de sa taille. Sa seconde main essaie d'attraper mon pied avec lequel je le cogne. Mes coups n'ont aucun effet. Il réussit à agripper mon jean, ses longs doigts se creusent un passage dans le tissu, puis dans ma chair.

Mon cri de douleur doit au moins s'entendre jusque sur terre.

Le monstre parvient à s'extirper entièrement en utilisant ma blessure en guise de prise. Des larmes m'échappent, des gémissements de souffrance et de terreur les accompagnent. La créature me grimpe dessus sans aucune difficulté, telle une araignée décharnée. Elle agrippe mon ventre de ses doigts osseux écœurants. J'en ai le souffle coupé. J'essaie encore de m'en débarrasser en frappant avec mes poings. La gueule de mon attaquant s'ouvre sur une infernale obscurité, ses dents jaunes luisent de bave.

Alors, je songe à la seule personne qui pourrait me sortir de là : Poséidon. Je hurle son nom malgré mon tourment, toutes mes pensées dirigées vers lui. Il doit m'aider, me sauver... par pitié, j'ai besoin de lui ! Un cadenas se déverrouille dans mon crâne, le monde se voile. Mon pouvoir se réveille, m'inonde, emporte cette désastreuse réalité. Pendant une fraction de seconde, je ne suis plus moi.

Je suis lui.

Son esprit se scelle au mien, une passerelle m'entraîne en lui. Ce que je perçois au cœur de son âme me frappe en plein cœur : une solitude infinie, des remords par centaines, des regrets plus nombreux encore. Puis mon image. Sauf qu'elle n'est pas vraiment comme celle que j'aperçois chaque matin dans le miroir : je n'ai pas les cheveux blonds, mais châtain foncé zébrés de mèches plus claires. Mes yeux violets pétillent et je me trouve magnifique. Infiniment belle, téméraire, généreuse.

Ces émotions ne m'appartiennent pas. Cette perception n'est pas la mienne. Je me vois sortir d'un immense bassin cristallin, vêtue d'une robe blanche devenue transparente à cause de l'eau. Autant dire que le tissu ne dissimule rien. Une vague de désir me saisit. C'est assez louche de ressentir cela pour moi-même. Carrément malsain.

Et je suis obligée de me répéter que ce n'est pas moi qui éprouve cela, c'est Poséidon. Il dissimule une noirceur terrible jalonnée de tristesse et d'angoisse. Je sais d'où proviennent ses sentiments : une certitude me glace le sang. Elle alimente d'autres visions de moi, mais je ne souris plus dans aucune d'elles : je suis allongée, pâle, les yeux ouverts sur la mort. De temps en temps il y a du sang, parfois non. À mes côtés, le dieu de l'Olympe hurle de rage. Sa détresse me percute avec une violence telle que je reviens dans ma tête.

Un sanglot déchire ma poitrine. Je tourne mon visage pour regarder la silhouette de Poséidon qui fracasse quelque chose au sol. Je n'arrive pas à savoir quoi. Le squelette ? Possible, puisque cet enfoiré n'est plus accroché à moi. Ça n'empêche que j'ai mal à la jambe et au ventre.

Et que je crève de trouille.

Bientôt, l'Olympien se dresse au-dessus de moi. Il me soulève pour me presser contre lui. Au lieu de ressentir du plaisir, comme la veille en sortant du Styx, j'ai peur.

— Tu es... Tu vas... Pourquoi ?

— Calme-toi, Phita. Il faut te reposer.

J'entends Spax intervenir, sans que je sache où il se trouve exactement :

— Comment elle va ? Putain, je me doutais que le fait qu'elle soit en vie attirerait un paquet de monstres.

— Il faut qu'on s'arrête.

— De toute façon, il va faire nuit et des créatures tout aussi terribles risquent de se pointer. Puis, sans le pouvoir de ta copine, on ne peut rien faire. On va trouver un endroit où s'abriter.

J'ignorais qu'il existait la notion de nuit et de jour aux Enfers. C'est encore plus flippant. Poséidon répond quelque chose, mais je ne l'entends pas vraiment. Mes pensées s'évaporent, je ne parviens plus à me concentrer. Pourtant, je le dois, il faut que je parle à Léther et aux autres de ce que j'ai découvert sur Poséidon. Ils n'ont pas conscience de ce qu'il trame. Ils ne...

N'entre plus dans mon esprit, Trésor. Ce que tu y trouveras risque de ne pas te plaire.

Ses mots m'envahissent et se mêlent à la douce fatigue qui me berce. Je n'ai plus mal. J'ai juste envie de dormir.

Même si une partie de moi lutte pour me garder éveillée et ne pas oublier.

Oublier quoi ? Je ne me rappelle plus.

Je m'endors sans réussir à combattre le sommeil.

Lorsque je rouvre les yeux, je me trouve à l'intérieur d'une grotte, identique à celle dans laquelle on s'est réfugiés la nuit dernière. Je papillonne des paupières jusqu'à apercevoir la roche striée de gravures géométriques. Ah non, finalement, ce n'est pas la même. Elle sent le moisi et l'humidité. Je me redresse en appuyant mon dos contre le mur, prise de vertiges. Mon mouvement force Poséidon à reculer le morceau de tissu humide qu'il...

— Non, tu as déchiré mon jean !

L'un de mes préférés en plus ! Bon d'accord, ce n'était pas une bonne idée de l'emporter aux Enfers, mais chaque fois que Xander m'a attaquée par surprise dans le but de tester mes réflexes, je le portais et j'ai presque gagné.

— Content de constater que tu vas assez bien pour râler.

Mon pantalon est déchiré sur toute la longueur de ma jambe droite, jusqu'en haut de la cuisse. Il dévoile donc ma blessure : quatre trous sanguinolents. Le souvenir du squelette en train d'enfoncer ses doigts dans ma chair pour ramper sur moi me file la nausée. Pourquoi suis-je la seule à subir ce genre de truc ? Certes, je guéris bien plus vite que quiconque dans notre groupe – sauf peut-être Poséidon – mais quand même.

Le dieu de l'Olympe continue de tapoter mes plaies en arborant un demi-sourire. La fatigue écrase toujours mes épaules, voilà pourquoi je cesse de protester. Il aura simplement intérêt à m'acheter ce nouveau jean de chez Pégaz. Celui-ci m'a coûté une fortune.

On est seuls dans la grotte.

— Où sont les autres ?

— Ils explorent les environs. Nous sommes tout près du Tartare, donc ça devient plus craignos. Ils s'assurent qu'aucun danger ne ralentira notre progression, encore une fois. Sans doute espèrent-ils trouver Hadès et terminer cette mission au plus vite. Ils pensent qu'il est tout proche...

— Pourquoi ?

— Parce que tu n'as pas arrêté de le répéter les rares fois où tu as ouvert les yeux. *Il est ici.* C'est ce que tu disais.

Alors là, je ne m'en souviens absolument pas. Concentré sur mes blessures, Poséidon ne me voit pas le détailler sans vergogne. Coup de bol, parce que mon corps me trahit tellement que je risquerais de rougir s'il levait les yeux. J'en profite donc pour graver ses traits dans ma mémoire : son visage anguleux à la teinte délicieusement caramel, couvert de petites plaies faites par le damnos ; ce début de barbe qui assombrit son menton et une partie de ses joues ; ses pommettes hautes ; son regard un peu tombant, mais d'un bleu si intense ; ses épais sourcils noirs capables d'accentuer ses iris ; ses dreadlocks décorées de perles qui tombent de chaque côté de ses épaules. Poséidon est d'une beauté à couper le souffle. Avant de le rencontrer, j'ignorais quel était mon type de mec, même si je savais que ce n'était pas le genre à appartenir à la noblesse.

Je pousse un soupir en fermant les yeux. Quand cette aventure sera terminée, je pourrai au moins fantasmer sur lui en pensée.

15.

Je ne compte pas garder de contact avec le Roi des Océans, soyons clairs. Il est le genre de dieu à attirer les ennuis, et comme je suis une experte dans ce domaine aussi, un duo tel que le nôtre ne pourrait que courir à la catastrophe. Puis je déteste l'effet qu'il a sur moi. Je déteste aimer un peu plus notre proximité à chaque fois. Il faut que je coupe le fil avant que la bobine de laine ne tombe par terre, comme dirait Atropos, l'ainée des trois Moires. Pour m'obliger à ignorer cet élan de déception que je sens monter au fond de moi, je me force à me concentrer sur autre chose. Surtout pas sur cette douceur dont il fait preuve en nettoyant mes plaies, par exemple.

— Il s'est passé quelque chose dans le désert, lancé-je en rouvrant les paupières.

— De quoi te souviens-tu ?

Je suis presque sûre qu'il n'a plus besoin de me désinfecter. Pourtant, il continue avec des gestes lents. En totale contradiction avec cette férocité voilée qui brille au fond de son regard lorsque, parfois, il baisse le masque. Par certains aspects, Poséidon me rappelle ce cheval aqueux sur lequel je suis montée sur l'île : impitoyable, insaisissable, dangereux. J'ignore pourquoi, mais j'ai l'étrange sensation qu'il dissimule une partie de lui derrière son apparence calme et noble. Cette constatation me renvoie au moment de l'attaque du fichu squelette. Quand j'ai songé à Poséidon pour qu'il vienne m'aider et que ça m'a propulsée dans son esprit. J'ai le souvenir d'une tristesse absolue dissimulée par une vie de banditisme, d'une obscurité étouffante. J'ai aussi la sensation que je dois me souvenir d'un détail important, sans parvenir à mettre le doigt dessus. Mais j'ai dû imaginer.

— D'avoir réussi à t'appeler à l'aide, dis-je en restant vague.

— Ton pouvoir se développe, c'était assez exceptionnel, ce que tu as fait là. Tu te sentirais capable de le refaire ?

Je secoue la tête.

— Non, et je n'ai pas envie d'essayer. C'est... perturbant.

Terrifiant.

Il pose enfin un pansement propre sur ma jambe. Si je m'étais trouvée près d'une source d'eau, je n'aurais eu qu'à plonger la main dedans pour guérir complètement. Là, ça prendra plus de temps. Mais boire m'aidera. Je tends donc la main vers mon sac à dos posé contre le mur, près de moi. Poséidon me devance, il tire la gourde et me la tend. Lorsque je m'apprête à la prendre, il recule la main.

— Qu'as-tu vu quand tu es entrée dans ma tête ?

Je roule des yeux, agacée.

— Rien.

— Allez, ne me ménage pas.

— Tu crois que c'est ce que je fais ? me marré-je. Donne-moi cette gourde.

— Sinon quoi ?

Il dégage une force captivante. Son aura demeure si différente de celles de tous les nobles que j'ai déjà rencontrés dans ma vie. Malgré cette observation, je serre le poing et frappe. Poséidon m'évite sans mal, en profitant de mon élan pour attraper ma main. La seconde d'après, il se tient accroupi devant moi, ses genoux de chaque côté de mes cuisses. Immédiatement, mon corps entre en combustion spontanée, ma gorge s'assèche davantage et un son pitoyable franchit mes lèvres.

Reprends-toi, Phita. On s'en carre qu'il soit sexy, c'est surtout un mec qui t'a entraînée dans cette histoire de malades.

Mon dos appuie un peu plus contre la roche, et une partie de moi espère se faire avaler par la grotte. Juste pour échapper à son parfum enivrant, à son regard hypnotique. Mon cœur s'emballe. En vitesse, je déblatère la première chose qui me vient à l'esprit :

— Tu savais que les Oriones étaient capables de faire ça ? D'entrer dans la tête des autres pour leur parler ?

Il ne répond pas immédiatement. Sa proximité continue d'agir sur moi comme une tempête solaire. Je dois me concentrer pour respirer.

— Vos pouvoirs se développent de différentes manières en fonction de votre nature et de votre caractère. J'ai rencontré un héros capable de se défendre en créant des illusions autour de lui. Cependant, vous possédez tous le don de ressentir la puissance d'un dieu, pour le suivre à la trace.

Encore une fois, l'impression qu'un élément important m'échappe chatouille ma conscience. Si seulement il ne se tenait pas aussi près de moi, je m'en souviendrais. Sa main se lève, effleure ma joue. Je suis incapable de la quitter du regard, de la repousser. Parce que je *veux* qu'il me touche.

— Tu as vu quoi là-dedans ? répète-t-il plus bas en caressant la ligne de mon menton du bout de l'index.

Son autre main attrape l'une des miennes. Je pourrais me soustraire à sa prise, mais je trouve notre intimité fascinante. J'ai besoin d'un peu de chaleur humaine, cet environnement me déprime. Je n'ai jamais eu aussi hâte de rentrer chez moi et de retrouver mon petit confort. Le camping, c'est nul, j'ai le dos en vrac et je ne parle même pas de mes muscles à l'agonie. Oh, ni des blessures, évidemment.

— Je me suis vue, avoué-je en murmurant. Enfin, c'était moi, mais sans l'être. Tu me perçois de cette façon ? Je suis blonde, tu sais. Les dieux de l'Olympe sont daltoniens ?

Je me marre, même si au fond, ma propre image à travers ses yeux m'a rendue nerveuse. Le contact de ses jambes contre les miennes me galvanise lorsqu'il les resserre.

Bon sang, il faut que je me trouve un mec !

— Tu veux savoir comment je te perçois, vraiment ? me demande-t-il en retrouvant son ton taquin. Je connais un moyen efficace.

Il s'approche encore. L'une de ses mains glisse le long de ma manche. Malgré le tissu qui nous sépare, j'ai conscience de la chaleur qu'elle diffuse sur son passage. Encore plus lorsque ses doigts viennent se perdre au creux de mon cou et que sa bouche s'approche de la mienne. Mon cœur accélère, des fourmis courent à l'intérieur de mon corps.

Il va m'embrasser.

J'ai réellement envie qu'il le fasse. Lorsqu'il se rend compte que je ne le repousserai pas, son rictus moqueur devient plus grand, l'océan dans ses yeux m'emporte sous des eaux délicieuses. Pour une fois, me noyer ne me dérange pas. Je retiens mon souffle, incapable de savoir si je suis au bord de l'extase ou de l'évanouissement. Enfin, ses lèvres se posent sur les miennes.

À savoir : j'ai déjà embrassé des hommes. Pas des tas, et pas d'aussi bien gaulés que Poséidon, mais je n'en suis pas à ma première expérience. Pourtant, lorsque nos lèvres se rencontrent, c'est comme si je n'avais jamais donné de baiser. Des perceptions nouvelles me submergent avec la violence d'une vague : une chaleur intense parsemée d'ondes de désir, un plaisir démesuré mêlé à une délicatesse presque frustrante. Je me raccroche à ces sensations, parce que je n'ai jamais rien goûté d'aussi délicieux. Le monde peut bien partir en fumée, à cet instant, je m'en fiche. Je veux que Poséidon continue de m'embrasser, que sa langue ne cesse jamais de titiller la mienne, qu'il s'abandonne à moi… comme il le fait soudain. Son corps se plaque sur le mien, m'emprisonne dans une étreinte délicieuse. Sa bouche devient plus pressante, plus avide. J'y réponds parce que c'est exactement ce que je ressens, moi aussi. Lorsqu'il recule, trop brusquement, j'en veux encore. Poséidon le devine, parce qu'il m'embrasse à nouveau avec une ardeur qui explose en moi comme un feu d'artifice. Je pensais savoir ce qu'était le désir, bien que je ne sois jamais allée au-delà des baisers avec les autres. Je me trompais. Ce qui envahit à la fois mon corps, mon esprit et mes pensées s'apparente à la lave d'un volcan en fusion. Je ne le contrôle pas. C'est si intense que la réalité se dissipe pour ne laisser que Poséidon.

Il se détache de moi à contrecœur, essoufflé. Le monde a un drôle de goût, une étrange substance. Brusquement, tout est plus beau, même ce mur noir couvert d'une mousse malodorante. La satisfaction, mêlée à un peu de surprise, brille dans ses iris devenus d'un bleu glacier.

— Donc, pouffé-je avec un sourire idiot, tu me vois comme ça. C'est-à-dire désirable ?

— Peut-être bien, Trésor.

Il s'est redressé afin de réanimer le feu, un peu plus loin. Pas qu'on ait besoin de chaleur, au contraire. Mais la lumière repousse le rouge bien trop environnant.

Je réfléchis à ce qui vient de se passer. Ce baiser était sympa. Même plus ! Je ne dirais pas non à l'idée de recommencer. De toute façon, ça n'a pas plus d'importance à mes yeux que ça en aura pour lui, alors pourquoi ne pas en profiter ? Je fais du camping dans les Enfers, il faut bien une distraction.

Je me lève, les jambes en coton. Je garde mon équilibre en m'appuyant contre le mur, alertée par les éclats de voix qui viennent de l'extérieur. Léther et Spax débarquent dans la grotte, accompagnés de Brook.

— Je dis juste que je voulais lui filer un coup de main ! Il me l'a demandé !

— Évidemment, s'énerve Léther en se tournant vers elle. Il est condamné à pousser un rocher pour le reste de son existence. S'il peut solliciter quelqu'un pour le remplacer, il ne va pas se gêner.

Je m'approche d'eux, intriguée.

— Qu'est-ce qui se passe ?

— Ces âmes poussent des rochers plus ou moins gros, m'informe la rouquine. J'ai voulu donner un coup de main à un esprit et il me tape un caca nerveux.

— C'est quoi le problème ? Je veux dire... OK, ils sont damnés ces gens, mais de là à s'énerver de cette façon...

Sans me répondre, Léther grimace et s'adresse au feu :

— Toucher le rocher destiné à un damné revient à prendre sa place. Je lui ai sauvé son petit cul *in extremis* et elle trouve encore le moyen de m'engueuler.

Ah, en effet, je comprends mieux. Brook lève les yeux au ciel en désignant ensuite son tee-shirt à strass.

— Il me l'a déchiré ! Regarde. Il ne pouvait pas juste me bousculer un peu, non, il a fallu qu'il m'arrache mes vêtements !

Le silence retombe, un peu gêné. Bientôt, un sourire amusé étire les lèvres de Brook et, à ma grande surprise, Léther réagit de la même manière sans l'avoir consultée auparavant.

— Comme si ça t'emmerdait, en temps normal.

L'amusement de la jeune femme grandit. Pendant une fraction de seconde, leurs regards se croisent et il n'existe plus rien dans la grotte qu'eux deux. L'électricité fait crépiter l'air, le monde cesse de tourner. C'est étrange d'assister à cela. Leur amour me frappe avec la violence d'une comète, j'en ai presque le tournis. Le charme se brise dès qu'ils se quittent des yeux. Brook m'approche, plus calme.

— Ta jambe a l'air d'aller mieux. C'était horrible dans le désert lorsqu'on t'a perdue de vue. Encore plus quand on t'a entendue crier. Ça va ?

Elle a réellement l'air inquiète pour moi.

— Je m'en sortirai.

— Génial. Tu as mangé ? Il reste des sandwichs, attends.

Elle se précipite sur le sac, puis m'en tend un qui réveille mon estomac. Je réalise alors que je meurs de faim.

— Merci.

— C'est normal. Dis, je ne veux pas te brusquer, ni rien, mais tu peux encore trouver Coré, n'est-ce pas ?

La question interpelle les autres bikers. Ils me fixent en attendant une réponse, tendus. Je ferme les paupières, me concentre sur le bracelet, et je déploie mon pouvoir. C'est un peu bizarre, parce que l'utiliser ne me demande aucun effort. On dirait un prolongement de moi-même.

— Oui, réponds-je en constatant que le ruban de brume figé est revenu.

Sa couleur dorée tranche toujours avec les teintes violettes qui nous entourent.

— Parfait, lance Spax. On mange nous aussi un morceau et on repart.

16.

Il règne une atmosphère malsaine dans cette partie des Enfers. Les morts se lamentent en permanence, ils appellent au secours, pleurent et souvent se disputent lorsque deux rochers se percutent.

— On s'approche dangereusement du Tartare, annonce Léther au groupe. Ne vous éloignez pas et restez sur vos gardes !

On s'est remis en marche depuis une bonne heure dans ce paysage caillouteux. Mes jambes ne tiennent plus la cadence, surtout à cause de ma blessure. Les autres gèrent mieux que moi. Remarquez, ils sont soit morts, soit dieux.

La route grimpe depuis un moment et j'ai la sensation qu'on n'approche pas du sommet. C'est rageant. Pour couronner le tout, des rochers retombent parfois jusqu'en bas en nous frôlant. Le danger reste constant, c'est d'autant plus fatigant.

— Comment tu vas, gamine ? s'enquiert Spax.

— Impec. Enfin, aussi bien que je pourrais aller après tout ce qui nous est arrivé.

— Tu n'as aucun moyen de savoir si on approche ou non ?

Je hausse les épaules. Si seulement je pouvais déterminer la distance qui nous sépare d'Hadès... Je glisse un coup d'œil à Poséidon afin de lui demander, mais notre baiser me revient immédiatement en tête, m'en empêchant. On n'en a pas reparlé. En toute franchise, on ne s'est pas adressé la parole depuis. Sans être hostile, il est étrangement indifférent à mon égard.

Envers tout le groupe, me reprend ma conscience. Il marche à l'écart, l'air plus concentré que jamais.

— Phita ? m'interpelle Spax, à qui j'ai oublié de répondre.

— Non, je ne crois pas. J'espère qu'on va rapi...

Je me tais en m'arrêtant net, parce que je viens de me prendre une bouffée de terreur pure mêlée à des ténèbres grouillantes. Comme si je venais de traverser un dôme invisible, je n'ai qu'à reculer d'un pas pour me sentir immédiatement mieux.

— Qu'est-ce qui se passe ? soufflé-je.

— On vient de franchir la frontière du Tartare, répond Spax. Si on ne trouve pas rapidement Hadès, on ne pourra pas continuer. C'est bien trop dangereux, là-bas.

— Tu n'as plus à t'inquiéter. Il est vraiment très proche, soufflé-je.

Le bracelet autour de mon poignet émet des ondes douces que je traduis sans problème à travers mon pouvoir. On vient de déboucher sur un grand plateau que n'atteindront jamais les âmes en peine avec leur rocher. Des petits cailloux roulent sous mes pieds, parce que le terrain descend légèrement.

— Il est là !

Tout le monde s'arrête. Les yeux fouillent les environs à la recherche du Roi des Enfers. Un peu plus loin, trois rochers noirs dressés vers le ciel représentent les seules particularités du panorama, tels des mégalithes. En dehors de ça, il n'y a que de la roche grise à perte de vue.

— Tu es sûre ? grogne Léther.

— Oui, dis-je sans aucun doute. On ne le voit pas, mais il est là...

— Tu aperçois encore le filament ? demande Brook, plus sympa avec moi. Où te mène-t-il ?

Je secoue la tête en signe de négation.

— Le lien a disparu.

— Donc, s'énerve Léther, ça voudrait dire qu'on a fait tout ce chemin pour rien ? Putain de merde !

Je m'apprête à lui ordonner de se calmer, parce que je ne suis pas son GPS personnel, quand un mouvement derrière nous attire mon attention. Poséidon balance mon sac à dos par terre, nous dépasse et marche d'un pas déterminé vers les trois rochers. Par instinct, je lui emboîte le pas.

— Tu remarques un truc qui nous échappe, ô Roi des Océans ? ricane Léther.

L'Olympien ne répond pas. Je contourne le premier rocher immense pour découvrir, à ma grande horreur, un type ligoté de l'autre côté. De lourdes cordes entourent son corps rachitique, il ressemble à ce squelette qui m'a attaquée dans le désert, en toutefois plus humain. Et ce n'est pas Hadès, heureusement.

— Mais que fait-il ici ? couiné-je.

De nombreuses plaies crachent du sang sur son corps nu. Au pied du rocher, des morceaux de chair putréfiée me tirent un haut-le-cœur. Je recule pour éviter les grandes flaques d'hémoglobine puantes. Une odeur écœurante flotte dans l'air.

— Dégueulasse, commente Brook, aussi écœurée que moi.

Les bikers observent la scène avec suspicion en s'envoyant des coups d'œil éloquents. Ils ont l'air de savoir où nous nous trouvons, contrairement à Brook et moi.

— Concentre-toi sur lui, m'ordonne alors Poséidon en se plaçant près de moi et en désignant le cadavre. Ton pouvoir ne t'apprend rien ?

Pour le moment, non. Je m'apprête à lui répondre, lorsque le type attaché relève la tête dans un bruit étouffé. Je hurle. Pas parce que ça m'a surprise – OK, c'est le cas – mais car une vague de puissance vient de me traverser. Je n'en ai jamais ressenti de pareille, elle semble si primitive. Une force psychique brute, née il y a très longtemps. À cela s'imprime dans mon esprit l'identité de celui que je croyais mort.

Prométhée.

— Poséidon, intervient Spax avec un ton faussement calme, pourquoi on est là ?

Je saisis la méfiance du vice-président des Nyx. Un mauvais pressentiment me saisit lorsque je capte que les membres du club viennent de nous entourer avec hostilité.

— Poséidon ? soufflé-je. Que se passe-t-il ?

Ce dernier ne réagit pas. Ses yeux bleus deviennent si sombres qu'on dirait une tempête s'abattant sur une mer déchaînée. Léther attrape Brook pour l'attirer derrière lui.

— Minute, riposte-t-elle. Je ne comprends p...

Un hurlement suraigu déchire le ciel. Je lève la tête, comme tout le monde ici présent, même si le spectacle de Prométhée me subjugue. Un oiseau énorme pique du nez dans notre direction, ses ailes noires rabattues vers l'arrière. Son bec jaune se détache dans le paysage rougeoyant. Il promet de déchiqueter quiconque croisera sa route. Manque de bol, on se trouve tous sur sa trajectoire.

Je me précipite au sol afin d'éviter ses serres affûtées, imitée par les autres. Le piaf repart illico mais opère déjà un demi-tour pour tenter de nous attaquer.

— Ne... le... laissez plus... me dévorer, supplie l'homme ligoté.

Je devine pourquoi il est couvert de sang. Je suis étonnée qu'il soit encore en vie après les assauts de l'animal. Le pourquoi de son état devient une évidence lorsque l'aigle démesuré s'en prend à lui. Dans un premier temps, il s'accroche aux bras tendus de Prométhée avec ses griffes afin de se maintenir en équilibre. Ses ailes battent l'air, envoyant des rafales brûlantes partout autour de lui. Son bec plonge dans le torse du pauvre type et déchire peau et organes. Le prisonnier hurle de douleur. Je me détourne, ne pouvant éviter de vomir, cette fois. En proie à des frissons d'horreur, je rampe pour m'éloigner de la scène macabre. Dans quoi me suis-je embarquée ?

Je finis par m'asseoir, hypnotisée par ce massacre.

Personne ne bouge ou ne parle. Seuls les cris de la victime retentissent.

Poséidon décide d'intervenir. Il se dresse derrière l'oiseau, armé d'un long trident d'or vissé à sa main.

— Non ! hurle Spax.

Les pointes de l'arme accrochent la lumière pendant une fraction de seconde, puis elles s'enfoncent dans les entrailles de la bête. Un autre cri retentit, si perçant qu'il menace de me crever les tympans. Cette fois, il ne vient pas de ce mystérieux Prométhée.

Le silence retombe avec presque autant de violence que l'oiseau lorsqu'il percute le sol. Essoufflée, les mains égratignées par les cailloux pointus, je me lève.

— Poséidon ! s'insurge Léther avec une rage profonde. Tu as tué l'aigle du Caucase !

Pour ma part, je préfère ce truc mort que vivant. Mais visiblement, en dehors de Brook, les Nyx trouvent cela dérangeant. Surprise et indignation ravagent leurs visages. Colère aussi.

Beaucoup, beaucoup de colère.

— C'est grave ? demandé-je en profitant du silence.

— Tu te fous de moi ?! s'exclame la personnification du fleuve de l'Oubli. C'est l'oiseau de Zeus !

— Il ne manquera qu'à lui, ricane Poséidon en nettoyant son trident avec le pagne de Prométhée.

Assez irrespectueux comme geste, d'ailleurs. Le titan ne bouge plus. Je me force à ne pas le regarder.

— Qu'est-ce que ça signifie ? redemande Spax en s'approchant de lui.

Poséidon attaque le vice-président des Nyx d'un violent coup de pied dans l'estomac, le projetant plusieurs mètres plus loin. J'étouffe un cri d'horreur. Une boule d'eau naît au creux de sa main, et sa puissance dévastatrice l'entoure. Je n'ai pas le temps de m'extasier sur la couleur bleue si belle et lumineuse dans ce paysage vermeil, parce qu'il la jette sur Léther. Le sergent d'armes s'écroule en arrière, la tête prisonnière de la sphère aqueuse. Il essaie de s'en débarrasser, mais ses mains passent à travers le liquide.

— Tu es dingue ! Libère-le ! lui sommé-je.

Il m'ignore. Normal, puisqu'il se bat maintenant contre les deux autres motards. Je rejoins Brook qui s'est précipitée auprès de Léther dans le but d'essayer de l'aider. Je ne vois pas trop ce qu'on pourrait faire. La divinité inférieure manque peu à peu de souffle, ses yeux s'écarquillent d'effroi à l'intérieur de sa prison d'eau. La rouquine pleure et hurle, incapable de savoir comment réagir.

Elle ne mérite pas ça. Personne ici ne mérite les assauts de Poséidon.

Prise d'une rage soudaine, je me précipite vers ce dernier. On dirait que Léther, désespéré, a eu la même idée, m'arrêtant net dans mes mouvements. Contrairement à moi, il se prend un coup à l'estomac. Il tombe à genoux, le visage à la fois déformé par la bulle et par la souffrance. Il ne tiendra plus très longtemps. Spax, quant à lui, vient de s'écrouler au côté des deux autres motards inconscients.

— Qu'est-ce que tu fais, Poséidon ? S'il te plaît, libère Léther ! Ce n'est pas un ennemi.

— Je sais, répond-il.

Penché sur le cadavre de l'oiseau, il plonge la main à l'intérieur de la plaie béante. Le bruit de succion me révulse. Bientôt, Poséidon tient au creux de sa paume un organe sanglant. Avant que je puisse me détourner, l'Olympien m'attrape le poignet. Mon coup de pied l'atteint au tibia sans lui arracher le moindre sourcillement.

— Allez, Trésor, on s'en va.

— Quoi ? Et Léther ? Il va mourir.

Il se tourne vers l'intéressé. Le Nyx peine à rester conscient, il ne se débat même plus. Je n'ai jamais vu autant de désespoir sur le visage de quelqu'un, noté-je en regardant Brook. Mes propres larmes semblent dérisoires comparées aux siennes.

Tout à coup, la bulle d'eau autour de la tête de Léther s'évapore. Le jeune homme s'écroule dans les bras de sa bien-aimée. Spax commence à se relever, lui aussi. Je retiens un cri d'angoisse parce que sa cage thoracique est enfoncée.

— Vous trouverez Hadès et Perséphone là où arrivent les enfants, sous terre, à une centaine de mètres de la grotte où on a campé, annonce Poséidon.

Sur ces belles paroles, il frappe du talon. Une intense lumière bleue m'aveugle, mes pieds quittent le sol, mon cœur se soulève. Je crie, encore. Un instant plus tard, j'atterris à genoux dans le bureau d'Hadès, près de la lourde porte en acier.

Je me rattrape au meuble pour ne pas m'affaler davantage, parce que Poséidon ne me tient plus. Cette expérience vient de retourner mon estomac avec davantage d'ardeur que la vision cauchemardesque de Prométhée.

— Qu'est-ce que ça signifie ? sifflé-je en reprenant mon souffle.

— Dépêchons-nous de quitter le night-club.

Il arrache le bas d'une tapisserie murale pour entourer l'organe de l'oiseau avec. Ensuite, il se dirige vers la porte d'entrée. Toujours aussi paumée, je lui emboîte le pas dans l'espoir de comprendre la situation. Des tas de pensées contradictoires me traversent, je n'arrive pas à saisir le sens exact de ce qui vient de se passer. Comment un mec qui m'a sauvée plusieurs fois la vie a-t-il pu attaquer de sang-froid notre équipe ?

Un hoquet de surprise m'échappe en arrivant dans le petit bar privé. Des Nyx, allongés au sol, ne bougent plus. Des tables et des chaises brisées jonchent la pièce, ainsi qu'un miroir en morceaux. Tyron se tient debout, les bras croisés sur son torse.

— C'est toi qui as fait ça ? lui demandé-je, outrée. Mais pourquoi ?

— C'est bon, annonce le dieu de l'Olympe en m'ignorant. On peut y aller.

Comme je reste plantée là, il me saisit par le bras pour m'obliger à le suivre. Si je n'étais pas aussi choquée, je me serais défendue. Dans l'escalier menant à la grande salle principale, on ne croise personne. Du moins, jusqu'à ce que j'aperçoive d'autres Nyx par terre. Tyron les a tous mis KO ? Comment ? Il n'a aucune égratignure sur lui, pas le moindre signe de combat.

Brusquement, je m'arrache au contact de Poséidon. Surpris et agacé, il se tourne vers moi.

— Tu veux vraiment rester ici ? Ils penseront que tu étais ma complice et s'en prendront à toi pour se venger.

Il ne manquait plus que ça. Je recule en secouant la tête.

— Va au diable ! Je ne viens pas.

A quelques mètres, le chauffeur de ma famille s'impatiente en regardant autour de lui avec nervosité.

— Faut s'arracher, boss.

Boss ? De mieux en mieux.

— C'est ma mère qui te paie ! m'exclamé-je, blessée.

— Ça, ricane Poséidon, c'est ce que tu crois. Allez, Trésor, ne m'oblige pas à t'assommer.

Je me mets en position de combat. Il se rend compte que je ne le suivrai pas gentiment comme un chien-chien, alors il soupire.

— Ty', il t'en reste ? Elle va nous ralentir.

— Oui.

Le chauffeur m'approche en tirant quelque chose de sa poche. Je continue de reculer avec lenteur, essayant de déterminer si je peux leur échapper. Il n'y a aucune issue de secours que je pourrais atteindre sans encombre. Tant pis, je tente ma chance. Je me précipite en avant, aussi vite que possible. Je bondis par-dessus un canapé rouge en velours et contourne une table ronde immense. Mon échappatoire se trouve à une dizaine de mètres. Facile, n'est-ce pas ?

Tu parles. L'air se charge brusquement d'humidité et devient plus chaud. Ma vision se trouble, comme si je me trouvais dans un désert brûlant, puis une immense sphère bleue apparaît devant moi. Elle renferme Poséidon qui me bondit dessus avant même que la bulle ne cesse de l'entourer. Xander aurait été fier du puissant coup de pied retourné que je lui assène.

Un peu moins en constatant que l'attaque ne sert à rien, parée par la poigne d'acier de Poséidon. Il attrape ma cheville, manquant de me faire tomber avec mon propre élan, puis ouvre la main et souffle une poudre dorée dans ma direction. N'ayant aucun moyen de l'éviter, je tourne la tête. Encore un geste inutile : une seconde plus tard, c'est le noir complet pour moi.

17.

J'ignore combien de temps je reste dans les vapes, mais quand j'ouvre les yeux, mon corps pèse une tonne. J'ai envie de vomir, la nausée manque de me rendre malade. Une, deux, trois minutes plus tard, elle ne passe pas malgré mon immobilité. Enfin, tout est relatif, parce qu'un roulis constant fait tanguer la pièce autour de moi.

Je me trouve sur un bateau, plus particulièrement à l'intérieur d'une cabine qui ne ressemble en rien à celles du yacht de ma mère. Le luxe est remplacé par une déco entièrement boisée, à l'éclairage tamisé. L'ensemble rappelle les répliques de bateaux pirates qu'on peut trouver dans les parcs d'attractions. Les toiles d'araignées et les crânes humains en moins. Les meubles fabriqués dans un bois foncé semblent peser une tonne ou scellés au plancher verni. Pour preuve : je n'arrive pas à dégager le collier de serrage en plastique autour d'un pied de table et qui menotte mes poignets.

La lumière du soleil passe à travers de larges vitraux en demi-lune disposés sur trois des quatre murs. Ses rayons frappent le sol pour le napper d'une mer multicolore mouvante. C'est magnifique. Des dorures ornent le plafond noir, ainsi que les contours du mobilier. Des parfums de cire de bougie, d'encens et de mer flottent dans la pièce. En gros, si je ne me sentais pas aussi mal et que je n'étouffais pas sous une terreur sourde, j'apprécierais ce cadre idyllique. Mais je me souviens de tout ce qui s'est passé : Poséidon a retourné sa veste en trahissant à la fois les Nyx et moi-même. Quelle ordure !

De nouveau, je tente de me libérer des menottes, sans succès. La table demeure immobile, bien que j'essaie de la soulever avec une épaule. Un grognement franchit mes lèvres, mes yeux me piquent. Non ! Je ne compte pas pleurer. Peu importe ma peur, ma colère ou ma déception si cuisante.

J'ai saisi que Poséidon s'était servi de moi pour trouver l'aigle du Caucase au lieu d'Hadès et de Perséphone. Il est d'ailleurs responsable de leur disparition, d'après ce que j'en conclus.

— Espèce d'enflure, sifflé-je.

— Tu parles de moi, j'imagine.

La voix grave de Poséidon me tire un sursaut. Je soulève mes fesses du sol pour regarder par-dessus la table. Il est assis dans un coin de la cabine, proche d'un grand bureau couvert de papiers. Ses chevilles croisées sur le meuble et ses mains positionnées derrière sa nuque trahissent une absence totale de remords chez lui. Mes mâchoires se contractent, un pincement au cœur m'arrache une grimace.

— Je n'aurais pas dû te faire confiance !

— C'est vrai, je n'ai pas été très honnête avec toi. Si ça peut te consoler, Trésor, j'ai roulé énormément de monde.

Un sourire glacial m'échappe.

— Si tu me détachais, Posy, histoire qu'on puisse discuter ?

À ma grande surprise, sa chaise racle le sol et il se lève pour marcher vers moi. Avant qu'il parvienne à ma hauteur, je cherche une arme des yeux, n'importe quoi me permettant de me défendre. Évidemment, il n'y a rien que je puisse saisir dans ma position actuelle.

Il s'agenouille à ma hauteur. Un poignard apparaît entre ses doigts.

— Je vais couper le lien, mais si tu n'es pas sage, je t'attache de nouveau. Compris ?

Il me fixe sans ciller, attendant une réponse qui ne vient pas. Puisqu'il semble décidé à me torturer psychologiquement, je soupire en opinant. Il tient donc parole en tranchant le lien, sans même effleurer ma peau avec l'arme. En revanche, je ne tiens pas la mienne. Déjà, je lui envoie un coup de tête monstrueux en plein dans le pif.

Pour ma défense : le stress me rend plus agressive que d'habitude.

L'Olympien part en arrière, une main posée sur son visage. Je m'attends à une effusion de sang, mais il n'y en a pas. Pire, le dieu éclate de rire. Un son sincère, qui me traverse avec une intensité à couper le souffle. Je ne peux pas m'empêcher de le trouver magnifique, plein de force. Si... divin. Mais je ne perds pas le nord pour autant : je saute sur mes pieds et cours loin de lui, même si mon corps se révolte à chaque mouvement en m'envoyant des décharges. Je dois ma résistance à l'adrénaline qui coule à flots dans mes veines.

Je me positionne derrière le bureau pour m'en servir de barrage, puis saisis un lourd presse-papiers en verre. Poséidon s'est redressé, le regard luisant d'une étrange fierté. Son nez va très bien, malheureusement. Pourtant, je suis certaine d'avoir frappé assez fort afin de le briser.

— Pour être honnête, commente-t-il, je m'attendais à ce que tu me voles mon poignard et que tu essaies de me le planter dans le cœur.

— Si j'avais eu une chance de te l'arracher des mains, je l'aurais fait.

— Vraiment ? Alors, en piste.

Il s'empare du bout de la lame d'acier entre ses doigts et la lance droit sur moi. L'arme s'enfonce dans le bois du mur, à quelques centimètres de ma tête. Ma terreur se mêle à la colère et je hurle en tremblant :

— Tu es complètement malade !

— Vas-y, attaque-moi.

Il reste au centre de la pièce, les mains dans les poches de son jean. En le gardant à l'œil, j'arrache le poignard de sa prison de bois. Mine de rien, c'est assez difficile, parce qu'il est profondément enfoncé. Lorsque j'y parviens, mon kidnappeur n'a pas bougé d'un cil.

Sans lui tourner le dos, je contourne le bureau, armée de ma nouvelle meilleure amie. S'il croit que je vais lui rendre ce bijou capable de couper n'importe quoi, il se leurre. Sous mes pas lents, le roulis du navire n'a pas arrangé ma nausée, au contraire.

Poséidon continue de sourire, certain que je ne pourrai pas lui échapper. Je profite donc de son immobilité afin de me précipiter sur la porte de la cabine. L'air marin et l'odeur du sel m'accueillent dès que je sors. Je me trouve sur un large pont où se mêlent technologie et ancienneté. J'ai l'impression d'être sur un bateau pirate qui aurait bénéficié d'outils récents lui permettant de s'avantager. Je note la présence d'au moins trois mecs armés occupés à tirer de lourdes caisses en bois. Pas un ne réagit en me voyant détaler comme un lapin. Je cours aussi vite que possible, manquant de peu de me prendre les pieds dans un filet abandonné sur le plancher. Je contourne la cabine pour la longer en empruntant une sorte de couloir. Sur ma gauche, le bastingage en bois renforcé donne directement sur la mer. Je m'efforce de ne pas regarder l'océan. Si je le fais, alors la réalité me frappera en plein visage. Je refuse de penser que je n'ai aucune chance de quitter ce bateau.

Je débouche sur un second pont, plus large que le premier. Ce navire est immense. Deux mâts filent vers le ciel bleu et le vent gonfle des voiles noires derrière lesquelles sont secouées des échelles en cordages. J'aperçois un homme armé dans une sorte de grand panier en osier perché à une hauteur hallucinante. S'il ne me vise pas avec son flingue, je sens son attention posée sur moi. Je cherche un abri, une cachette, n'importe quoi pouvant me préserver d'une éventuelle attaque. J'avise d'autres caisses plus grandes que moi. Elles sont en bois et recouvertes d'inscriptions noires en langue étrangère. Je pourrais me dissimuler à l'intérieur de l'une d'elles, à condition de réussir à l'escalader et à l'ouvrir. Mais ensuite ?

Non, trop risqué.

Des pas résonnent dans mon dos. Sans me retourner, je m'élance à nouveau. Il y a une multitude de gardes sur le second pont, habillés tout en noir et armés jusqu'aux dents. Des ordres fusent, un groupe remonte quelque chose de l'océan, un autre analyse des papiers en désignant des caisses. Où est-ce que je suis tombée ? Je n'ai pas l'air d'être sur un navire de l'armée, loin de là.

J'ignore combien de temps je fuis. On ricane sur mon passage, j'entends ces espèces de paramilitaires se moquer de moi. Aucun d'eux ne m'arrête. Je comprends pourquoi lorsque je me retrouve fatalement devant la cabine de Poséidon pour la cinquième fois.

Je suis piégée.

L'Olympien m'étudie en découpant une pomme avec un poignard – bien moins ornementé que celui dans ma main.

— Tu as finalement compris que tu ne pouvais pas fuir ? Sauf si tu veux sauter. Tente le coup et tu devras parcourir plus de trois cents milles marins avant de trouver une terre ferme. Ce qui équivaut à environ cinq cent cinquante kilomètres. Les néréides peuvent nager longtemps sans s'épuiser, mais pas autant. Tu veux tenter le coup ?

Je serre les poings. Ma main droite comprime un peu plus fort le manche de mon arme. Le dieu des Mers esquisse un sourire moqueur en mâchant un morceau de fruit.

— Mais bon, encore faudrait-il que tu saches nager.

Sa remarque me blesse, ainsi que l'intensité de la raillerie dans son regard. Mais il a raison : je suis coincée au milieu de l'océan.

Je me tâte quand même à lui balancer le poignard entre les deux yeux, au risque de me retrouver à errer dans les Enfers à ma mort. Mais, consciente qu'il cherche à me déstabiliser, j'encaisse. C'est un miracle qu'il s'en sorte sans un œil au beurre noir.

— Alors, je suis ta prisonnière ?

Sur le sommet du petit escalier menant à sa cabine, il semble prendre toute la place. Ses larges épaules, ses jambes écartées et ses coudes posés sur ses genoux accentuent sa prestance. La lumière du soleil accroche les perles dans ses dreadlocks. Je remarque que la plupart sont de différentes nuances de bleus, comme peuvent le devenir ses yeux qui changent de teinte selon son humeur. Je croise les bras sur ma poitrine dans l'attente d'une réponse.

— Si tu étais ma prisonnière, Trésor, je ne t'aurais pas détachée.

— Mais si je n'étais pas ta prisonnière, Posy, je me trouverais ailleurs, répliqué-je sur le même ton.

— J'aime tellement ton effronterie.

— Laisse-moi m'en aller.

Il se lève. Pendant une seconde, il dissimule le soleil et son ombre projetée sur le pont du navire le rend encore plus grand. Je recule pour mettre de la distance entre nous. Il se dirige vers un petit tonneau posé près de la rambarde d'escalier, l'ouvre et en sort une seconde pomme. Il me la jette sans même me regarder, trop occupé à en prendre une autre pour lui. Je l'attrape par instinct. Elle est parfaitement ronde, d'une belle couleur rose et sa peau brille. Mon estomac se réveille, me rappelant que ces derniers jours, je n'ai fait que manger sur le pouce.

— En attendant le dîner de ce soir, commente Poséidon.

— Je ne compte pas rester.

Il se contente de ricaner. Bon sang, ce qu'il m'énerve ! Je pose la pomme sur le couvercle du tonneau.

— Attends-tu de ma mère une rançon ? demandé-je en tiquant.

Il me décoche un regard réellement surpris, puis éclate de rire.

— Tu me vexes. N'oublie pas qui je suis.

— Une enflure ? Je ne compte pas l'oublier, ne t'inquiète pas.

Nullement atteint par l'insulte, à mon grand désarroi, il entreprend de s'éloigner d'un pas tranquille. Je le suis, ne comptant pas le lâcher d'une semelle. Il finira par me libérer, même si pour ça, je dois me mettre sur son dos pendant le siècle à venir. Enfin, espérons que ça prendra moins de temps. Contrairement à lui, je ne suis pas concernée par l'immortalité.

— Quel est ton plan ? répété-je. Pourquoi tu as fait tout ça ?

Ses hommes armés nous lancent de vagues regards, bien que je sente leur concentration extrême posée sur nous. Ils agissent comme des gardiens : derrière leur désinvolture se dissimulent des combattants hors pair. Je sais les reconnaître, je m'entraîne avec Xander et les autres depuis un paquet de temps. Ils me font penser à des soldats surentraînés. Leur musculature les rend redoutables. Je secoue la tête pour me concentrer sur mon ennemi le plus proche : l'Olympien de mes deux.

Il prend le temps de s'appuyer sur le bastingage du navire avant de tourner la tête vers moi lorsque je le rejoins. À quelques mètres, l'océan se jette contre la coque qui se trouve être en acier, et non en bois, comme je le pensais. Je crois que si j'avais su nager, j'aurais essayé de rejoindre la terre ferme de cette manière. Je n'ai pas envie d'être mêlée à une stupide guerre entre lui, Hadès et Perséphone.

Même si, d'une certaine façon, je le suis déjà.

— À quoi penses-tu ? me demande-t-il en continuant de m'analyser.

— Tu vas finir par répondre à mes questions ?

— Très bien, concède-t-il. Quel est mon plan ? Il se trouve que depuis plusieurs années, je me suis mis à la recherche de certaines reliques importantes. Le foie de l'aigle du Caucase était l'avant-dernier objet de ma liste.

Je me renfrogne en remarquant que la lumière fait briller le bracelet doré que je porte toujours à mon poignet. J'arrache le bijou et le balance à la mer. Je m'attends à ce que Poséidon hurle ou qu'il plonge pour le récupérer. Il se contente de rire, encore.

— Je suppose que ce n'était pas vraiment la corne d'abondance d'Hadès ? grogné-je.

— Non. Circé me devait un service et elle a donc ensorcelé le bracelet pour qu'il te mène à Prométhée, et non à mon frangin.

Je grogne en serrant le bastingage de toutes mes forces.

— J'espère que ce bijou faisait partie des reliques que tu as cherchées !

— Pas du tout. Il contenait une infime énergie appartenant à Prométhée, rien de bien important.

Dommage.

— Donc, tu t'es servi de moi pour trouver l'aigle du Caucase et, afin de pouvoir entrer aux Enfers, tu as fait prisonnier Hadès et Perséphone ?

— Je ne suis pas directement responsable de l'emprisonnement de mon frère et de sa fiancée. C'est Hermès qui s'en est chargé, lui aussi me devait un petit service...

Ce mec n'a aucun scrupule. Comment ai-je pu penser avoir le béguin pour lui ?

— Tu l'as orchestré, c'est pareil. Comment as-tu pu faire une chose pareille à ton propre frère ?

— Crois-le ou non, j'aurais préféré éviter. Hadès a refusé de m'aider dans ma quête et il fallait absolument que je trouve un moyen d'entrer aux Enfers sans que je sois perçu comme un ennemi.

Un rire plein d'ironie m'échappe.

— Évidemment qu'il n'allait pas t'aider, tu l'as laissé tomber pendant le combat avec Crios.

— Figure-toi, rétorque-t-il d'une voix glaciale, qu'il fallait absolument que je mette la main sur l'un des objets de ma quête quand il est venu me voir. Je ne pouvais pas perdre de temps en menant ce combat à ses côtés.

— Ça, c'est de la fraternité.

À nouveau, je le devine en train de m'observer. Je fais mine de fixer le lointain.

— Crios n'était pas comme Chronos. Hadès et Zeus suffisaient largement à le battre.

— C'est ça qui te permet de pouvoir te regarder dans une glace ?

— Ne joue pas avec mes nerfs, Phita.

Cette fois, je me tourne vers lui.

— Sinon quoi, Posy ?

Une vague, plus forte que les autres, éclate contre la coque et m'éclabousse. L'eau froide me tire un hurlement de stupeur et brise l'effet impressionnant que je voulais dégager. Poséidon reprend sa position initiale, me tournant presque le dos. Il a sans doute voulu me donner une leçon. Pourtant, à peine une seconde s'écoule avant que mon corps absorbe le liquide et entreprenne de soigner certaines de mes petites blessures.

— Donc, dis-je en reprenant le sujet qui importe vraiment, tu t'en es pris à Hadès et Perséphone et tu as fait croire que tu pouvais les retrouver en m'incluant dans l'équation ? Je déteste qu'on se serve de moi.

— Peu importe, tout est rentré dans l'ordre.

— Tu te moques de moi ? Je te rappelle que je suis toujours là ! Rien n'est arrangé me concernant.

— C'est parce que j'ai besoin de toi. De ton sang, plus exactement.

18.

Alors là, j'aurais préféré une bonne droite. Trop choquée pour réagir, je le regarde pivoter vers moi et me dominer de toute sa hauteur avec un calme horripilant.

— Laisse-moi mener mon projet à bien et tu pourras rentrer chez toi.

Afin de ne pas montrer à quel point son aveu vient de me terrifier, je joue la carte de l'arrogance.

— C'est quoi ce projet ?

— Celui de fabriquer un élixir de vie.

Je secoue la tête en reculant de quelques pas. J'ai envie de me remettre à fuir depuis qu'il a annoncé que j'étais le dernier « ingrédient » de sa potion. Mais il a dit que je rentrerais chez moi. Si ça se trouve, une ou deux gouttes de sang lui suffiront.

— Je croyais que les Rois de l'Olympe étaient immortels.

— Ce n'est pas pour moi.

— Pour qui, alors ? répliqué-je, agacée.

Ce n'est pas important de le savoir, mais il faut que je gagne du temps afin de trouver une issue. Je pourrais m'enfermer dans une pièce du bateau avec l'espoir qu'on touche bientôt terre ? Ensuite, je demanderais de l'aide à quelqu'un, une fois en sécurité ? Mais je risque de mourir de faim et de soif avant d'y parvenir.

La réponse de Poséidon balaie les prémices d'un plan bancal que je m'efforce de mettre en place :

— Pour toi, Trésor.

J'attends de le voir éclater de rire. Forcément, c'est une blague à la Poséidon. Si son humour laisse à désirer, qui suis-je pour juger ? Les secondes s'étirent, il continue de me fixer sans cligner des paupières. Au-delà du fait que c'est super perturbant, son expression impose peu à peu une vérité que je refuse d'accepter.

— Quoi ? Je n'ai pas envie de devenir immortelle !

— Dans ce cas, continue-t-il en s'appuyant à nouveau sur le bastingage, j'en conclus que tu souhaites mourir ?

— Mais de quoi tu parles ? C'est normal de clamser ! Je veux dire : tout le monde passe par là. La plupart des gens, sauf les trois Rois de l'Olympe, je te l'accorde. Tu ne peux pas débarquer dans ma vie et me dire que tu as entrepris de me concocter une potion magique ou je ne sais quelle connerie. C'est quoi ce délire ?

— Les Oriones ont une espérance de vie qui ne dépasse pas deux décennies.

Je me fige, les yeux écarquillés. Cette déclaration coule en moi comme de l'eau glaciale destinée à m'asphyxier. Je recule jusqu'à ce que mes fesses frappent un rebord en bois et que je m'y affaisse. Mes jambes ne répondent plus. Mon cerveau a du mal, lui aussi.

— Tu mens. Tu cherches à me rouler.

— Je t'en prie, Trésor. Pourquoi je ferais ça ?

— Aucune idée. Qui sait comment ton esprit de malade fonctionne. Laisse-moi rentrer.

— Non.

Sa réponse me percute avec la douceur d'un coup de genou dans l'estomac.

À nouveau, j'observe l'océan infini, puis les gardes armés de Poséidon. Une vague de découragement me tombe dessus. Mes yeux brûlent, mes poings se serrent. J'ai trop à encaisser en si peu de temps. J'ai l'impression de me noyer.

Poséidon s'approche. À cet instant, j'ai le sentiment de n'être qu'un poisson rouge face à un gros requin affamé.

— Tu dois comprendre que je ne peux pas te laisser mourir. Pas maintenant qu'Hadès a renversé la donne en ramenant Perséphone d'entre les morts afin de la garder auprès de lui pour toujours.

— Quoi ? Je ne pige rien.

— Les règles instaurées par Chaos ont changé. Je compte bien en profiter pour ne plus te perdre. Que tu le veuilles ou non, je ne te laisserai pas partir loin de moi. Pas cette fois.

Je reste sans voix devant la passion de ses paroles et l'incendie au cœur de ses iris. Il a l'expression et la manière de parler d'un fou qui ne reculera devant rien. Je secoue la tête, ne sachant pas si je dois lui sauter dessus dans le but de lui faire entendre raison ou plonger dans l'océan et limiter mon supplice.

— Je ne comprends rien à ce que tu racontes, soufflé-je d'une voix faussement calme.

Il a le soleil dans le dos, je n'arrive pas à voir son visage avec netteté, mais je remarque la douceur qui prend possession de ses traits.

— Ta nature d'Orione t'empêche de te souvenir, mais moi, je n'ai jamais oublié tout ce qu'on a vécu ensemble. Je n'ai jamais oublié mes sentiments pour toi. Tu ne peux pas comprendre et, d'une certaine façon, je t'envie.

— On touche le fond.

À la base, je voulais parler avec ferveur. Le désespoir la remplace, à mon grand dam. Même si le sens des mots de Poséidon m'oblige à envisager qu'il soit complètement marteau, je n'arrive pas à ignorer ce qu'il vient d'allumer en moi. Une lueur discrète, comme l'éclosion d'une minuscule fleur au milieu d'un champ pris dans la glace. Je l'ignore, bien que j'aie envie de m'y accrocher sans savoir pourquoi.

— Tu as le droit d'aller où bon te semble sur ce navire, me prévient-il avec dureté, sauf dans les pièces fermées et surveillées.

N'essaie pas d'assouvir ta curiosité en t'en prenant à un membre de l'équipage. Non seulement tu me forcerais à t'enfermer, mais en plus, un affrontement avec l'un d'eux te sera très douloureux. Si tu as besoin de moi, tu me trouveras dans ma cabine.

Je le laisse s'éloigner d'un pas lourd. Une fois que je me retrouve seule, des larmes de désespoir inondent mes joues. J'envisage rapidement toutes les options qui s'offrent à moi. Elles ne sont pas bien nombreuses : dénicher un canot de sauvetage et espérer survivre en mer assez longtemps pour trouver la terre ferme ; prendre en otage le type chargé de diriger le navire afin de l'obliger à me ramener... ou attendre que Poséidon me libère de lui-même. Il paraît que je ne suis pas facile à vivre, selon ma mère. Avec un peu de bol, il s'en rendra compte rapidement et changera d'avis.

Je soupire en essuyant mon visage. Le soleil, haut dans le ciel, frappe avec fureur. Il fait un temps qui me donne envie de lézarder au bord de la piscine, au manoir, un cocktail à la main.

Des pas résonnent près de moi. Je tourne la tête vers celui qui ose m'approcher, alors que mon instinct me souffle de commettre un massacre. Tyron, mon chauffeur, reste à bonne distance, les bras croisés sur son torse. Un gros flingue pend à son flanc, retenu par une sangle autour de son épaule. Le voir armé m'inspire autant de déception que sa déloyauté. Il a toujours été gentil avec moi et on a passé de nombreux soirs à nous détendre dans la véranda, un verre à la main. Je n'ai pas beaucoup d'amis. En perdre un m'arrache un morceau de cœur.

— Qu'est-ce que tu veux ? craché-je en regardant l'océan.

— Te dire que je suis désolé.

— De m'avoir trahie ? ricané-je. Ou de t'être fait passer pour un chauffeur, alors que tu es... avec lui ? dis-je en montrant vaguement la direction prise par Poséidon. Ou bien, de m'avoir entraînée délibérément dans une histoire qui me fait passer pour une méchante aux yeux d'Hadès et des siens ? Attends ! Peut-être que tu parles de tous les bobards que tu m'as racontés sur toi.

Du coin de l'œil, je le vois hausser les épaules.

— Pour tout ça, oui.

— Tu es qui ? Tu voulais quoi en venant chez moi ? Me surveiller ?

Cette fois, je le regarde droit dans les yeux. Il a, au moins, la décence de paraître embarrassé.

— Je suis toujours celui que tu as connu. Je ne t'ai menti sur rien, en dehors de mon lien avec Poséidon. Il m'a envoyé chez ta mère afin de garder un œil sur toi.

— Parce qu'il avait besoin de mon pouvoir.

— Phita, on n'est pas les méchants.

— Va te faire voir. Allez tous vous faire voir. Laisse-moi tranquille, maintenant.

Il reste encore une minute, puis il décide de s'en aller. Dès qu'il n'est plus en vue, je me lève et entreprends quelques repérages. Les deux heures suivantes, je comptabilise huit pièces dans le bateau : l'une servant de cantine, une autre de cuisine, quelques cabines permettant à l'équipage de se reposer, une salle de commande occupée par le capitaine de bord. Comme l'a souligné l'Olympien, les autres me sont inaccessibles et surveillées par des molosses tatoués aux airs pas commodes. J'imagine qu'ils cachent des choses importantes, là-dedans. En prenant en compte ces derniers, j'ai conclu à une quinzaine de mercenaires, plus une poignée de marins. Pendant mon investigation, j'ai pu deviner l'activité principale des hommes à bord : contrebande. Le matos sur le pont leur sert aussi à faire des expéditions sous-marines.

Au détour d'un couloir, j'ai entendu Poséidon discuter avec l'un de ses employés et parler de remonter une épave qu'il a récemment trouvée pour la revendre à un riche investisseur. Ça ne m'étonne qu'à moitié. Poséidon est capable de nager où il veut, et donc de découvrir des magots cachés datant de Mathusalem. Ce qui me surprend, c'est qu'il soit une sorte de pirate des temps modernes, alors qu'il pourrait simplement être… le Roi des Océans. Il l'est par sa nature, mais il ne l'est pas dans sa manière de vivre.

Le soir tombe et je remarque que les mercenaires travaillent par roulements. Certains vont manger, pendant que d'autres prennent leur place de garde. Au début, je pensais qu'ils me surveillaient. Rapidement, j'ai constaté que je n'étais pas leur priorité. Alors, qu'est-ce qui les force à rester aussi vigilants ? C'est en me posant dans un coin du pont que cette question titille ma curiosité. Qui ou que craint Poséidon pour s'entourer d'une armée pareille ?

Assise sur une caisse, les genoux sous mon menton, je songe à ma mère et à Thétis. Se doutent-elles que j'ai été enlevée par un Olympien psychopathe ? Un fou à lier qui pense que je vais mourir et que j'ai besoin d'une potion de longévité ? Plus j'y réfléchis, plus je trouve cette histoire délirante. Même si ses paroles ont donné naissance à une angoisse sourde qui ne me quitte pas, je refuse de céder à la peur. Le sourire de ma sœur me revient en mémoire, comme un pansement sur une plaie. Elle me manque. Mais elle me croit en Europe avec Poséidon, alors pourquoi s'inquiéterait-elle ? Puis elle doit avoir d'autres choses en tête, comme son prince. J'espère au moins que mon bourreau a tenu parole et qu'elle coule des jours heureux dans un château sous-marin magnifique en attendant de recevoir le titre de princesse.

— Tu as faim ?

J'ai entendu Tyron approcher, mais je m'oblige à l'ignorer. Raison pour laquelle il pousse un soupir et pose une assiette fumante à côté de moi. L'océan se pare d'un voile obscur magnifique. Bientôt, il se mêlera au ciel et on naviguera dans des ténèbres. Toutefois, mon excellente vue de néréide me permet de percer l'obscurité naissante et de détailler ce qu'on m'a donné à manger : du pain, de la viande fumante et des légumes. Ça me fait mal de l'admettre, mais la nourriture sent trop bon. Mon estomac se réveille. Parce que j'ai conscience que me sous-alimenter ne m'aidera pas à m'enfuir, je dîne seule après le départ de mon ancien chauffeur.

Une heure passe et je ne vois plus rien, il fait trop noir. J'entends juste le chant des vagues contre la coque en acier. J'aime ce son.

Je m'endors rapidement. Un rêve avec Thétis vient bercer ma conscience, jusqu'à ce que le froid me tire de mon sommeil. Un projecteur éclaire le large pont et j'aperçois les silhouettes mouvantes des gardes toujours alertes. Je me lève pour tenter de me réchauffer en marchant. Je suis épuisée, j'ai besoin de dormir. Mais je me vois mal aller trouver Poséidon pour lui demander une chambre.

— Suis-moi.

Sa voix me fait sursauter. Il vient d'apparaître dans mon dos avec la discrétion d'un fantôme. Mes réflexes au combat me laissent tomber à cause du froid. Je ne peux que le fixer en grelottant. Avec un sourire amusé, il me dépasse et marche vers sa cabine. Je le suis dans l'espoir qu'il m'annonce qu'il a laissé tomber cette quête absurde et qu'il va me ramener chez moi. La chaleur de la pièce m'enveloppe comme les bras d'un père qui me manque beaucoup trop.

— Tu as pu parler à Tyron ? me demande-t-il en se servant un verre d'un liquide ambré.

Je reste loin, les bras croisés dans une posture défensive.

— Tu l'as envoyé travailler pour ma mère afin de me surveiller. Comment connaissais-tu mon existence ?

— J'ai toujours su que tu existais.

Il se cale contre son large bureau pour porter son verre à ses lèvres. Je prends une grande inspiration et évite de me focaliser sur ses yeux magnifiques. Attention, j'ai beau le trouver hyper sexy, je n'en ai pas moins envie de lui faire ravaler son fichu air suffisant.

— Tu ne me demandes pas comment c'est possible, Phita ?

Mon prénom dans sa bouche me donne des frissons. Pas de

ceux que je ressens après une soirée mondaine horrible, non. Et ça m'agace de constater que j'aime la manière dont il le prononce. Il ne manquerait plus que je développe un syndrome de Stockholm, tiens. C'est l'ennemi. Mon ennemi.

Je le déteste.

Puisque je ne réponds rien, il continue :

— Tu ne me crois pas quand je te dis que ta nature d'Orione te condamne, n'est-ce pas ?

— Je me sens très bien.

— Ça ne durera pas. La maladie qui vous emporte est foudroyante.

Je songe à mon père, à ses dernières heures de calvaire.

— Et si je n'ai pas envie que tu me sauves ?

— Tu ne penses pas ce que tu dis.

La fermeté de son ton est aussi implacable que son expression. Je hausse les épaules en me massant le front.

— Bon, et maintenant ?

— Tu vas dormir. Tu es épuisée.

Il désigne un lit double dans un renfoncement de la pièce que je n'avais pas vu jusqu'ici. Une vague d'indignation me soulève le cœur. Au lieu de me révolter, je secoue la tête.

— Laisse-moi partir. C'est n'importe quoi.

— Après tous les efforts que j'ai faits pour en arriver là, aujourd'hui ? Rêve toujours, Trésor. Tu peux aller prendre une douche par là.

Un sourire étire mes lèvres et je réponds avec enthousiasme :

— Bonne nuit, Posy !

Puis je lui dresse mon majeur. Il se contente de ricaner et de quitter la cabine.

19.

J'hésite à me mettre à la recherche de mon téléphone que Poséidon a dû dissimuler quelque part. À moins que mon portable se soit cassé lorsqu'on a fui le Royaume des Morts comme de vulgaires voleurs ? Possible. De toute manière, je suis trop fatiguée pour fouiner. On verra plus tard.

Une petite salle de bains se trouve sur le côté de la cabine. Sous un lavabo, l'Olympien a déposé mon sac contenant les affaires que j'ai emportées aux Enfers et un nécessaire de toilette. Après tout ce que j'ai vécu, une bonne douche s'impose. J'y reste longtemps, essayant de réfléchir à un plan pour m'enfuir. Lorsque j'enfile un débardeur et un mini-short, je n'ai toujours pas trouvé le moyen de filer à l'anglaise. Je me traîne jusqu'au lit, tente de ne pas me focaliser sur le parfum de Poséidon que dégage un oreiller, puis je sombre dans le sommeil.

Un léger mouvement me réveille. Il me faut une poignée de secondes afin de me souvenir où je suis, et comprendre que Poséidon vient de s'installer de l'autre côté du lit.

— Qu'est-ce que tu fiches ici ? m'insurgé-je en tirant la couverture sous mon menton.

— À ton avis ? Je viens dormir. Même les plus braves ont besoin de sommeil.

La cabine plongée dans le noir me préserve trop peu de ses charmes, car bientôt, les contours de l'Olympien se dessinent. J'ai le souffle coupé en découvrant qu'il porte un simple boxer, laissant le reste de son corps à l'air. Si mes joues s'embrasent, je ne parviens pas à en déterminer la cause : sa proximité soudainement brûlante ou ma colère ? J'opte pour la seconde option, plus facile à gérer.

— Il n'était pas question qu'on dorme ensemble ! piaillé-je.

Impossible de m'extraire du lit sans passer par-dessus Poséidon en train de glousser, puisque je me trouve côté mur.

— Tu ne m'as pas offert l'occasion d'engager beaucoup la conversation, rétorque-t-il.

— Donne-moi une autre cabine.

Il tourne la tête vers moi. L'espace d'un court instant, ses yeux semblent luire dans les ténèbres, rallumant le brasier que je tente d'étouffer au creux de mon ventre.

— Impossible, elles sont toutes prises. Il reste le pont, si tu veux réellement être seule.

Je grogne de frustration en décidant de lui tourner le dos.

— Et puis, ajoute-t-il, il y a bien trop d'hommes autour de toi pour que je te laisse sans surveillance.

— Oh, c'est adorable, me moqué-je, Posy s'inquiète de ma sécurité...

Je m'apprête à répéter mon éternel laïus, qui consiste à lui rappeler que je sais me défendre, quand il m'en empêche.

— Ce n'est pas de ta sécurité que je m'inquiète. C'est pour celle de mes mercenaires. Je n'ai pas envie que tu les égorges pendant leur sommeil.

Un gloussement m'échappe. Même si Poséidon exacerbe mon côté violent, je suis touchée qu'il me pense capable de me rebeller de cette façon.

— Je pourrais t'égorger, toi.

— Essaie toujours.

Un étrange silence s'installe autour de nous. J'entends encore les vagues en bruit de fond, mais le souffle régulier du dieu accapare mon ouïe. Je le trouve aussi tranquille que sa voix.

— Reste sur tes gardes, lui ordonné-je.

— C'est noté, Trésor.

Cette nuit-là, je ne tente pas de l'égorger. Je récupère de ma quête aux Enfers et de toutes ces embrouilles qui me sont tombées dessus ces derniers jours. À mon réveil, Poséidon n'est plus là.

Dommage, mon genou me démange à l'idée de le frapper dans les joyeuses.

À la place, je me lève, emprunte sa salle de bains et sors pour le chercher. Sous le soleil de plomb, il distribue des ordres à ses mercenaires qui bossent d'arrache-pied. Curieuse, je me penche par-dessus le bastingage et essaie d'apercevoir ce qu'ils tentent de sortir de l'eau. Mes yeux s'écarquillent lorsqu'un morceau d'un très vieux navire crève les flots. L'épave reste accrochée dans le vide, au bout de trois gros câbles en acier, le temps qu'elle se décharge de l'eau qu'elle contient. Ensuite, le bras mécanique de la grue se met en mouvement, pivote et dépose son chargement sur une plateforme en acier. Une très forte odeur marine flotte dans l'air, mêlée à quelque chose de pourri.

— On cherche le joyau maudit d'Héra.

Je sursaute en entendant la voix de Tyron. Je reporte mon attention sur l'épave. Je me suis juré de ne plus parler à mon chauffeur, mais la curiosité l'emporte sur ma résolution.

— Le joyau maudit d'Héra ? répété-je. Qu'est-ce que c'est ?

— Une pierre précieuse qu'elle a confiée à un ancien pirate, il y a des siècles. D'après ce qu'on sait, il a été retrouvé à de nombreuses reprises, mais chaque fois, son nouveau propriétaire a fini au fond de l'océan. On le cherche depuis un paquet de temps.

Loin d'être rassurante, cette histoire.

— Le joyau se trouve là-dedans ?

— On le pense.

— Poséidon va s'en servir pour quoi ?

Tyron hausse les épaules. Je pousse un soupir en espérant que cela n'a rien à voir avec cette mystérieuse potion magique.

— Mais pourquoi avoir remonté une partie de ce bateau ? demandé-je. Vous auriez pu vous contenter de la pierre…

— Un chercheur va nous le racheter.

— Donc, vous allez accoster ?

Le jeune homme sourit face à ma soudaine énergie, puis m'envoie un coup d'œil amusé.

— Tu veux nous fausser compagnie, Phita ?

— Absolument pas, j'adore mon statut de prisonnière !

Mon sarcasme empreint d'une tristesse que je n'ai pas réussi à dissimuler l'oblige à reprendre son sérieux. Tyron se gratte le front en cherchant ses mots.

— Quand cette histoire sera terminée, il te ramènera chez toi.

— Tu veux dire : lorsqu'il m'aura obligée à boire son élixir d'immortalité ? C'est ridicule, bon sang. J'espère l'en convaincre avant que la situation dégénère.

Tyron ne répond pas immédiatement. Quand il le fait, une sorte de résignation transpire dans ses mots.

— Si tu penses y arriver, alors soit.

Après ça, il n'ouvre plus la bouche, mais il reste près de moi. Je comprends, au bout d'un moment, qu'il a reçu l'ordre de me surveiller.

Je prends mon petit déjeuner à la cantine du navire au moment où Poséidon franchit la porte. Tyron, demeuré immobile contre le mur pendant mon repas, lance un coup d'œil à son chef. Sans un mot, il sort.

— Le joyau d'Héra ? dis-je avant même que Poséidon ouvre la bouche.

— Bonjour à toi aussi, Trésor ? Tu es magnifique, ce matin.

Puisque je porte mes vêtements de randonnée, je sais qu'il ment. Ça me rappelle que je n'aurai bientôt plus rien à me mettre si je ne nettoie pas mes fringues sales. Partir à la recherche d'une machine à laver me donnera une raison de fouiner. Je n'en ai pas vu hier, pendant ma visite des lieux, mais à cause de ma panique, j'ai sûrement raté des éléments.

Qui impliqueraient aussi un canot que je pourrais utiliser afin de m'enfuir. J'ai remarqué qu'il y avait beaucoup de nourriture à la cuisine, c'est donc faisable si je prends des réserves.

Poséidon s'assoit devant moi avec son air suffisant. Je ne compte pas entrer dans son jeu du chat et de la souris, comme depuis notre rencontre. Maintenant, je vais me comporter avec lui de la manière la plus froide et distante possible. Je pose donc ma tasse sans ciller, le visage fermé, attendant une explication.

— Broyé, il représente le dernier ingrédient de l'élixir, m'apprend-il. Ensuite, il ne me faudra plus que ton sang.

Je frissonne à l'idée qu'il me coupe un doigt. Il peut toujours essayer, je ne compte pas lui faciliter la tâche.

— Tu n'as donc pas changé d'avis ? demandé-je durement.

— Rien ne me fera changer d'avis. Je sais ce qui est bon pour toi.

Je me contente de ricaner. Ce mec est plus têtu qu'une mule. Tout ce qu'il m'a dit la veille concernant le fait qu'il refusait de me perdre à nouveau me revient en mémoire. Je crains la signification de ses paroles. Je préfère prendre ça pour un ramassis de conneries prononcées par un dingue.

— Bien.

— Quoi ? rit-il. Juste *bien* ?

— Que veux-tu que je te dise ?

— Au moins, tu t'es fait une raison.

C'est ça, cours toujours.

— J'essaie de rendre ton séjour sur l'Amphitrite aussi agréable que possible, enchaîne-t-il. N'hésite pas à solliciter mes hommes si tu as besoin de quoi que ce soit. Ou à venir me voir pour des choses plus... intimes.

Sa remarque grivoise ne m'atteint pas. En vérité, l'avoir entendu prononcer « Amphitrite » vient de m'envoyer des décharges dans tout le corps. J'ai le sentiment de connaître ce mot. Non, pas un mot… un prénom.

— Qui est Amphitrite ? questionné-je en essayant de ne pas montrer ma tension.

— La moitié de moi-même. Celle pour qui je balaierais cette planète d'un claquement de doigts, si elle me l'ordonnait.

— Celle pour qui tu as rejeté la royauté, c'est ça ? demandé-je en me rappelant notre discussion après l'attaque du squelette des Enfers.

Fatalement, notre baiser me revient en mémoire, aussi. Plutôt malsain, alors qu'on parle de son amour, n'est-ce pas ? D'ailleurs, la colère me gagne à l'idée qu'il se soit servi de moi dans le but de passer le temps. Les dieux de l'Olympe s'amusent avec les autres comme des poupées. Je ne devrais pas en être étonnée. Ma vie serait plus simple si je ne l'avais jamais rencontré.

Mais c'est mieux de ne pas compter vraiment pour lui. Il est mon ravisseur, pas une éventuelle conquête. Ça aurait été différent s'il n'avait pas retourné sa veste dans les Enfers.

Allez, Phita, reste concentrée.

— Et que pense-t-elle de mon enlèvement ? maugréé-je afin de tenter de lui ouvrir les yeux sur cette situation loufoque.

— Oh… elle n'apprécie pas des masses.

— Au moins, elle est plus réfléchie que toi.

— Je n'en mettrais pas ma main à couper. Je ne connais pas femme aussi impulsive. Et magnifique, Phita.

Pourquoi se sent-il obligé de me dévisager avec une intensité pareille ?

Sérieusement, un truc ne tourne pas rond chez lui. Il devrait avoir honte de jouer sur deux tableaux avec les femmes.

— J'espère qu'elle réduira ton entrejambe en bouillie, grondé-je.

— Tu as envie de le faire ?

— Plus que jamais.

Il s'enfonce dans le dossier de sa chaise, ses mains derrière la nuque. Visiblement, il trouve la situation très comique.

— Des nouvelles d'Hadès et de Perséphone ? demandé-je. On devrait les inviter à dîner.

— Ils ont repris leur vie normale.

Bon, je n'ai pas droit à la réaction que j'espérais – soit, le rendre de mauvaise humeur.

— Vraiment ? Je veux dire... ils ne te cherchent pas ?

— Je n'ai pas dit ça.

Ah, bien entendu.

— Quand je me serai enfuie, je les aiderai à te retrouver, promets-je.

— Pas si tu tombes amoureuse de moi.

L'ordure. Il m'énerve tellement ! À tel point que j'attrape ma petite cuillère et la lui lance. Il la saisit sans le moindre problème.

— Amphitrite ne peut pas t'aimer, tu es détestable, sifflé-je.

— Et pourtant, Trésor, elle m'a toujours aimé.

— Alors, elle est stupide.

Je viens de prononcer ces mots sans réussir à les retenir. Ils trahissent ce que je ressens vraiment quand on parle d'elle : de la jalousie. J'aimerais que ce ne soit pas le cas.

Je m'attends à avoir dépassé les bornes. Après tout, il a l'air de tenir à cette néréide plus que jamais. Je viens de me rappeler qu'elle faisait partie de son cortège, à l'époque des dieux. Aujourd'hui, elle doit vivre au moins sa centième vie ! Elle fait surement partie des déesses qui se réincarnent sans cesse.

À ma grande surprise, Poséidon éclate de rire, encore une fois.

— Quoi ?

— Rien, Trésor, prétend-il en se levant. À l'origine, je venais te dire qu'on allait bientôt accoster dans un port. Évidemment, tu as interdiction de descendre du navire. Si tu me désobéis, je t'attache jusqu'à ce que je te fasse boire la potion et que je te ramène chez ta mère. Crois-moi, ce sera très long.

Sur ces belles paroles, il s'en va.

20.

Je patiente plusieurs minutes pour calmer mon cœur qui bat à tout rompre. Enfin, ma chance de quitter ce fichu navire arrive. Il faut que je la saisisse. Les menaces de Poséidon m'importent peu, il me connaît mal s'il croit que je vais sagement attendre de me faire gaver comme une oie destinée à un sacrifice.

Le temps de trouver un plan, j'erre sur le navire en restant la plus naturelle possible. Des informations sur le port dans lequel on va accoster ou même le nom de la ville me seraient bien utiles. Ce n'est sûrement pas l'un de ces charmants mercenaires qui va m'aider.

Des cris excités et des rires venant des demi-dieux en question attirent mon attention. Je marche vers le groupe disposé en cercle. J'arrive pile au moment où, au milieu d'un ring de fortune, un molosse de plus de deux mètres en précipite un autre au sol.

— Allez, debout, l'entraînement n'est pas terminé, lance la montagne de muscles.

Il sourit derrière son épaisse barbe rousse, sans que je perçoive la moindre étincelle d'amusement dans ses yeux noirs. L'autre grogne de frustration en se redressant.

— Trop lent, prétend le rouquin en tendant la main vers son adversaire.

— Je sais chef, j'ai...

Ce dernier lui assène alors un coup de poing dans la figure dès que leurs mains se touchent. Une autre vague d'excitation déferle sur les mercenaires.

— Et naïf, reprend le molosse, pendant que des billets de banque passent entre les mains du public.

Le combat continue, et moi je reste là à le regarder. Les deux opposants démarrent une danse presque hypnotique en se tournant autour, puis s'assènent d'effroyables coups. L'un et l'autre se battent bien, très bien même. Leur dextérité est à l'image de leur musculature : impressionnante.

Sur ma gauche, un marin me hèle. Il est reconnaissable à l'absence de flingues et d'uniforme, ayant opté pour des vêtements amples classiques.

— Tu veux parier ? me propose-t-il. Dix dollars que Mitch gagne contre Ranch.

— Qui est Mitch ? demandé-je en oubliant d'être froide.

— Le chef des mercenaires, là-bas. Il entraîne ceux que tu vois là, mais il arrive parfois des surprises, alors ne pense pas qu'il gagne à tous les coups.

Intéressant. Les hommes de Poséidon ont un second commandant, qui doit se situer hiérarchiquement juste sous le dieu.

Mais le marin a tort. Une seconde plus tard, Mitch gagne en envoyant son talon dans le menton de son adversaire. Ce dernier s'effondre dans un bruit ridicule.

— Qui d'autre ? hurle le victorieux.

Ces entraînements sont fascinants. Contrairement aux gardiens, ici on frappe d'abord et on conseille ensuite. Plutôt brutal cette méthode. Une étincelle titille mon âme, mais je la repousse. Comme si c'était le moment de trouver la vie à bord un peu cool !

Même si l'envie ne me manque pas de continuer à assister au reste du spectacle, je me détourne. Je descends sur le pont principal sous l'attention imperturbable des mercenaires restés à leurs postes. J'aperçois mon ex-chauffeur un peu plus loin, occupé à trier des filets de pêche. Il dégage la même assurance que ses congénères. Vêtu d'un gilet pare-balles et de lourdes rangers, il leur ressemble à la fois en apparence et dans le comportement. Je croise son regard par inadvertance, et il se pense obligé de me rejoindre. Par instinct, je prends la direction de la plateforme d'acier percée de trous sur laquelle l'épave repose. Le morceau de bateau sent le vieux poisson et le bois pourri. Il doit mesurer un quart de ce navire-ci, environ. Je pourrais me glisser à l'intérieur des nombreuses brèches de la coque dans l'espoir de semer ce traître de Tyron. À supposer que je veuille me salir et puer toute la journée, bien entendu.

— Phita, tu te balades ? Fais attention, le ponton-grue glisse, tu pourrais tomber.

Je garde le silence. La plateforme en acier est une prolongation du navire de Poséidon et on y accède par un petit escalier bien trop proche de la mer à mon goût. Pourtant, je m'y aventure sans hésiter, Tyron sur les talons. Des trous d'évacuation percent toute la surface de cette espèce de terrasse et j'entends l'océan dessous. Je me tiens au bastingage métallique qui l'entoure pour rester en équilibre, malgré le roulis constant, bien plus prononcé ici.

— Au moins, tu n'as pas le mal de mer, commente Tyron.

— Je te rappelle que je suis une néréide, même si je ne sais pas nager. Ne m'insulte pas.

Puisqu'il ne m'empêche pas d'approcher l'épave, j'en conclus que ça ne pose aucun problème. J'aurais aimé qu'il me menace ou veuille m'en tenir éloignée, juste pour avoir une bonne raison de me rebiffer.

— Ce n'est pas ce que je voulais dire, soupire-t-il.

— Je me fiche de ce que tu as à dire.

Du bout des doigts, je frôle le bois imbibé d'eau. Une étrange sensation me saisit, me poussant à reculer. D'abord légère, elle ressemble à un mauvais pressentiment. Puis, brusquement, elle prend la forme d'une sensation réelle de danger.

— Oh non ! hurlé-je. Oh non !

Je recule, frappe le bastingage, fouille la surface calme de l'océan.

— Phita ! s'inquiète Tyron. Qu'est-ce qui se passe ?

— Il faut partir !

— Pourquoi ?

Parce qu'une créature mythologique mortelle et sanguinaire approche. Mentalement rattachée à l'épave, comme Prométhée était lié au bracelet en or, elle caresse ma conscience. Sa puissance menace de m'engloutir, elle me donne des milliers de frissons. Tout à coup, je me fige, la peur au ventre.

— Trop tard, soufflé-je. Elle est là...

Une bête hideuse et immense surgit des flots à une vingtaine de mètres de notre navire. Son corps massif alimente des vagues qui frappent la coque et me fait perdre l'équilibre. Je manque de tomber à l'eau, ne devant mon salut qu'à Tyron, dont le sang-froid m'impressionne. Il m'agrippe de toutes ses forces en s'accrochant au bastingage.

— Putain de merde, grogne-t-il, c'est quoi ce truc ?

— Scylla.

Son identité vient de s'inscrire dans mon esprit comme chaque fois que je croise un dieu ou – plus récemment – un titan. Ce truc n'est ni l'un ni l'autre. C'est un monstre venu de la mer, mesurant au moins dix mètres de haut. Cinq, non, six têtes de piranhas claquent leurs mâchoires aux dents aiguisées. Leurs longs cous d'une couleur grise sont reliés à un seul et unique corps couvert d'écailles multicolores.

— On remonte, m'ordonne mon ex-chauffeur, allez, viens !

Trop fascinée – que dis-je, terrifiée – par Scylla, je n'ai même pas songé à fuir. Pendant que la créature hurle de rage, Tyron et moi parvenons à regagner le pont principal. J'ignore pourquoi elle n'a pas encore attaqué. Que veut-elle ?

Poséidon apparaît au moment où j'atteins la dernière marche. Il me pousse derrière lui, déjà armé de son trident doré. Ses mercenaires forment une seule ligne, leurs flingues chargés pointés sur notre nouvelle amie.

— Maintenant ! ordonne Poséidon.

Les déflagrations me transpercent les tympans. Je recule, sous le choc, les mains posées sur mes oreilles. Tyron cherche à me soutenir, mais je le repousse. Tétanisée, j'observe Scylla qui approche lentement. Elle pourrait briser notre navire d'un seul coup, j'en suis persuadée.

Le joyau est à moi... gronde une voix féminine gutturale.

— Non, répond Poséidon sans la moindre peur. Il était à Héra, maintenant il m'appartient.

Cet échange a quelque chose de perturbant : Poséidon parle à voix haute, alors que son interlocutrice s'exprime à travers nos esprits.

— Rends-lui ! hurlé-je en m'extirpant de la poigne de Tyron.

À son tour de me répondre sans ouvrir la bouche :

Hors de question. Tu sais très bien pourquoi. Va te mettre à l'abri, maintenant !

Évidemment, je ne m'attendais pas à ce qu'il capitule aussi vite, mais quand même, il aurait pu faire semblant d'y réfléchir. Scylla devine la réponse sans difficulté, parce qu'elle attaque en se jetant dans la mer. Une vague d'une puissante destructrice frappe le navire qui se couche. La violence du choc me précipite contre un mur. Je m'écrase ensuite par terre, le souffle coupé. Je n'entends plus rien, je ne vois plus rien. Mes pensées éclatent en morceaux, mon corps cesse de fonctionner. Pendant une seconde, je crains de mourir.

Mais il en faut davantage pour blesser une dure à cuire. Une fois que j'ai repris mes moyens, je me redresse en m'appuyant sur mes bras, la vision troublée par le sang. Cette blessure sur mon front va me filer un sacré mal de crâne, demain. En attendant, l'adrénaline me préserve de la douleur. Encore un peu sonnée, je me précipite sur Tyron. Il vient de se remettre debout, lui aussi, et il est plus en forme que moi. Pour tuer quelqu'un qui est déjà mort, je pense qu'il en faut beaucoup, non ? Je m'accroche à tout ce que je peux pour le rejoindre.

— Ça va ? me demande-t-il.

— On va dire ça. Il faut qu'on quitte le navire ! Aide-moi à descendre un canot.

— Pas avant que Poséidon l'ordonne.

Merde. Je me concentre sur le monstre qui vient de remonter. Ses têtes de poissons aussi laides que dangereuses essaient maintenant d'attraper Poséidon. La créature s'appuie en partie sur notre navire, manquant de le renverser à chacun de ses mouvements. Je m'agrippe au bastingage qui entoure le pont couvert, incapable de détacher mon attention de l'Olympien. Il se bat en restant bien campé sur ses pieds malgré le plancher glissant et le déséquilibre du bateau. Il assène des coups de trident surpuissants aux mâchoires qui tentent de le dévorer. Les mercenaires éparpillés sur le pont ont cessé de tirer, sans doute par peur de toucher leur boss.

— Qu'est-ce qu'on fait, alors ? demandé-je à Tyron. On intervient ?

— Surtout pas ! Tu te contentes de t'accrocher jusqu'à ce que le patron réussisse à éliminer Scylla.

Ça semble mal parti. Si Poséidon parvient à infliger des dégâts, tout en esquivant les assauts avec la facilité d'une brise d'été, la bête gagne en puissance à mesure qu'elle se met en colère. Je sens sa rage couler en moi presque aussi bien que son pouvoir.

Au moment où le dieu des Océans saute dans les airs et parvient à trancher l'une de ses affreuses têtes, Scylla se jette de tout son poids sur le bateau. Le bois craque, cède, et des crissements métalliques déchirent l'air.

Mes mains glissent.

Propulsée à cause du choc, j'ai à peine le temps de réaliser ce qui se passe que je retombe comme une masse dans l'océan. Je bats des pieds et des jambes, ballottée par le courant. Par chance, je crochète un gros objet froid près du bateau, et je parviens à me hisser hors de l'eau en m'y accrochant. Je cligne plusieurs fois des paupières pour tenter de voir à travers un rideau de bulles. La chaîne de l'ancre. Voilà ce qui vient de me sauver !

Elle est assez épaisse pour que je puisse l'escalader comme une échelle. Je suis à deux doigts de sortir la tête de l'eau, lorsqu'une ombre attire mon attention à la frontière de mon champ de vision. Tyron vient de tomber, un filet de pêche entortillé autour de son corps. Il ne peut ni nager ni espérer remonter. Je me dépêche de revenir à la surface, de prendre une grande inspiration, puis je lâche la chaîne. À mon tour de m'enfoncer dans l'océan, telle une pierre.

Je devrais pouvoir tenir plusieurs minutes avant de ressentir la révolte de mes poumons asphyxiés. J'ai largement le temps d'aider Tyron à se libérer… enfin, j'espère. Ce qui est certain, c'est que même si je lui en veux, je refuse de le laisser mourir. Sa nature de mort-vivant le préserve du temps, mais pas des décès accidentels ou criminels. S'il n'a pas besoin de respirer, d'horribles créatures sous-marines n'hésiteront pas à le dévorer. Ma vision s'acclimate à l'obscurité et ma peau au froid de plus en plus intense. Un silence angoissant règne dans les profondeurs.

Je mets une éternité à apercevoir Tyron. Il est loin d'avoir touché le fond, mais par chance, une falaise sous-marine a stoppé sa descente… et la mienne. En position couchée, je crochète les irrégularités de la roche pour me diriger vers lui. Il ne me reconnaît pas immédiatement, et j'ignore si c'est parce qu'il ne voit rien à cette profondeur, ou si c'est à cause de la panique. Il n'a pas la vision spécifique des néréides et autres peuples de l'eau. Quand il me bouscule, ma cuisse ripe sur la roche accidentée et une douleur vive me vole un cri bref. Ainsi qu'une partie de ma réserve d'oxygène.

On dirait que Tyron m'a reconnue, parce qu'il se fige. Consciente qu'il ne me reste pas beaucoup de temps avant de me noyer, j'entreprends de le libérer du filet. Les cordes entortillent presque tout son corps et me donnent du fil à retordre. Même s'il m'aide une fois l'une de ses mains libres, ça nous prendra au moins deux minutes. Mes poumons commencent à brûler, ma gorge se serre. Au bout d'un temps interminable, Tyron se dépêtre de son piège mortel. Très réactif, il m'attrape par le bras et bat des pieds aussi fort que possible pour nous remonter à la surface.

Au milieu de cet enfer, ma vision se trouble et j'ai l'impression que ma cage thoracique va exploser. J'essaie de résister à l'emprise de l'inconscience en me disant qu'on sera bientôt hors de danger. Dix secondes s'écoulent, mon corps brûle de l'intérieur. Quinze secondes et j'ouvre la bouche par instinct… juste à l'instant où on regagne la surface. L'air pénètre en moi comme un délicieux breuvage réservé aux dieux.

— Phita, ça va ? me demande Tyron.

Je crache, tousse, j'essaie de reprendre le contrôle de mes membres. On dirait que la totalité de mes organes a décidé de me trahir.

— Je… je crois, oui. Ça va aller. Et… et toi ? demandé-je.

— Merci…

— Oh, pas de quoi, réponds-je en restant accroché à lui.

L'Amphitrite est toujours à flot, constaté-je avec soulagement. Certes, Poséidon ne fait pas partie de mon top trois des divinités préférées, et ses hommes me fichent la trouille, mais je ne souhaite pas leur trépas pour autant.

Tyron et moi nous trouvons à assez bonne distance du combat afin d'éviter le déchaînement de coups entre Poséidon et Scylla. Toutefois, on n'est pas encore assez loin pour déjouer les vagues formées par le ballottement du bateau. Tyron peine à nous maintenir tous les deux hors de l'eau, je le sens bien.

— Les gars ! hurle-t-il dans l'espoir qu'un mercenaire nous entende.

Mais c'est peine perdue. Je n'avais pas réalisé à quel point ce bateau était grand.

— Il faut qu'on trouve une autre solution ! dis-je en tentant de ne pas avaler de l'eau. Personne ne nous entendra d'ici. Si on parvient à s'accrocher à la chaîne de l'ancre, on a une chance de s'en sortir.

— Bonne idée, en espérant que le bateau ne se renverse pas, note-t-il très justement.

En effet, prions tous les dieux. D'ailleurs, l'un d'eux tente de se débarrasser de notre ennemi, alors on a une chance de s'en sortir. Pas vrai ?

21.

Tyron et moi parvenons à rejoindre la chaîne de l'ancre avec difficulté. Une chance qu'il n'ait pas besoin de respirer, auquel cas l'expérience aurait été quasiment impossible. À bout de forces, je m'accroche avec l'impression que mes membres s'apprêtent à me fausser compagnie.

— Nom de… Zeus, quel enfer.

Il ricane malgré la situation dramatique.

— On va s'en sortir, Phita.

Ça reste à voir. Le bateau grince, en plus de pencher d'un côté, puis de l'autre. Il semble sur le point de se briser en morceaux, ou pire.

— Et s'il explosait ? J'ai vu plein de films dans le genre !

— Ça n'arrivera pas. Tiens-toi bien.

Depuis notre position, nous ne pouvons pas apercevoir le combat. Je n'ai d'autre choix que d'attendre et d'espérer une issue favorable à cette histoire. L'océan continue de s'agiter, et chaque fois que le bateau ploie, je me pense sur le point de mourir. En plus de cela, j'espère secrètement que Poséidon s'en sortira. Si je ne développe pas un syndrome de Stockholm, qu'est-ce que c'est ?

Un miaulement assez semblable à celui d'un chat apeuré m'échappe pour au moins la millième fois. J'ignore combien de temps on reste suspendus comme des vers au bout d'un hameçon. Le froid se creuse peu à peu un passage dans mes défenses, mes lèvres tremblent, mes dents claquent.

— Allez, tiens encore un peu, me conseille Tyron.

— Boucle... la. Je n'en serais pas là... si toi et Poséidon ne m'aviez... pas... enlevée !

Je maudis cette situation à nouveau, comme si mes pensées négatives pouvaient m'aider à tenir le coup.

Une demi-heure a dû s'écouler quand un cri terrible retentit. Celui d'un monstre sur le point de perdre la bataille. Je peux sentir sa douleur dans mes os, mes veines, mon crâne. Je manque de lâcher prise pour poser les mains sur mes oreilles. Mais cela ne servirait à rien, puisque l'onde de souffrance résonne *en moi.*

Le silence retombe comme si quelqu'un venait d'appuyer sur le bouton « mute » d'une télévision. La sensation malsaine me donne des frissons.

— Tu crois que c'est fini ? demandé-je à Tyron.

La mer se calme. Je prends donc ça pour un bon présage. Mon ex-chauffeur acquiesce et se met à s'époumoner afin que quelqu'un nous remonte. Par chance, on nous entend.

Quelques minutes plus tard, je pose un pied sur le pont avec un soulagement non feint. Je n'ai jamais été aussi contente de me trouver sur ce fichu navire. Quelqu'un pose une couverture sur mes épaules, me demande si je vais bien, et me parle. Je m'en fiche. J'observe autour de moi à la recherche d'une menace. Scylla demeure invisible, pourtant sa présence continue d'alourdir l'air. Je la ressens à travers le pont abîmé, les déchirures dans le plancher, les caisses brisées, retournées... et les corps de quelques mercenaires et marins. Je me détourne, la gorge nouée. La mort me poignarde avec la violence d'une lame. Le sang me donne des haut-le-cœur. Discrètement, j'efface les larmes sur mes joues.

Mon regard tombe sur Poséidon. Trempé de la tête aux pieds, le tee-shirt déchiré, il discute avec des membres de son équipage en désignant la grue cassée. Cette dernière pend en direction de l'océan, faisant légèrement pencher le bateau. Il n'a pas l'air blessé. Je suis surprise que Scylla n'ait pas simplement fait couler notre embarcation pour récupérer le joyau. Tyron soupire en marchant à côté de moi.

— On a eu de la chance, dis-je, la gorge nouée.

— C'est le moins qu'on puisse dire. Ça va, toi ?

J'opine, même si j'ai envie d'éclater en sanglots et de lui envoyer mon poing dans la figure. Je suis toujours prisonnière et, autour de moi, les cadavres me filent la nausée. Je ne vais pas bien, qu'est-ce qu'il croit, lui ? Pourtant, j'avale ma rancœur. Elle n'aidera personne, surtout pas moi.

— Phita, je tenais à te remercier de m'avoir sauvé. Sans toi, je n'aurais pas pu remonter et je serais mort congelé ou un truc du genre.

— C'est bon. On n'en parle plus. J'ai juste besoin de… respirer.

On se dirige machinalement vers la plateforme en acier sur laquelle se tiennent Poséidon et la plupart des mercenaires. L'Olympien est en train d'essayer de redresser la grue avec ses hommes à la seule force de ses muscles. Fascinée par l'énergie surnaturelle et hypnotique qu'il déploie, je reste là à l'observer. Il travaille autant que les autres, si ce n'est davantage. J'ai déjà vu des chefs de famille se contenter de donner les ordres sans se salir les mains, et récolter les lauriers à la fin. Je viens de résumer la nature de la plupart des riches tritons de mon monde.

— Phita ? m'interpelle Tyron.

Consciente d'avoir été prise en flagrant délit de matage, je me détourne en faisant mine de me concentrer sur autre chose. Il ne reste de l'épave que quelques planches disséminées sur le ponton-grue. Elle a dû basculer dans la mer pendant l'attaque. J'imagine que Scylla n'a pas récupéré son joyau de malheur avant de mourir. Dommage, au moins Poséidon aurait abandonné son plan stupide.

— Je voulais te dire que toutes ces années, avoue Tyron, soudain bavard, j'ai pris vraiment plaisir à discuter avec toi. Tu as été une bouffée d'oxygène dans cette mission de surveillance, et je ne m'attendais pas à ça. Je ne faisais pas semblant d'être sympa, je te jure. Je t'apprécie pour tes blagues à deux balles, ton caractère bien trempé, ta dérision permanente.

Je me tourne vers lui, surprise par ses paroles.

— De quelle dérision tu parles ?

Un sourire étire ses lèvres. Une sorte de consolation me réchauffe le cœur, et j'ai le sentiment d'être revenue en arrière, quand ma vie n'avait pas encore basculé. Si la trahison de Tyron m'a blessée, je ne ressens plus vraiment de colère envers lui. Il a fait partie de mes rares amis pendant longtemps. Apprendre qu'il ne jouait pas complètement la comédie me soulage. Imaginer qu'il l'est encore rend mon incarcération moins difficile. Toutefois, je ne lui dis pas. Je préfère rester fidèle à l'image que j'ai toujours dégagée.

— C'est de l'histoire ancienne, Tyron. Je t'ai sauvé, mais entre nous, il n'existe plus aucune amitié possible.

— Très bien, je comprends.

Je me penche et ramasse un morceau de l'épave sur lequel sont accrochés des coquillages. Sans doute pour ne pas avoir à regarder Tyron.

Dès l'instant où mes doigts entrent en contact avec le bois, un haut-le-cœur me soulève l'estomac et un mauvais pressentiment s'abat sur mes épaules comme un météore. La présence de Scylla imprègne toujours les restes du vieux navire. Je la sens si proche que j'ai envie de me rouler en boule dans un coin en hurlant.

À la place, je me redresse, les yeux écarquillés de terreur.

— Qu'est-ce qui t'arrive ? me demande mon ex-chauffeur.

— Elle… elle est en vie !

— Quoi ?

Je n'ai pas le temps de donner davantage de détails. Au moment où un grondement retentit dans l'océan, Scylla fend les eaux sur le côté du navire. Il ne lui reste qu'une unique tête et là où se trouvaient ses autres cous, il ne subsiste que des moignons.

Le monstre marin attrape Tyron dans ses mâchoires de piranha et le broie entre ses dents pointues.

Le hurlement de mon ami, sa douleur et sa détresse me sortent d'une léthargie engourdissante. Alors, à ma propre souffrance et à mon horreur se mêle autre chose. Un élément que je ne saurais qualifier, tant il semble naître du plus profond des âges. Il ne m'appartient pas... enfin, pas vraiment.

Je pousse un cri et tout se fige autour de moi.

Les mercenaires sur le point d'attaquer s'arrêtent net, comme s'ils se fracassaient contre un mur. Poséidon se matérialise près de moi, mais à l'instant où il pose une main sur mon bras, lui aussi cesse de bouger.

« Phita ! lance-t-il dans mon esprit à défaut de pouvoir le faire à voix haute. Qu'est-ce que tu fais ? Je t'en prie... non. Pas maintenant... pas ça. »

Mais je l'ignore. Mon attention se focalise sur Scylla, qui semble me voir pour la première fois. Une seconde s'écoule pendant laquelle il ne se produit rien, en dehors d'un étrange échange silencieux. Tout se passe à l'intérieur de mon esprit. *De notre esprit,* réalisé-je en sentant la présence de Scylla vibrer en moi comme celle d'un parasite tueur.

Dans un mouvement désespéré, elle tente de m'attaquer.

— Stop ! hurlé-je.

À ma grande surprise, elle obéit. Elle s'immobilise dans une position que j'aurais trouvée drôle, si elle n'était pas responsable d'autant de morts. Si elle n'avait pas tué Tyron. Je devine qu'elle ne peut ni se débattre ni résister à mon ordre. Je viens de me lier à elle et je la domine sans savoir comment.

— Va-t'en. Va-t'en et ne reviens jamais. Tu as versé trop de sang. Oublie le joyau... allez, fiche le camp !

À nouveau, on dirait que le monde ne tourne plus. Puis, avec lenteur, Scylla s'enfonce dans les eaux grouillantes jusqu'à complètement couler. Elle s'efface aussi de ma conscience, emportant avec elle la vague de danger qu'elle avait jetée sur nous.

Je reste immobile, l'attention rivée sur l'océan. Mes lèvres tremblent, mes jambes aussi. Au moindre mouvement, mes larmes menacent de couler. L'océan reprend son calme, mais pas moi. Mon cœur résonne douloureusement à l'intérieur de ma tête. Je suis incapable de regarder Tyron, ou ce qu'il reste de lui. Je ferme les yeux avec l'espoir vain de me réveiller chez moi. Dans mon dos, j'entends un mercenaire demander ce qui vient de se passer.

— Elle a contrôlé Scylla, répond Poséidon.

Je crois qu'il continue son explication, mais je n'entends plus rien. À la place de ses mots, les dernières paroles de Tyron tournent en boucle dans mon esprit. J'ai rarement eu aussi mal.

Je détache les doigts d'une corde qui m'a servi à ne pas perdre l'équilibre pendant l'attaque, puis m'avance de quelques pas vers le bastingage brisé en morceaux.

— Phita ? murmure Poséidon en posant une main sur mes épaules. Est-ce que tu tiens le coup ?

Je m'arrache à son contact, comme s'il m'avait brûlée. Je reprends pied avec la réalité et me reconnecte à mes émotions... dévastatrices.

— C'est ta faute.

— On en parlera plus t...

— Il est mort à cause de toi !

Je viens de hurler. Voilà, mes larmes passent la barrière de mes paupières. Le monde devient flou, encore plus affreux qu'il ne l'est déjà.

— C'est ta quête de malheur qui l'a tué ! Si tu m'avais laissée choisir, si tu... ne l'avais pas convaincu que tu disais vrai à propos de cette potion à la con, rien ne serait arrivé. Tu n'en as fait qu'à ta tête, en te fichant des conséquences.

— Il connaissait les risques. Et cette quête n'est pas...

— Tais-toi ! C'est comme ça que tu soulages ta conscience ? En te disant « il connaissait les risques » ?

Un rire acerbe franchit mes lèvres et je me détourne en prenant mon crâne douloureux entre mes mains. Je continue de saigner à la tête, mais je m'en fiche. La dernière image de Tyron me hante. J'entends encore ses os se broyer, je vois ses yeux s'écarquiller, l'incompréhension, l'horreur...

– Tu veux que je te dise ? sifflé-je en faisant volte-face vers un Poséidon furieux. Même si c'était vrai, si je tombais malade à cause de ma nature d'Orione, je ne prendrais pas cette potion. Pas si c'est pour être à tes côtés le reste de ma vie. Tu me dégoûtes, ton égoïsme m'écœure. Je préfère mourir plutôt que de te supporter une minute de plus.

Sur ce, je me précipite à l'intérieur du navire par un petit escalier en acier. Je m'enferme ensuite dans une salle de bains minuscule contenant une douche et un lavabo accolé. Un miroir me renvoie l'image d'une blonde qui a l'air d'avoir vécu l'enfer. On n'en est pas loin. Une rage pure brûle dans ses yeux violets.

Je passe mon visage sous l'eau, insensible à la douleur de ma blessure. Je plaque une serviette sur mon front pour arrêter les saignements. Incapable de tenir plus longtemps sur mes jambes, je me laisse glisser contre la porte.

Tyron ne méritait pas de mourir. Même s'il m'avait trahie... bon sang, c'était mon ami !

Et la dernière chose que je lui ai dite se résume à une flopée d'horreurs. Il est mort en pensant que je le haïssais. Ce n'est pas le cas. Par tous les dieux, je donnerais n'importe quoi pour revenir sur mes paroles.

Pour ne plus ressentir cette culpabilité ? nasille la voix de ma conscience. *Te trouves-tu moins monstrueuse que Poséidon ?*

J'éclate en sanglots. Le monde s'estompe dans une sorte de brouillard constitué uniquement de souffrance et de regrets.

Je finis par m'endormir. À mon réveil, ma nuque et mon dos me font mal, sans parler de ma plaie. Quelqu'un frappe à la porte, ce qui a sûrement contribué à me sortir de mon sommeil agité. Je me redresse avec une grimace, puis jette un dernier coup d'œil au miroir. Ma blessure ne saigne plus. C'est déjà ça.

Poséidon se tient devant moi quand j'ouvre la porte. Ses yeux dégagent autant de froideur que de dangerosité lorsqu'il me détaille de la tête aux pieds.

— Qu'est-ce que tu veux ? sifflé-je, toujours furieuse.

— Te dire que je te ramène chez toi.

Une vague d'espoir me coupe le souffle.

— Tu n'entendras plus jamais parler de moi, si c'est ce que tu veux vraiment. Mais si pour une raison ou une autre, tu as besoin d'aide, tu n'auras qu'à prononcer mon nom à proximité de n'importe quelle mer. Je viendrai.

En guise de réponse, je referme le battant de la salle de bains afin de m'y adosser à nouveau. Je ne compte pas sortir d'ici jusqu'à ce que je sois rentrée à la maison.

22.

Rien n'a changé. Les pelouses vertes si parfaites autour de la villa le sont toujours, les fleurs colorées semblent figées dans le temps, les buissons taillés en forme d'animaux ont conservé leur splendeur, les fontaines en pierre émettent un léger bruit d'eau apaisant. Les rayons du soleil frappent le manoir immaculé, lui donnant une sorte d'aura irréelle. Les graviers blancs crissent à chacun de mes pas, l'ombre s'abat sur mes épaules lorsque je passe sous l'arche de roses bleues.

Tout est pareil, sauf moi. Quelques jours se sont écoulés pour les gens normaux, une éternité de mon point de vue. Je jette un coup d'œil par-dessus mon épaule, m'attendant à voir Poséidon ou ses sbires de mercenaire. Aucun ne m'a suivie. On m'a laissée descendre du bateau seule, j'ai pris un taxi jusqu'ici sans escorte. Je n'aurais pas supporté la présence de Poséidon. Je lui reproche toujours la mort de Tyron.

J'ai assisté à son enterrement marin en restant en retrait, sur le pont de l'Amphitrite. Je n'ai parlé à personne, je me suis contentée de regarder le corps de mon ami dériver dans une barque et partir en fumée, dévoré par des flammes d'une étrange teinte violette. Un hommage digne d'un soldat. Hadès sait-il que Tyron est mort ?

J'oublie cette question en passant la porte du manoir. Du moins, je me force à ne plus y penser. Je m'attends à ce que Thétis apparaisse et se précipite dans mes bras. Puis je me rappelle qu'elle est au palais du prince de la mer Noire et qu'elle ne rentrera que dans plusieurs jours. Ce laps de temps qu'elle passe là-bas avant le mariage lui sert à connaître son promis. J'espère que tout roule pour elle. Ces derniers temps, je n'ai pas eu l'occasion de lui parler par texto, puisque mon téléphone a disparu.

Ma mère apparaît au milieu du hall, sûrement informée de mon retour par une servante. Elle porte une belle robe bleue sertie de petits diamants sur les manches.

— Phita ! J'allais me rendre en ville pour venir te chercher, j'ai reçu un coup de téléphone de Cove, ce matin.

Elle me rejoint sans afficher le moindre sourire, et quelque chose dans sa voix me surprend. De la peine ? Je remarque alors le diadème noir qu'elle porte, symbole de deuil chez les néréides. Elle me serre contre elle, son parfum floral envahissant tout à coup mes narines.

— C'est une tragédie, dit-elle en resserrant son étreinte. J'aimais beaucoup Tyron.

J'ignore si la mort de mon ami la bouleverse réellement ou si elle se contente de parfaire les apparences auprès du reste des employés. Je lui rends son étreinte en décidant de ne pas me soucier de cela. J'ai besoin d'un peu de chaleur, des bras familiers me soutiennent dans cette épreuve.

— Les accidents font partie des drames de la vie, murmure-t-elle en caressant mon dos. Mais il faut aller de l'avant.

Officiellement, Tyron est décédé dans un violent accident de voiture. Heureusement, Poséidon et moi n'étions pas à bord du véhicule à ce moment-là.

— Tu trouves toujours les mots, ricané-je en essayant de ne pas être trop dure.

Je n'y parviens pas. Tellement d'émotions se bousculent en

moi, et elles n'ont rien d'agréable. Toutes les nuits depuis l'attaque, je revois Tyron en train de mourir. Ma mère me libère, son expression aussi contrôlée que d'habitude.

— Désolée que ton voyage en Europe se soit écourté, chérie, dit-elle sans se soucier de mes paroles. Tu devrais peut-être aller te changer...

Elle fronce le nez en me détaillant. Je porte des vêtements sales que je compte brûler dans la cheminée de ma chambre. Je n'avais plus rien de propre à me mettre.

— Je n'ai pas eu l'occasion de m'acheter d'autres fringues, comme je l'avais prévu, prétends-je évasivement.

Elle ne me pose aucune question, même si je la sens douter. Afin de lui échapper, je marche d'un pas mécanique vers l'escalier.

— Je vais demander à Mélisse de te préparer quelque chose à manger. Regarde-toi, tu es si maigre et si pâle.

— Merci, me contenté-je de répondre.

— Cove ne t'a donc pas nourrie ?

Je me tourne. À sa tête, je vois qu'elle a envie de le contacter pour lui passer le savon de sa vie. Pour une fois que ce n'est pas à moi qu'elle compte faire des reproches, j'ai bien envie d'en profiter.

— Si, c'est juste que depuis l'a... l'accident, je n'ai pas très faim. Il n'a rien à voir avec mon état. Laisse-le tranquille, n'essaie pas de le joindre. Il est très occupé en ce moment.

Surtout, je ne veux plus le voir ou entendre parler de lui. L'épisode « dieu des Océans » doit absolument se clôturer. Avant que ma mère puisse me répondre, je demande :

— Tout se passe bien pour Thétis ?

— Oui. Elle est au palais. Elle aurait aimé être là à ton retour, mais tout s'est précipité, elle n'a pas eu le temps de se libérer de ses nouvelles responsabilités.

Ma sœur, cette future princesse. Quel choc !

— OK, je comprends. J'ai perdu mon téléphone, au fait, je vais m'en faire livrer un autre.

— Voilà pourquoi tu ne répondais pas à mes appels et mes messages ? Sais-tu que j'ai dû passer par Cove afin d'avoir de tes nouvelles ?

Tiens, j'ignorais ce détail.

— Oui, désolée. C'est cool pour Thétis.

— Absolument, glousse ma mère en remettant le diadème de deuil en place.

Je suis trop fatiguée pour m'énerver contre la légèreté de ma mère et l'absence de Thétis dans un moment aussi difficile. Mais je m'attendais à quoi ? À ses yeux, Tyron n'était qu'un employé comme les autres. Moi, il m'arrivait d'aller brûler des chamallows avec lui, au coin d'un feu de camp, et il me racontait des histoires terrifiantes quand j'étais ado. Repenser à cela me pince le cœur. Une soudaine fatigue m'écrase, et j'ai à nouveau envie de pleurer.

Dans le couloir du premier étage, j'aperçois Clyde, non loin de ma chambre. Son éternelle posture droite et son visage inexpressif me rappellent les mercenaires de Poséidon. Un peu. Il se tourne vers moi, perdant son masque professionnel.

— Salut. Je suis désolé pour Tyron, me dit-il. Je sais que vous étiez amis... C'est tragique.

Absolument.

— Oui.

Je ferme la porte de ma chambre et m'y adosse. À nouveau, rien n'a changé : la décoration choisie avec goût par ma mère pour qu'elle colle au reste de la maison m'agace toujours autant. J'ai bien essayé de personnaliser grâce à des luminaires multicolores et des posters dans l'esprit gothique, mais bon. Tout à coup, la déco me paraît farfelue. En totale contradiction avec ce que je ressens.

Dans le but de la fuir, je pars m'enfermer dans la salle de bains. Je passe plus d'une heure sous le jet de la douche, je me lave les cheveux quatre fois, récure ma peau à grand renfort de gestes rageurs. Ensuite, je file me coucher sans toucher à l'assiette de soupe posée sur ma commode.

J'ignore combien de temps je dors, mais avoir retrouvé mon lit m'aide à bien me reposer. À mon réveil, le jour s'infiltre à travers les interstices des lourds rideaux opaques. Une des servantes a posé un plat chaud sur ma table de nuit, couvert d'une cloche argentée, et elle a récupéré la soupe froide.

Mon estomac gronde. J'ouvre les rideaux et me jette sur la nourriture. Même si je meurs de faim, quelques fourchettes plus tard, un haut-le-cœur m'oblige à arrêter, mon estomac se contracte et je repousse mon assiette.

Un peu pantelante, je me poste derrière ma fenêtre et j'observe les collines boisées autour de la propriété. Le ruban bleu formé par l'océan sur l'horizon me calme un peu. J'ai toujours aimé ce paysage, raison pour laquelle j'ai choisi cette chambre plutôt que l'une de celles qui donnent derrière le manoir. À présent, apercevoir la mer éveille une colère sourde qui se diffuse dans mes veines. Je la refoule, tout comme mes autres émotions.

Une fois habillée, je m'assois sur ma chaise de bureau en prenant du papier à lettres dans mon tiroir. Il est temps de régler un peu le boxon orchestré par Poséidon. Je commence par écrire à Hadès, en espérant qu'il comprenne que je n'ai pas voulu le trahir. Ça me prend environ trois heures pour trouver les mots adéquats. Je ne compte pas le nombre de « désolée » que contient la missive, mais au moins, le message est clair. Au cas où il l'ignorerait, je lui apprends aussi la mort de Tyron.

J'écris ensuite une autre lettre à Brook, glissant au passage un message à l'intention de Léther. J'espère qu'ils me pardonneront. Ce n'est pas le moment d'éveiller la colère des dieux...

Je contacte une fleuristerie de renom pour envoyer un énorme bouquet de fleurs en hommage à Tyron. Quand la vendeuse me demande à quelle adresse l'apporter, je réalise l'absurdité de la situation. Tyron vivait ici, en compagnie du reste des employés. Il n'avait pas de famille à cause de sa nature de « non-mort ». J'annule donc la commande en m'excusant et je raccroche. En fait, je ne connaissais rien de lui. Du moins, rien de vrai. Mais il m'a toujours très bien parlé, il essayait de me faire rire pendant mes coups de blues et, à la mort de mon père, il m'a soutenu.

Encore une fois, la culpabilité me griffe les tripes, elle m'arrache des larmes, me coupe le souffle. Je sombre à nouveau dans les ténèbres de mon esprit en compagnie des derniers instants que j'ai passés avec Tyron.

Ce n'est que lorsqu'on frappe à la porte que je me force à reprendre contenance.

— Oui ?

Lili, une jeune servante un peu timide m'envoie un sourire embarrassé en rasant le sol de son regard.

— Je vous ai entendue et... excusez-moi...

— Salut, Lili. Relax, tout va bien.

Elle me demande d'une voix un peu suraiguë :

— Allez-vous dîner avec votre mère, ce soir ? C'est elle qui m'envoie.

Sinon, elle aurait pu monter elle-même et me poser la question. Encore une fois, elle est trop occupée pour cela. Dois-je préciser que ses journées consistent à prendre le thé avec ses amies, à écouter les ragots, à broder d'affreux paysages et à organiser des fêtes et évènements divers ?

— Oui.

— D'accord, je la préviens tout de suite.

Dès que Lili referme derrière elle, j'enfile une tenue de sport et quitte ma chambre. Il faut que j'aille me défouler. C'est le seul moyen de me libérer. Juste avant de me rendre dans l'aile des gardiens, je dépose les enveloppes sur le bureau de notre comptable de famille, qui s'occupe aussi de la paperasse diverse.

— Pouvez-vous les envoyer au plus vite ? demandé-je à l'homme aux cheveux grisonnants.

— Le Royaume des Morts ? me questionne-t-il en lisant par-dessus ses petites lunettes rondes.

— Oui, c'est un night-club en bordure de Phoenix. Tenez-moi au courant si les destinataires me répondent, merci.

23.

Je superpose le visage de Poséidon à celui du mannequin pour décupler ma hargne et accroître ma force. Armée d'un bokken, je frappe ma cible d'entraînement en continu. À travers chacun de mes coups, je tente d'extraire la colère qui grouille en moi. Si bien que je reste des heures entières dans la salle, en retrait des autres gardiens venus s'entraîner.

Xander franchit le seuil pendant que j'avale la moitié de ma petite bouteille d'eau. Ma tenue de sport me colle à la peau, la transpiration dégouline sur mon visage, mes muscles hurlent à l'agonie. J'ai mal partout, pourtant je n'ai pas terminé de massacrer ma cible inerte. J'ai dans l'idée de la détruire en continuant de maudire un certain Roi des Océans.

Je me remets au travail après une dernière gorgée. Le chef des gardiens me rejoint en analysant chacun de mes mouvements. En guise de bonjour, il me donne des conseils : « les coudes plus haut », « change l'angle de tes pieds », « plie un peu les genoux », « vise les côtes ». Je suis ses directives à la lettre sans ouvrir la bouche. Dès que je ne parviens plus à lever les bras, je range mon arme et me dirige vers la porte. Xander m'emboîte le pas, nullement contrarié par mon silence. Ce n'est que lorsqu'on arrive dans le couloir de l'aile est qu'il m'informe :

— Je reçois quelques candidats au poste de chauffeur, demain dans la matinée. Veux-tu me seconder ? Ce serait intéressant d'avoir ton avis.

Je me fige, encore essoufflée et trempée. J'imagine que c'est pour cette raison qu'un courant d'air glacial me traverse, suivi par une salve de frissons désagréables.

Ou alors, parce que les paroles de Xander me scandalisent ?

Avant même que j'ouvre la bouche pour cracher le venin qui me brûle la langue, il m'arrête d'un mouvement de la main.

— Je sais ce que tu t'apprêtes à dire, mais n'en veux pas à ta mère. Elle va de l'avant. Il est essentiel que tu en fasses autant.

— Il vient de mourir !

— Qu'on cherche un autre employé demain ou dans un mois, quelle sera la différence ? Penses-tu que le respect envers un mort se mesure en jours ou en semaines ? Non, Phita. Il consiste à ne jamais l'oublier, pas à rester embourbé dans le deuil.

Je me tais. En vérité, je n'arrive pas à envisager qu'on puisse remplacer Tyron comme s'il n'avait pas existé.

Consciente que Xander attend une réponse à sa proposition, j'opine.

— Je serai là, oui.

— Au salon vert après le petit déjeuner, m'ordonne-t-il.

Nous nous séparons sans un mot de plus. Je file me doucher, puis je rejoins ma mère autour de la table du dîner. Cette dernière me paraît bien trop grande en l'absence de Thétis et de mon père.

— Comment te sens-tu ? me demande-t-elle en se servant un morceau de poisson.

Je bois une gorgée de cocktail en cherchant les mots adéquats. « En rogne contre toi » ne me semble pas une entrée en matière correcte. Je sais que Xander et ma mère ont raison : il faut qu'on aille de l'avant. Mais moi, je suis embourbée, comme il l'a souligné. Je sais des choses qu'ils ignorent, j'ai vu des trucs qu'ils n'imaginent même pas. Ils ne peuvent pas comprendre ma détresse ou ma culpabilité.

— Tu as des nouvelles de Thétis ? me contenté-je de demander au lieu de lui révéler mes états d'âme.

— Son intégration au palais ne nous permet pas de garder vraiment contact. Mais je connais ta sœur, elle saura se débrouiller. Aux côtés du prince, elle est dans son univers.

Un sourire rempli de fierté étire ses lèvres. Jamais elle n'en a esquissé de semblable me concernant.

— C'est tout de même formidable qu'il ait changé d'avis, continue-t-elle.

— Oui. Formidable.

Je me sers du gratin pendant que ma mère glousse et se réjouit de la situation en imaginant ce que Thétis peut bien faire. Essayer des robes sublimes ? Se présenter aux membres de la cour ? Parler politique en compagnie de nobles prestigieux ?

— Elle dîne, j'imagine, coupé-je ma mère dans ses délires.

Elle écarquille les yeux de surprise, puis hoche la tête. Ses cheveux blonds parfaitement coiffés tombent sur ses épaules délicates. Lorsque je l'observe du coin de l'œil, j'ai l'impression de voir ma sœur, et ça m'aide un peu à me sentir mieux. J'aimerais que Thétis soit là pour que je puisse discuter chiffons et ragots avec elle. Au moins, ça me permettrait de ne pas ressasser mes pensées sombres.

— Tu as sans doute raison. Au fait, j'ai reçu un appel téléphonique de Cove, en début d'après-midi. Il voulait s'assurer que tu étais rentrée et que tu allais bien. Il s'inquiète à ton sujet.

— J'espère que tu l'as envoyé se faire voir chez les nymphes, sifflé-je tout bas.

— Pardon ? Je ne t'ai pas entendue.

— Que lui as-tu dit ?

— Que tu étais forte, il n'a pas à s'inquiéter.

Un point pour elle. Elle se rengorge en m'envoyant un sourire entendu. Dans sa tête, je suis déjà mariée à Cove et on attend sûrement notre premier enfant. Si elle savait. Elle accepterait probablement un mariage avec le grand Poséidon – plutôt deux fois qu'une –, jusqu'à ce qu'elle se rende compte que c'est un roi déchu devenu contrebandier. J'imagine sa tête en l'apprenant et ça me tire un rictus amusé.

— Comptes-tu le revoir ? me demande-t-elle, pleine d'espoir, se leurrant sur mon expression.

— Non.

— Oh.

Ma réponse un peu trop vive éveille sa suspicion. Je n'ai pas le temps de me justifier qu'elle s'empresse de m'accuser :

— Phita Nérés ! Ne me dis pas que tu as tout gâché avec ton comportement rebelle !

Ses mots me blessent. Sans réfléchir, je plante mon couteau dans sa belle table en bois précieux, le regard venimeux.

— Pourquoi ce serait ma faute ? Ah oui, bien entendu ! Je ne suis pas comme la belle Thétis. Je n'ai pas non plus la grâce de Meredith et la prestance de toutes ces filles gloussantes qui se pavanent dans les bals !

La dureté de mes paroles contribue à renforcer la surprise sur son visage défait.

— Je n'ai plus faim, cinglé-je. Je peux sortir de table ?

— Tu n'as rien mangé.

— Tu veux vraiment me voir gerber sur la nappe ?

Elle pousse un soupir en me couvant d'un regard étrange.

— Mais que se passe-t-il, Phita ?

Si un rire pouvait tuer, le mien s'enfoncerait dans sa poitrine de glace.

— Tu oses me poser la question ?

— Je sais que Tyron était ton ami...

— Non, tu te trompes, lâché-je brusquement.

Encore un silence, si pesant qu'il m'empêche presque de respirer. Je serre si fort ma fourchette qu'elle menace de s'enfoncer dans ma paume.

— Pardon ?

Alors une porte s'ouvre en moi. Un battant obscur, verrouillé jusqu'ici par des illusions. Mes yeux me brûlent à nouveau, cependant ce n'est rien comparé à l'incendie brutal dans mes tripes.

— Je pensais qu'il l'était, mais lors de mon… voyage en Europe, je me suis rendu compte qu'il n'y avait aucune amitié entre nous. Qu'à l'image de ce monde, notre relation n'était qu'une vaste plaisanterie, une comédie destinée à préserver les apparences. Ce n'était pas mon ami.

Mes jambes tremblent tellement que je ne suis pas certaine de pouvoir me lever pour m'enfuir.

— Phita ! s'exclame ma mère avec incompréhension. Qu'est-ce que tu…

— Il disait que si, lui. Mais on sait tous que le mensonge fait partie intégrante de l'univers des néréides. Il n'était pas mon ami. Ses actes, ses bobards le prouvent. Il ne l'était pas, répété-je dans un souffle douloureux. Les amis ne se trahissent pas.

J'éclate en sanglots, la poitrine envahie par une douleur que je n'ai jamais ressentie. Je m'enfonce dans une sorte d'obscurité entrecoupée par des éclats de lumière renvoyés par les bougies allumées. J'aperçois ma mère, debout près de moi, avant de sentir sa main dans mes cheveux. Elle reste silencieuse, attendant que mes larmes se tarissent. Elle continue de me caresser, comme elle le faisait lorsque j'étais enfant. Enfin, je parviens à essuyer mes larmes, la gorge déchirée par une souffrance sans nom.

— De quelle trahison parles-tu, Phita ? N'était-il pas digne de confiance ? T'a-t-il fait du mal ?

Je me lève en ignorant les questions de ma mère. Même si mes cuisses pèsent une tonne, elles devraient pouvoir me conduire à ma chambre.

— Excuse-moi, dis-je, je suis fatiguée. Je vais me coucher.

— Oui, va te reposer. Nous converserons quand tu te sentiras mieux.

Sauf que le lendemain, je ne sors pas de mon lit, donc on ne discute pas. Le surlendemain, je m'oblige à aller m'entraîner en compagnie de Xander. Il n'est pas loin de dix-sept heures et mes muscles hurlent sous l'effort quand il me lance :

— Ta mère m'a dit que tu n'avais pas pu assister aux entretiens du nouveau chauffeur parce que tu étais malade, hier.

Je m'en sentais incapable. J'aurais pu égorger le premier type qui serait entré dans la pièce.

— Oui, confirmé-je en calquant mes mouvements sur les siens. Je ne me sentais pas dans mon assiette.

— Tu vas mieux ?

— Non. Mais on fait avec.

— Elle m'a dit aussi... Attention, ton bras doit rester dans le prolongement de ton épaule. Oui, comme ça. Elle m'a dit, répète-t-il, que tu avais eu un problème avec Tyron avant son décès. Qu'il t'avait probablement blessée. Tu veux m'en dire plus ?

Je secoue la tête.

— Je n'ai pas envie d'en parler. J'ai perdu le contrôle pendant le dîner. Oublie ça.

À la détermination dans ses yeux bruns, je devine qu'il ne va pas lâcher l'affaire.

— C'est moi-même qui ai étudié son dossier lorsqu'on l'a embauché au manoir. Il est crucial que je sache où je me suis trompé afin de ne pas répéter la même erreur.

— Écoute, Xander, ce n'est pas ce que tu crois, d'accord ? C'est juste que j'en ai plein la tête... je n'étais pas cohérente.

Je me penche et attrape ma bouteille d'eau. Ces derniers jours, je me déshydrate rapidement. Trop vite pour que ce soit normal, mais je garde cela sous silence afin de ne pas inquiéter les autres.

— Mes gardiens m'ont pourtant dit que tu étais inconsolable à table.

Ah, les traîtres ! Ils ont tout raconté à leur chef, évidemment.

— C'est bon. Tu veux toujours que je te tienne compagnie

pendant les entretiens ? Je suppose que tu as déjà choisi quelques-unes des recrues pour un second round ?

Il opine, non sans me dévisager afin d'essayer de lire dans ma tête. Bon courage, parce que là-dedans, ce n'est pas très beau à voir.

— Oui, je m'en occupe demain matin, justement.

— Je serai là, promis. Le salon vert ?

— Le rouge.

Cette pièce m'a toujours mise très mal à l'aise. Je crois que c'est pour cela que Xander passe les entretiens là-bas, dans le but de tester psychologiquement les chauffeurs. La couleur du sang ne peut que déconcentrer les possibles recrues, n'est-ce pas ?

— Ça roule. À demain.

24.

Cette nuit-là, je ne ferme pas l'œil. Pas parce que je ne suis pas fatiguée, au contraire, mais car chaque fois, d'horribles cauchemars me réveillent. Je sors du sommeil en sueur, assoiffée, le crâne en miettes.

Au matin, je prends sur moi pour me lever et garder la tête haute tout au long de la journée.

En compagnie de Xander, on accueille quatre demi-dieux qui veulent absolument le poste de Tyron. Ils possèdent tous un CV exemplaire, des lettres de recommandation et de très bons arguments. J'ai une préférence pour Anna, la grande brunette aux larges épaules. Elle est l'unique femme du lot, la seule aussi qui m'a souri pendant tout son entretien.

— Elle a le même profil que les autres, me fait remarquer Xander, une fois Anna partie. Ça ne l'empêchera pas de décrocher le poste le cas échéant, mais ça ne lui offrira aucun avantage non plus.

Le chef des gardiens hésite entre elle et Ash.

— Je te laisse choisir, c'est toi le boss.

— Je vais encore y réfléchir. Merci d'être venue.

Participer aux entretiens m'a permis d'accepter l'inévitable : Tyron ne reviendra jamais s'expliquer avec moi ; je ne pourrai pas lui demander pardon ; on ne grillera plus de chamallows au coin du feu.

Game over, Phita.

Le mieux, c'est de garder les meilleurs souvenirs que j'ai de lui, en ne laissant pas la trahison les ternir, afin de pouvoir avancer.

Je m'apprête à partir, quand Xander me hèle à nouveau :

— Mange, m'ordonne-t-il. Tu es toute blanche.

Merveilleux conseil, mais j'en suis incapable. Quoi que j'avale, je le vomis. Afin de ne pas l'inquiéter, je hoche la tête.

Pour l'instant, j'ai dans l'idée de dormir. Avec un peu de bol, le soleil chassera les cauchemars. Je traverse le hall inondé de lumière en traînant les pieds, lorsqu'une femme élancée, au visage émacié et plein de rides, se dirige vers moi sur des talons aiguilles.

— Oh non, soupiré-je.

— Les vacances sont terminées, Phita. Votre mère a mandaté ma présence afin que l'on continue vos études universitaires.

— Il y a une erreur. J'ai un accord avec elle : je m'entraîne jusqu'à mes vingt ans pour devenir gardienne, je passe les épreuves et si j'échoue... je reprends les études.

— Vous n'avez pas l'air de vous entraîner, note-t-elle en détaillant mes vêtements débraillés.

Je roule des yeux en dépassant le professeur Graare.

— Lâchez-moi les branchies. Thétis est à des centaines de kilomètres d'ici et il n'est pas question que j'abandonne mon entraînement de gardienne, donc vous n'avez pas d'élève. Allez... je ne sais pas, vous détendre dans la piscine ? Je ne dirai rien à ma mère, promis.

Quelques minutes plus tard, je m'allonge sur mon lit avec l'espoir fou de balayer mon épuisement. Je viens même de m'appliquer un masque hyper hydratant, un produit miracle pour une créature de l'eau telle que moi. Ma peau souffre de mon voyage aux Enfers, je n'arrive plus à lui rendre son éclat. Je m'endors presque immédiatement, bientôt réveillée par de légers coups à la porte. Une servante ouvre avec un sourire d'excuse.

— Mademoiselle Phita, votre mère vous demande dans le salon bleu.

Je me redresse, nullement reposée.

— Elle est de quelle humeur ? Genre, elle roulera des yeux si je ne viens pas, ou elle invoquera un monstre sanguinaire pour me dévorer ?

Une moue adorable déforme les traits de Mélisse.

— Je crois que vous devriez la rejoindre...

Pigé, donc c'est la seconde option. Génial.

— Merci. J'y vais.

Je me rends au salon bleu, le souffle court. Mes jambes me font mal et je suis obligée de m'asseoir pour ne pas tomber.

— Tu m'avais laissé un an, lui rappelé-je en évitant de regarder madame Graare installée à côté d'elle.

Toutes les deux portent une tasse de thé à leurs lèvres avec une lenteur barbante. Le monde des nobles est bien trop raffiné à mon goût.

— J'ai changé d'avis, rétorque ma mère. Il est évident que tu n'as pas la carrure pour devenir gardienne.

J'éclate d'un rire acerbe. Elle continue :

— Depuis que tu es rentrée, tu es inconsolable. Émotivement très instable.

— J'ai perdu un ami !

— Tiens donc, maintenant, il est ton ami ? Tu disais le contraire il y a peu.

Je ferme les yeux, prends une grande inspiration.

— Je t'en prie.

— Tu es trop fragile, assène-t-elle avec la violence d'une épée.

En grimaçant, je tente de me redresser sans y parvenir. Trop en colère pour m'en inquiéter, je siffle :

— Tu ne peux pas être aussi cruelle, rassure-moi ?

— C'est pour ton bien. Je croyais que tu finirais par changer d'avis, que tu accepterais de te plier à la situation, comme Thétis. D'ici quelques mois, je te trouverai un mari. Et afin d'avoir une chance de t'unir à un triton, tu dois être à la hauteur. Regarde ta sœur !

— C'est ridicule.

— Tu n'as pas le choix. Tant que tu vivras sous mon toit, tu suivras mes règles. Les cours commencent demain, et ils se dérouleront six jours sur sept, de huit heures du matin à dix-huit heures le soir. Professeur Graare occupera un appartement d'invité lorsque tu te reposeras.

À sa manière de parler et de me regarder, je devine que je ne réussirai pas à la convaincre. Enfin, je parviens à me lever. Un vertige me saisit et un gardien se précipite vers moi. Je le repousse doucement. Anxieuse, ma mère me prend par le bras pour m'aider à me relever.

— Regarde-toi, tu ne te ménages pas assez. Étudier te fera du bien, cela ne te demandera pas d'efforts physiques.

Une fois mes esprits recouvrés, je me dégage de sa prise et décide de retourner dans ma chambre. À peine arrivé-je à hauteur de mon lit que je m'y écroule. Le sommeil me happe, m'emporte au cœur d'un tourbillon d'images fugaces de monstres des mers, des Enfers, de Poséidon en train de ricaner, de Thétis qui l'imite.

Le lendemain matin, je suis incapable de me lever. J'arrive à peine à rester éveillée, j'ai froid, soif, mal partout. Dans un premier temps, ma mère débarque afin de m'obliger à retrouver madame Graare. Elle se rend bientôt compte que je ne feins pas mon état – même si j'en aurais été capable.

— Par tous les dieux, Phita, tu es brûlante...

Le médecin ne tarde pas à arriver et à m'ausculter, pour finalement mettre mon épuisement sur le compte du surmenage. Il m'oblige à avaler un copieux petit déjeuner, que mon estomac rejette dès qu'il part. Pareil le midi. Au soir, je ne me réveille même pas pour dîner. Vers minuit, je me sens un peu mieux. Pas assez pour me lever, mais assez pour effectuer une recherche internet sur les Oriones.

Poséidon a dit que j'allais tomber malade. À moins que ce soit lui qui m'ait contaminée afin de se venger, on dirait bien qu'il avait raison. Mais le net ne m'apprend rien sur les Oriones, la toile ne me donne pas la moindre petite information.

Je prends mon courage à deux mains et me rends à la bibliothèque. J'y parviens sans marcher trop vite. Chaque pas me donne l'impression que mes jambes vont se décrocher. Ça n'a pourtant aucun rapport avec les cours dispensés par Xander. J'en suis persuadée.

Alors que je m'apprête à entrer dans l'énorme pièce remplie de livres, je manque de m'étaler par terre. Deux bras me saisissent et me redressent. Clyde m'aide ensuite à m'asseoir dans un fauteuil, près de la porte de la bibliothèque.

— Tu devrais te reposer, me dit-il.

— Arrête ton char, grondé-je. Tu veux bien me rendre un service important ? Si tu refuses, je serai obligée de m'atteler à la tâche toute seule, au risque de mourir de soif.

Étant l'un des trois gardes de nuit ce week-end, il accepte. Il n'aura rien à faire de mieux, de toute façon. Il ne se passe jamais aucun drame, au manoir.

— En quoi puis-je t'aider ?

— J'ai besoin de tous les livres que tu trouveras sur Orion.

— Orion ? demande-t-il, surpris.

J'opine en profitant qu'on soit seuls pour embrayer sur le cœur du sujet :

— Tu connais les Oriones ?

— Ça ne me dit rien. Tu m'expliques ?

Je secoue la tête, un peu déçue. Après ça, Clyde passe la demi-heure suivante à m'apporter tous les livres qui parlent du géant. Chaque fois que je tombe sur le mythe, il raconte toujours la même chose :

Orion, né du bon vouloir de Zeus, de Poséidon et d'Hermès, était un chasseur remarquable, rien ne pouvait lui résister. Un jour, il tomba amoureux de la fille d'un roi et ce dernier lui donna comme tâche de chasser des créatures. Il revint victorieux au palais, mais le roi refusa de donner la main de sa fille, alors le chasseur saccagea tout sur son passage. Il devint le prisonnier du roi et on lui creva les yeux. Il fut banni du château et, aveugle, il parcourut les kilomètres en se repérant à la chaleur du soleil sur son visage. Éos, la déesse de l'aurore, tomba amoureuse de lui et lui rendit sa vue. Orion devint de plus en plus orgueilleux à mesure que les années s'écoulèrent, jusqu'à prétendre devenir invincible. Héra, agacée, mit sur son chemin un petit scorpion qui le piqua. Le chasseur mourut net, terrassé par une minuscule bestiole. Il fut transformé en étoile, d'où le nom de la constellation.

En gros, son histoire personnelle ne m'apprend rien sur les Oriones. Je n'ai donc qu'à croire Poséidon quand il prétend que nous sommes nées à partir d'une pluie d'étoiles filantes envoyée par Orion sur la Terre. Je renverse la tête en arrière, en proie à une nouvelle migraine.

Clyde finit par me tendre un minuscule livre.

— Regarde, là-dedans on parle de ce que tu cherches.

Je lui arrache l'ouvrage des mains, tout à coup prise d'une énergie nouvelle.

— Merci, Clyde !

— Tu as encore besoin de moi ? Je dois faire ma ronde. Si Xander s'aperçoit que je ne suis pas au poste, je vais me prendre un savon.

Je le remercie encore et le laisse reprendre son boulot. Pendant ce temps-là, je m'enroule dans le plaid et me mets à l'aise sur la banquette. La fatigue revient et m'écrase les épaules, mais je lutte pour rester éveillée.

Bien vite, je me rends compte qu'une toute petite partie du livre parle des Oriones.

— Oh, ça alors, soufflé-je en lisant la suite.

L'Orione la plus connue n'est autre qu'Amphitrite, l'épouse de Poséidon. Il le savait forcément. Je me demande si c'est par son biais qu'il m'a retrouvée. Au fil de ses réincarnations, elle n'a jamais excédé l'âge de vingt-deux ans. Les autres Oriones non plus. Visiblement, leurs pouvoirs... *nos* pouvoirs nous dévorent de l'intérieur jusqu'à ne laisser de nous qu'une enveloppe vide. Les images de mon père mourant me reviennent : la maladie l'a consumé en une poignée de jours. Il allait bien, puis l'instant d'après, il n'était plus là. Je n'ai pas envie de vivre ce cauchemar, de l'infliger de nouveau à ma mère et à Thétis. Il doit forcément exister une façon de survivre au destin funeste des Oriones.

Qui n'impliquerait pas, évidemment, de boire une potion d'immortalité, je veux dire.

Mais le livre n'en dit pas plus à ce sujet. Je continue de feuilleter les pages jusqu'à la fin. J'en prends un autre, recommence, puis encore un... jusqu'à ce que je finisse par m'endormir sur la banquette.

Je me réveille dans mon lit. Clyde m'a laissé un mot griffonné à la hâte sur ma table de nuit, avec des sandwichs, où il explique qu'il m'a ramenée dans ma chambre un peu avant l'aube, et qu'il faut que je mange parce que j'ai l'air vraiment mal.

Bon sang, comme si avaler un peu de nourriture allait me guérir ! Ma mère vient me voir, aussi inquiète que la veille.

— Je vais refaire venir le médecin. Repose-toi. Je t'interdis de quitter ta chambre, ne pense pas à aller t'entraîner.

De toute façon, je n'y serais pas parvenue. Je passe la journée à somnoler et à me réveiller en sursaut. Au fil des heures, mes draps se poissent de transpiration, et je me traîne jusqu'à ma salle de bains pour me rafraîchir. Pendant ce temps-là, une employée de maison se charge de refaire mon lit. Et ce, au moins trois fois.

Quand le médecin rapplique, il m'ausculte en me posant tout un tas de questions : qu'ai-je mangé en Europe ? Me suis-je fait piquer par un insecte ? Attaquer par une bête ? Ai-je pris de la drogue ? À cette question, ma mère hoquette, scandalisée, alors que je me marre.

— Ce serait le bad trip le plus flippant et tardif que je

connaisse. Je n'ai rien pris, réponds-je après un instant en voyant leurs airs graves.

Il quitte la chambre avec ma mère. J'imagine qu'il va lui donner son diagnostic et lui dire qu'il n'y a plus d'espoir. Ça se passe comme ça dans les films, non ? Chez les néréides, les parents sont responsables de leurs enfants jusqu'à leurs vingt ans. Si j'avais eu un an de plus, ce serait à moi que le toubib aurait donné les infos sur mon état de santé.

Épuisée, je m'endors encore. À mon réveil, le soleil se couche derrière ma fenêtre. Il diffuse ses rayons dans la pièce et le jeu de lumières me donne l'impression de rêver. Assise sur un fauteuil, près de moi, Thétis m'observe avec des yeux écarquillés de terreur. Je devine qu'elle a pleuré.

— Princesse de la mer Noire. Quel honneur !

J'avale un grand verre d'eau après m'être redressée contre mon oreiller. J'ai mal partout. On dirait que mon corps est sur le point de se désarticuler. Je repose le verre en essayant d'afficher un sourire qui ne ressemblerait pas à une grimace.

— Phita, souffle ma sœur en prenant ma main. Qu'est-ce qui se passe ?

— Il semblerait que je sois malade.

— Oui, mais je veux dire... tout allait bien avant que je parte. Oh non...

Elle lutte contre les larmes. Je donnerais cher pour qu'elle ne m'ait pas vue sans cet état. Ma mère a dû l'appeler afin de lui dire que ma santé se dégradait. J'espère que tout le monde a tort, y compris les livres et Poséidon, et que j'irai bientôt mieux.

— Arrête, Thétis. Parle-moi plutôt de ta nouvelle vie royale. Le prince est sympa avec toi ? Sinon je m'en occupe, tu le sais.

Elle éclate de rire en s'essuyant les yeux.

— Tout va bien. Richland est correct avec moi.

— Richland ? C'est son prénom ? Beurk !

Elle soupire, agacée par ma réaction, mais au moins elle n'est plus si triste.

— Figure-toi qu'il est très gentil. Il m'a fait visiter le château, la cour aussi. Ses sujets sont si loyaux ! Je ne réalise pas encore la chance que j'ai d'avoir été choisie ! Dire que Meredith a failli vivre ça. Il y a des bals tous les soirs, des banquets pour tout et n'importe quel évènement, et les spectacles, Phita ! Si tu voyais le talent des artistes de la mer Noire.

Elle a l'air d'apprécier sa nouvelle vie. Au lieu d'en être un peu contrariée, je suis satisfaite de savoir qu'elle sera heureuse le reste de sa vie quand je ne serai plus là. C'est lorsque cette pensée me traverse que je réalise que je vais mourir. Mon regard se perd vers le portrait de papa. Pendant que ma sœur me raconte les détails relatifs à son nouveau titre, j'essaie d'étouffer ma peur. Je ne suis pas prête à retrouver mon père, même s'il me manque à chaque instant.

Le silence me ramène à la réalité.

— Ça a l'air chouette, dis-je à Thétis. Pas trop nerveuse pour ton futur mariage ?

— Si, alors il faut que tu te rétablisses afin d'y assister, d'accord ?

— Promis, lui souris-je.

Elle s'allonge à côté de moi et me serre contre elle un très long moment. Une demi-somnolence me permet de me rendre compte de son départ, mais je ne parviens pas à lui dire au revoir.

Une servante entre, pose une assiette de soupe à côté de mon lit et s'en va. Je m'apprête à me rendormir pour affronter d'autres cauchemars, lorsqu'une silhouette masculine attire mon attention. Si je n'étais pas aussi faible, je sursauterais avant d'avoir une attaque cardiaque. Je pousse un grognement digne d'un loup en colère.

— Qu'est-ce que tu fais là ? Tu as quand même un sacré culot ! Je vais te ! Bon sang, je te...

Un sourire taquin flotte sur les lèvres de Poséidon. Je remarque que je me suis redressée dans mon lit sans le moindre mal, et que ma fatigue vient de s'envoler. Troublée, je fixe longtemps l'Olympien installé dans un fauteuil que je n'ai jamais vu. On dirait un trône et dessus, un roi. Il en a l'élégance, grâce à son costume chic. Dommage, je le préfère quand il ressemble à un pirate des temps modernes.

— Vraiment ?

Un clignement de paupières plus tard, Poséidon porte une tenue classique : jean et tee-shirt blanc. Son énergie a également changé, troquée contre quelque chose de plus rebelle, de moins… snob.

— Je suis dans un rêve, deviné-je.

— Possible. Tu as une sale mine, tu sais ça ?

Je grimace, incapable de bouger de mon lit. Mes fesses restent collées contre le matelas. Génial, je vais devoir supporter ce mec arrogant.

— Qu'est-ce que tu veux, Poséidon ?

— Te dire que tu peux arrêter ça. Il te suffit de prendre une décision.

— Fiche le camp, je me débrouillerai.

Il se lève. L'air vibre un instant autour de lui, ses cheveux ondulent comme si nous étions dans l'océan. Incapable de respirer, je le regarde s'arrêter face au lit et se pencher vers moi. Sa main caresse mon visage, ses yeux profonds m'aspirent, sa chaleur m'englobe avec douceur. Je ferme les paupières, profite de ce contact volé, puis soupire.

— Oh, Poséidon…

— Oui ?

— Si seulement tu n'étais pas un enfoiré de première, porté sur le mensonge et la tromperie. Je te jure que j'aurais pu céder à tes avances.

D'abord, il se crispe, surpris. Ensuite, il rit en reculant, pour m'offrir une révérence charmante.

— Tu m'as manqué, si tu savais.

Avant que je puisse lui demander une explication, il disparaît. Pouf, comme une bulle de savon qu'on éclate.

25.

— Amphitrite.

Les rayons étincelants de la lune me sortent d'un sommeil agité. Ou alors est-ce la voix que j'ai entendue à l'instant ? Mais peu importe. Une terreur sourde gronde au fond de mon âme, alimentée par une certitude troublante : je meurs. Les battements affolés de mon cœur me l'assurent, le froid dans mes veines aussi. Je n'en ai plus pour longtemps.

Un éclair d'énergie me traverse, alimenté par ma peur – ou un miracle, je l'ignore. Je sors de mon lit afin de me poster derrière la fenêtre au prix d'un effort incroyable. Je pose mon front bouillant contre la vitre, les doigts tremblants. Demain matin, ma mère me conduira à l'hôpital. Sauf qu'il sera trop tard. Je le sais, je le sens. C'est comme quand je me trouve en compagnie d'un dieu de l'Olympe : je perçois sa puissance et sa nature. Là, c'est pareil. La Grande Faucheuse me colle au train, sa présence vibre dans mes entrailles.

Je dois prendre une décision, et vite.

Vivre ou mourir ? Céder à Poséidon ou garder ma fierté intacte jusqu'à ce qu'il ne demeure plus rien d'elle ?

Je reste encore immobile une longue minute, même si j'ai déjà choisi, dans le fond. Je ravale des larmes de colère, parce que ce qui m'arrive n'est pas juste, puis je quitte ma chambre. Une sorte de brouillard étrange m'entoure, me préserve de la souffrance, me permet de marcher. Certes, j'ai le sentiment de boiter tel un automate cassé, cependant peu importe. Au moins, j'avance.

J'ignore comment je parviens à sortir de la maison sans croiser aucun gardien. Ou la façon dont je me retrouve sur la plage de sable fin, à cinq cents mètres du manoir. Sous mes pieds nus, les grains s'illuminent par milliers. Tout n'est qu'éclats argentés, lumière, beauté. J'ai toujours aimé la lune pour le spectacle qu'elle offre lorsqu'elle est pleine et proche de la Terre.

Je m'avance vers l'océan calme. Ses vagues caressent mes pieds, son murmure ressemble à une mélodie apaisante. Elle me tranquillise, mais ne me sauvera pas. L'eau n'a plus aucun impact sur mon organisme. Sous mon poids, le sol se désagrège lentement.

Nous y voilà.

Je tombe à genoux, à bout de force. Le froid m'effleure à peine, je n'ai plus vraiment conscience de mon corps.

Nous y voilà, me répété-je.

— Poséidon.

Au lieu du cri que je m'attendais à pousser, c'est à peine un chuchotement. La lumière du paysage décline, mes paupières pèsent une tonne. Ma vision se trouble.

— J'accepte. Tu as gagné.

Je crains, un instant, de ne pas avoir parlé assez fort pour que la magie opère. Je cligne plusieurs fois des yeux et me rends compte que ce n'est pas ma vision, le problème. Une épaisse brume bleu gris vient de couvrir l'océan. Parmi les volutes de fumée, j'aperçois la silhouette d'un monstrueux bateau qui fend les eaux dans ma direction.

Le côté théâtral et horrifique de la scène me coupe le souffle. À ma grande surprise, deux bras me saisissent et me soulèvent. Je reconnais le parfum de Poséidon. Je suis juste trop fatiguée pour lever la tête et le regarder. Les mots franchissent ma bouche sans que je les contrôle :

— Tu as osé... nous faire un remake du *Vaisseau de l'angoisse.*

— L'un de mes films préférés, Trésor. Je te devais un beau spectacle pour nos retrouvailles, non ?

— Tu me dois... bien plus que ça.

— Je sais, dit-il d'un air grave que je ne lui reconnais pas.

Je n'entends pas le reste de ses paroles : l'obscurité avale ma conscience, mes sensations, ses pensées, mes regrets.

Je me réveille dans des draps en soie noirs. Avant même de me redresser, je devine que je ne me trouve pas sur l'Amphitrite, le bateau de chasseur d'épaves de Poséidon. Un instant, l'éventualité d'avoir été enlevée par des criminels me griffe le ventre. Mais la pièce tout entière dégage l'odeur enivrante du dieu des Océans. La cabine possède un dôme multicolore en guise de plafond. Le soleil se jette dessus pour inonder le plancher d'une lumière surnaturelle. Je m'assois, apaisée par la chaleur de la vie qui coule de nouveau en moi.

Il m'a sauvée.

Je porte un long tee-shirt qui ne m'appartient pas. Ma nuisette se trouve accrochée sur un cintre, lui-même pendu à une fenêtre. Un jogging en coton m'attend sur le bout du grand lit. Je l'attrape pour l'enfiler immédiatement. Il est large, mais il fera l'affaire.

Je ne me sens plus malade. Au contraire, on dirait que j'ai dormi cent ans et que mon corps en a profité pour se remettre d'aplomb. Je me demande si Poséidon m'a fait avaler sa potion magique. J'ai honte d'avoir cédé à la peur de mourir. D'avoir choisi la facilité, alors que d'autres personnes n'ont pas cette possibilité quand la Faucheuse tape à leur porte. Franchement, je me jure de ne plus jamais me plaindre de ma condition physique.

Je parcours la cabine des yeux. Elle est assez similaire à celle de l'autre navire, essentiellement fabriquée dans du bois et mêlant éléments de piraterie et technologie. On dirait que Poséidon se trouve mentalement coincé entre deux époques, qu'il n'arrive pas à décider laquelle choisir.

Un bureau sombre prend une grande partie de la place. De vieilles cartes sont posées à plat dessus, d'autres, bien plus récentes, pendent à moitié dans le vide, retenues par de lourds presse-papiers. Plusieurs croix rouges disséminées dans divers océans attirent mon attention. Est-ce que ce sont les emplacements de trésors ? D'épaves ?

De gros meubles fermés à clef dissimulent des mystères. Toutefois, les casiers métalliques s'ouvrent sans problème. Je découvre un tas de papiers écrits dans des langues que je ne peux pas lire.

Juste à côté, une porte donne sur une salle de bains. J'en profite pour aller aux toilettes, essayant d'analyser le fonctionnement de mon corps. Si j'ai bu la potion, est-ce que ça implique des changements notables ? En tout cas, je peux faire pipi. Et j'ai besoin de manger, constaté-je en entendant mon estomac gronder.

Je reviens dans la cabine au moment où un homme entre par une grosse porte en bois. Il se fige en m'apercevant. Je me mets immédiatement en position de garde. Il a l'air de trouver cela drôle, pourtant avec sérieux, il intervient :

— Parfait, tu es réveillée. Tiens.

Il pose un plateau de sandwichs sur une petite table ronde, près d'un chandelier en argent. Je ne peux dissimuler mon scepticisme face à sa tenue : un pantalon en toile dans une coupe ballon, une chemise, une ceinture de tissu rouge autour de sa taille et un bandana attaché dans ses cheveux. Il ressemble à l'idée qu'on se fait des pirates d'antan.

— Le capitaine va être content que tu sois réveillée. Il s'est fait du mouron toute la semaine.

— Quoi ? réponds-je un peu trop hâtivement. Mais... j'ai dormi longtemps ?

— Ouais, sept jours. On a même cru que tu clamserais, vu ta pâleur. Si tu avais vu le chef, fallait pas l'emmerder.

Je tends les mains devant mon visage. Ma peau ne possède pas une teinte maladive, contrairement aux derniers jours chez moi. Je ne vois rien d'anormal.

— Rassure-moi, je ne suis pas morte ? demandé-je dans un souffle.

Le type aux longs cheveux grisonnants et au visage avenant éclate de rire. Je m'attends presque à le découvrir édenté, mais ce n'est pas le cas.

— Pas que je sache, ce serait inquiétant de te voir debout, dans ce cas. Je vais prévenir Poséidon, bouge pas.

Sur ce, il détale en chantonnant. J'ai conscience du roulis lent et régulier sous mes pieds nus. On se trouve donc en mer. En même temps, la dernière vision que j'ai eue sur la plage était celle d'un vaisseau de l'angoisse hyper flippant.

J'emboîte le pas de l'homme, sans tenir compte de son ordre. Je débouche sur un large pont deux fois plus grand que celui de l'Amphitrite. Le navire contient le même type de grue, une plateforme destinée à recevoir les épaves, des mâts immenses aux voiles blanches tendues par le vent. Dans les cordages, j'aperçois plusieurs silhouettes. Quelques gros bras se chargent de la sécurité avec des flingues monstrueux, mais pour l'essentiel, les hommes de Poséidon sont des marins. Autour de moi, l'océan s'étend à l'infini.

— J'ai bien cru que tu te laisserais mourir.

Je sursaute au son de la voix caverneuse dans mon dos. Assis sur une poutre, juste au-dessus de la porte, Poséidon me sourit. Il est habillé d'un jean bleu délavé et d'un simple tee-shirt blanc. Ses dreadlocks ramenées en arrière dégagent son visage anguleux dévoré par une barbe noire naissante. Ses yeux bleus ourlés de cils sombres brillent d'amusement et de cette intensité qui me met mal à l'aise quand je les regarde trop longtemps.

— Je n'avais pas le choix.

— Évidemment que si. Mourir était une des deux options qui se présentaient à toi.

Je me détourne en haussant les épaules, les bras croisés sur ma poitrine. Depuis mon réveil, j'évite de penser à ma famille. Maintenant, je songe aux soucis que vont se faire ma mère et ma sœur à cause de ma disparition. Je n'ai pas pensé à laisser de mot, simplement parce que je n'avais pas la force de l'écrire.

— Je n'étais pas prête à leur dire adieu, soufflé-je.

Puisqu'il ne répond pas, mais que je sens son attention brûlante me parcourir, je pivote dans sa direction. Une expression affligée déforme ses traits, mais elle n'est pas liée à ma situation. Du moins, pas complètement.

— Tu parles de quoi ? demande-t-il, réellement à la ramasse.

— De ma famille.

— Attends, tu crois que tu ne pourras plus jamais les voir ?

On dirait que je viens de le gifler. Sans rire, il a l'air vexé.

— Bah... je croyais que...

— Tu n'es pas prisonnière.

Je me sens stupide, tout à coup.

— Tu veux dire que je peux repartir chez ma mère ?

— Si tu en as envie, oui. Mais je ne te cache pas que je désire te garder auprès de moi pour te faire vivre des aventures incroyables.

Il bondit au sol en se réceptionnant avec grâce, puis s'approche de moi. Au moment où je le pense sur le point de me serrer contre lui, il bifurque pour s'appuyer sur la rambarde de l'escalier menant au pont couvert.

Je l'imite, portant mon attention sur l'océan. Sa réaction et ses paroles me surprennent. Avant de partir, je lui en voulais de m'avoir entraînée dans ses histoires de malheur. Aujourd'hui, la perspective de retourner au manoir et de passer mes journées à étudier en attendant que ma mère me trouve un époux m'ennuie plus que jamais. Pas que je préfère avoir à affronter Hadès et sa fiancée ou participer à une stupide guerre des dieux, mais... ça vaut mieux qu'une vie entière aux côtés d'un homme barbant qui partira sans cesse en voyage d'affaires, ou que la préparation incessante de soirées avec la noblesse, non ?

— Ma mère me tuera si elle sait que je suis sur un bateau pirate.

Un rire silencieux secoue ses larges épaules.

— Je peux lui faire croire que je suis venu te rechercher pour continuer notre collaboration en Europe. Encore mieux, je peux faire oublier ton retour au manoir à tous les gens que tu as rencontrés là-bas.

Je lui décoche un coup d'œil surpris.

— Tu peux faire ça ?

— Pas moi, non, mais je connais quelqu'un d'assez puissant pour s'en charger. Qu'en penses-tu ?

Je hoche la tête, surprise que ce soit aussi facile.

— Euh... OK. Comment ?

Son sourire victorieux aurait dû me préparer psychologiquement.

— Tu vas adorer.

Pourquoi son expression et sa soudaine allégresse me soufflent le contraire ?

— Zeus ! hurle-t-il. Roi des Rois, je t'invoque ! Ramène ton cul immédiatement !

Ses mots, porteurs de magie, agissent instantanément. Le ciel se charge alors de gros nuages gris et l'air devient lourd d'humidité. Des frissons me parcourent, et s'il fait un peu plus frais, ce n'est pourtant pas dû à la météo. Une puissance remarquable m'enveloppe, comme si je venais d'entrer dans l'eau glacée. Elle glisse sur moi, en moi, me coupe le souffle. Je n'en ai jamais senti de semblable.

Poséidon garde son fichu sourire en descendant les marches pour parcourir le pont immense. Je crains tellement que Zeus apparaisse à l'endroit où il l'a appelé que je file me cacher derrière des caisses. Bon, c'est aussi à cause des éclairs qui déchirent le rideau de plomb, au loin. J'ai toujours eu très peur des orages. Je m'attends presque à ce que des vagues monstrueuses retournent le navire et à ce que la pluie tombe.

Ma peau se couvre de sueur en quelques secondes. Je lance un coup d'œil par-dessus ma cachette, essayant de contrôler les battements effrénés de mon cœur. Je suis presque sûre que tous peuvent l'entendre sur le navire. Une aveuglante lumière blanche m'oblige à détourner la tête.

Lorsque je regarde à nouveau le pont, un étrange silence l'écrase. Poséidon se tient debout, complètement détendu, les mains dans les poches. Il sourit poliment à un jeune homme blond qui n'a que quelques années de plus que moi. Détails qui me sautent aux yeux, il porte des vêtements de la dernière collection d'Olympia, une chaîne de luxe. Je la connais parce qu'il m'arrive souvent de passer commande chez eux.

Bref, la mode n'étant pas le sujet le plus important dans cette situation, parlons de Zeus. Je me rends compte de plusieurs choses simultanément : primo, je le suis sur les réseaux sociaux, parce que c'est un influenceur qui compte plusieurs millions d'abonnés à son actif. J'ignorais que le beau gosse qui embrase la toile était le Roi des dieux. À travers un écran, je ne parviens pas à déceler la nature des gens. Une partie de moi se demande si je ne me trouve pas en plein rêve, parce que la situation frise le ridicule. Secundo, sa fureur se lit à travers les nombreux éclairs autour de nous.

Contrairement à son frère, il n'a pas l'air d'apprécier la situation. Il s'approche de lui avec une lenteur terrifiante, les yeux étincelants de rage. Pourtant, d'une voix maîtrisée, il lance :

— Donne-moi une seule bonne raison de ne pas te précipiter dans le Tartare sur-le-champ.

— Je te manquerais trop ?

Zeus s'arrête à un mètre de Poséidon, la totalité de son corps tendu à l'extrême. Contrairement à ses deux frères, l'influenceur immortel n'est pas taillé dans le granit et ne semble pas être né au sein d'une salle de sport. Sa silhouette élancée reste très commune. En fait, on pourrait le confondre avec un étudiant d'école privée ou un truc du genre.

— Poséidon, dit-il d'une voix basse, tu as tué mon aigle.

— Pour des raisons pratiques, uniquement.

— Des raisons pratiques ?

Son hurlement résonne dans l'air, suivi de peu par le tonnerre. Sans même un frémissement, Poséidon soupire et hausse les sourcils.

— Je lui ai probablement rendu service, en fait. Ce que ça doit être ennuyeux de manger le foie de Prométhée encore et encore après avoir sillonné le ciel des Enfers. Tu sais que de nos jours, la cruauté envers les animaux est punie par la loi ?

En guise de réponse, Zeus attaque. Je m'en rends compte seulement quand Poséidon se fracasse contre le bastingage à l'autre bout du bateau. Je l'ai à peine vu bouger. Pendant que leur chef se redresse, les mercenaires et les matelots présents ne bronchent pas. À mon avis, ils savent qu'il existe des combats qu'il vaut mieux éviter.

Le dieu des Océans éclate de rire. Ce mec doit franchement être suicidaire.

— Évidemment que tu le sais, dit-il en grimaçant légèrement, tu soutiens plusieurs associations animalières.

— L'heure n'est pas à la plaisanterie, mon frère ! Tu as commis une erreur terrible. En agissant ainsi, tu as permis à Prométhée de s'échapper des Enfers !

L'annonce surprend Poséidon, même s'il s'efforce de garder un visage fermé.

— Il était toujours ligoté à son rocher quand je suis parti, se défend-il.

— Il ne l'est pas resté, grogne Zeus en commençant à faire les cent pas. Son retour sur terre risque de renverser le fragile équilibre qui subsiste depuis des siècles. Tu dois le ramener là-bas.

— Pourquoi je ferais ça ?

— Parce que tu as agi comme un crétin égoïste et stupide. Et que si tu ne le fais pas, je l'emporterai avec moi. Je sais ce que tu as fait, mon frère. Chaos le sait aussi et il déteste l'idée qu'on puisse agir au mépris de ses règles. Je la lui amènerai, peut-être que ça l'apaisera.

Ah, cette fois Zeus parvient à atteindre Poséidon en profondeur. Ce dernier se précipite sur son frère d'une démarche pleine de menaces, ses traits ravagés par une émotion qui me donne des frissons.

— Ne me parle pas de règles, alors qu'Hadès les a toutes brisées en ramenant Perséphone d'entre les morts ! Tu ne la tou...

Il ne termine pas sa phrase : Zeus vient de lui bondir dessus. La violence et la rapidité de l'attaque me coupent le souffle. Malgré un corps fluet, il prend immédiatement le dessus sur son adversaire en lui assenant une série de coups dévastateurs.

Le Roi des Océans se défend malgré tout : il pare les attaques avec une maîtrise spectaculaire, puis frappe à son tour. Zeus se fracasse contre l'un des mâts. La tige de bois craque, ploie, mais reste debout. Dans la foulée, les divinités se percutent de toutes leurs forces. Une onde de choc me traverse, me renversant en arrière. Je viens de me redresser en me massant une fesse douloureuse, lorsque Poséidon attire son frère vers le ciel. Ensuite, il tourne sur lui-même plusieurs fois, avant de balancer Zeus dans l'océan. Mais une seconde plus tard, ce dernier se matérialise derrière Poséidon, saisit son cou avec le pli de son bras et serre. Très fort.

Du côté des mercenaires, la pression monte. Ils s'échangent des regards, armes au poing, afin de déterminer s'ils doivent tirer sur le Roi des Rois. Je n'attends pas de savoir s'ils vont agir pour m'extirper de ma cachette. Zeus ne s'attend ni à ma réaction ni à ma présence. Sinon, il aurait évité mon coup de pied retourné qui le frappe en plein visage. Sous le choc, il libère son frère, recule et trébuche dans des cordes.

— Vous allez vous calmer, oui ?

Sa fureur succède à de la surprise, puis à de l'amusement.

— Tiens donc. Je me demandais si tu finirais par te montrer.

— C'est ridicule, vos petites querelles. Il faut garder la tête froide et nous comporter en adultes, pas en dieux primitifs et stupides.

J'ai parlé très vite afin que la peur ne me cloue pas le bec.

— Des petites querelles ? Tu ne réalises pas ce qu...

— Si, le coupé-je, j'ai saisi : c'est la merde. Mais ce n'est pas en vous tapant dessus que les choses vont s'améliorer.

Dans mon dos, Poséidon s'est relevé. Il pose une main sur mon épaule, puis tente d'intervenir.

— Phita, recule.

— Toi, tu la boucles ! C'est ta faute tout ce qui se produit. Il va falloir en assumer les conséquences. On va retrouver Prométhée et le ramener aux Enfers. Tu en profiteras pour aller t'expliquer avec Hadès.

Mon cerveau tourne à plein régime. J'ai le sentiment qu'il faut absolument que je calme la situation.

— Il n'y a pas de « on » qui tient.

— Alors là, Posy, cours toujours. Je suis autant impliquée dans cette histoire que toi. Au lieu d'aggraver la situation, on va l'apaiser.

Je me tourne vers Zeus. Il a l'air de trouver mon comportement amusant. Je repousse l'idée de le secouer dans l'espoir de calmer mes nerfs à vif et l'informe :

— On s'en charge. On va ramener Prométhée à son... tourment éternel ou je ne sais pas quoi. Tout redeviendra normal. Sauf en ce qui concerne votre aigle. Poséidon est navré de l'avoir tué.

— Je ne suis pas...

— Il est désolé ! tranché-je sans regarder l'imbécile.

Je lui balance mon coude dans les côtes. Il se tient assez près de moi pour que ma manœuvre l'atteigne. En vérité, il est un peu trop proche. Son torse pressé contre mon dos augmente ma température interne de seconde en seconde.

Je me tais, à bout de souffle. En proie à une angoisse palpable, j'attends la réaction de Zeus. Il a beau avoir un physique charmant avec ses cheveux blond soleil, son sourire Colgate, ses traits harmonieux de mannequin et ses yeux verts pétillants, il n'en reste pas moins le plus dangereux sur ce navire. Je suis prête à parier qu'un vrai combat entre Poséidon et lui se terminerait en catastrophe naturelle cataclysmique.

Parce qu'il s'acharne à garder le silence, je reprends d'une voix plus posée :

— Il a fait tout ça pour moi, vous savez ? Afin qu'une maladie étrange ne me tue pas. Il dissimulait de bonnes intentions derrière ses actions rustres et sanglantes. Je suis donc autant responsable que lui.

— Phita, grogne Poséidon en me collant davantage contre lui. Arrête.

— S'il vous plaît, Zeus. Laissez-nous réparer nos erreurs.

— Tu t'en penses capable ? ricane-t-il.

Je lève le menton, un peu vexée par sa moquerie.

— Je m'entraîne depuis des années à devenir gardienne de néréides. Puis je vous ai frappé.

J'ignore si lui rappeler ce coup de pied qui n'a même pas bleui sa joue est une bonne idée, mais je ne peux pas m'empêcher de fanfaronner. Poséidon semble croire que je commets une erreur, parce que ses doigts serrent mon épaule plus fort, et je me retrouve derrière lui.

Zeus enfonce les mains dans les poches de son chino vert foncé en m'observant de la tête au pied.

— Nettoyez-moi cette pagaille, déclare-t-il. Je vous laisse deux semaines. Si je dois me charger moi-même de Prométhée, il ne sera pas le seul à se retrouver enchaîné à un rocher pour l'éternité.

Des tremblements me secouent de manière presque perceptible. Zeus nous lance un dernier coup d'œil et s'éloigne vers la proue du navire, mais il prend le temps de se tourner une dernière fois :

— Abonnez-vous à mes réseaux sociaux.

— Quoi ? demandé-je, un peu paumée.

— Tu es sérieux ? gronde Poséidon.

— Quelque chose se prépare, répond-il. Ça nous concerne tous. Alors, abonnez-vous, c'est un ordre.

Sur ce, dans un ultime éclat de lumière blanche, il disparaît. Au loin, j'aperçois un oiseau magnifique, royal, aux ailes déployées, s'envoler vers le lointain.

26.

Je reste un moment à observer l'horizon, alors que la vie retrouve son cours sur le bateau. Les pirates reprennent leurs postes et les mercenaires, leurs rondes. Je n'arrive toujours pas à croire que je viens de rencontrer Zeus en personne. Sa puissance est assez conforme à l'idée que je m'en faisais. Je sens encore son pouvoir irradier autour de moi et me griffer la peau. Il me met mal à l'aise, tout comme ses menaces qui continuent de tourner dans mon esprit.

Je prends une grande inspiration en me nourrissant du vent marin gavé de sel. Tout à coup, l'horreur me pousse à me retourner vers Poséidon. Lui non plus n'a pas bougé. Son regard scrutait l'horizon, avant qu'il ne se pose sur moi avec une certaine réprobation. Je ne lui donne pas le temps de me dire que j'ai commis une erreur :

— Tu l'as laissé partir sans lui demander d'effacer les souvenirs des gens du manoir ! Tu l'avais appelé pour ça, en plus.

J'imagine que se faire bastonner par son frère l'a peut-être détourné de ses objectifs initiaux. Ça, et aussi mon intervention inopportune. Il sort la main de sa poche de jean pour me tendre un pendentif en argent, représentant un éclair. Les maillons épais en font un bijou masculin.

— On aura besoin de ça, dit-il. Pas de Zeus en personne.

Ma mâchoire manque de se décrocher. Je relève le regard sur Poséidon en papillonnant des yeux comme une débile. Il faut dire que mon cerveau et mon corps sont en train d'assimiler le vol éhonté qu'il vient de commettre et qui risque de nous précipiter aux Enfers.

— Tu n'as pas... par tous les dieux !

— Je t'en prie, Trésor. Je ne te suffis donc pas ?

Avec son sourire agaçant, il tourne les talons. Je le suis jusqu'à sa cabine, dans l'attente un peu absurde d'un « Surprise ! » Sauf qu'il ne se passe rien du genre, m'obligeant à accepter l'horreur de la situation.

— Quand il va s'en rendre compte, il va nous tuer.

— Il essaiera, oui, mais il devra nous retrouver avant.

— Comment ça ? Il est apparu ici plutôt rapidement, grommelé-je.

Il referme la porte de sa cabine derrière moi. D'un claquement de doigts, il fait apparaître un feu dans l'âtre de la cheminée. Je me rends compte que la pièce est plus froide que l'extérieur. Je m'approche des flammes pour me laisser bercer par leur chaleur.

— Il est apparu parce que je l'ai invoqué en l'appelant. Ça lui a permis de me localiser. Je sais, de source sûre, qu'il me cherchait depuis des jours. Maintenant, il faut qu'on parte. Je n'ai pas envie qu'il vende notre localisation à Hadès.

La relation entre les Rois de l'Olympe me scandalise. Ils ne peuvent s'empêcher de se battre, tout en affichant clairement leurs liens familiaux. Je n'imagine même pas me conduire ainsi avec Thétis et vice versa.

Le bateau se met en mouvement, comme si le matelot à la barre avait entendu les paroles de son chef. Avec un soupir, je me laisse tomber dans un fauteuil.

— Donc, tu lui as volé son collier ? Ça va nous permettre d'altérer les souvenirs des membres de ma famille et des gens du manoir ?

— Oui. Et oui. Mais ce n'est pas un simple bijou, c'est le Foudre. À notre époque, il est plus facile de transformer nos armes en artefacts magiques discrets pour qu'ils n'éveillent pas les soupçons des humains.

D'un revers de bras, il vide la grande table en bois. Chandeliers, cartes et presse-papiers tombent par terre. Une petite boule en cristal, assez lourde, roule à mes pieds nus. Je la récupère pour occuper autant mes mains que mon esprit.

— Si je suis ta logique, dis-je pendant qu'il attrape une bougie allumée, ton trident est quelque part sur toi ?

Je le détaille, mais je n'aperçois aucun bracelet à ses poignets, pas la moindre chevalière non plus. Le col rond de son tee-shirt cache peut-être un collier comme celui de Zeus ?

— Il l'est, en effet, me répond-il en m'envoyant un clin d'œil par-dessus son épaule.

Son sourire m'empêche de lui demander davantage d'informations, parce que je crains la réponse. Je me lève au moment où une goutte de cire blanche tombe et frappe le collier de Zeus. La seconde d'après, une lueur crépite dans la pièce. Pour la troisième fois en trop peu de temps, je me retrouve à moitié aveugle. Lorsque les points noirs quittent mon champ de vision, je me rends compte qu'un éclair formé de lumière est posé sur la table. Il doit mesurer un mètre de long, pour une largeur d'environ dix centimètres. Par instinct, je tends les doigts, fascinée par cet éclat de pureté magnifique, mais Poséidon retient mon geste en les attrapant.

— Si tu ne veux pas te retrouver devant les juges des Enfers plus tôt que prévu, n'y touche pas.

D'accord, j'ai compris. Pas toucher au truc qui me tuera. Poséidon s'éloigne pour aller fouiller dans de grosses commodes, puis revient avec une petite masse. Je profite qu'il ait abordé un sujet intéressant pour lui demander :

— Cette potion que tu m'as donnée, elle m'empêchera de tomber malade ?

— Oui.

— De vieillir, aussi ?

Il m'observe un moment, une moue étrange sur les lèvres.

— Je n'ai pas encore la réponse. Ce sort provient d'un très vieux livre que j'ai retrouvé dans le coffre d'un navire englouti. Personne ne l'a utilisé depuis deux mille ans. Circé a eu l'air ravie quand je lui ai apporté.

— Attends, Posy, grogné-je, tu m'as fait boire un truc qui aurait pu ne pas fonctionner et me tuer directement ?

— Tu étais déjà en train de mourir. Éloigne-toi.

Je n'aime pas du tout sa réponse, elle ressemble à celle qu'il m'a sortie quand je lui ai reproché la mort de Tyron.

Il connaissait les risques.

— Parfois, j'ai l'impression que tu n'as aucun sentiment.

Poséidon frappe l'éclair une première fois avec sa massue. Gênée par le bruit et les étincelles que ça provoque, je recule.

— Tu crois ça ? ricane-t-il en me gratifiant d'un sourire cruel.

Il n'attend pas de réponse à sa question avant de frapper plusieurs fois. Le son résonne dans mon crâne, fend tous les os de mon corps en deux. Au bout d'un long moment, alors que je retourne m'asseoir près de la cheminée en attendant de... je ne sais pas quoi, d'ailleurs, Poséidon me rejoint. Il s'installe dans le fauteuil face au mien en me montrant un minuscule morceau d'éclair. Ça ferait très chic sur une bague.

— Je n'en reviens pas que ce soit aussi simple de briser le Foudre de Zeus, commenté-je.

— Ça ne l'est pas. Quiconque aurait essayé, en dehors d'Hadès ou moi, serait mort. Il m'a fallu voler le marteau d'Héphaïstos pour y parvenir.

— Je vois, de mieux en mieux. Tu vas en faire quoi de ce morceau de Foudre ?

Il tend sa main en me détaillant. Puisque je ne bouge pas, il roule des yeux en poussant un soupir.

— Fais-moi confiance.

— C'est beaucoup me demander. Je parle à un mec qui passe sa vie à voler, à arnaquer et à manipuler.

Il éclate de rire. Même si ce n'était pas la réaction à laquelle je m'attendais, j'aime ce son si masculin capable de me caresser l'âme.

— C'est vrai, admet-il.

Il tire de l'arrière de son jean un lourd couteau terrifiant. Le manche tourné dans ma direction me permet de ne pas riposter en lui envoyant mon pied entre ses jambes écartées.

— J'ai besoin de ton sang, me dit-il.

— Encore ?

— Les sorts les plus puissants requièrent du sang. Verses-en quelques gouttes sur le morceau de Foudre.

Les premières secondes, je ne peux m'empêcher d'immobiliser la lame à quelques centimètres de mon doigt, sans réussir à l'approcher de ma peau. Je remarque, sur le bout de mon majeur, une petite plaie cicatrisée. J'imagine que Poséidon a dû me couper pour terminer sa potion de vie. L'idée d'avoir avalé mon sang me donne la nausée. Heureusement que je ne me souviens de rien avant mon réveil.

— Tu n'as pas le cran, Trésor ? se moque-t-il.

— Tu veux que je t'enfonce cette lame dans l'estomac, Posy ?

Avec un sourire amusé, il lève les mains, mais ne commente pas. Je finis par trouver le courage nécessaire pour me couper. Lorsque mon sang entre en contact avec le petit morceau de Foudre, la lumière décline immédiatement. Je sursaute.

— Oh non, je l'ai cassé ?

— Tout va bien, me tranquillise-t-il en essuyant l'hémoglobine qui a coulé le long de son doigt.

Poséidon murmure une sorte de mélodie dans une langue inconnue. Puis il avale l'objet tout rond, sans la moindre hésitation. Ma mine horrifiée lui tire une crise d'hilarité.

— Donne-moi tes mains. J'ai besoin que tu te concentres sur le manoir, sur ta famille, sur tous ceux que tu auras rencontrés depuis ton prétendu retour d'Europe. N'oublie personne, surtout. Il est essentiel qu'on ne se souvienne pas de ta présence pendant ce laps de temps.

Je songe à ma mère, à Thétis, à Xander, à Clyde, aux autres gardiens. Je n'oublie pas Lili et Mélisse, mes gouvernantes, toutes les servantes, le professeur Graare également. Je m'apprête à hocher la tête pour lui signifier que c'est bon, mais je me souviens du médecin à la dernière seconde.

— C'est bon.

— Parfait.

— Il arrivera quoi si j'ai oublié quelqu'un ?

— Il ou elle brûlera vif dans d'atroces souffrances.

Je pousse un bruit à mi-chemin entre un cri et un couinement.

— Détends-toi, je plaisante. Rien de grave, c'est juste qu'il aura du mal à ne pas finir à l'asile s'il raconte à tout le monde que tu as passé quatre jours chez toi sans que personne le remarque.

Je grimace. Son humour m'énerve, vraiment.

Poséidon prend une grande inspiration en continuant de serrer mes mains. Ce contact me réchauffe davantage que le feu de cheminée, et je ne suis pas certaine d'apprécier son effet sur moi. Sa litanie emplit l'air d'électricité, l'écrase, le raréfie. J'ai presque du mal à respirer. Tout à coup, une sorte d'aura dorée entoure la tête de l'Olympien. La lumière s'harmonise à la perfection avec la teinte halée de sa peau. Si je me concentre sur le haut de son crâne, je peux apercevoir les contours floutés d'une couronne. Mais lorsqu'il se tait, la magie se brise.

Je n'ai pas le temps de détourner les yeux qu'il ouvre les siens. Il les plonge dans les miens, alimentant davantage cette chaleur délicieuse au creux de mon ventre.

— Tu as l'air doué avec la magie, baragouiné-je pour retrouver contenance. C'est Circé qui t'a initié ?

— Si Circé m'a initié ? Ne me vexe pas, Trésor. Je suis bien plus âgé qu'elle, elle me doit tout ce qu'elle sait.

Je récupère mes mains en étouffant le sentiment qui m'a envahie lorsqu'il m'a regardée droit dans les yeux. Je n'ai plus affaire au gentil Poséidon des Enfers qui voulait juste aider les Nyx à retrouver Hadès. Je n'ai jamais eu affaire à lui. Ce n'était qu'une illusion.

— Pourtant, tu as eu besoin de son aide.

— Parce qu'elle possède un clan puissant spécialisé dans la magie de l'immortalité.

Je hoche la tête en me massant le front. La plaie de mon doigt commence déjà à se refermer.

— Et maintenant ? demandé-je.

— J'ai altéré les souvenirs des gens que tu as vus en me servant des pensées que tu m'as transmises.

Je hoquette, prise d'un doute immense.

— Comment ça, les pensées que je t'ai transmises ?

— C'était le but de la manœuvre.

— Tu es télépathe ?

Avec son habituel sourire énervant, il s'adosse au dossier de son fauteuil en passant les mains sur sa nuque.

— Pas en permanence. Je dois me concentrer.

J'ouvre la bouche, la referme.

— Est-ce que tu as... perçu autre chose ?

— Comme ton désir ? À peine.

Mes joues s'embrasent. Je bondis sur mes pieds, les poings serrés.

— Tu es certain que personne ne se souviendra de ma présence au manoir ? m'assuré-je précipitamment pour changer de sujet.

— Certain, oui.

Poséidon reste assis, les mains derrière sa nuque, pendant que j'arpente la pièce de long en large. Son regard posé sur moi brûle ma peau d'une manière un peu trop agréable à mon goût. Je m'efforce d'ignorer les battements effrénés de mon cœur en tissant un plan rapide dans mon esprit pour mettre la main sur Prométhée.

— Bien, maintenant que ce problème est réglé, passons au suivant, dis-je en reprenant contenance. Je vais utiliser mon pouvoir pour retrouver le titan.

— Et comment comptes-tu faire ? N'as-tu pas jeté le bracelet dans l'océan ?

Ah. Tout juste. Mais quelle gourde ! En même temps, si j'avais su que la situation déraperait autant, je l'aurais gardé.

— Tu es le Roi des Océans, non ? Tu peux le retrouver.

Poséidon tend soudainement la jambe pour m'empêcher de le dépasser et de continuer mes cent pas. Je manque de tomber en avant, ne parvenant à rester en équilibre qu'en utilisant mes abdos. Merci Xander de m'avoir obligée à faire de longues séances de gainage. Poséidon repose le pied au sol, sans se départir de son air railleur. Pourtant, c'est d'une voix sérieuse qu'il me répond :

— Tu réalises que l'océan dissimule des milliers de trésors ? Il me faudrait des semaines pour le trouver, et on n'en a que deux.

Ses titres de dieu et de roi ne lui donnent pas une présence omnisciente. Il m'arrive de l'oublier.

— Même en limitant les recherches à la zone dans laquelle je l'ai jeté ?

— Oui. Il y a des courants sous la surface. Ce serait comme chercher une aiguille dans des centaines de bottes de foin.

Je hoche la tête en gardant un air égal, même si son annonce vient de me décourager. Je pensais que ce serait facile.

— Tu as un autre plan ? m'enquis-je, pleine d'espoir.

Cette fois, son sourire glacial me met mal à l'aise.

— Trésor, tu as prétendu pouvoir régler la situation auprès de Zeus. Je te laisse donc trouver une solution.

Je serre les dents pour ne pas l'insulter. J'ai bien envie de lui rappeler qu'on en est là par sa faute, mais pourquoi jouer les hypocrites ? Après tout, je serais morte s'il n'avait pas trahi ses deux frères pour me sauver en semant autant de désordre sur son passage. Sur notre passage.

— Tu aurais fait quoi, toi ? grogné-je en me plantant devant lui, les poings sur les hanches.

— Je l'aurais persuadé de faire le sale boulot à notre place. Après quelques coups échangés, il se serait calmé. Je le connais. Que Prométhée soit en liberté ne l'arrange pas, il s'en serait forcément occupé. Mais c'était avant que tu ouvres ta jolie bouche en prétendant qu'on pouvait régler toute cette merde.

Je ne trouve rien à répondre. Sauf peut-être...

— Donc, c'est ainsi que tu fonctionnes ? Tu sèmes le chaos et laisses les autres réparer tes erreurs ?

— Globalement ? Oui. N'aie pas l'air aussi scandalisée, Trésor. Tu as dû remarquer que je ne fais pas figure de droiture.

— C'est vrai, mais je ne pensais pas que tu étais lâche.

OK, elle est facile, celle-là. À peine mes mots sortent-ils de ma bouche que Poséidon se trouve debout devant moi. Il me domine de toute sa hauteur, aussi impressionnant par sa musculature que par la puissance qu'il dégage. Je me retiens de reculer en déglutissant, m'obligeant à afficher mon éternelle arrogance. Même si là, elle est purement feinte.

— J'ai combattu des créatures que tu ne peux pas imaginer dans tes pires cauchemars, cingle-t-il d'une voix faussement calme. Je les ai décimées pour réunir les ingrédients de la potion de vie. Je le referais sans hésiter si la situation l'imposait. Alors, ne me traite pas de lâche. Il y a une différence entre la lâcheté et la déloyauté. Ne l'oublie pas.

Je ne cille pas.

— Donc, tu ne vois aucun inconvénient à ce qu'on nettoie tout ce grabuge ?

— Je t'écoute. On commence où et par quoi ?

Je réfléchis, le cou tordu pour pouvoir le regarder en face. Je croise les bras sur ma poitrine, histoire de garder un peu de distance entre nous, puis lui expose ma seconde idée :

— On commence par se rendre à Phoenix. Plus spécifiquement, chez Hadès et Perséphone. On s'excuse, ensuite on leur demande de nous ramener un morceau de Prométhée.

L'idée de toucher un bout du corps déchiqueté par l'aigle de Zeus me révulse. Mais on n'a pas le choix. Poséidon hausse un sourcil en continuant de m'observer comme si j'étais folle.

— Me présenter devant Hadès est sans doute la dernière chose à faire.

— Je croyais que tu n'étais pas lâche ?

Ses mâchoires se contractent si fort que je m'attends à ce qu'il se casse une dent.

— Il vaut mieux qu'on les trouve avant que ce soit eux qui nous tombent dessus, non ? suggéré-je. On réussira peut-être à apaiser la situation.

— Et si ton plan à base de nuages roses et de licornes ne fonctionne pas, Trésor ?

La manière dont il prononce ce surnom débile alimente une colère sourde au creux de mon ventre. Elle se fond à merveille avec cette chaleur délicieuse qui m'assaille depuis qu'on se trouve si proches l'un de l'autre.

— Il faut qu'on tente le coup. On n'a pas le choix. Tu as vraiment envie que Zeus nous attache à un rocher, comme Prométhée ?

— Je ne le laisserai jamais te faire une chose pareille.

Ses paroles suintent une certitude sans faille qui parvient presque à gommer la peur causée par la menace de son frère.

— Peu importe. Une guerre entre toi et Zeus n'est pas plus envisageable que laisser Prométhée en liberté au risque qu'il tue des innocents sur son passage. Allez, Posy. Un peu de cran. Je suis sûre qu'Hadès comprendra.

Il reste un moment immobile, puis finit par soupirer. Alors que je m'attends à ce qu'il hoche simplement la tête en quittant la pièce pour ordonner à ses matelots de prendre un autre cap, il m'attrape par la taille. Surprise, je desserre mes bras et me retrouve plaquée contre lui. La seconde d'après, il presse ses lèvres sur les miennes. Une certaine frustration transpire dans ce geste surprenant. Je devrais me détacher de lui et lui envoyer mon genou dans l'entrejambe. Ce serait une réaction normale, n'est-ce pas ? Mais mon cerveau décide de me trahir. Mon cœur aussi. Je lui rends ce baiser, les neurones complètement court-circuités. Mes veines s'enflamment, mes pensées aussi. Si une once d'étonnement lui fait quitter ma bouche quelques secondes, très vite il reprend contenance.

Je me retrouve soulevée de terre, les jambes autour de ses hanches et ma poitrine collée à la sienne. Le monde arrête de tourner. J'oublie que je suis en colère contre lui ; qu'il passe son temps à manipuler les autres pour avoir ce qu'il souhaite ; que c'est sans doute le cas à l'heure actuelle ; qu'on se connaît à peine. Tout ce qui importe, c'est que j'ai failli mourir. Je sens encore la faux de la mort caresser mon cou. La terreur que j'ai ressentie face à la trahison de mon propre corps. Et ce baiser me rend plus vivante que jamais. La chaleur alimentée par le désir repousse le froid qui m'a envahie ces derniers jours.

Poséidon et moi nous retrouvons allongés sur son lit. Son poids m'arrache un soupir de plaisir, tout comme ses lèvres sur mon cou, ses mains se frayant un passage sous mon tee-shirt. J'ai envie qu'il continue. Je veux qu'il enflamme mes organes jusqu'à les consumer.

Mais comme si je l'avais brûlé, il recule.

Surprise, je me redresse. À bout de souffle, je le regarde se diriger vers la porte de la cabine sans cesser de m'observer.

— Qu'est-ce qui t'arrive ? demandé-je en me relevant.

— Pas pour ces raisons, même si, crois-moi, j'en ai autant envie que toi.

— De quoi tu parles ?

— Si je suis ravi que tu sois vivante, je ne me contenterai pas de ça, Trésor. On part pour Phoenix. En attendant, essaie de te reposer.

Il quitte la cabine, me laissant pantelante. Je m'assois sur le lit, la tête encore embrumée par ce baiser qu'il m'a donné.

Et que je lui ai rendu.

Puis qu'il m'a repris.

Comment ce type peut-il à la fois me rendre complètement chèvre et éveiller mon désir avec autant de puissance ?

Tu sais comment, répond la voix de ma conscience.

Oui, je l'ai deviné. Mais je refuse de songer à cette éventualité. Poséidon a eu raison de mettre un terme à cette mascarade. Il ne faut plus que cela se reproduise.

27.

Je dors une poignée d'heures dans une cabine privée située juste à côté de celle de Poséidon. Elle est beaucoup plus petite, et meublée d'un lit et d'une armoire. Le strict minimum, mais ça me va. Au moins, elle me permet de me reposer sans stresser, puisque je peux fermer de l'intérieur.

Poséidon disait vrai : je suis épuisée et mon corps en avait grandement besoin. À mon réveil, le navire vient de s'arrimer au port. Je prends le temps d'aller me rafraîchir et d'enfiler des vêtements masculins à ma taille : un jogging et un tee-shirt noir tout simple. J'ai même droit à une paire de baskets neuves.

Un matelot près de la passerelle m'informe qu'on se trouve à San Diego, à environ six heures en voiture de Phoenix. Depuis le bout du ponton, Poséidon discute avec deux de ses mercenaires. Je me demande la nature exacte de leur profession : se battre contre des monstres comme Scylla lorsque la remontée d'une épave vire au cauchemar ? Inciter les autres bateaux à ne pas les aborder ? Je les vois mal protéger l'Olympien, il s'en sort très bien seul. Je l'ai vu combattre et je dois avouer que j'en suis un peu jalouse. Bref, je ne suis pas assez à l'aise avec les gros bras armés jusqu'aux dents pour leur poser des questions. Les marins, en revanche, m'apparaissent plus avenants.

— Il y a un restaurant dans le coin ? demandé-je à celui qui m'a donné les infos sur notre position.

— Sans doute par-là, oui, répond-il en désignant le nord. Je crois me rappeler qu'une pizzeria se trouve à quelques minutes à pied. Mais j'imagine que vous ne vous contentez pas de pizzas ?

Il me dévisage, cependant pas de manière insultante, plutôt plein de curiosité. Je hausse les épaules en souriant.

— Ça ira très bien. Merci...

— Rulph.

— Moi c'est Phita. Si on n'est plus amenés à se croiser, c'était un plaisir.

Il éclate de rire en passant une main dans ses cheveux clairsemés de gris.

— Je crois qu'on se reverra. Poséidon ne délaisse jamais très longtemps son navire et ses hommes.

— Mais qui vous dit que je resterai à ses côtés ?

À son tour de hausser les épaules en observant son patron. Il est obligé de plisser les yeux à cause du soleil et la couleur rouge de son visage gagne en intensité.

— Vous avez raison. Je dois aller aider les gars, au revoir, dame Phita.

Dame Phita, sérieusement ? Je retiens un rire moqueur et le salue d'un hochement de tête. Je rejoins Poséidon au moment où ses deux interlocuteurs me dépassent pour se diriger vers le ponton.

— Bonjour ! s'exclame-t-il. Tu es magnifique.

— Salut. Faut que tu arrêtes avec tes compliments matinaux.

— Je n'y peux rien, je suis charmant. Une voiture nous attend sur le parking, derrière les docks. Tu as pu te reposer ?

— Oui, mais je meurs de faim. Ça te dit une pizza, Posy ? Je te l'offre pour m'avoir sauvé la vie. Tu paieras, mais je te ferai un virement dès que j'aurai récupéré de nouvelles cartes de crédit.

J'ignore ce qui le surprend le plus : mon amabilité soudaine ou mon invitation.

— Pourquoi ? me lance-t-il avec une méfiance vexante.

— Parce que j'ai tout laissé chez ma mère avant de p…

— Je parlais de l'invitation.

Mon sourire ne le convainc pas. Je pousse un soupir en roulant des yeux.

— Écoute, ce soir on sera aux portes du Royaume des Morts et ça promet de ne pas être très drôle. En attendant, on peut se détendre, non ?

— OK, accepte-t-il. Va pour la pizza.

Il semble connaître l'endroit et m'entraîne entre de nombreux bâtiments à l'aspect industriel, avant qu'on débouche dans une zone administrative aux édifices plus récents et stylisés. On grimpe un escalier qui nous conduit dans une avenue bordée de boutiques et de snacks. La pizzeria se trouve au coin d'une rue. Poséidon n'a pas ouvert la bouche et je devine qu'un truc le turlupine.

J'ai une petite idée de ce que c'est. En me réveillant, je me suis rendu compte de la chance que j'avais d'être toujours en vie. Et je le dois à Poséidon, aussi houleuse que soit notre relation. Sans lui, j'aurais succombé à ma maladie. Je lui dois au moins un peu de gentillesse, non ?

— Donc, le fait que je t'aie sauvée, lance-t-il alors qu'on s'installe à une table libre, ne te donne plus envie de me frapper ?

— C'est ton sourire moqueur et ton assurance qui me filent envie de t'envoyer mon poing dans le visage. Donc si, c'est toujours d'actualité. Toutefois, je me contrôle.

Voilà, ledit sourire revient sur son visage alors qu'il s'appuie contre le dossier de la chaise. J'ignore s'il s'en rend compte, mais notre récente entrée a attiré l'attention de beaucoup de clients. Des coups d'œil surpris, d'autres plus curieux ou encore empreints d'avidité, scrutent Poséidon. Son énergie et son statut de roi lui procurent une prestance captivante lorsqu'il baisse la garde. Je la ressens dans chaque fibre de mon corps, donc ce n'est pas étonnant que les mortels autour de nous l'éprouvent à une échelle plus petite.

— Je préfère quand tu m'embrasses, rétorque-t-il avec calme.

Moi aussi. Mais plutôt mourir que lui avouer.

— C'était un moment d'égarement, tes lèvres ne toucheront plus les miennes. C'est d'ailleurs ce que tu as dit avant de fuir, non ?

Le fait que j'utilise le terme « fuir » lui déplaît. Ses sourcils se froncent et il se met à mordiller sa lèvre inférieure.

— Je n'ai pas fui, j'ai juste évité que tu fasses un truc que tu regretterais.

— Comment ça ?

— Ce baiser allait forcément déboucher sur du sexe, Phita. Personnellement, je ne vois aucun inconvénient à te mettre dans mon lit. Mais ce n'est sans doute pas ton cas. Je coucherai avec toi le jour où tu en auras vraiment envie, pas juste parce que tu as besoin de te sentir vivante.

Il vient de m'en boucher un coin, l'Olympien. Pour pallier la rougeur de mes joues, j'éclate de rire un peu trop fort.

— Je ne coucherai pas avec toi, tu te fais des films. Ce n'était qu'un simple baiser, pas une demande en mariage. Puis toi et moi, franchement... je mérite mieux.

Il réprime un sourire, même si un éclat amusé brille dans ses yeux.

— Mieux qu'un des trois Rois de l'Olympe ?

— Ça ne fait aucun doute. Je vais prendre une pizza marine avec un supplément de saumon et un soda. Je te laisse aller commander.

Sans se départir de son expression, il se lève, m'envoie un dernier coup d'œil qui me vole un sourire et se dirige vers le comptoir. Je ne peux m'empêcher de détailler le roulis des muscles de son dos sous son tee-shirt, ses fesses parfaites prisonnières de son jean, sa démarche assurée, la danse de ses dreadlocks. Je pousse un soupir. Si je n'oublie pas qu'il m'a utilisée afin de trouver l'avant-dernier ingrédient de la potion de vie, je ne peux pas ignorer qu'il l'a fait pour moi.

Qu'il soit un Roi de l'Olympe devenu pirate des temps modernes, habitué à manipuler les autres pour les entraîner dans ses plans tordus, ne change rien. Je suis là, aujourd'hui. Les Enfers ont retrouvé leur couple favori, ils ne risquent plus de se déverser sur Terre… c'est déjà pas mal. Lorsqu'on aura mis la main sur Prométhée, tout rentrera dans l'ordre.

Poséidon revient avec nos commandes. Il a pris la même chose que moi.

— Donc, tu me pardonnes ? en conclut-il.

J'attrape une part de pizza et mords dedans. Bon sang, je n'ai jamais rien mangé d'aussi bon ! J'adore ce genre de malbouffe, contrairement à ma mère. On n'en trouve jamais sur la table du manoir. Je prends le temps de réfléchir à sa question en mâchant avec lenteur. Il avale une gorgée de bière fraîche, sans me quitter des yeux.

— Absolument pas, réponds-je d'une voix plus froide que je le voudrais. Tu as fait de moi une ennemie aux yeux de Brook et des autres Nyx. Je les aime bien, tu sais ? Maintenant, ils me détestent probablement. Garde en tête que nous ne sommes pas amis, que nous collaborons, uniquement.

— Tu es dure.

— Non, Posy. Je suis honnête. Tu devrais apprendre le sens de ce mot, ça pourrait te servir si un jour tu veux t'engager sur le bon chemin.

Il ricane en entamant sa pizza.

— C'est de bonne guerre.

— De plus, tu remarqueras que je ne t'ai pas mis de coup de pied dans le tibia, malgré mon besoin irrépressible de le faire.

— Je t'en remercie.

— Tu as salement merdé. J'espère que tu en as conscience. Il y avait sûrement des moyens différents de parvenir à tes fins, plutôt que de nous… envoyer une flopée d'ennemis surpuissants.

Son rictus plein d'ironie manque de déclencher le fameux coup de pied.

— Ça te fait marrer, grogné-je. Incroyable.

— Que dois-je faire pour que Sa Seigneurie Phita accepte de me pardonner ?

J'ignore délibérément les frissons et l'angoisse que vient d'alimenter le mot « Seigneurie ».

— Je n'en ai aucune idée pour le moment. Parlons de ce qui nous attend une fois qu'on sera devant Hadès.

— On va se battre.

Son assurance m'arrache un soupir.

— J'espère que tu prendras cher.

— Tu me brises le cœur, Trésor. Une fois qu'on sera là-bas, ne t'éloigne pas de moi. Je ne fais pas confiance aux Nyx ni à mon frangin. Ils pourraient nous jeter aux Enfers par vengeance. Reste sur tes gardes.

Mon morceau de pizza manque de passer de travers.

— Mais quand tu leur auras expliqué la situation, tout ira bien, pas vrai ?

Je prends son silence tendu pour un signe de mauvais augure. Tout à coup, je n'ai plus tellement envie de faire face à Hadès, Perséphone, Brook ou Léther.

Les six heures de route permettent à Poséidon et moi de nous reposer. Je dors une grande partie du voyage. Lorsque j'ouvre les yeux, les villes flanquées d'immeubles de verre et d'acier ont cédé la place à une étendue désertique brûlée par le soleil. Le chauffeur, un type silencieux et discret, m'annonce qu'on arrivera au Royaume des Morts dans quarante-cinq minutes. Je m'efforce de ne pas engager la conversation avec lui, parce qu'il me rappellerait trop Tyron. À la place, je tourne la tête vers l'Olympien. Les mains posées à plat sur ses cuisses, le dos bien droit appuyé contre le dossier, on dirait qu'il s'efforce d'être vigilant. Mais il n'aurait pas les yeux fermés, dans ce cas. Les rayons de lumière à travers la vitre mettent en valeur son visage détendu si magnifique. Il ressemble à un guerrier. Non, à un dieu.

J'éprouve soudainement le besoin de tendre les doigts vers lui pour m'assurer qu'il est réel. Que tout ceci n'est pas un rêve absurde. Dire que quelques semaines plus tôt, je n'étais qu'une noble sans ambition, selon ma mère. Si elle m'avait vue à cet instant, bravant les dangers aux côtés de Poséidon en personne…

Serait-elle fière de moi ?

C'est ridicule, mais penser que la réponse serait « oui » me donne un peu de courage. Je réalise que ma famille me manque. Thétis sur le point de devenir une princesse des mers, Tyron disparu à jamais, Prométhée en train de rouler sa bosse sur Terre… tant de choses ont changé en si peu de temps. Mine de rien, ça m'angoisse. Je reporte mon attention sur le paysage en essayant de ne pas trop penser. Parce que le faire alimente des émotions que je n'ai pas envie de ressentir à cet instant. Le manque et la peur n'ont pas leur place dans mon présent. Pas plus que le désir qui m'unit à un type que je connais à p…

Poséidon crochète ma main. Sa peau douce et chaude sur la mienne me fait frissonner. Prise de stupeur, je le dévisage, mais il n'a pas changé d'expression. On le dirait plongé dans un profond sommeil, sauf que son corps ne se relâche pas. Je regarde nos mains entrelacées. Même si j'apprécie ce contact, je m'y arrache sans que cela réveille l'Olympien.

— Qu'est-ce qu'il fait ? demandé-je au chauffeur.

— Il médite.

— Ah. Il médite. D'accord.

J'agite la main devant son visage. Zéro réaction. J'appuie ensuite un doigt sur son biceps. Toujours rien. Si je lui enfonçais un truc dans le nez ?

— Phita. Arrête de me mater comme ça.

Sa voix me tire un sursaut.

— Quoi ? Tu ne me vois même pas.

Il garde le silence, bien que le coin de ses lèvres s'étire légèrement. Cela étant, il se mure dans le silence. Je m'enfonce dans mon siège pour me concentrer sur le plus important : la suite des opérations. Nous devrions arriver au Royaume des Morts un peu avant le coucher du soleil. J'ignore si le night-club sera ouvert, mais nous devons prendre en compte l'éventualité qu'il y ait des mortels tout autour de nous lorsque nous rencontrerons Hadès. Ça pourrait être dangereux pour eux.

Le mieux serait de temporiser les choses dès l'instant où nous entrerons.

Poséidon revient à lui dès qu'on pénètre dans le parking, comme s'il avait senti qu'on était arrivés. Le bâtiment noir posé au milieu du désert émet toujours un pouvoir sombre qui caresse mon esprit. Je devine la présence d'Hadès à l'intérieur avant même de descendre du véhicule. Si j'ai réussi à éclipser la puissance constante de Poséidon pour ne pas supporter la charge qu'il exerce sur mon esprit, ce n'est pas le cas de celle d'Hadès. Je prends donc sur moi et inspire profondément en sortant du véhicule. Mon don n'aura jamais été autant sollicité depuis ma naissance que ces dernières semaines.

Comme je le craignais, nous ne sommes pas seuls. Une file de mortels attend déjà pour entrer dans le bâtiment et d'autres voitures arrivent.

— Bon, qu'est-ce qu'on fait ? demandé-je.

Poséidon s'appuie sur le capot.

— On attend. Il a senti ma présence, il ne devrait pas tarder à se pointer.

J'imagine qu'il parle d'Hadès. Je me positionne à côté de lui, gardant une certaine distance de sécurité. Est-ce qu'il se souvient d'avoir pris ma main, dans la voiture ? En tout cas, rien dans son expression ou sa posture ne le laisse penser.

— On fait quoi dès qu'Hadès arrive ?

— Eh bien, on lui explique la situation, comme tu l'as suggéré.

Venant de sa bouche, cette idée ressemble à un plan grotesque.

Il en a bien conscience, il se moque de moi. Je grimace en me détournant.

— Ce ne sera pas aussi simple, je me trompe ?

— Rien n'est jamais facile, Trésor.

D'un mouvement du menton, il désigne un point sur ma gauche. Je tourne la tête, remarquant une bande de motards sur le parking. Ils nous reluquent sans bouger. Je note trois autres groupes de bikers autour de nous. Si je ne les avais pas vus jusqu'ici, c'est parce qu'ils se tiennent dans des flaques d'obscurité. L'angoisse me chope à la gorge.

— Tout ceci est ta faute, grondé-je à l'attention de Poséidon. Si seulement tu t'étais contenté de demander l'aide d'Hadès.

— Je te l'ai dit, il aurait refusé.

Je me redresse lorsqu'une porte de service s'ouvre sur quatre personnes, près de l'entrée principale.

— Quoi qu'il arrive, n'interviens pas tout de suite, m'ordonne l'Olympien. Laisse-moi gérer.

Je n'ai pas besoin de présentations officielles pour deviner l'identité du grand Hadès et de sa fiancée Perséphone. Alors que des ombres étranges nous entourent, je ne peux détacher mon regard du couple royal. Ils sont si… hypnotiques. J'entends par là, une beauté sauvage, magnétique. Les cheveux d'Hadès ondulent jusqu'à la base de son cou et sont aussi noirs que ses vêtements et son aura. Il marche avec assurance, tenant un sceptre au creux d'une main et une lourde chaîne dans l'autre. Sa copine, même si elle affiche une assurance similaire, a l'air moins sauvage. Elle porte une jolie robe bleue.

Je devine que les ombres mouvantes proviennent d'elle et non du roi. Brook et Léther les accompagnent. La jolie rousse a l'air en colère, son regard posé sur moi trahit sa déception.

Oh non. Je fais mine de me concentrer sur les mortels, qui n'ont pas l'air de se rendre compte de la tension palpable dans l'air.

Poséidon m'ordonne de rester là, alors qu'il détache ses

hanches du capot pour avancer vers le groupe. Les bras ouverts et avec insolence, il s'exclame :

— Mon frère, quel plaisir de te voir !

Le coup de chaîne qu'il se prend dans le ventre est clairement mérité. Je me force à rester à distance pendant que le dieu des Océans tombe à genoux sur le bitume. Déjà, Hadès lui assène un second coup, mais avec le sceptre, cette fois. Je me détourne, les poings serrés.

Poséidon m'a demandé de ne pas intervenir. Et puis, s'il avait aussi mal, il n'éclaterait pas de rire, n'est-ce pas ? Il continue de s'esclaffer en étant pris de quintes de toux. Les clients ne nous regardent toujours pas, comme s'ils ne voyaient pas ce déchaînement de violence. Une sorte de magie plane dans l'atmosphère, différente de celle qu'émettent les divinités autour de nous. C'est la même qui empêche les mortels d'avoir peur lorsqu'ils voient mes yeux violets. Un charme créé par Chaos pour marquer la frontière entre notre monde et celui des mortels.

Hadès vient de saisir Poséidon par le cou. Le goudron vibre sous mes pieds, des fissures se forment dans l'asphalte.

Ne pas intervenir, ne pas intervenir...

Le sol éclate, s'ouvre sur une brèche horrible dévoilant des flammes. Des hurlements semblables à ceux des damnés que j'ai croisés dans les Enfers s'élèvent. Une lueur rouge, terrifiante envahit le parking, des bras décharnés se tendent vers Poséidon. Choquée, je regarde si cet évènement a attiré l'attention des humains, mais ils se détournent machinalement. Je serre les poings, avance de plusieurs pas. À cet instant, des mains glaciales me saisissent et me soulèvent du sol. Des ombres terrifiantes viennent d'apparaître pour me maintenir immobile. Je bats des pieds, tente de me dégager. Alors que je m'apprête à me révolter, un magnifique pétale de fleur rouge danse devant mes yeux, tel un flocon de neige. Une brise le pousse vers mon visage. Une brûlure atroce traverse ma joue et m'arrache un hurlement quand il entre en contact avec ma peau. Une pluie de pétales se déverse autour de moi, sans me toucher cette fois. Je me fige, les yeux écarquillés. Je croise de regard de Perséphone, et devine que ce phénomène vient d'elle. Je prends plusieurs grandes inspirations, immobile. Chaque fois qu'un pétale tombe par terre, un crépitement retentit et une odeur de brûlé se mêle à la pourriture des Enfers.

Quel pouvoir terrifiant.

De son côté, Poséidon a cessé de bouger lui aussi, pendu dans le vide. Cependant, je l'entends éclater de rire lorsque son frère lui dit qu'il va le balancer dans le monde des morts.

— Je t'en prie, frangin, rétorque-t-il avec assurance, tu me laisserais voyager dans les Enfers sans escorte ? Attends une seconde.

Des tentacules d'eau sortent de l'Olympien pour filer autour de lui à une vitesse vertigineuse. L'une d'elles saisit un Nyx ; une autre Brook ; une troisième est repoussée par un Léther sur le point d'exploser. Tout le monde se fige lorsque la rouquine se retrouve au-dessus du cratère brûlant, maintenue par la volonté de Poséidon.

Merde. Elle va difficilement me pardonner après ça.

— Lâche-moi et je l'entraîne dans ma chute. Tu peux aussi me laisser parler et rentrer les griffes, qu'en penses-tu ? Perséphone, chérie, ça te concerne aussi.

La jolie brune hésite, grogne, mais la pluie de pétales meurtriers cesse. Par contre, les ombres me maintiennent toujours.

Ils ont une drôle de façon de régler les problèmes, chez les dieux. Pourquoi ne peuvent-ils pas s'empêcher d'aggraver la situation ? Les secondes s'écoulent, la pression grimpe.

— Hadès, intervient Perséphone d'une voix mi-assurée, mi-terrifiée. C'est Brook...

— Oui, glapit l'intéressée. C'est votre rouquine préférée.

Le trou dans le bitume se rebouche par magie, la lueur

disparaît, la chaleur poisseuse aussi. Le roi des morts libère Poséidon, qui retombe sur ses pieds.

— Parfait.

Brook est à son tour libre. Elle file se dissimuler derrière Léther, qui semble sur le point de nous faire un AVC à cause de sa fureur. Hadès approche de son frère et crache :

— Donne-moi une seule bonne raison de ne pas te détruire.

— Je vais t'en lister plusieurs, même. La montée des océans. L'assèchement des lacs. La destruction des glaciers de la planète. Tu te rappelles ce qui est arrivé à l'Atlantide ?

Par tous les dieux. Il ne se départ pas de son impertinence. En même temps, je ressens une certaine fierté. Je n'ai jamais aimé me rabaisser devant les autres, et j'ai donc du mal avec ceux qui le font. Si Poséidon mérite cet accueil violent de la part d'Hadès et de Zeus, il ne faut pas exagérer.

Le biker s'apprête à abattre son poing sur ce visage de rêve, mais le coup ne porte pas. Poséidon vient de se transformer en flaque d'eau que le sol brûlant avale déjà. Je fronce les sourcils, dans l'attente de sa réapparition. Parce qu'il va revenir, n'est-ce pas ? Il ne va pas m'abandonner.

Si ?

Mon doute se mue en peur sourde lorsque son absence oblige Hadès à porter son attention sur moi. Un sourire gêné étire mes lèvres, je lève vaguement la main.

— Euh… salut ? Sympa, la musique.

28.

Le dieu des Morts est projeté dans les airs. Un vent anormal se lève tout à coup, soulevant autour de nous une épaisse couche de poussière. Perséphone pousse un petit cri alarmé, ses ombres s'évaporent, et je suis libérée. À quelques mètres de là, Hadès a percuté le sol devenu boueux à cause d'une masse d'eau importante mélangée à la poussière. Mes semelles sont engluées, comme celles de tout le monde.

Poséidon réapparaît devant moi, tel un bouclier de muscles condescendant. Les deux frères bougent à la vitesse de la lumière, se fracassent l'un contre l'autre, créant une onde de choc qui me coupe le souffle. Leur puissance vibre en moi, de plus en plus forte. De plus en plus désagréable.

Fichu don !

Je gronde en essayant de rejeter les effets de leurs auras combinées. Mes poumons se ratatinent, ma gorge se noue. Mes muscles se tordent de douleur, mes jambes flanchent. Les deux adversaires se battent comme de véritables guerriers sous l'emprise de leurs instincts primitifs, inconscients de mon état. Ma vision se trouble. L'oxygène ne parvient plus à alimenter mon cerveau.

Ils doivent arrêter ça.

Tout de suite.

— Stop.

Mes mots ne franchissent mes lèvres que sous forme d'un pauvre murmure. Pas étonnant que personne n'entende. Malgré le poids sur ma poitrine, je me force à prendre une goulée d'air. J'ignore si la température vient réellement d'augmenter ou si mon corps brûle de l'intérieur.

Prise d'une colère soudaine envers les Rois de l'Olympe et leur comportement ridiculement excessif – je comprends maintenant ma mère lorsque je mets des beignes à tout va – je hurle :

— J'ai dit... arrêtez !

Cette fois, il se passe quelque chose. Mon corps rejette la puissance des dieux accumulée depuis le début du combat. Une vague invisible frappe tout le monde dans un rayon d'une dizaine de mètres, y compris Hadès et Poséidon. Le premier percute une voiture garée. La carrosserie se froisse avec la facilité du papier et le véhicule se fracasse contre un lampadaire. Je me demande comment Hadès va expliquer ça à son propriétaire. Quant à Poséidon, il s'écrase sur Léther.

Je me lève, un peu groggy. Brook vient de se redresser en se massant la tête. Elle me rejoint au moment où j'éclate de rire. Ce son me donne des frissons, parce qu'il est semblable à ceux qu'on peut entendre dans les films d'horreur, lorsque les méchants sont pris d'un accès de folie.

— Phita ? me demande la jolie rouquine en tendant la main pour toucher mon épaule.

Je n'arrive pas à m'arrêter. Mes yeux se chargent de larmes, mes côtes m'élancent.

— Fais attention, Brook, conseille Perséphone d'une voix douce.

La demoiselle aux cheveux bruns s'est approchée à son tour, les sourcils froncés par la méfiance et l'incompréhension.

— T'inquiète, ma vieille. Eh, Phita... ça va ?

Au prix d'un effort démesuré, je parviens à reprendre mon sérieux. Hadès et Poséidon s'observent en chien de faïence, restant à bonne distance, mais bientôt, je sens leur attention posée sur moi.

— Je ne sais pas ce qui s'est passé, dis-je sur le point de me marrer encore. J'ai... vous avez...

Mes nerfs lâchent. Poséidon décide de se placer entre moi et le reste du groupe, m'emprisonnant à l'intérieur de ses iris magnifiques.

— Tu te sens bien ? me demande-t-il.

Je me prends une douche froide. Voilà, sa question balaie mon hilarité comme un coup de vent. Je cesse de rire, d'avoir mal aux joues et aux abdos. J'ignore ce qu'il voit à l'intérieur de mon regard, mais son visage s'assombrit. Sa présence, sa proximité alimente une colère sourde.

— Tu te moques de moi ?! m'exclamé-je. Si je me sens bien ? À ton avis ? J'en ai assez de ces jeux de pouvoir à la con ! Vous me les brisez tous ! Est-ce que vous ne pouvez pas vous exprimer sans vous taper dessus ? Je te rappelle qu'on a deux semaines avant que Zeus décide d'intervenir et de nous botter le fessier !

Le nom du Roi des Rois tire un frisson à Hadès. Si ce dernier prend sur lui pour ne pas se jeter dans une nouvelle bagarre, il coule un regard ardent vers Poséidon.

— Putain, sérieux ? Tu l'as aussi entraîné dans tes plans foireux ?

— Ouais, Posy, vas-y. Explique donc pourquoi tu as préféré trahir tes frangins pour ta quête, plutôt que de leur demander de l'aide. Pendant ce temps-là, je vais... danser. J'ai besoin d'évacuer.

Je m'éloigne dans l'optique de les laisser régler leurs querelles. Je dis vrai : j'ai aussi besoin de me détendre après ce que j'ai ressenti pendant le combat. Sinon, je risque de commettre quelques meurtres, dont celui du roi aux beaux yeux bleus. Derrière moi, j'entends des bruits de pas. Un coup d'œil par-dessus mon épaule m'apprend que Perséphone et Brook me suivent. Sans doute pour me surveiller. Afin de mettre les choses à plat, je me tourne vers elles.

— Je ne suis pas la méchante de l'histoire et... lui non plus, ajouté-je en désignant Poséidon. Je sais que les apparences jouent contre nous, mais... vous avez reçu mes lettres ?

Les filles échangent un coup d'œil rapide. On se trouve assez proches de la file d'attente pour entendre le brouhaha des conversations, mais suffisamment éloignées pour que notre discussion ne leur parvienne pas avec netteté.

— Tu es Phita, devine Perséphone.

Elle demeure sur le qui-vive, et je ne peux pas le lui reprocher. Si elle reste tendue, je devine qu'elle est prête à m'écouter. À l'inverse de son fiancé, elle a l'air de réussir à contrôler ses émotions.

— Et toi, la Reine des Morts. Chouette, le truc avec les ombres. Un peu flippant, mais cool. Si on allait parler à l'intérieur ? Je vous jure que j'ai super soif et que je risque de m'écrouler si je ne bois pas.

Elle hésite une poignée de secondes, sans cesser de faire la navette entre sa meilleure amie et moi. Je n'imaginais pas Perséphone ainsi. Si... humaine, je veux dire. Elle ressemble à n'importe quelle fille de vingt ans, et pas à une souveraine sanguinaire.

Les clichés, hein, quel calvaire.

Un peu pitoyable, j'ajoute :

— Je ne sèmerai pas le trouble là-dedans. Je n'ai jamais voulu ce qui s'est passé. Je l'ai expliqué dans ma lettre, d'ailleurs. Peut-être qu'elle s'est perdue...

— Je l'ai lue.

— Ah, génial. Et ?

— Tu as raison. On va discuter. Entrons.

On franchit le seuil du Royaume des Morts sans avoir à faire la queue. Immédiatement, un délicieux parfum d'eau fraîche et de sapin m'accueille. Cette odeur est celle de mon père. Je m'arrête un instant dans une salle immense, les yeux fermés pour humer à pleins poumons. Des frissons me traversent. J'ai presque l'impression qu'il se tient juste à côté de moi. Mais c'est courant d'utiliser des charmes pour tromper les sens des humains ou – comme lors des soirées mondaines chez les néréides – des divinités inférieures. Je me remets en route en affichant un sourire gêné.

— Vous croyez qu'ils s'étripent, là dehors ? m'enquiers-je.

— Je l'ignore, soupire Perséphone. On s'en fiche, ils sont assez grands pour régler leurs problèmes.

— Bien dit, Coré ! s'enthousiasme Brook.

Des faisceaux de lumières violets et roses ratissent la pièce bondée. Des femmes peu vêtues dansent dans des cages suspendues au-dessus de nos têtes, d'autres exécutent des shows sur une scène. Des hommes aussi peu habillés qu'elles se donnent également en spectacle pour le plus grand plaisir des visiteurs. La foule se trémousse sur de la musique rock crachée par de grosses enceintes.

Je repère un DJ déguisé en démon, et quelques serveuses portant des ailes d'ange. De la fumée serpente entre les pieds des nombreux fêtards, renforçant l'ambiance onirique des lieux. J'ai l'impression de me trouver dans un autre monde. Moi qui suis habituée aux bals et aux soirées tranquilles de la haute société, j'ai beaucoup de mal à me sentir à l'aise.

Brook et Perséphone m'entraînent dans un salon privé. Des tables et des banquettes confortables accueillent les assoiffés et les épuisés. Je remarque un groupe de trois motards qui se lèvent un peu plus loin. Ils fixent Perséphone, puis hochent la tête en s'éloignant. Sans attendre, on prend leur place. Dans la foulée, un serveur vient débarrasser les pichets de bière vides et il nettoie la table. À peine dix secondes plus tard, une jolie blonde vient nous apporter des plateaux contenant des cocktails colorés.

Ici, la musique hurle beaucoup moins fort. Du coup, quand Brook pousse un soupir en se massant le front, je l'entends parfaitement. La magnifique rouquine n'a pas changé : elle porte une robe élégante qui dévoile ses longues jambes. Les faisceaux lumineux et l'ambiance tamisée ne dissimulent ni sa beauté parfaite ni son aura. Je n'arrive pas à savoir pourquoi son énergie ne m'apparaît pas avec netteté. Comme si elle était diluée.

Perséphone me fixe sans ciller, assise bien droite sur sa chaise. Je devine à sa posture qu'elle ne vient pas d'un milieu noble : contrairement à moi ou Thétis, on n'a pas dû la bassiner pendant des années pour adopter des attitudes royales. Toutefois, dans sa manière de me jauger, son statut ne fait aucun doute. Elle n'a beau porter qu'une robe simple, ça ne change rien. Un élément dans son regard me pousse à détourner le mien en rougissant.

— Tu es donc la complice de Poséidon.

— Je ne suis pas sa... bon, d'accord, extérieurement on dirait que c'est le cas. Mais en vérité, quand il m'a traînée dans les Enfers, j'ignorais son plan. Je ne savais pas non plus qu'il vous avait enterrés quelque part. Quoi qu'il en soit, nous sommes venus pour essayer d'arranger la situation.

— Arranger la situation ou nous demander de l'aide ? renchérit-elle. Prométhée s'est enfui des Enfers.

— Je sais, admets-je. On va le retrouver. J'ai le pouvoir de suivre à la trace une divinité si je possède un objet qui lui appartient.

Elle échange un autre regard avec Brook, mais ne répond pas. En revanche, la rouquine intervient :

— Ces derniers jours ont été compliqués. Très compliqués.

— Je sais, je suis vraiment désolée. Je veux vous aider.

— C'est la moindre des choses, avoue Brook avec un petit sourire.

Je ne capte aucune note de colère dans sa voix. Tant mieux, parce que je vivais assez mal l'idée qu'elle puisse m'en vouloir.

— Écoutez, si je suis ici avec Poséidon, c'est parce qu'on a besoin de retourner aux Enfers.

— Pourquoi ?

Je me tourne vers Perséphone, qui vient de parler. Une grimace déforme mes lèvres et j'ai une subite envie de vomir.

— Afin de récupérer un bout de Prométhée.

Elle pousse un soupir en se laissant tomber contre le dossier de sa chaise.

— Ce n'est pas moi que tu vas devoir convaincre, avoue-t-elle avec une lassitude étrange. Hadès a une dent contre son frère. Ça ne m'étonnerait même pas qu'ils s'écharpent encore, à l'instant où je te parle. Vous allez devoir batailler pour qu'on vous fasse confiance.

Évidemment, je ne pensais pas que ce serait facile. Mon regard se perd sur les mortels qui se trémoussent, discutent ou rient sans se douter qu'un monde peuplé de créatures mythologiques et de dieux côtoie le leur. Je n'ai jamais envié les humains, parce que je ne me suis pas assez mêlée à eux pour cela. Puis ma vie me convient, même si elle était affreusement barbante avant ma rencontre avec Poséidon. Mais là, j'admets que j'aimerais m'amuser sans avoir à me tracasser concernant Prométhée ou Zeus.

Brook se propose d'aller chercher d'autres boissons. Elle me laisse seule avec Perséphone, rendant cet échange visuel plutôt gênant. La brunette m'examine sans ciller, comme si elle essayait de lire dans mes pensées. Pour ignorer cette tension désagréable, je brise le silence :

— Est-ce que je peux te poser une question un peu étrange ?

— Je t'écoute.

Son ton ne trahit pas la moindre chaleur.

— Est-ce que tu as toujours eu conscience d'être Perséphone, ou ça t'est tombé dessus de manière brutale ?

La surprise luit dans ses yeux marron. Une sombre éventualité me hante depuis quelques jours, j'ai besoin de l'éclaircir.

— Non, c'est arrivé lorsque j'ai eu dix-huit ans. Avant ça, j'étais une fille normale en quête de son identité. Mais quand je l'ai su, c'était comme une évidence. Un élément m'a empêchée de flipper complètement à l'idée d'appartenir aux divinités de l'Olympe. Comme si...

Elle cherche ses mots, j'en profite pour intervenir :

— Inconsciemment tu avais toujours su ?

— Oui. Pourquoi tu t'intéresses à ça ? Si tu te demandes, sache que même si ça ne fait que deux ans que je suis la Reine des Enfers, je maîtrise tous mes pouvoirs.

Elle se leurre sur mes intentions.

— Je ne compte pas t'attaquer ou je ne sais pas quoi. Je me posais la question, c'est tout.

À nouveau, la méfiance déforme son visage. Le soulagement me saisit quand Brook revient avec une carafe d'eau. Elle a pensé à moi, n'est-elle pas géniale ? On s'hydrate dans un étrange silence. La rouquine n'arrête pas de faire la navette entre moi et sa meilleure amie, soucieuse. Au bout d'un moment, elle lance :

— Bon, allons danser ! On arrivera à mieux réfléchir ensuite. Promesse d'une habituée.

Perséphone se lève avec un sourire, alors que je les imite, surprise.

— Attends, Coré, lui dit-elle en passant le bout du pouce sous son œil gauche, ton eye-liner a coulé. Voilà, parfait. Allons nous trémousser comme des petites folles. On va laisser les mecs gérer la première partie du plan, et on interviendra pour le rendre meilleur et plus intéressant.

Elle avale son cocktail d'une traite, puis attire Perséphone sur la piste de danse.

29.

D'abord mal à l'aise, j'observe Brook afin de savoir si elle est sérieusement décidée à s'amuser ou si elle compte m'étrangler au milieu des fêtards. Mon meurtre passerait sans doute inaperçu dans la foule. Mais elle s'éclate vraiment. Perséphone – ou Coré comme elle l'a nommée plus tôt – semble aussi détendue qu'elle. Elles entament des danses tantôt sensuelles, tantôt déstructurées. En tout cas, elles rient.

Je me laisse prendre au jeu, oubliant presque que je viens de vivre un évènement traumatisant au cœur du désert. Si mes pouvoirs me réservent encore des surprises, je ne manquerai pas de devenir dingue. Je repousse mes peurs, mes doutes, mes questions. Je me contente de me trémousser en agitant les bras et les fesses n'importe comment.

J'ignore combien de temps il s'écoule, mais quand je m'arrête, j'ai super chaud. Je m'apprête à retourner m'asseoir à notre table lorsque Brook m'attrape par la main en désignant l'accès VIP que j'ai emprunté quand Poséidon et moi sommes allés aux Enfers.

— Non, viens. On descend.

Rien n'a changé en bas : la moto est toujours là, au milieu de la pièce, sur une estrade en bois verni ; un comptoir décoré de

LED bleues et rouges longe un mur d'un côté ; des bouteilles d'alcool diverses – mais jolies – sont empilées devant un miroir ; des banquettes noires, des tables de même couleur ; un billard... Pourtant, je m'arrête avec le sentiment de pénétrer les lieux pour la première fois. C'est un peu vrai. Je redécouvre le repère des Nyx d'un œil nouveau. Je n'ai plus le sentiment de me trouver en décalage avec le monde de la mythologie, mais plutôt d'y être à ma place. En tant que néréide, j'ai toujours eu une position privilégiée dans notre univers un peu compliqué, mais mon peuple n'est pas assez concerné pour qu'on puisse réellement s'intégrer. Là, c'est différent et c'est étrange.

Différent parce que tu sais que tu n'es pas une simple néréide dotée d'une double nature d'Orione...

Je secoue la tête pour faire taire cette voix agaçante que j'étouffe depuis plusieurs jours. Non, ma vieille, tu peux courir, je refuse de me laisser entraîner dans ce genre d'histoires de réincarnation à la noix. J'ai plus important à faire. Par exemple, laver mon honneur auprès de Zeus et d'Hadès. Poséidon se fiche peut-être de son image – en même temps c'est un roi, donc ça lui est égal – mais pas moi. Il ne manquerait plus que les monarques à la tête de l'Olympe décident de se venger en utilisant ma famille.

Les filles se dirigent vers Hadès, entouré de quelques membres de son club, dont Léther. Poséidon se tient assis de l'autre côté de la table, les bras croisés, les chevilles posées sur le bord du plateau. Incertaine, je les suis dans l'attente un peu nerveuse d'une nouvelle bagarre. Bon, il n'y a ni verres cassés ni dégâts quelconques. J'en conclus que les frères ont réussi à se contenir pour le moment, malgré leur apparente hostilité. L'air menace de s'enflammer à la moindre étincelle.

Hadès détache son regard sombre de Poséidon pour le poser sur Perséphone. Immédiatement, je constate un changement infime dans son humeur. Lorsqu'il la regarde, on dirait que le monde cesse d'exister autour d'eux. Ça ne dure qu'une seconde, pourtant j'en ressens toute l'intensité.

— Elle n'est pas venue en ennemi, annonce Perséphone. Elle souhaite aider à régler la situation.

Je me doutais bien que cette heure entre filles n'était pas seulement destinée à nous divertir. Ça m'aurait surprise, aussi. Je laisse un sourire désolé fleurir sur mes lèvres lorsque Hadès me fixe en plissant les yeux. Du pouce, je désigne Poséidon :

— Lui aussi veut se rattraper.

— Tu sais, Trésor, tu n'es pas obligée de toujours parler en mon nom quand il s'agit d'excuses. Je suis capable de m'en sortir.

Je me tourne vers lui en claquant la langue, agacée.

— Tu t'es excusé ? Vraiment ? répliqué-je.

— Absolument pas, répond son frère.

Un sourire insolent échappe au dieu des Océans. Avec ce genre de comportement, on n'est pas sauvés.

— Il est toujours comme ça ? demandé-je avant de pouvoir retenir mes mots.

— Oui. Et encore, je le trouve relativement raisonnable, aujourd'hui.

Alors qu'ils ont failli s'étriper ? Qu'est-ce que ça donne, d'habitude ? En vrai, je n'ai pas envie de le savoir. Certains Nyx ricanent, d'autres continuent de nous observer comme si nous dissimulions une bombe. Léther fait partie de ceux-là. Je m'installe à côté de Poséidon, prête à plaider notre cause.

— Il a agi comme le pire des imbéciles en vous piégeant aux Enfers, dis-je après une grande inspiration. C'est vrai qu'il existait sans doute un moyen plus sensé de nous rendre jusqu'à Prométhée.

— Phita, soupire Poséidon.

Je lève la main et me tourne vers lui.

— Tu vas empirer la situation et par ta faute, on va se retrouver attachés à la place du titan, alors boucle-la. Je suis bien plus douée que toi pour désamorcer la situation.

— Prétend celle qui a frappé Zeus, rétorque-t-il en affichant ses dents d'une blancheur étincelante.

Je m'apprête à répondre, quand Hadès intervient :

— Tu t'en es pris à Zeus ?

— Uniquement par nécessité. Je travaille mon impulsivité…

— Tu me diras quand tu auras commencé, alors, lance mon voisin en ricanant.

Il se mange un coup de coude dans les côtes. Évidemment, il ne réagit pas.

— Alors, il vous a expliqué la situation pendant que Brook, Perséphone et moi étions là-haut ? questionné-je avec espoir.

— Dans les grandes lignes. Vous voulez que je vous donne accès aux Enfers afin que vous puissiez récupérer un élément qui vous permettra de mettre la main sur Prométhée.

J'opine, mais il ne s'adresse pas à moi. Autour de lui, ses hommes forment une sorte de petite armée qui me fait me sentir un peu misérable. Si leur roi donne l'ordre de nous mettre la main dessus, pas sûre que les entraînements prodigués par Xander me serviront. Je sais lorsqu'un combat est perdu d'avance. Bon, d'habitude ça ne m'arrête pas, mais il est conseillé de faire profil bas. J'ai rarement risqué ma vie avant de rencontrer Poséidon. Jamais, en vérité. Cogner Meredith et ses copines fait partie de mes meilleurs palmarès, donc bon. Là, on monte de milliers de niveaux, clairement.

— C'est exactement ça, mon frère. Est-ce que dans son extrême bienveillance Son Altesse des Morts accepterait de nous laisser entrer ?

— Est-ce que dans son extrême stupidité, Son Altesse des Océans choisirait de lâcher l'affaire si je refusais ? rétorque Hadès.

— Pas vraiment, admet Poséidon. Je pourrais y entrer si je le voulais, je l'ai déjà fait.

Mais pas moi. D'après le peu de détails qu'il m'a donné, Poséidon a pu pénétrer les Enfers directement via le fond de l'océan afin de piéger Hadès et Perséphone, mais uniquement grâce à Hermès, qui lui devait un service. Je me renfrogne, parce que sa réponse ne nous avantage pas.

— Donc, si je comprends bien, vous avez besoin de moi pour ne pas vous faire salement botter le cul par Zeus, lance Hadès avec fierté.

— Prométhée s'est enfui des Enfers, rétorque Poséidon. Et à qui appartiennent les Enfers ? Tu crois que Zeus se contentera de me foutre une simple branlée ? Toi et les tiens allez vous en prendre plein la tronche aussi, et tu le sais.

Hadès reste de marbre, alors que les Nyx se tendent, prêts à bondir sur mon impertinent voisin. Je m'efforce de rester stoïque lorsque le Roi des Enfers repose son attention sur moi.

— Et si tu me présentais ton amie ?

— Je ne suis pas son amie !

Poséidon pose une main sur son cœur, affichant un air blessé.

— J'ai mal.

— Il m'a embrigadée dans cette histoire, continué-je en l'ignorant, sans que je sois au courant de quoi que ce soit. Je l'ai écrit dans la lettre, vous ne l'avez donc pas reçue ?

— Si. Et je l'ai lue.

— Moi aussi, j'ai lu celle que tu m'as écrite, m'annonce Brook. C'est vrai qu'au début, je t'ai considéré comme une traîtresse qu'il fallait retrouver pour lui donner une bonne leçon. Puis quand j'ai découvert la vérité... je veux dire, j'ai senti que c'était la vérité. C'est rare que j'aie autant de feeling, mais avec toi, c'est passé comme une lettre à la poste.

— Il n'empêche que tu lui as prêté main-forte, assène Perséphone en désignant Poséidon d'un mouvement du menton.

— Je n'ai pas... moi je ne suis qu'une simple néréide qui vivait sans histoires, jusqu'à ce que ce mec débarque à un bal.

— Un bal ? se moque Léther. Qui fait encore des bals ?

Je m'apprête à lui rétorquer que ces fêtes barbantes n'ont pas besoin de son aval afin d'exister, quand Poséidon me prend de vitesse :

— Les néréides appartiennent à la haute société de l'Olympe. Sa mère, par exemple, a assez d'argent pour mettre ta tête à prix... au moins dix fois. Mais comment le saurais-tu ? Tu n'es qu'un fleuve des Enfers.

Il réussit à prononcer sa dernière phrase comme la pire des insultes.

— Mais une fois suffirait, ajouté-je, parce qu'elle engagerait le meilleur tueur, quel que soit le prix.

Le silence retombe. Du coin de l'œil, même si j'observe le visage agacé de Léther, j'aperçois Hadès et Perséphone qui se fixent en silence.

— Si on arrêtait le jeu de celui qui pisse le plus loin ? s'énerve alors Spax.

Le vice-président des Nyx était resté en retrait. Je ne l'avais pas remarqué jusqu'ici. Comme je l'apprécie aussi bien que j'aime Brook, je lui lance :

— Toujours la grande classe, Spax. Désolée pour la dernière fois.

Il se contente de secouer la tête avec un soupir. Je suis presque certaine qu'une légère expression de tendresse vient d'animer son visage de vieux grincheux.

— Je vais envoyer l'un de mes hommes chercher une mèche de cheveux ou n'importe quoi d'autre appartenant à Prométhée, se décide enfin Hadès. Mais à une condition.

Évidemment, ça aurait été trop facile, sinon.

— Laquelle ?

Poséidon, qui vient de parler en même temps que moi, pose ses coudes sur la table pour approcher son visage de celui de son frère. Ses cuisses frôlent les miennes au passage. Je tente d'ignorer l'étrange satisfaction qui en découle.

— Je veux qu'elle entre à mon service, ordonne Hadès sans quitter son frère du regard.

— Hors de question, répond ce dernier avec un grognement quasi animal.

Je mets à peu près dix secondes à deviner qu'on parle de moi.

— Pardon ? Vous allez... me tuer, comme eux tous et m'obliger à devenir une bikeuse qui porte d'affreuses lunettes de soleil ?

Je me sens pâlir.

— Il n'a tué aucun d'eux, réplique Perséphone.

— Admettons. Vous entendez quoi par là ?

En s'adressant directement à moi, cette fois, Hadès sourit. Son rictus glacial me colle des frissons.

— J'entends par là : travailler pour moi, utiliser ton talent quand je te le demanderai.

Poséidon se lève avec tellement de brusquerie que je manque de tomber sur le côté.

— Alors là, frangin, tu peux te la foutre là où je pense, ta proposition.

— Tu n'as pas bien compris, mon cher Poséidon ? ricane le Roi des Enfers en se levant à son tour. Ce n'est pas une proposition, mais une condition. Ni Hermès ni toi ne pourrez plus entrer dans les enfers sans mon autorisation. Je parie que tu as déjà essayé de te glisser là-bas en douce avant de venir me trouver...

Je ne peux m'empêcher de me tourner vers le dieu des Océans pour savoir s'il a réellement tenté de doubler – encore une fois – son frère. Vu la tête un peu goguenarde qu'il tire, je devine la réponse. Ça m'énerve, mais j'aurais dû m'en douter.

Je lève les mains pour calmer la tension entre les Olympiens. On parle de moi, là. Je ne vois pas pourquoi je resterais en dehors de cette conversation. Je me place donc face à Hadès pour l'obliger à me regarder.

— Vous avez besoin de moi ? OK, je vous rendrai service.

— Trésor, ne fais pas ce genre de promesse à Hadès.

J'ignore intentionnellement le dieu des Océans en restant focalisée sur le Roi des Morts. J'ai un peu de mal à soutenir son regard chargé de puissance sombre. On dirait que des tentacules glissent sur ma peau pour y laisser une sorte de marque spirituelle poisseuse.

— Je ne veux pas seulement de ton aide, je souhaite une totale soumission de ta part. Si un dieu sollicite tes services, il me demande l'autorisation. Tu appartiendras à ma cour pour le reste de ton existence.

Il n'a pas l'air de plaisanter. Soit j'accepte de me plier à ses exigences, soit il nous bloque l'accès aux Enfers. Traversée par une idée subite, je me tourne vers un Poséidon silencieux et furibond.

— Zeus nous a menacés de nous expédier à la place de Prométhée. C'est qu'il est capable de se rendre aux Enfers et de nous y emmener ?

Je fais exprès de demander cela devant Hadès, histoire qu'il percute qu'on a d'autres options. Mais mes espoirs tombent à plat lorsque Poséidon secoue la tête.

— Il lui faudra forcément son aval pour y aller, maintenant qu'il a tout fermé, annonce-t-il en désignant Hadès.

Zut. Au moins, j'aurai essayé. Le frère de Poséidon a bien conscience de me coincer au pied du mur. Je m'apprête à demander un délai de réflexion, lorsque Perséphone somme :

— Hadès, allons parler en privé.

Après un dernier sourire victorieux, le Roi des Enfers file dans son bureau avec sa fiancée. Du côté des Nyx, certains en profitent pour retourner se servir à boire, d'autres se détendre au billard. Léther et Spax continuent de nous observer avec toute la méfiance du monde. D'un mouvement du menton, Poséidon me demande de le suivre un peu en retrait. On reste sous haute surveillance, mais je doute qu'ils l'entendent me murmurer :

— On se tire d'ici tout de suite. Peu importent les menaces de Zeus, ce n'est pas la première fois que j'en reçois – je n'en doute pas une seconde. Tu ne peux pas jurer allégeance à Hadès, je refuse qu'il ait du pouvoir sur toi.

— Sur moi ou sur toi, Posy ? M'avoir sauvé la vie n'implique pas une collaboration commune pour l'éternité à venir. Je suis la seule concernée par la proposition.

— Non, tu n'es pas la seule concernée, rétorque-t-il en

arquant le coin de sa lèvre supérieure. Je ne peux pas te laisser accepter.

— Pourquoi ?

Il ne cesse de m'observer avec une chaleur étonnante. Je le devine sur le point de me répondre, et je suis surprise qu'il crache le morceau... mais il choisit finalement de se taire.

— Ta place n'est pas à sa cour.

— Je ne compte pas y aller. Je préférerais encore te supporter.

Je réalise trop tard ce que je viens de dire.

— Vraiment ? rétorque-t-il avec un petit sourire. Tu viendrais vivre à ma cour ?

— Elle se compose de quoi ? De mercenaires, d'employés marins et de navires ?

— Globalement, oui. Je suis un humble roi qui se contente du strict nécessaire. Cet arrangement ferait de toi sa prisonnière et son esclave, ajoute-t-il en redevenant impassible. Je n'ai qu'une envie, c'est t'emmener loin de lui. Je t'aiderai à te cacher de Zeus, s'il le faut.

— Et ma famille, dans tout ça ? Tu crois que le Roi des Rois ne se servira pas d'elle pour m'obliger à me montrer ?

Son hésitation me donne la réponse. Je hausse les épaules en prenant une grande inspiration. Perséphone et Hadès sortent du bureau pour regagner leur place, autour de la table. Le maître des Morts s'assoit sur un fauteuil de cuir sombre, alors que sa douce fiancée reste debout près de lui. Elle n'a pas l'air de m'apprécier. Je n'ai rien fait pour l'énerver, pourtant. C'est ma spécialité, certes, mais là je me suis tenue à carreau.

— Tu vas signer ce contrat stipulant que chaque fois que j'aurai besoin de tes services, tu te présenteras ici afin que je puisse te donner une mission, ordonne Hadès en faisant glisser une feuille de papier vers moi.

Je ne réagis pas. Mon absence de mouvement et de réponse lui tire un froncement de sourcils.

— As-tu entendu ce que je viens de te dire ?

— Je ne suis pas plus sourde que simplette, réponds-je avec calme. Les gens te font des courbettes chaque fois que tu leur parles comme à des déchets ? J'ai déjà cassé des nez pour beaucoup moins que ça.

Poséidon m'envoie un léger coup de coude approbateur, alors qu'Hadès se rembrunit. Je suis assez fière de mon sang-froid. Définitivement, je regrette que Xander n'assiste pas à cela. À ma grande surprise – et pas seulement la mienne – Brook s'avance.

— Elle a raison, inutile de lui parler de cette façon. Je ne veux pas la défendre, mais un peu d'humanité ne fera de mal à personne.

— Aucun de nous n'est humain, ici, rétorque Léther.

— Je l'ai été, je te rappelle, tout comme Coré. N'est-ce pas, ma vieille ? Tu en penses quoi ?

— Qu'elle ne devrait pas entrer à ma cour ! réplique Perséphone du tac au tac.

— Une chose sur laquelle nous sommes d'accord, souris-je.

Le contrat sous mes yeux porte mon nom et mon prénom en gros caractères, suivis d'une masse de minuscules lignes noires en pattes de mouche.

— Eh, comment tu connais mon identité ?

— Léther va vous conduire à votre... suite, se contente-t-il de nous informer, et tu me donneras ta réponse demain matin. Nous avons du boulot, en ce qui nous concerne.

Sur ce, il se détourne et s'éloigne vers son bureau. Tout le monde lui emboîte le pas, sauf Léther, qui nous ordonne :

— Suivez-moi.

J'échange un coup d'œil avec Poséidon. Une nuit au Royaume des Morts ne me tente pas des masses, mais c'est vrai que je suis épuisée et que je meurs de faim. La pizza de ce midi n'a pas suffi à me caler.

— On va se trouver un hôtel, annonce le dieu des Océans.

— Ce n'était pas une invitation. Quittez cet endroit et le marché ne tient plus. Vous n'avez pas idée de combien je me retiens de vous envoyer aux Enfers.

Poséidon ricane en passant les mains dans ses poches de jean.

— Comme si tu avais ce pouvoir.

— Tu veux parier là-dessus ? Tu oublies que je suis né aux Enfers.

Voilà une nouvelle dispute qui me fait lever les yeux au ciel. Je me force à ne pas intervenir, parce que j'ai dépassé mon quota de diplomatie. Je risquerais de tout gâcher à cause d'une malheureuse remarque.

Léther nous conduit au premier étage en nous faisant traverser le night-club bondé. Je suis presque sûre qu'il existe un moyen moins agaçant de nous rendre à notre « suite ». Il doit apprécier qu'on se fasse bousculer ou qu'on doive se creuser un passage à coups de coudes. On grimpe ensuite un escalier couvert d'un beau tapis rouge, pour nous retrouver dans un magnifique couloir boisé aux murs décorés de tableaux. Des petites tables contenant des bouquets de fleurs donnent une touche de couleur à cette ambiance tamisée. C'est à la fois sombre et élégant. Ça ressemble autant à Hadès qu'à Perséphone.

Léther nous mène à une grande chambre au style gothique gracieux, un peu comme le reste du Royaume des Morts. À peine entrons-nous dans la pièce que le Nyx ferme la lourde porte en bois sculpté. Je m'avance jusqu'à un lit double sur lequel se trouvent quelques vêtements féminins à ma taille, et un sac à dos qui doit appartenir à Poséidon.

Ce dernier parcourt la chambre de long en large en restant scotché à son téléphone. Parfois, il lève les yeux vers le plafond pour fixer des points invisibles, ou certains éléments du mobilier comme les lampes de chevet. Je surélève les gros oreillers pour appuyer mon dos dessus, enlève mes chaussures et m'étale sur le lit. Puisqu'on est coincés ici jusqu'à demain, autant en profiter. Intriguée, j'observe le manège du dieu de l'Olympe pendant de longues minutes, jusqu'à ce que ses va-et-vient me donnent le vertige.

— Tu cherches quelque chose, Posy ?

En guise de réponse, il s'arrête devant un gros bouquet de fleurs mauves et rouges dans un vase, près d'une porte ouverte donnant sur une salle de bains privée. Il les renifle, grogne, les arrache de leur contenant et les réduit en poussière à coups de bottes. Il fait de même avec les autres bouquets dispersés dans la pièce. Dès qu'il n'en reste plus, Poséidon se plante devant un mur nu et pose ses mains à plat dessus. Un juron franchit ses lèvres.

— Tu détestes les fleurs à ce point ? demandé-je.

— Ces bouquets étaient ensorcelés et bloquaient nos dons. Il y en a d'autres dissimulés.

— Ça veut dire que tu ne peux pas utiliser tes pouvoirs ?

— Ça signifie qu'on se trouve dans une prison dorée qui m'empêche d'avoir accès à mon plein potentiel. Mais il me faudra plus que quelques plantes grimpantes pour me garder ici.

— Parce que tu comptes t'en aller ?

Il marque un temps d'arrêt en se tournant vers moi, les sourcils froncés.

— Ne me dis pas que tu as envie de passer des vacances ici ?

— Non, je préfère le soleil, la mer et le sable fin...

Ma description approximative ressemble un peu trop à l'île sur laquelle il m'a embarquée afin de m'en mettre plein les yeux, alors je me dépêche d'ajouter :

— Mais on est ici dans le but de nettoyer le chaos que tu as laissé derrière toi, tu te souviens ? Alors, on va rester.

— Ne me dis pas que tu vas signer ce contrat, Trésor.

Il désigne la feuille posée sur la table de nuit, juste à côté de moi. Je l'attrape dans un soupir. À l'inverse des contrats juridiques que j'ai pu lire dans ma vie, celui-ci est plutôt clair et précis. En gros, il stipule qu'après ma signature, je devrai donc me tenir à la disposition du couple infernal Hadès et Perséphone chaque fois qu'ils auront besoin de moi, quel que soit l'endroit où je me trouverai, la période de l'année et mes projets personnels. Si je refuse une mission qu'ils me confient, je me verrai contrainte d'entrer à la cour du Roi des Morts pour y demeurer le reste de ma vie sous haute surveillance. La partie adverse s'engage à me fournir un élément appartenant à Prométhée afin que je puisse lui mettre le grappin dessus.

— Une captivité éternelle en échange d'un unique service. Tu parles d'une arnaque, siffle Poséidon.

Je suis plutôt d'accord et ça me file le tournis. J'ai envie de hurler, prise d'une soudaine colère sourde. Au lieu de cela, je plante mon regard dans les yeux de l'Olympien.

— Je te rappelle que c'est ta faute. Si seulement tu n'avais pas...

— Pas quoi ? renchérit-il en s'approchant de moi avec la lenteur d'un lion en pleine chasse. Si je n'avais pas tué l'aigle du Caucase ? Tu serais morte, Trésor.

En effet. Mais la partie la plus égoïste de moi-même, alimentée par ma peur et mon désespoir, me murmure qu'il existait une autre solution.

— Arrête, tu es égoïste.

— Je dirais : prudent.

— Égocentrique.

— J'ai un sens de la survie plus développé que la moyenne. D'ailleurs, tu devrais en prendre de la graine. Promettre monts et merveilles à des dieux, ce n'est jamais une bonne idée.

— Ce n'est pas ce que je fais, sifflé-je en me plantant devant lui. Je veux juste... que les Enfers ne nous tombent pas dessus !

Il s'apprête à me répondre par l'une des remarques spirituelles de son cru, mais son expression change quand il aperçoit mes larmes. Je tente de papillonner des paupières afin de les chasser. Trop tard.

— Phita...

— Regarde ce que tu as fait ! m'exclamé-je. Par ta faute, je vais devoir devenir la marionnette du couple infernal ! Quel est l'intérêt de vivre en étant prisonnière ?

Une lueur affligée traverse son regard. Lorsqu'il entrouvre la bouche, je l'arrête d'un mouvement de la main.

— Non, tais-toi. Je n'ai plus envie de t'entendre, sauf si c'est pour me dire que tu comptes t'exiler sur ton île secrète pendant le siècle en cours. J'en ai marre de toi.

J'attrape les vêtements laissés à ma disposition, puis me précipite dans la salle de bains en essuyant mes joues. Je referme la porte en la verrouillant à double tour, me déshabille en priant pour que le poids sur mes épaules disparaisse lui aussi, et je file sous la douche. J'y reste longtemps avec l'espoir de soutirer un peu de réconfort dans mon élément de prédilection. Quitte à devoir me trouver enfermée jusqu'à demain, autant qu'Hadès regrette ma présence en recevant une facture d'eau cataclysmique.

Je retourne dans la chambre en espérant que Poséidon dorme. Au lieu de quoi, il se tient sur le balcon, derrière la baie vitrée ouverte. Le vent frais soulève les voilages sombres. Sans un bruit, je me glisse sous la couverture. Les draps dégagent une douceur et un parfum agréables. Je tourne le dos au contrat sur la table de chevet. Et, par la même occasion, à Poséidon. Il me vient l'idée qu'il pourrait s'en aller et me laisser seule. Je suis sûre qu'il peut partir, malgré les fleurs dans les murs.

30.

À mon réveil, Poséidon n'a pas bougé du balcon, le regard perdu sur l'horizon désertique. Cette nuit ne m'a pas aidée à accepter l'ultimatum.

Mais quand il faut y aller...

Les yeux rivés sur le plafond, j'écoute le silence. Le vent est retombé et ne soulève plus les rideaux, la chaleur du désert s'infiltre dans la pièce. Je cherche quelque chose à dire, parce que le Roi des Océans n'a pas l'air disposé à ouvrir la bouche. Rien ne me vient, donc j'opte pour une stratégie qui détendra l'atmosphère.

— Que fait un canard quand il a soif ?

Lentement, Poséidon se tourne vers moi. Ses yeux étrécis trahissent une méfiance absolue. Je comprends, hier j'étais à deux doigts de l'éventrer. Là, je prends sur moi pour essayer de rendre notre situation moins pénible.

— Quoi ?

— Il s'ouvre une canette.

J'attends sa réaction. OK, il en a zéro. Je me lève en étirant les bras au-dessus de ma tête afin de détendre mes muscles. Si ma blague pourrie ne l'a pas émoustillé plus que cela, quand mon débardeur remonte légèrement sur mon ventre, la donne change.

Un éclat traverse son regard, si lumineux et bouillant qu'il en allume un en moi. Une chaleur m'inonde, elle grille mon cerveau.

— Je vais me préparer, baragouiné-je en me détournant.

Léther vient nous chercher dès que je suis prête. Hadès – dans son bureau plus intimiste que la salle VIP du night-club – ne tarde pas à me demander si j'ai signé le contrat.

— Il se peut que je l'aie perdu, réponds-je.

— Vraiment ? gronde-t-il avec une grimace malsaine.

Puis il se tourne vers Poséidon qui émet un rire narquois. Je devine qu'il est responsable de ce fâcheux détail : je n'ai pas retrouvé ce fichu bout de papier.

— Tu oublies que je peux en faire une copie d'un claquement de doigts, mon frère. L'avoir détruit n'a servi à rien.

— J'ai mieux à te proposer que sa dévotion, déclare Poséidon sans me regarder.

— Ah oui ? ricane le biker. Que peux-tu m'offrir de mieux qu'une néréide capable de traquer mes ennemis à travers le monde ?

Le Roi des Océans pose les coudes sur le bureau en avançant vers Hadès. Tous les deux en jettent, c'est le moins que l'on puisse dire.

— Mon trident. Si tu acceptes de nous aider et de la laisser tranquille, dit-il en me désignant vaguement d'un mouvement de tête, je te donne mon trident.

J'ignore ce que ça implique exactement, mais Hadès se prend une véritable gifle mentale. La bouche entrouverte, les yeux écarquillés, il dévisage son frère comme s'il s'attendait à le voir éclater de rire en prétextant une plaisanterie. Mais ça ne se produit pas et le Roi des Morts affiche un large sourire entendu, clairement intéressé par la proposition. Je ne peux pas m'empêcher de ressentir une sorte de soulagement à l'idée de ne plus être le centre de l'attention.

Les jambes douloureuses à cause de ma tension, je m'avachis contre le dossier en poussant un soupir.

— Tu es sérieux ? insiste Hadès.

— Très.

— Tu es prêt à m'abandonner tes pouvoirs pour elle ?

Quoi ? Un peu choquée, je tourne la tête vers Poséidon pour lui demander s'il n'a pas perdu l'esprit, mais une lumière blanche soudaine m'en empêche. Le dieu des Océans tient dorénavant un magnifique trident en or. Je ne peux détourner l'attention des pierres précieuses incrustées le long du manche et d'apprécier autant sa beauté que la puissance qui s'en dégage. Je l'ai vu combattre Scylla avec cette arme. Elle me donne des frissons.

— Qu'en penses-tu ? insiste Poséidon. Es-tu prêt à lui laisser sa liberté ?

— Oui, mais en plus de ton trident, continue Hadès, je veux qu'elle accepte une unique mission pour moi. Ensuite, j'enterre la hache de guerre. Vous retournerez à la traque de Prométhée et à vos autres occupations initiales sans plus jamais entendre parler de moi.

Voilà, c'était trop beau pour être vrai. Avant que mon voisin puisse s'y opposer – parce qu'il compte gâcher notre chance, je le sens – j'interviens :

— Marché conclu. Je t'écoute, ô Roi des Morts, que puis-je faire pour toi ?

— Oh, tu verras, c'est très facile, Phita...

Mais une heure plus tard, cette situation me semble tout, sauf simple.

— C'est de la folie, grogné-je. C'est même carrément flippant ! Si elle nous remarque ? Je veux dire... elle est restée dans l'ombre pendant des millénaires afin d'éviter d'être retrouvée. Ça craint, non ?

Poséidon ne répond pas, concentré sur le paysage désertique qui défile derrière la vitre de la voiture. Depuis qu'on a quitté le Royaume des Morts en acceptant le marché d'Hadès, il n'a pas ouvert la bouche. Donner son trident à son frère lui a mis un sacré coup au moral. Je crois deviner pourquoi... Si je me concentre sur lui et m'ouvre à son énergie, je constate qu'elle a changé. Je la sens toujours, mais de façon étouffée. Si je devais la comparer à une couleur, elle est passée d'un bleu électrique à un bleu dragée. Je connais cette teinte pour l'avoir utilisée dans ma salle de bains.

— Tout se passera bien, promet-il d'une voix égale. Il veut juste une adresse, on repartira dès qu'on l'aura.

Bon, je déteste le voir aussi déprimé. Je préfère quand il m'énerve.

— Qu'est-ce qui te bile, Posy ? C'est à cause de ton trident, c'est ça ?

Je continue à triturer la bague sertie d'un petit paon que je porte en collier autour du cou. Un coup d'œil vers la route m'informe qu'on prend toujours la bonne direction : un long filament doré nous guide depuis qu'on a quitté Phoenix. J'espère qu'Hadès a raison et qu'on n'aura pas à traverser l'océan ou les autres États pour retrouver la reine du panthéon grec. Je n'ai même pas cherché à savoir pourquoi Hadès voulait trouver la terrifiante Héra. D'après les rumeurs, on la disait morte depuis des siècles. Visiblement, ce n'est pas le cas.

J'ignore si c'est une bonne nouvelle ou non.

Puisque Poséidon ne répond pas à ma question, je décide de le laisser tranquille en m'adressant au chauffeur de la belle cylindrée noire :

— Vous avez dormi où cette nuit ? Pas dans le véhicule quand même, si ?

L'homme me décoche un coup d'œil rapide à travers le rétroviseur intérieur.

— C'est déjà plus confortable que sur le pont d'un navire en pleine tempête, répond-il.

— Quoi ? Il vous fait dormir dans de telles conditions ?

Je me tourne vers Poséidon pour le fusiller du regard. La discussion vient d'éveiller son attention, au moins.

— Ce n'est arrivé que deux fois, réplique-t-il avec un rire mauvais. Parce qu'il m'avait désobéi.

— Trois en fait, mon roi, répond Lex sur le même ton.

— Contente-toi de faire ce pour quoi je te paie, OK ? Arrête de te plaindre.

Les deux hommes s'entendent bien, je le vois à leur manière de se regarder. La voiture arrive à un carrefour qui indique trois directions. Je me penche entre les deux sièges de devant et montre la gauche.

— Prends l'autoroute, le préviens-je.

À Poséidon, je demande :

— Je pourrais faire carrière en tant que chasseuse de primes, ce serait plutôt facile. C'est toi qui m'as dit que les Oriones se spécialisaient généralement dans ce domaine, non? Je comprends pourquoi. Ça ferait flipper ma mère, mais elle s'y habituerait.

Je prends le temps de réfléchir à mes propres paroles.

— En fait non, ajouté-je avant qu'il me réponde, elle ferait probablement plusieurs infarctus jusqu'à ce que j'accepte de me marier à un triton plein aux as. Ma mère est très conservatrice, comme le reste de mon peuple.

— Alors marie-toi à quelqu'un qui te servira de coéquipier.

Je secoue la tête en me détournant, interloquée par l'effet que vient d'avoir son regard sur moi.

— Très drôle, soupiré-je.

— Je ne plaisante pas. Quitte à ce qu'on te mette la bague au doigt, autant que ce soit quelqu'un qui comprenne ton envie de liberté et d'indépendance.

— Comme qui ?

Son sourire éclatant me tire un grognement.

— Crève.

Il ricane et son rire réveille trois milliards de papillons dans mon ventre.

— Bon, à ton avis, continué-je pour changer de sujet, pourquoi

Hadès veut qu'on retrouve Héra ? Surtout, dans quel but se cache-t-elle ?

Poséidon se masse le front en se collant au fond de son siège, les yeux rivés sur l'appui-tête de son chauffeur.

— J'aimerais savoir ce qui pousse Hadès à se mêler de la vie secrète d'Héra. Si elle souhaite rester discrète et se tenir loin des dramas divins, c'est pour une bonne raison. Elle va être furieuse quand elle apprendra qu'on l'a trouvée, et davantage si Zeus lui met la main dessus.

Si elle aspire à une vie normale, je ne peux pas le lui reprocher.

— Elle en a peur ?

Un rire amusé secoue ses larges épaules.

— Héra ne craint personne, surtout pas Zeus. Depuis des siècles, ils se déchirent autant qu'ils s'aiment. Ces deux derniers siècles, elle a décidé de faire une pause dans leur relation pour le pousser à réfléchir à ses actes. Ce n'est pas le type le plus fidèle du monde. La plupart des mythes d'adultère qui le concernent sont vrais.

— Je vois, et donc elle l'a quitté à cause de ça ?

Il me décoche un coup d'œil mi-blasé, mi-amusé.

— C'est sa dernière excuse, mais je pense que c'est davantage compliqué. Elle ne vaut pas mieux que lui, dans le domaine. Depuis qu'elle s'est retirée de notre monde, je dois avouer que les choses sont plus calmes. Zeus et Héra font beaucoup de bruit quand ils sont réunis. Et pas seulement à cause de leurs disputes, si tu vois ce que je veux dire.

Oh oui, pas besoin de dessins. Un sourire m'échappe en imaginant le terrifiant Zeus en face de sa femme – sont-ils toujours mariés ? – en train d'essayer de se confondre en excuses.

— Zeus est un peu… bizarre, non ?

Je prononce ces deux derniers mots à voix basse, afin qu'ils ne parviennent pas aux oreilles du Roi des Rois. Ne sait-on jamais. Je suis trop jeune pour me faire foudroyer.

— Il l'est, admet Poséidon, mais vas-y, développe.

— C'est le seul dieu à être mondialement célèbre et à utiliser la technologie de notre époque à son avantage. Ses réseaux sociaux sont suivis par des millions de personnes… Il a le melon ?

Poséidon prend le temps de réfléchir à ma question. Avec un soupir, il secoue la tête. Avant qu'il puisse parler, je lance précipitamment au chauffeur :

— Prends cette sortie !

Le filament doré n'est pas muni d'un système d'anticipation de direction, malheureusement. Du coup, Lex parvient à s'engager vers Tucson à la dernière seconde, créant un concert de klaxons derrière nous. Je lui envoie un coup d'œil désolé à travers le rétro.

— Donc Zeus, mégalo, Instagram, rappelé-je à Poséidon en me collant à nouveau près de lui.

Nos cuisses se touchent. Ce contact diffuse en moi des picotements agréables. Nos baisers me reviennent en mémoire avec autant d'intensité que le souvenir de nos corps pressés l'un contre l'autre. Le visage de Poséidon se crispe soudain, perdant le masque décontracté qu'il arborait. Une lueur de désir fugace traverse son regard, m'électrisant de la tête aux pieds. Les paroles de la chanson *Wanted Dead or Alive* de Bon Jovi, crachées par la radio, se perdent quelque part entre la réalité et moi. Je n'entends plus que les battements effrénés de mon cœur, le sang qui circule dans mes veines avec la violence d'une cascade… Il tend sa main vers ma joue et ses doigts frôlent ma peau. Je ferme les yeux, la gorge nouée. J'ai envie qu'il m'embrasse à nouveau.

Mais on n'a pas que ça à faire. Je me dégage doucement en reprenant contenance.

— Donc, Zeus, Posy.

— Zeus, continue-t-il avec une résignation teintée de sarcasme. J'aurais préféré qu'on aborde un autre sujet, mais à ton service, Trésor. Il a toujours aimé être le centre d'attention. À notre époque, où les réseaux sociaux permettent de toucher plus de monde que la politique elle-même, ça ne m'étonne pas qu'il les utilise.

— Donc, c'est juste par plaisir, tu crois ?

— Bordel, j'espère qu'il n'a pas un plan débile en tête. On le saura tôt ou tard, j'imagine.

Après cela, je m'efforce de songer à mes récentes péripéties, plutôt qu'aux sentiments naissants qui éclosent en moi. Entre temps, je sers de GPS à Lex. À peu près trois heures et demie plus tard, notre véhicule s'arrête à Brawley, dans l'État de Californie. Cette petite ville ne paie pas de mine, mais elle possède un restaurant qui fait les meilleures gaufres de la planète. Je m'en aperçois lorsque Poséidon m'invite à « manger un morceau » avant de nous rendre chez Héra. Depuis que nous sommes arrivés, le fin filament doré a gagné en épaisseur et en éclat. Je me doute donc qu'on est tout proches.

Et j'ai raison.

Lex gare bientôt le véhicule devant une petite maison classique à la façade rose pastel, comme toutes les habitations du coin. De jolies fleurs entourent un petit chemin de gravillons qui mène à la porte d'entrée.

Je fronce les sourcils, un peu déçue. Je m'attendais à ce qu'Héra choisisse un endroit plus... remarquable ? Du genre grande villa impressionnante dans un quartier de Hollywood, par exemple. Mais si elle souhaite passer inaperçue, son choix me semble logique.

— Tu es sûre que c'est ici ? me demande Poséidon.

En guise de réponse, je sors de l'habitacle sans qu'il puisse me retenir, malgré son juron.

— On ne devrait pas rester dans le coin si la femme de Zeus vit ici.

— Elle vit ici, il n'y a pas de « si ».

Je perçois la puissance de la déesse sous forme d'une intense chaleur désagréable. J'ai l'impression de me trouver face au soleil de Phoenix en plein midi, déshydratée en prime. Je ne peux détacher mon regard de la végétation luxuriante et colorée bercée par un vent frais. Un voile de transpiration couvre brusquement ma peau et j'ai du mal à respirer. Poséidon prend une photo avec son téléphone.

— Allez, on s'en va, lance-t-il.

Cependant la porte de la maison s'ouvre et une femme s'élance dans notre direction. Poséidon est plus rapide que moi à réagir : il se dresse devant Héra avant qu'elle ne m'atteigne. Très vite, je comprends que ce n'est pas après moi qu'elle en a, mais plutôt après lui. La beigne qu'elle lui balance me rend un peu jalouse. Cette jolie blonde magnifique, tout à fait capable de se trouver sur la couverture d'un magazine de mode sans être retouchée, s'exclame :

— Qu'est-ce que tu fiches ici ?!

Poséidon éclate de rire en se massant la mâchoire.

— J'en ai un peu ma claque de servir de punching-ball a tout le monde.

— Peut-être que si tu étais moins provocant, ça n'arriverait pas !

Un point pour Héra. En apparence, je lui donne une petite vingtaine d'années, comme Zeus. Qu'ils soient extrêmement beaux tous les deux me perturbe.

— Je suis également ravie de te revoir, Héra. Tu m'as tellement manqué.

— Boucle-la.

Je reste en retrait pour les laisser régler leurs petites affaires. Les divinités, en général, ne sont jamais contentes de revoir Poséidon. En même temps, c'est un voleur et un manipulateur, peut-on le leur reprocher ?

Héra tente à nouveau de le frapper, il esquive. Plusieurs fois. Pendant ce temps-là, la déesse lui hurle dessus :

— Tu lui diras que je ne veux plus jamais le voir ! Comment a-t-il su, d'ailleurs ? Et pourquoi tu bosses pour lui, maintenant ? Retourne sur ton bateau pirate de malheur et contente-toi d'alimenter les légendes urbaines sur les vaisseaux fantômes ! Si tu ne te casses pas tout de suite, je te tue !

Ils s'éloignent sur la route à mesure que Poséidon recule en se marrant comme un imbécile. Lex se cale à côté de moi en allumant sa cigarette.

— Il ne prend jamais rien au sérieux ? demandé-je, les bras croisés sur ma poitrine.

— Il prend toujours tout très au sérieux, au contraire, m'apprend le conducteur.

— On ne dirait pas.

Lex prend une taffe, puis lance :

— Avec lui, les apparences sont trompeuses. Il suffit de voir ce qu'il a fait pour toi.

— Me sauver la vie ?

— Donner sa couronne à Hadès.

Je fronce les sourcils, sans comprendre.

— Comment ça ?

— Son trident représente son titre de roi. Il y a renoncé.

L'information me fait l'effet d'un coup de poignard. Alors là, je n'en reviens pas. Je pose un tout autre regard sur un Poséidon plié de rire dans le petit jardin d'Héra. Cette dernière continue de lui crier dessus à tout va, mais je ne l'entends plus vraiment. Les mots qui tournent dans ma tête sont ceux de Lex.

Poséidon a abandonné son titre afin de me permettre de ne pas signer le contrat d'Hadès. Incroyable. Je ressens à la fois de la culpabilité et une profonde reconnaissance.

— Je… d'accord. Je devrais peut-être aller dire à Héra que c'est à cause de moi qu'on l'a retrouvée et que Zeus n'y est pour rien.

— Non, reste ici. Attends qu'elle se calme. Poséidon est capable de l'affronter, pas toi. Tu risquerais de mourir.

Cette vérité me vole une grimace. Elle n'en demeure pas moins vraie.

Je me concentre sur la situation de Poséidon, plutôt que sur ma frustration. Je comprends pourquoi son aura de puissance a baissé et pour quelle raison il semblait si déprimé, ce matin. Lorsque la tension retombe entre lui et la jolie blonde, elle décide de rentrer chez elle sans un regard en arrière. Le dieu des Océans traverse la rue d'une démarche calme et ultra sexy afin de nous rejoindre.

— Qu'est-ce qu'elle a dit ?

— De ne surtout pas donner sa localisation à Zeus, sinon elle nous carboniserait.

Il prononce cette menace avec détachement.

— Et c'est faux ?

— Oh non, elle le fera.

— Mais si Hadès lui donne, on... bon, d'accord, oublie, je n'ai pas envie de penser à ça. Ensuite ?

— J'ai appris de nouveaux gros mots.

Je roule des yeux, mais il ajoute :

— Je lui ai fait croire qu'on était venus lui rendre sa bague.

Je porte la main à mon cou, constatant que le bijou a disparu. Non, il me l'a volé sans que je m'en rende compte. Quel... il m'agace. Une série de jurons franchit mes lèvres, étouffée par le passage d'un camion.

On remonte en voiture.

— Hermès possédait sa bague – à l'origine – avant qu'il ne la vende. J'ai dit à Héra qu'il s'en était débarrassé pour cesser de penser à elle. Elle a gobé le mensonge.

— Pourquoi Hermès ?

— Ils ont eu, jadis, une aventure très passionnée, et j'ai parié sur le fait qu'elle lui avait dit où elle habitait. Hermès ne l'a jamais vraiment oubliée. Allez, on rentre à Phoenix et on règle l'histoire de Prométhée rapidement.

31.

— C'est donc à Brawley qu'elle vit ?

Je hoche la tête, agacée par le scepticisme d'Hadès. Depuis que je sais qu'il a accepté avec plaisir l'abdication de son frère, il me file la nausée.

— Oui, c'est là-bas. Pourquoi tu voulais absolument son adresse ?

— Ça ne te regarde pas, rétorque-t-il, les chevilles croisées sur son bureau.

Je grimace en me détournant. Les autres Nyx ne sont pas là, ni même Perséphone. Poséidon, installé à côté de moi, pose ses coudes sur ses genoux.

— Et si tu nous donnais ce pour quoi on est venus ici ? demande-t-il avec un calme apparent.

— Tu n'étais pas là afin de t'excuser ? Je suis déçu, mon frère, ricane le dieu des Morts.

— Allez, arrête de jouer.

Hadès le toise encore quelques secondes, puis il ouvre un tiroir de son bureau et nous donne un tube en verre. Je le prends entre mes doigts, manquant de vomir en voyant le morceau de chair sanguinolent.

— Bonne chance pour trouver Prométhée.

Poséidon et moi nous levons en même temps. Dans l'escalier menant à la salle principale, je m'enquiers :

— Comment on fera pour ramener le titan aux Enfers ensuite, si le passage est fermé ?

— On ne s'en occupera pas. Notre mission consiste à trouver Prométhée, pas à le ramener en prison. Zeus s'en chargera.

Je hoche la tête, victime d'un doute subit :

— Quand tu l'appelleras, il réagira de quelle manière, à ton avis ? Tu as volé son Foudre avant de le balancer dans l'océan, je te rappelle.

— Comme d'habitude, je suppose. Excessivement.

On retrouve Lex devant la voiture. Mais avant que je puisse monter, une tornade rousse se jette dans mes bras.

— Je suis trop désolée que tu ne sois pas restée plus longtemps ! J'aurais voulu qu'on discute de... tu vois ? De ce qui s'est passé. Je pense que contrairement à lui, dit-elle en pointant Poséidon du pouce par-dessus son épaule, tu es sincère. Est-ce que tu reviendras ?

Je me marre en secouant la tête.

— Jamais de la vie. Mais si tu veux, je t'inviterai dans mon manoir. Si tu voyais ma piscine...

— Avec plaisir ! J'emmènerai Perséphone.

— Pas sûre qu'elle veuille venir, mais si tu arrives à la convaincre, pourquoi pas.

Brook balaie ma remarque d'un revers de main.

— Je m'occupe de ça. Elle t'aime bien, en vrai. C'est juste que... j'ai été sa seule amie pendant longtemps, alors le fait que je parle à une autre nana trop cool la met en rogne. Ça lui passera, je la connais. Allez, à plus, Phita.

— Salut, Brook. Oh, et...

— Oui ?

Elle m'observe avec un minois curieux, dans l'attente de ce que j'ai à lui dire. Mais j'ignore si je devrais l'informer de la chose que j'ai découverte lors de ma rencontre avec elle. Elle est morte après tout, qu'est-ce que ça pourrait bien changer ? Du coin de l'œil, j'aperçois le sergent d'armes des Nyx qui nous zieute, appuyé contre la façade du night-club.

— Toi et Léther, vous allez très bien ensemble.

Elle rougit, puis pouffe.

— Oui, si tu le dis.

Je grimpe dans la voiture et elle nous regarde nous éloigner en nous offrant de grands signes de la main.

— Qu'est-ce que tu voulais lui dire ? me demande Poséidon.

— C'est toi qui lis dans les pensées. Tu devrais le savoir.

— Je n'ai rien perçu chez elle, c'est étrange. C'est le silence total, elle me bloque l'accès à son esprit.

— Mais pas moi, rétorqué-je. Alors, cherche toi-même.

Il me regarde un long moment, avant de se mettre à sourire. Je l'imite, accrochée à ses magnifiques yeux bleus.

— Ça ne fonctionne pas ainsi. Je perçois juste des bribes de pensées quand elles sont spontanées. C'est comme une image qui durerait une seconde.

Je hoche la tête en essayant de ne pas flipper à l'idée qu'il puisse entendre et voir certaines pensées le concernant. Il me prendrait pour une dingue en réalisant que je le désire autant qu'il m'agace.

— Bon, allez, soupiré-je en attrapant le tube en verre au fond d'un sac à main offert par Brook. Finissons-en.

Lex vient de se garer sur le bas-côté de la route en attendant que je lui donne la direction à prendre. Pour ne pas regarder le morceau de chair sanglant, je me concentre sur le dossier du siège passager. Un haut-le-cœur manque de me faire rendre mon petit déjeuner quand la masse gluante et humide tombe au creux de ma main.

Ne regarde pas, Phita, ne regarde pas.

Je prends une autre grande inspiration, puis me concentre sur mon pouvoir. De prime abord, il ne se passe rien. Je n'ai pas encore essayé de retrouver quelqu'un avec un morceau de sa bidoche. Si ça se trouve, il me faut un objet lui appartenant et c'est tout ?

Mais au moment où je commence à m'inquiéter, mon don frémit à l'intérieur de mon esprit et la chaleur devenue familière me couvre telle une seconde peau. J'ouvre les paupières pour découvrir que les couleurs environnantes ont décliné. Parmi les différentes nuances de gris, j'aperçois un filament rouge sang qui sort de moi et qui quitte la route pour s'engager dans le désert. D'habitude, mon système GPS semble s'adapter à mon environnement : par exemple, pour Héra, il me guidait en utilisant les routes. Aux Enfers, puisque nous étions à pied, j'ai l'impression que le signal serpentait par les endroits les plus accessibles. Là, on quitte les sentiers.

— C'est étrange, murmuré-je.

— Quoi ? demande Poséidon en suivant la direction de mon regard. Il se trouve dans le désert ?

Le ruban de brume disparaît dans le miroitement de l'horizon, au loin. Je hoche la tête en fronçant les sourcils.

— On fait quoi, boss ? s'enquiert Lex. Ça risque d'être compliqué de s'engager au cœur de cette fournaise. Si on s'éloigne des routes, on tombera en panne sèche.

— Sans compter que je ne pourrai pas tenir dans cet environnement, ajouté-je.

Poséidon se concentre sur son téléphone pendant quelques minutes. Sur l'écran, j'aperçois la carte des environs. Il tente de déterminer ce qui se trouve dans la direction indiquée.

— Il n'y a rien ? deviné-je lorsqu'il soupire en se tenant le front.

— Rien de cartographié numériquement, du moins. On y va quand même pour avoir une idée de la distance à parcourir. S'il n'y a qu'un kilomètre, ce serait dommage de ne pas tenter le coup. S'il y en a trois cents, on rebroussera chemin avant de tomber en panne.

Je hoche la tête en espérant que Prométhée ait décidé de prendre un bain de soleil non loin d'ici.

Le véhicule crapahute alors au cœur de la poussière et de la chaleur en suivant mes commandements. Au bout d'une heure, je m'évente avec un flyer du night-club que j'ai chipé chez Hadès, en buvant régulièrement. La chaleur écrase l'habitacle malgré la climatisation activée. Alors qu'on s'apprête à retourner en arrière pour regagner la route et trouver une autre solution, une vague invisible me percute. Le souffle coupé, je m'écrase contre le dossier en émettant un « outch » pitoyable. Une sorte de brouillard engourdit mes sens, on dirait que je flotte.

— Phita ! Eh, Trésor, tu m'entends ?

Je parviens à retrouver mes capacités au contact de la main de Poséidon sur mon visage. Je papillonne plusieurs fois des paupières, le crâne en feu.

— Tu t'inquiètes pour moi, Posy ?

L'éclat de désarroi dans son regard cède la place au soulagement. Autour de moi, les couleurs ont repris leurs droits, le ruban rouge magique a disparu. Pour couronner le tout, le feulement du moteur en train d'étouffer et les jurons de Lex qui essaie de redémarrer ne me disent rien qui vaille.

— Qu'est-ce qui s'est passé ? me demande Poséidon en gardant sa main contre ma joue malgré la sueur sur ma peau.

— Si je le savais. Je n'arrive plus à me connecter au morceau de chair.

Je le devine réticent à l'idée de rompre notre contact fragile. Pourtant, la réalité de la situation le rattrape, et il s'éloigne de moi au moment où son chauffeur s'exclame :

— Impossible de redémarrer, on dirait que le moteur a grillé ! Je vais voir sous le capot.

Pendant que l'homme descend, je me concentre à nouveau sur l'amas sanglant de plus en plus gluant que je tiens toujours. Je l'ai tellement serré que lorsque j'ouvre les doigts, le bruit de succion me fait vomir. J'ai juste le temps de me précipiter dehors. Je remets le bout de peau dégoûtant à l'intérieur de son étui, puis me nettoie les mains avec l'eau d'une bouteille. J'avale ensuite une gorgée pour me débarrasser du goût atroce sur ma langue. Poséidon et Lex discutent mécanique devant la voiture.

Qu'est-ce qui s'est passé, bon sang ? On dirait que j'ai été la seule à ressentir cette vague de pouvoir. J'observe autour de moi avec l'espoir d'apercevoir autre chose que de la terre, de la poussière et des morceaux de végétation secs. Je suis presque déçue de ne pas trouver de cactus. Je fais plusieurs pas, une main en visière. Il semble qu'il y a quelque chose sur ma gauche, néanmoins je n'en suis pas certaine.

— Eh, les gars, on dirait une maison !

Ni Poséidon ni Lex ne m'entendent, trop occupés à régler le problème du moteur. Je décide donc de me rendre à la cabane qui se dessine de plus en plus nettement dans mon champ de vision. J'ai eu de la chance de l'apercevoir, parce que le bois clair qui la constitue se mêle presque aux teintes fades du désert. Armée d'une bouteille d'eau, je parcours les deux cents mètres en évitant de marcher sur un scorpion ou une autre bestiole flippante. Des barrières anglaises qui servent normalement à clôturer un terrain pour chevaux entourent la propriété abandonnée. La maison principale n'a plus de porte et une petite remise s'est effondrée dans un coin. Je lance un coup d'œil par-dessus mon épaule. Poséidon est en train de me rejoindre. Je m'engage à l'intérieur du domaine fantôme. Prudente, je jette un coup d'œil dans la vieille bâtisse : quelques meubles poussiéreux disséminés çà et là forment une kitchenette et une salle à manger.

La puissance de Poséidon caresse ma conscience avant même que je me tourne vers lui pour le regarder. J'ai appris à percevoir sa présence là où, avant notre rencontre, je préférais me fermer à l'aura des dieux.

— On dirait le décor d'un vieux western, noté-je en entrant dans la maison.

— Oui. Les lieux ont l'air abandonnés depuis un bail. Fais gaffe où tu poses les pieds, le vieux plancher pourrait céder sous ton poids. On n'a pas besoin de gérer une cheville cassée, en plus de la panne.

— Ta sollicitude me touche, Posy.

Mais je sais qu'il a raison. Je fais le tour de la pièce en frôlant quelques objets couverts de poussière.

— *Là où la vie n'avait pas de valeur, la mort, parfois, avait son prix. C'est ainsi que les chasseurs de primes firent leur apparition...*

Je me tourne vers lui, les sourcils froncés. Un petit sourire éclaire son visage, son regard pétille.

— C'est une réplique d'un western : *Quelques dollars de plus.*

— Attends, tu mates ce type de film ?

— J'adore ce genre de cinéma, précise-t-il. Vraiment.

Si je m'y attendais. Je pouffe, à la fois surprise qu'il ait partagé ce détail avec moi, et heureuse qu'il l'ait fait.

— Moi, je n'aime pas vraiment la télé. Je préfère les livres.

— *Amour, donne-moi cette force et cette force me sauvera,* prononce-t-il si bas que je manque de ne pas l'entendre.

— Shakespeare.

— J'ai lu toutes ses œuvres au moins trois fois. Je l'ai connu aussi.

J'écarquille les yeux, réalisant de nouveau que Poséidon est immortel. Il a vécu des millénaires sur cette terre. Quel horrible sort. Il doit se sentir si seul.

Je songe à Amphitrite et un pincement au cœur me serre la poitrine.

— Je fais un peu pitié avec mes dix-neuf ans d'existence, hein ?

Il hésite, referme la bouche, puis éclate de rire.

— C'est sûr que comparé à moi, c'est peu. Mais si ça peut te rassurer, depuis que tu m'accompagnes, c'est comme si je t'avais toujours connue.

Je fais mine de ne pas entendre la pointe de tristesse dans sa voix.

— Je ne t'accompagne pas, je nettoie derrière toi.

— Si tu le dis, glousse-t-il.

Il accepte mon changement de sujet. Je ne suis pas encore prête à lui avouer que j'ai saisi ce que dissimulaient ses allusions. Je n'en ai pas le courage, pour le moment.

Une autre porte mène au jardin. Je m'éloigne d'un serpent enroulé autour d'un seau en bois, puis devine les toilettes un peu plus loin.

— Il faut qu'on reparte, me prévient Poséidon. Je préfère ne pas laisser Lex trop longtemps, je n'aime pas cet endroit.

Moi non plus. Il y a quelque chose de malaisant qui imprègne l'air. Le soleil haut dans le ciel ne joue pas en ma faveur non plus. Si ça se trouve, tout se passe dans ma tête. Le lien avec Prométhée s'est sûrement rompu parce que je cuis de l'intérieur.

— Tu as raison, soupiré-je. Allons-y.

Je retourne dans la pièce principale et tends la main vers la bouteille d'eau que j'ai posée sur la table. Mais je n'attrape que le vide. Un cercle dessiné sur la poussière trahit l'emplacement du contenant, pourtant je ne peux m'empêcher de regarder autour de moi, au cas où je l'aurais posé autre part entre-temps.

— Tu as vu ma bouteille d'eau ?

— Elle était là. Peu importe, on s'en va. Tout de suite.

Je suis du même avis. Alors qu'on se dirige vers les barrières autour de la maison, une seconde vague de pouvoir me frappe de plein fouet. Elle est identique à celle que j'ai ressentie à l'intérieur de la voiture. Je tombe en arrière, mes jambes cèdent sous mon poids, mon crâne frappe le sol.

Lorsque les bras puissants de Poséidon me soulèvent, je m'exclame :

— Oh non ! Dis-moi que tu l'as sentie !

Déjà, il me tient contre lui en courant à travers le domaine. Avant qu'on puisse sortir, une silhouette squelettique et haute d'au moins deux mètres cinquante apparaît devant l'unique issue. Le vieil homme à la barbe et aux cheveux hirsutes a les yeux gorgés de sang. Son visage creusé se fend d'un sourire édenté. Poséidon vient de me poser au sol et se tient maintenant entre nous. Je recule de plusieurs pas, écrasée par la force psychique du titan.

— Prométhée, gronde l'Olympien en parlant d'une voix faussement calme. Justement, on te cherchait.

— Je sais, Poséidon. C'est pourquoi je me suis permis de simplifier vos recherches… il ne faudrait pas agacer Zeus, n'est-ce pas ?

Il crache le nom du Roi des dieux avec un tel dédain que s'il se mettait à vomir, je n'en serais pas surprise. Je ne me suis pas spécialement penchée sur le mythe de Prométhée, je sais juste qu'entre lui et Zeus, ce n'est pas l'amour fou.

— Rentre dans la maison, Phita.

Je m'éloigne avec joie du duo dont l'énergie brûlante commence à m'étouffer.

— Laisse-moi deviner, vous êtes de mèche, avec Hadès ? suppose Poséidon.

— Je lui ai demandé un petit service, en effet, répond l'immense vieillard en approchant doucement. Il devait me cacher de Zeus le temps que ton roi se lasse, en échange d'une flammèche du Feu sacré que je conserve en moi.

Mon dos frappe la façade de la maison. Hypnotisée par le type bien trop maigre, je déglutis. Pour le moment, il ne fait pas mine d'attaquer. Il se contente d'approcher Poséidon, la posture détendue. Le dieu des Océans reste immobile, même lorsqu'il se retrouve écrasé par l'ombre du titan.

— Je peux t'en offrir une également, si tu mens à Zeus en lui disant que vous ne m'avez pas trouvé. Le pouvoir de ta fiancée ne me facilite pas la tâche pour disparaître. Accepte, laisse-moi vivre parmi les hommes, et tu ne me reverras jamais.

Prométhée est celui qui a donné le feu aux humains, notamment en leur enseignant aussi des arts capables de favoriser leur évolution au fil des siècles. Zeus n'a pas vraiment aimé, perdant peu à peu l'emprise qu'il avait sur les mortels. Voilà pourquoi ils se détestent tant, et voilà pourquoi le grand Roi a condamné le titan à se faire dévorer pour l'éternité.

— Ce n'est pas ta guerre, Poséidon, comme ce n'était pas celle d'Hadès. Retire-toi de la bataille, prends ce que je t'offre.

Une flamme brûle dans la main tendue du vieil homme. Elle possède une couleur verte hypnotique et très jolie. Le silence s'étire. Les battements de mon cœur résonnent dans ma tête. J'en compte cent vingt-deux avant que Poséidon demande :

— Pourquoi j'accepterais ce cadeau ?

— Parce qu'il te permettra de rester dissimulé aux yeux des mortels lorsque Zeus reformera l'Olympe. Il compte le faire, tu le sais, n'est-ce pas ?

32.

— Comment ça ? interviens-je malgré moi.

Trop curieuse pour passer à côté de cette discussion, je rejoins Poséidon, qui tend son bras afin de m'empêcher d'approcher Prométhée. Pour la première fois, le titan pose son attention sur moi. Je m'en serais bien passée. Si je garde la tête haute, j'ai surtout envie d'aller me cacher. Tu parles d'une future gardienne !

— Zeus a toujours voulu remettre la mythologie grecque au goût du jour, comme avant, répond le dieu des Océans sans détourner les yeux du titan. Même s'il jongle avec les réseaux sociaux, il reste traditionaliste. Il n'accepte pas qu'on soit tombés dans l'oubli. Il prétend qu'un jour, les mortels nous vénéreront de nouveau et qu'on retrouvera notre puissance d'antan. Il veut donc dévoiler notre existence...

Oh merde.

— Ce sera le chaos, deviné-je.

— Exactement, répond Prométhée avec un sourire. Voilà pourquoi je vous offre à vous, Poséidon et Amphitrite, l'opportunité d'échapper à la vague lorsqu'elle s'abattra sur le monde.

J'ignore délibérément le nom qu'il m'a donné pour enchaîner :

— Ce ne sont que des hypothèses, il est bien trop occupé à se pavaner sur Instagram et TikTok pour préparer un plan d'une telle envergure.

— Elle a raison, répond Poséidon. Rien ne dit qu'il passera à l'acte. Pas plus tard qu'hier, je l'ai vu se balader sur la scène d'un grand créateur en caleçon. Et puis, pour réussir, il lui faut l'aide d'Aphrodite. Il ne prendra pas le risque de déclarer la guerre aux hommes sans avoir une police d'assurance.

— Une police d'assurance ? soufflé-je.

— Aphrodite est la déesse de l'amour, m'explique-t-il inutilement – je connais mes classiques –, et donc pour éviter les révoltes et les guerres, il aura besoin de son pouvoir afin d'apaiser les Hommes.

Le titan garde la main ouverte sur la flammèche verte vacillante, même si son visage vient de se durcir.

— Peux-tu assurer à ta néréide que Zeus attendra de trouver Aphrodite ?

Ah, un tressautement sur la paupière de Poséidon m'apprend que le vieux fou vient de toucher un point sensible.

Je n'ai pas envie que les humains découvrent l'existence de notre monde… mais en même temps, je ne veux pas me retrouver enchaînée à un rocher pour être dévorée vivante.

— On ne peut pas se dresser devant Zeus, déclaré-je. Pas de façon directe, sinon on mourra.

Prométhée tourne brusquement la tête vers moi, poussant un feulement de colère.

— Et moi, jeune fille, je ne retournerai pas aux Enfers !

D'un revers de bras, il me balaie sans même me toucher. Je percute la façade de la maison au moment où Poséidon se jette sur lui. J'ai beau souffrir du soleil, ce n'est pas son cas à lui, malgré sa nature. J'essaie de garder les yeux ouverts pour le regarder combattre avec la violence et la dextérité d'un gladiateur furieux. Mes paupières me trahissent, m'envoyant dans des micro-inconsciences que je ne parviens pas à surmonter. À un moment, j'aperçois Prométhée au sol, en train de hurler de douleur. La seconde d'après, Poséidon se tient devant moi. Ses lèvres bougent, mais ses paroles ne me parviennent pas. Je n'entends qu'un long sifflement aigu, puis je sombre dans les ténèbres… pour me réveiller sur la banquette arrière de la voiture. Je porte la main à mon crâne en déversant un flot de jurons bien colorés. Assis à côté de moi, l'Olympien m'adresse son fameux sourire amusé.

— On a quitté l'Arizona ?

— Oui, dans quelques minutes, on retrouvera le navire.

— Prométhée ? demandé-je, soulagée de ne plus encaisser l'ardeur du désert.

— Il s'est enfui.

— Et merde.

Je lutte contre les visions douloureuses de nos deux corps dépecés par un oiseau de malheur. Pour dissimuler ma peur soudaine, je fais appel à ma spiritualité légendaire :

— Poséidon n'a pas réussi à maîtriser un vieillard. Tu parles d'un scoop. Attends que je le dise à mes copines et que la nouvelle fasse le tour des néréides du monde entier. Tu vas perdre ton cachet, Posy.

— Il faudrait déjà que tu aies des copines, rétorque-t-il. Ta mère m'a dit que tu ne traînais pas avec les femmes de ton peuple.

— Quand elles sauront que j'ai roulé une pelle au Roi des Océans, ça changera la donne, ajouté-je en ignorant sa pique.

Une étincelle capable d'allumer un feu monstrueux au creux de mon ventre traverse son regard. Si je m'écoutais, j'enlèverais ma ceinture de sécurité et je sauterais sur ses genoux pour l'embrasser. Après tout, je serai bientôt morte.

— Il ne t'arrivera rien.

Comment peut-il le savoir ? Je suis à deux doigts de lui rétorquer qu'il ne pourra pas faire grand-chose contre Zeus, s'il n'a même pas eu le dessus sur le vieux titan. À la place, je me détourne en haussant les épaules.

— Tu crois que Prométhée est sérieux et que Zeus compte dévoiler notre existence au monde ?

Son visage s'assombrit.

— Je l'ignore.

— Pourquoi ferait-il une chose pareille ? Je veux dire, c'est du suicide !

— Je ne suis pas assez proche de mon frangin pour le comprendre, Trésor. Il est imprévisible.

Je continue de me masser doucement la tête pendant quelques secondes.

— La voiture a redémarré dès que le titan a mis les voiles ? m'enquis-je afin de changer de sujet.

— Oui. Comment te sens-tu ?

Je grimace, ma vision se trouble légèrement.

— Je m'en remettrai, j'ai la tête dure... mais attends que je trouve cet enfoiré de Prométhée ! Et si je tombe sur Hadès, je lui referai le portrait à ce sale traître !

J'ai l'impression que ces derniers jours, le karma m'envoie son pied dans l'estomac. Entre trahisons à répétition et mauvaises surprises, j'en ai plein le dos.

— C'est une manie de vous tirer dans les pattes entre frères ? demandé-je brusquement.

— Notre relation est... compliquée.

— Qu'est-ce qu'on va faire pour Zeus ? On ne parviendra jamais à retrouver Prométhée. Si on a réussi dans le désert, c'est uniquement parce qu'il le souhaitait.

— Dans l'immédiat, on va se planquer et réfléchir à un autre plan.

À mesure qu'on roule, je ne peux m'empêcher de songer aux intentions du Roi des dieux.

— Je comprends qu'Hadès ait accepté de s'associer à Prométhée afin de rester dans l'ombre si Zeus fait ça. Quand je les vois, Brook, Léther, Perséphone et lui, je sais que cette vie tranquille leur convient.

— Ouais, grommelle-t-il.

— Tu n'as pas non plus envie d'être sous le feu des projecteurs, n'est-ce pas ? Ta carrière de pirate chasseur de trésors serait terminée.

Un rire silencieux secoue ses épaules.

— C'est le moins qu'on puisse dire.

— Qu'est-ce qu'on va faire, maintenant ? Je n'ai pas envie de passer ma vie à me cacher. Ni aux yeux des mortels ni à ceux de Zeus.

Il se masse le front, mais ne me donne aucune réponse. Je devine que, hormis accepter la flamme proposée par Prométhée, nous n'avons pas d'autres options à notre disposition.

— Tu réussiras à nous maintenir sous les radars malgré la diminution de ta puissance ? demandé-je tout à coup.

— Oui.

Je croise le regard de Lex à cet instant précis. Je me remémore ses paroles disant que Poséidon a sacrifié son statut de roi pour moi. S'il n'était pas spécialement attaché à son rang – vu ce qu'il fait comme métier – je devine quand même que c'est difficile de renoncer à ce qu'on est au fond de nous. La culpabilité continue de me peser. Quand j'y pense, tout serait bien plus simple si Poséidon n'était jamais entré dans ma vie.

Si je n'étais pas entrée dans la sienne.

On arrive bientôt au port. L'Olympien prend le temps de passer un coup de fil, puis il me propose une dernière pizza avant d'embarquer. Évidemment, j'accepte. J'ai encore une faim de loup.

On s'installe à la même table que la dernière fois et la serveuse nous accueille.

Alors que nos boissons arrivent, quelques minutes plus tard, je feins de ne pas sentir ou de remarquer le regard insistant de Poséidon sur moi. Mais au bout d'un moment, agacée, je pousse un soupir en approchant mon visage du sien, les coudes appuyés sur la table.

— Arrête de me mater de cette façon, ça m'énerve. Si tu as un truc à dire, crache le morceau.

— Alors dis-moi, Trésor, depuis quand es-tu au courant pour ta réincarnation ?

Histoire de savoir s'il va développer, j'attends. Au bout d'une trentaine de secondes, je pige qu'il ne compte pas continuer. Génial. Je pourrais simuler l'incompréhension et lui dire que j'ignore de quoi il parle... mais je me sens trop chamboulée par les derniers évènements pour jouer la comédie.

— Un moment déjà. Il y a des détails qui m'ont poussée à l'envisager, comme la manière dont j'ai réussi à convaincre Scylla de nous laisser tranquilles. La maîtresse des monstres marins, hein ? Je l'ai lu dans un livre, au manoir. Puis à cela, j'ai superposé ton comportement envers moi. Par contre, si tu comptes me poser la question : non, je ne me rappelle rien. J'ai interrogé Perséphone pour savoir comment elle avait géré le truc, et elle m'a raconté que les souvenirs de sa vie de déesse lui étaient revenus de manière fragmentée, ainsi que toutes celles qu'elle avait vécues. Je crois surtout que ce dernier détail est plutôt lié au fait que c'était son ultime existence... bref, je ne me souviens pas. Et je... n'en ai pas envie.

33.

La serviette en papier s'émiette entre mes doigts, je garde mon attention rivée sur elle. Mon cœur vient d'accélérer, une angoisse sourde se loge dans ma gorge. Je ne voulais pas entamer cette discussion, parce que ça allait rendre la situation plus réelle et incompréhensible.

— Il arrive, en effet, que tu ne te souviennes de rien lors de tes réincarnations. Tu connais le principe, pas vrai ?

Je hausse les épaules, le visage rouge d'embarras.

— Si on veut. Je connais ce qu'on enseigne aux peuples de la mythologie grecque. Je ne me suis jamais sentie trop concernée. Là encore, c'est comme si on parlait d'une autre personne. Je veux dire… Amphitrite, quoi ! L'une des néréides qui a fait partie de ton cortège originel et ta… Ça me paraît juste dingue. Voilà pourquoi je n'avais pas envie d'en parler.

La serveuse nous amène nos pizzas, et Poséidon attend qu'elle se soit éloignée pour reprendre la conversation.

— Et tu as envie d'en parler, là, tout de suite ?

Une part de moi redoute d'entrer dans les détails. Je choisis celle qui me chuchote que de toute façon, je ne peux plus reculer.

— Comment savais-tu que j'étais la réincarnation de ta femme ? demandé-je dans un murmure.

— Hadès m'a parlé de toi, il y a longtemps. Il t'a reconnue immédiatement, tandis qu'il se rendait à ton manoir pour discuter avec ton père. Je lui ai racheté l'info.

Devant mon haussement de sourcils, il éclate de rire et passe les bras derrière sa nuque. La manière dont ses muscles se bandent m'assaille d'une douce chaleur, comme si on venait de jeter une couverture sur mes épaules. J'adore cette sensation. Elle me rappelle celle que je ressens lorsqu'on s'embrasse, quand on se presse l'un contre l'autre... Je me secoue intérieurement pour me sortir les visions brûlantes de l'esprit. Le moment n'est pas venu de céder.

— Comment ça, « racheté l'info » ?

— Tu as compris qu'avec mes frangins, rien n'est gratuit. Tout a un prix. Surtout ce genre d'annonce.

— Tu lui as donné quoi, en échange ?

— Je lui ai rendu sa corne d'abondance, que je lui avais volée à l'époque.

Je me fige, incapable de savoir quoi répondre. Poséidon ne plaisante pas, je le sais très bien. Je secoue donc la tête.

— Incroyable. Jamais vous ne vous êtes tous entendus comme de vrais frères ?

— On est de vrais frères et on s'apprécie. C'est juste que nos titres nous poussent à entreprendre des jeux de pouvoir, c'est inévitable. N'aie pas l'air si scandalisée.

Préférant revenir au sujet d'origine, même s'il ne me plaît pas davantage, j'embraye :

— Donc, voilà pourquoi tu savais que j'allais mourir. J'étais déjà une Orione lorsque... tu vois ?

— Quand tu étais Amphitrite ? Absolument. Tu l'as toujours été. Pendant des siècles, j'ai cherché un moyen de te sauver. Je ne l'ai trouvé que très récemment.

Je hoche la tête et entreprends de manger en silence en essayant de ne pas laisser paraître mes émotions chaotiques.

— C'est bizarre, je n'ai pas l'impression d'être spéciale.

— Tu l'es pour moi.

Et voilà comment parvenir à éclater mon cerveau et mon âme en une seule phrase. Un couinement misérable franchit mes lèvres, et je me sens fondre de l'intérieur. Donc pour garder la face, je lève le menton en mâchant avec concentration.

— Cette pizza est délicieuse.

— Quoi ? s'esclaffe-t-il. C'est tout ce que tu as à dire ?

— Oui. Tu agis avec moi comme si tu me connaissais depuis une éternité, et ce dès notre première rencontre au bal du prince, c'est flippant.

— C'est le cas, rétorque-t-il.

— Mais pas moi, lui rappelé-je.

— Ça t'effraie vraiment ?

J'ai envie de jouer la forte tête et de prétendre que rien ne me fait peur.

— Un peu. OK, beaucoup. Je... j'espérais que ce ne serait pas vrai. Tu ne te rends pas compte de ce que ça fait sur le cerveau, ce genre d'info.

Il prend une inspiration, l'air pas du tout vexé.

— Tu es Amphitrite. Tu as toujours été la fille impulsive et cogneuse que tu es aujourd'hui. Tu n'as jamais laissé les gens te marcher dessus, et gare à ceux qui essayent. Tu es capable de contrôler quelques créatures marines comme Scylla, aujourd'hui. Avant, tu pouvais respirer sous l'eau. Certaines choses restent gravées dans la roche, d'autres se modifient, mais rien ne change vraiment. Tu n'as pas le moindre souvenir ?

Je secoue la tête.

— C'est normal, je suppose, tes natures de néréide et d'Orione bloquent les souvenirs de tes vies antérieures. Je vis sur cette terre depuis des millénaires sans mourir. Je ne peux pas prétendre comprendre ce que tu ressens, mais j'essaie. Si jamais tu as des questions ou que tu veux juste en parler, je reste à ta disposition, Trésor.

J'opine, étonnée par la douceur de ses paroles. La tension

dans mes muscles causée par ce sujet que je considère comme un peu « tabou » s'estompe.

— Est-ce qu'Héra est pareil que toi et Zeus ? Est-ce qu'elle est immortelle ?

— Non, ça ne concerne que les trois Rois de l'Olympe. Comme les autres dieux et déesses, elle est sujette aux réincarnations. À la différence des divinités inférieures comme toi, elle se souvient de toutes ses existences dès qu'elle est en âge de réfléchir.

— Je vois. Je préfère ne rien me rappeler. Au moins, je ne suis pas influencée dans mes jugements.

Puisqu'on en est à discuter calmement, je continue :

— Pourquoi as-tu refusé la flamme de Prométhée, si tu ne veux pas retrouver ta place de roi aux yeux des mortels ?

— Parce que ce titan de malheur ne propose pas ça par bonté, il demandera forcément quelque chose en retour. Je refuse de lui devoir des comptes. Si Hadès a accepté, c'est son problème.

À la lueur de son regard, je devine que ça ne lui plaît pas. Je prends le temps de mordre dans ma pizza, consciente qu'Hadès et lui se ressemblent beaucoup plus qu'ils veulent l'admettre. Ils existent en marge de leur nature, profitant essentiellement de ce que cette vie simple leur apporte.

— C'est à cause de m... d'Amphitrite si tu vis maintenant sur un bateau en portant la casquette de pirate, n'est-ce pas ?

Je crains qu'il me réponde par l'affirmative. Je n'ai pas envie d'être coupable de la déchéance du grand et puissant Poséidon.

— Amphitrite était la femme la plus courageuse que je connaisse. La plus libre, aussi. Elle arpentait les mers sur un navire en se dressant contre quiconque la défiait.

Si je m'y attendais. Je cligne plusieurs fois des paupières. Je ne peux pas m'empêcher de trouver ce détail archi cool.

— Vraiment ?

— Oui. Je t'ai déjà dit que les premières néréides étaient des guerrières, n'est-ce pas ? Je ne plaisantais pas.

À des années-lumière des filles de mon peuple aujourd'hui.

— Donc, tu l'as imitée ?

J'ai encore du mal à m'identifier à Amphitrite. J'ignore si j'y parviendrai un jour, en toute honnêteté. En attendant, ça ne semble pas déranger Poséidon.

— Je l'ai accompagnée jusqu'à ce qu'elle meure, à l'âge de vingt ans. Ensuite, je l'ai cherchée, et on a recommencé. Encore et encore...

J'opine, sans savoir quoi dire. Heureusement, il embraye sur un autre sujet :

— Et toi, comment vois-tu ton avenir, Phita ?

Ah, excellente question. Un sourire gêné – et un peu triste – étire mes lèvres.

— Depuis que je suis gamine, on me bassine avec les mariages arrangés. On m'apprend à parler pour plaire, à marcher pour plaire, à étudier pour plaire... Déjà enfant, le concept me dérangeait. Quand mon père est mort, ma mère s'est réfugiée dans les galas, les soirées mondaines, les bals, tous les évènements réunissant la haute société. J'ai vu ces unions formées au nom du pouvoir et de l'argent ; j'ai vu des épouses et des époux chercher des amants afin de se remonter le moral ; le manque d'amour véritable m'a écrasée au profit de l'hypocrisie, tu vois ? Comment peut-on choisir de s'infliger un avenir sans amour ? Voilà pourquoi je me suis opposée très jeune au concept et que je me suis révoltée contre ce genre de mœurs. Il y a des gens que ça n'ennuie pas : ma sœur, par exemple. Mais pas moi... ma mère doit s'arracher les cheveux en se disant que j'aurai bientôt vingt ans et que je rendrai complètement dingues tous mes prétendants.

Je pouffe de rire à cette idée, puis libère un soupir détendu.

— Ces derniers jours ont été éprouvants physiquement et émotionnellement, mais je réalise que je préfère ça à ce qui m'attendrait en retournant au manoir. J'aimerais te ressembler et pouvoir choisir la vie que je veux mener. Je voudrais être comme Amphitrite.

— Mais tu es elle. Regarde, toute une vie dans la noblesse n'est pas parvenue à faire plier ta détermination. Tu peux devenir ce que tu veux.

Ses mots me touchent. Non, ils bousculent mon âme, ils creusent un passage que je n'avais encore jamais découvert dans mon esprit.

— Vraiment ?

Il me fixe un long moment en pianotant du bout des doigts sur la table. Tout à coup, un doute me saisit. Non, une terreur venue du plus profond de mon âme.

— Mais si je commettais une erreur en rejetant les coutumes de mon peuple ? Si je jetais la honte sur ma famille ? Ça nous détruirait toutes les trois. Je t'ai dit que les néréides adoraient les rumeurs et qu'elles circulaient plus vite que leurs ombres. Le fait que la parfaite Thétis Nérés soit mariée à un prince des sept mers ne suffira pas à effacer le déshonneur que je risque d'infliger à ma sœur et à ma mère si je décidais de rejeter les coutumes de mon peuple.

— Alors quoi ? Tu comptes quand même participer à un bal, l'an prochain, dans l'espoir d'être acceptée par un prince ? me demande-t-il. Et si ce n'est pas le cas, tu rencontreras des hommes choisis par ta mère et tu prendras le moins pire ?

Dit comme ça, c'est encore plus triste.

— J'en sais rien, je suis perdue. Le fait qu'une véritable nouvelle existence se déploie devant moi rend la situation plus réelle. Je ne sais pas quoi faire. Je ne peux pas abandonner ma famille, mais en même temps, je n'ai pas envie de trahir mes principes. Je t'en prie, arrête de me regarder comme ça ! grogné-je, percutée par son amusement teinté de jugement. Tu ne peux pas comprendre.

— Ah oui ? Pourquoi ?

— Tes frères et toi passez votre temps à vous frapper dessus. Parce que la trahison, chez vous, est aussi normale que de vous chamailler. Je t'avoue que je ne vous comprends pas. Jamais je ne pourrais traiter ma sœur comme vous le faites entre vous.

Je réalise la dureté de mes paroles au moment où une ombre s'abat sur le visage généralement avenant de l'Olympien.

— Enfin, je veux dire... Écoute, je ne voulais pas être aussi méchante.

— Tu crois que si l'un de nous est en danger, les autres n'interviendront pas ?

Quitte à m'enfoncer, autant le faire jusqu'au bout.

— Ce n'est pas ce qui s'est passé quand Hadès a affronté Crios ? Désolée de remettre ça sur le tapis, mais les faits sont là.

En guise de réponse, il se lève, sort quelques billets qu'il jette sur la table et se dirige vers la porte.

— Je t'attends sur le bateau.

Si l'envie me prend d'essayer de le retenir, la certitude d'avoir raison m'en empêche. Peu importe si je l'ai vexé, c'est simplement ma façon de voir les choses. Mais j'irai m'excuser sans doute plus tard, histoire qu'on ne passe pas les prochains jours en étant brouillés. Déjà que la menace de Zeus se transforme peu à peu en promesse, inutile d'envenimer la situation.

Zeus.

Bon sang. Je me rends compte, soudainement, que si je me retrouve aux Enfers, ça finira par se savoir dans le monde des néréides. Ce sera pire qu'une éventuelle fuite pour échapper à un mariage. Le prince rejettera ma sœur, et ma mère se retrouvera bannie de la communauté. Que deviendra-t-elle ? Elle n'a jamais travaillé, ne s'est jamais mêlée aux humains, elle n'a même jamais envisagé que sa vie pouvait ressembler à autre chose. Je me souviens de ses interventions fortuites quand les néréides se moquaient de moi. Elle me défendait, même si dans l'intimité, elle me demandait d'essayer de ressembler à ces cruches. Elle n'est pas la meilleure des mères, mais elle a toujours été à mes côtés malgré mes déboires. Elle aurait pu m'envoyer dans un pensionnat pour jeunes filles en Suisse afin de me « remettre » sur le droit chemin. C'est plutôt fréquent lorsqu'une jeune néréide se rebelle. Au lieu de quoi, elle m'a gardée auprès d'elle.

J'ai une envie soudaine de lui envoyer un SMS pour lui dire que je l'aime. Encore faudrait-il que j'aie un portable et que je connaisse son numéro. Il va falloir que je rentre au manoir. Et pour ça, il faut que je réussisse à apaiser la colère du terrifiant Roi des Rois.

— Zeus ?

Je prononce son nom tout bas. Autant jouer le tout pour le tout.

Il ne se passe rien. J'attends une minute, le cœur lancé à mille à l'heure, mais je n'aperçois pas l'ombre d'un nuage à travers la vitrine ou même la moindre perturbation. Je prends donc une inspiration en joignant mes mains.

— Je sais que vous n'avez sans doute pas envie de me parler ou même de passer un marché avec moi. J'ai semé un peu le chaos, j'en ai conscience. Ne pas l'avoir fait exprès n'empêche pas que Prométhée soit libre. S'il vous plaît, j'ai envie d'arranger les choses. Il faut que je vous parle.

— Je t'écoute.

34.

Je sursaute, sur le point de mourir d'une attaque quand j'ouvre les yeux pour apercevoir le beau blond à la place qu'occupait précédemment Poséidon. Le Roi des dieux n'a pas changé : il est toujours aussi propre sur lui, fringant, stylé et entouré d'une puissance inégalable. Je bugue encore un instant sur son apparente jeunesse d'étudiant. Le fait qu'il n'ait pas l'air en colère ajoute à son charme, et le rend moins terrifiant que sur le bateau. J'aurais aimé qu'il sourie, un peu comme sur ses réseaux sociaux, mais ce serait trop demander.

Troublée, je regarde autour de nous, afin de savoir si quelqu'un l'a vu « apparaître ». Puisque personne ne réagit, je suppose que non.

— Euh... salut, interviens-je pour briser le silence tendu. Déjà, est-ce que vous avez récupéré votre Foudre ?

Son sourire n'atteint pas vraiment ses yeux très froids.

— Oui, je l'ai également réparé.

Un frémissement traverse ma colonne vertébrale. Allez, Phita, ce n'est pas le moment de te dégonfler.

— Je suis désolée pour... ça. Et de vous avoir frappé aussi, c'était irréfléchi.

Il soupire, comme si ma voix l'agaçait. Ah, je reconnais bien là une émotion familière, puisque ma mère l'arbore presque en permanence en ma présence.

— Pourquoi m'as-tu appelé, Phita ?

— Merci d'avoir répondu à ma prière.

— Peu de gens – immortels et mortels confondus – me prient encore. Tu étais la seule à le faire à cet instant. Allez, ne me force pas à regretter d'être venu. Ce serait fâcheux pour toi s'il s'avérait que mon apparition était inutile.

Je le devine de fort méchante humeur malgré son air détaché.

— On... Poséidon et moi avons cherché Prométhée, sans le trouver. Visiblement, le titan est capable de « bloquer » sa localisation. Nos recherches n'ont rien donné, avoué-je en une demi-vérité.

— Tu m'as appelé pour me dire que tu as échoué ? demande-t-il avec un sourire sinistre.

Je secoue la tête pendant qu'il attrape la bière de Poséidon, qu'il la renifle, et la repose avec une grimace dégoûtée.

— Il est puissant, me défends-je.

— Et tu n'as pas idée de ce qu'il est capable de faire, en liberté sur cette planète. Fut un temps où il a retourné les humains contre moi, créant un chaos dont tu n'as pas idée.

Je déglutis, de plus en plus nerveuse.

— J'ai saisi, on a foiré. J'ai une question : est-il vrai que vous comptez dévoiler l'existence des dieux de la mythologie grecque au monde entier ?

Ma question le déconcerte, mais il reprend très vite contenance et hoche la tête.

— J'aimerais beaucoup savoir qui t'en a parlé.

— Peu importe. J'ai une proposition à vous faire, une information à vous donner.

Intéressé, il pose les avant-bras sur la table en approchant légèrement son buste de moi, signe que j'ai son attention.

— Ah oui ? Je suis tout ouïe. Donne-la-moi et je te dirai si elle a de la valeur.

— Je sais où vit Héra.

Les secondes s'écoulent, il ne réagit pas. Puis la déception me harponne le ventre lorsqu'il éclate de rire.

— Tu crois que j'ignore où se cache ma merveilleuse épouse ? Allons, Phita, ne m'insulte pas. Je n'ai jamais cessé de la garder à l'œil.

— Mais... elle nous a dit que...

— Peu importe ce qu'elle croit. Je sais où elle habite. Tu vas devoir surenchérir, ma jolie.

Je réfléchis en vitesse, prise de court. Brusquement, une idée me vient, et je la regrette avant même qu'elle franchisse ma bouche :

— Je connais l'identité actuelle d'Aphrodite.

Là, je viens de faire mouche. Zeus se décompose, comme si je venais de lui envoyer une baffe.

— Elle ne s'est pas encore réincarnée dans ce cycle, auquel cas je l'aurais sentie, contre-t-il. Ne me mens pas, néréide.

— Je vous dis la vérité, elle est là, dehors. Si vous ne l'avez pas encore « sentie », c'est parce qu'il lui est arrivé quelque chose avant qu'elle atteigne ses dix-huit ans.

— Vas-tu cesser de tourner autour du pot ? Est-ce qu'elle est morte ?

— Elle est en vie, mais elle n'atteindra jamais la majorité humaine.

De nouveau intéressé, il m'ordonne de continuer.

— Minute. Je vous vends cette information si vous récupérez le trident de Poséidon auprès d'Hadès et que vous me le rapportez. Deuxième condition : vous vous chargez seul de Prométhée et vous revenez sur vos menaces de nous envoyer à sa place aux Enfers.

Cette fois, amusé, il demande :

— Comment diable le trident de Poséidon se trouve-t-il en possession d'Hadès ? Raconte-moi également de quelle manière tu t'es retrouvée embarquée dans une histoire avec Héra.

En quelques phrases, je lui détaille la situation.

— Tu dis qu'en échange d'un morceau de chair de Prométhée, Hadès a pris la couronne de notre frère ?

— Oui, ensuite le dieu des Morts nous a piégés. Il savait sans doute que le morceau de chair ne nous suffirait pas à trouver le titan.

En vérité, le Roi des Morts savait très bien que Prométhée finirait par nous tomber dessus tôt ou tard, désireux de nous proposer un marché pour garder sa liberté contre une partie de la flamme magique.

— Évidemment, dit-il d'une voix traînante. Très bien, j'accepte.

— Quoi ? Vraiment ?

Il disparaît. Le temps d'un clignement de paupières, Zeus n'est plus là. Je reste immobile comme une idiote, jusqu'à ce que le roi se matérialise devant moi, sur la banquette, avec le trident de Poséidon en main. L'arme posée sur la table a presque renversé ma boisson et dépasse dans l'allée centrale du restaurant. Lorsqu'un couple se contente de contourner le manche doré sans paraître le moins du monde surpris par l'objet, je souffle :

— Mais… ils ne le voient pas ?

— Tu n'es pas sans savoir qu'un charme protège les nôtres de ceux qui ignorent notre existence ? Ça inclut ce genre de choses, dit-il en désignant l'arme. Si tu préfères, je te le réduis.

En tapotant l'or du bout de l'index, il le transforme brusquement en un gros anneau de type chevalière. Je l'attrape pour le mettre dans ma poche, au cas où Zeus changerait d'avis et déciderait de me le reprendre.

— Bien, passons au plus intéressant du marché. Le nom d'Aphrodite.

— Vous acceptez de nous laisser tranquilles, Poséidon et moi, concernant Prométhée ?

— Oui. Je me chargerai de cette enflure moi-même. Je t'écoute.

Je lance un dernier coup d'œil au restaurant, derrière moi. Zeus se tient debout, près de la porte, en agitant la main avec un sourire de conspirateur. Son attention fichée entre mes omoplates me met mal à l'aise. Lorsqu'un groupe de jeunes passe devant lui, une fille s'arrête et se met à jubiler en sautillant sur place. Zeus ne me regarde plus, concentré sur elle. Elle s'adresse à lui avec un entrain remarquable, je peux presque voir son excitation s'échapper des pores de sa peau. Dès que le reste du groupe se rend compte qu'ils ont affaire à un célèbre influenceur, ils imitent leur amie. Le Roi de l'Olympe leur décoche un sourire Colgate, visiblement satisfait de l'effet qu'il inspire aux mortels. Je me sens soulagée de ne plus être le centre de son attention, jusqu'à ce qu'il souffle dans mon esprit :

« Cette information a intérêt à être exacte, me rappelle-t-il. Auquel cas, l'accord ne tient plus. »

Je frisonne en me dirigeant vers le port. Il me faut environ cinq minutes pour regagner le ponton occupé par les hommes de Poséidon. Le dieu se charge des préparatifs afin qu'on prenne la mer au plus vite. Il déteste la terre ferme. Logique, pour une divinité marine, j'imagine. Beaucoup de néréides et de tritons lui ressemblent, raison pour laquelle mon peuple est spécialisé dans le commerce maritime. Moi, j'ai appris à aimer le sol parce que c'est l'unique option que j'ai. À quoi ça sert d'être la réincarnation d'une néréide Originale, si je ne sais pas faire un truc aussi simple que nager ?

Je monte sur le bateau en saluant quelques-uns des mercenaires d'un hochement de tête. Je me sens à la fois inutile, coupable et horrible. Un mélange de trois émotions qui forment un cocktail infect dans ma bouche. J'ignore si j'ai fait le bon choix en révélant à Zeus une information aussi importante sur Aphrodite. Un poids dans mon estomac me donne envie de vomir. Je m'installe sur une caisse en bois, le dos appuyé contre la façade de la cabine, les yeux rivés sur la mer. Les minutes s'étirent, tout le monde prend son poste, puis le navire quitte le port. Les employés de Poséidon, habillés comme des pirates d'antan, se mélangent aux marins d'aujourd'hui. Je me demande si leur style est une lubie afin de parfaire le tableau du « vaisseau fantôme » ou si c'est parce qu'ils ont été recrutés à une autre époque. Cette question m'interpelle trop pour me quitter, alors je la pose au premier type qui passe devant moi. D'abord surpris, le jeune homme brun écarquille les yeux, arrache son chapeau de sa tête et baragouine. Au bout d'un moment, il parvient à former une phrase intelligible :

— Vous avez raison sur un point, ma p'tite dame. On est tous immortels, nous autres les marins, et on vient d'époques différentes.

— Sans blague ? Je ne l'aurais jamais deviné, me moqué-je gentiment en parlant de son vocabulaire.

— Et si ! continue-t-il en ignorant mon trait d'humour. Par exemple, moi, je faisais partie de l'équipage du grand Peter Easton, l'un des pirates les plus connus d'Angleterre. Ensuite, je suis entré au service de Poséidon quand mon ancien capitaine s'est retiré du métier.

— Tu es donc immortel ? Mais tu n'es ni un Héros, ni un monstre mythologique, ni même un dieu. Comment est-ce possible ?

Il lance un coup d'œil par-dessus son épaule, puis rit.

— J'ai juré allégeance à Poséidon en entrant à son service. Je fais partie de sa cour, et ce sera le cas jusqu'à ce que Céto me dévore.

— Mais pour me sauver moi, il n'aurait pas simplement pu me demander de lui jurer allégeance ?

— Ça fonctionne que sur les humains, ma p'tite dame. Je dois y aller, le pont ne va pas se nettoyer tout seul. C'était un plaisir.

Je lui réponds par un sourire et le regarde s'éloigner pieds nus. Je n'ai aucune idée de qui est Céto, et je n'ai pas envie de le savoir.

Poséidon décide de m'ignorer jusqu'au soir, j'en profite donc pour développer mon cercle social sur l'Amphitrite. Je fais connaissance d'Akim, un marin qui m'autorise à monter dans le nid-de-pie à une vingtaine de mètres du sol. Afin d'atteindre le panier accroché au sommet du mat, je grimpe par les cordages en utilisant la totalité de mes muscles. Je réalise que je me suis un peu ramollie quand je peine à parcourir les derniers mètres, alors que l'homme à côté de moi grimpe avec la facilité d'une araignée. Bientôt, j'observe le paysage cyan en essayant de juguler mon souffle saccadé pour ne pas dévoiler à quel point l'exercice a été ardu. Des nuages cotonneux blancs lumineux parcourent le ciel et se reflètent sur l'étendue tranquille de l'océan. J'ai l'impression de ne plus vraiment exister. Ici, les problèmes paraissent minuscules, et la Terre si grande. Je ferme les yeux et inspire le vent chargé d'embruns et de sel, puis j'écarte les bras de chaque côté de ma taille. Cette liberté me prend au dépourvu. Pas dans le mauvais sens du terme, au contraire. Je veux bien être un rouage insignifiant de l'univers, si ça me permet de me sentir si libre.

— Et maintenant, dame Phita ? demande Akim avec un accent oriental plutôt agréable à l'oreille.

— Oh, lui dis-je en lui envoyant un léger coup de coude, je vais rester un peu ici afin de profiter du panorama grandiose. Tu peux descendre, je me débrouillerai.

La véritable raison est que je ne sens plus assez mes muscles pour utiliser les cordages dans l'immédiat. L'homme d'une quarantaine d'années éclate de rire, les coudes posés sur le bord du nid-de-pie.

— Je voulais dire : maintenant, où est-ce qu'on va ?

— Oh, euh... je l'ignore. Poséidon ne t'en a pas touché un mot ? Il n'a pas un trésor à débusquer dans les profondeurs marines ?

— Je ne crois pas, il a laissé nos affaires de côté dès qu'il vous a rencontrée.

— D'accord. J'ignore notre prochaine destination. Dans l'immédiat, on va se contenter d'attendre et de voir, réponds-je. Tu travailles pour lui depuis longtemps ?

— Trois ans.

— D'accord. Et est-ce que tu connais sa... nature ?

Akim fait partie des rares humains qui bossent sur le bateau. Je suis capable de les reconnaître à cause de la fragilité de leur énergie : tel un santon de cristal si finement taillé qu'il pourrait se casser à la moindre brise.

— Est-ce que je sais que c'est un dieu ? Évidemment. Nous sommes plus nombreux que vous le pensez à connaître l'existence des divinités de la mythologie grecque.

— Et ça ne t'effraie pas ?

Il prend une grande inspiration.

— Si, chaque jour. Mais j'ai appris à vivre avec.

— Que penses-tu qu'il se passerait si les Hommes apprenaient notre existence ?

Il grimace, ce qui ne me dit rien qui vaille.

— Certaines personnes ne sont pas prêtes à partager leur foi actuelle. L'être humain est frileux à ce sujet. J'ignore si ce serait une bonne chose de vous exposer à la lumière.

Je pousse un soupir en songeant à ce qu'il vient de dire. Des guerres éclatent déjà au nom de la religion, chez les mortels. Alors qu'est-ce que ce sera si Zeus met son grain de sel ?

Et moi qui ai donné au Roi des dieux une chance de mettre en place son plan. Je mets ma main dans ma poche et en sors le trident de Poséidon sous forme de chevalière en or. J'ignore si ça valait le coup. Mais je n'ai pas pu m'empêcher de sauver la peau de Poséidon et la mienne en ayant une aussi bonne carte en ma possession. Et maintenant ?

Pendant quelques minutes, je reste là à fixer l'horizon calme. Ensuite, je décide de redescendre sur le pont. Lorsque j'arrive en bas, je ne sens presque plus mes bras.

Je me rends dans la cabine de Poséidon. Il s'y trouve, accompagné de quelques-uns de ses mercenaires. Je m'efforce de rester discrète en attendant qu'ils terminent de parler. Leur discussion concerne un trésor perdu dans les fins fonds de l'océan Atlantique, près de la pointe de l'Argentine. En les entendant aborder le sujet avec désinvolture, je devine qu'ils sont tous habitués à passer leur vie sur un navire et à arpenter les mers du monde entier.

Les hommes de Poséidon finissent par sortir et je marche vers le dieu. J'ai essayé de peaufiner un discours d'excuses dans ma tête, mais rien n'est venu. Je suis davantage douée pour envenimer les situations que les calmer. Du coup, en silence, je pose la chevalière sur le bureau. Poséidon quitte ses cartes maritimes des yeux pour observer le bijou, le front plissé. Ses épaules se tendent, ses doigts approchent la bague en tremblant légèrement. Dès que ces derniers entrent en contact avec le bijou, le trident balaie tout sur son passage en surgissant de nulle part. Je bondis en arrière afin d'échapper à une gerbe de café qui coule d'un gobelet renversé.

— Qu'est-ce que tu as fait, Phita ? demande-t-il d'une voix calme, mais sombre.

— J'ai réglé nos problèmes. Nous ne sommes plus dans le collimateur de Zeus. Ses ordres et ses menaces ne tiennent plus. De rien.

Je me détourne, un peu vexée par sa réaction. Je ne m'attendais pas à une explosion de joie ou à un gros câlin, mais quand même.

— Phita, qu'est-ce que tu as fait ? répète-t-il plus fort.

Avant que je puisse atteindre la porte, elle se ferme devant moi. Je tourne la poignée sans que le battant bouge d'un millimètre. Forcée de me retourner, je croise les bras sur ma poitrine, le menton relevé. Avec brio, je feins de ne pas être scotchée par la vitesse de Poséidon qui se tient devant moi.

— Phita...

Pour la première fois, je perçois de l'inquiétude sur son visage. Le genre qui gomme mon masque assuré et me file des frissons.

— J'ai demandé à Zeus d'aller le récupérer auprès d'Hadès afin que tu puisses retrouver ta couronne et tes pouvoirs. Je ne supportais pas l'idée que tu les perdes à cause de moi. Ce n'était pas juste de t'infliger cela.

Ses traits s'adoucissent, sa mauvaise humeur perd en intensité. D'un mouvement de la main, il rabat quelques dreadlocks en arrière, puis se concentre sur le plafond. Il me regarde de nouveau en se pinçant l'arête du nez.

— C'était un faux.

— Quoi ?

Se matérialise brusquement un second trident dans sa main, identique à l'autre.

— Celui que j'ai donné à Hadès était un faux. Tu croyais que j'allais le laisser me prendre ma couronne ?

— Mais...

Mes yeux font la navette entre les deux armes, sans que mon cerveau puisse réellement percuter. Disons plutôt que je n'arrive pas à y croire.

— Pourtant, j'ai senti ton pouvoir perdre en intensité, balbutié-je.

— Ça ? Un subterfuge.

Pour me le prouver, il ferme les paupières, réanimant alors son aura de pouvoir bleu intense. Son énergie, à l'image de celles de Zeus ou d'Hadès, caresse ma peau comme une paire de griffes invisibles. Je recule au moment où il le rétracte, telles des ailes.

— Pourquoi tu ne me l'as pas dit ? demandé-je, en me sentant à la fois trahie et vexée.

— Il fallait que ça paraisse réel aux yeux de mon frère. Si je t'en avais parlé, tu aurais pu me trahir, même sans le vouloir. Il est doué pour décrypter les micro-expressions. Maintenant, dis-moi, comment as-tu réussi à le récupérer ?

— J'ai passé un marché avec Zeus, réponds-je mécaniquement.

Je ne peux pas m'empêcher de me demander si le grand roi savait que le trident était faux quand il me l'a donné, dans ce restaurant. Sans doute, oui.

— Que lui as-tu filé de si important pour qu'il te rende deux services ?

Sa tension palpable me met mal à l'aise. Je me gratte la nuque en affichant un sourire désolé. Je bafouille une phrase qu'il n'arrive pas à comprendre. Ses sourcils se froncent, ses lèvres se pincent.

— Phita !

— D'accord ! Je lui ai peut-être dit où il pouvait trouver Aphrodite !

— Quoi ? Elle n'est pas...

Avant qu'il puisse me donner les arguments identiques à ceux de Zeus, je lance :

— Si, elle est née, mais sa nature divine est dissimulée par une seconde plus... importante.

— Qui est-ce ?

Avant que je puisse ouvrir la bouche pour lui donner la réponse, une explosion retentit dehors. Poséidon me tire à lui au moment où la porte s'ouvre, manquant de me frapper de plein fouet.

— Capitaine, on a un problème !

35.

Le bateau n'avance plus, voilà ce que je réalise en premier. Ensuite, je perçois l'énergie sombre et bouillante sur ma peau, comme des fourmis tueuses qui me marcheraient dessus.

— Fait chier, grondé-je.

Je suis Poséidon sur le pont afin de savoir ce qui se passe. Une grimace déforme mes lèvres. Pour cause : une sphère noire qui ondule dans l'air est prise au creux des voiles et nous ramène vers le port. Je grimace en me rendant compte de quoi est constituée cette chose sombre : d'âmes, dont les lamentations me glacent le sang.

Perséphone. La signature qui se dégage de cet amas répugnant est celle de la Reine des Enfers.

— On dirait que ton frère et ta belle-sœur veulent discuter, lancé-je avec un rire jaune.

Les bras dressés vers le ciel, Poséidon invoque sa propre puissance. La force psychique qui me frappe à cet instant est assez semblable à une voiture qui percute un mur à grande vitesse. Elle me coupe le souffle, me broie le crâne, brise mes os. Pendant une seconde, je n'existe plus vraiment. Tout n'est que brouillard, brouhaha inintelligible, douleur. Mon cerveau menace d'éclater en morceaux.

La souffrance reflue lentement quand une présence dans ma tête dresse un mur entre moi et le pouvoir des dieux. Ce n'est autre que Poséidon, je reconnais sa trace.

Trésor, ne lutte pas. Si tu repousses ton pouvoir, ce sera pire.

J'ai conscience que ce répit n'est que passager. Une fois que Poséidon sortira de ma tête, je me prendrai de plein fouet sa puissance mélangée à celle du couple des Enfers.

Allez, accepte-le, continue-t-il. *C'est la seule manière de t'en sortir. Tu es une Orione, tu es assez forte pour aspirer toute la puissance de l'Olympe s'il le faut.*

Le navire continue de faire marche arrière malgré le vent invoqué par le dieu des Océans. Je comprends qu'il ne peut pas me soutenir et combattre en même temps.

— D'accord, soufflé-je. Tu peux sortir de ma tête.

Je tente de ne pas me focaliser sur la peur de me faire submerger et noyer dans le tumulte de leur combat lorsque sa présence disparaît. Frappée de tous les côtés, je serre les mâchoires en m'accrochant à une corde pour rester debout. J'écoute le conseil de Poséidon en répétant à voix basse que je suis une Orione. Mes genoux frappent le sol, j'ai du mal à respirer. Se trouver au milieu d'un réacteur nucléaire doit faire le même effet. J'entends Poséidon jurer et la seconde d'après, il me prend dans ses bras. Sa chaleur m'englobe tout entière, le monde cesse de vouloir me briser. Le vent retombe.

— Désolée, soufflé-je.

Le bateau percute le ponton sans douceur. La coque grince, le bois éclate et tout se fige. La masse d'ombre disparaît dans les voiles, emportant avec elle les cris des âmes et une partie de la pression en moi. Un peu sonnée, je m'extirpe de la prise de Poséidon.

— Qu'est-ce que tu as encore fait, Trésor ? gronde-t-il, la mine sombre.

— Je n'avais pas le choix, je devais nous sortir du bourbier que tu as – je te rappelle – créé !

On n'a pas le temps de se disputer à coups de reproches. Du coin de l'œil, j'aperçois Hadès et Perséphone qui viennent d'emprunter la passerelle pour monter sur le navire. Poséidon et moi les rejoignons en affichant une assurance à toute épreuve. Me concernant, elle est plutôt factice.

Hadès me fixe avec une froideur terrible, j'en ai des frissons. Quant à Perséphone, elle ne se gêne pas pour me dévoiler son dégoût et sa colère. C'est d'ailleurs elle qui crache en premier :

— Il l'a enlevée en disant que c'était en ton nom !

Zeus, quel enfoiré. Il aurait pu éviter de me mentionner lors de ses sombres larcins.

— Qui ? intervient Poséidon en se plaçant un pas devant moi.

— Brook, continue Perséphone, folle de rage. Zeus l'a emmenée ! C'est sa faute !

Des ombres humaines apparaissent. Un fin voile d'eau se dresse alors entre elles et nous, semblant naître du sol pourtant sec. Lorsqu'un damné tente de nous attaquer, il se fracasse dessus et s'efface dans un hurlement terrible. Les dizaines d'autres l'imitent, sans succès.

Hadès finit par poser une main sur l'épaule de la jolie Perséphone pour lui intimer de se calmer. J'aimerais tellement posséder un pouvoir d'attaque de ce genre. À la place, je me contente de la géolocalisation, tu parles.

— Brook avait confiance en toi, gronde-t-elle.

Un peu frustrée par ma faiblesse, je cède à la colère.

— Si je ne me trompe pas, Perséphone, elle avait aussi confiance en Hadès. Tu veux savoir pourquoi Zeus a emmené Brook, demande-toi d'abord la raison pour laquelle ton fiancé l'a ramenée d'entre les morts.

— Parce que c'est ma meilleure amie.

J'éclate de rire en ratissant les environs du regard. Les mercenaires se tiennent derrière nous, leurs armes chargées prêtes à tirer. Quant aux marins, ils restent en retrait, aussi livides que nerveux. Un peu rassurée par la présence des soldats de Poséidon, j'observe Hadès un long moment. Il a tressailli et son regard a redoublé de violence. Je prends cela pour un aveu silencieux. Mon demi-sourire plein d'insolence – celui qui énerve ma mère à coup sûr – agit aussi sur lui. Les poings fermés, il me rend mon expression de défi.

— Tu leur dis, lui proposé-je en désignant les Nyx restés sur le ponton, ou je m'en charge ?

Léther surgit soudain de la passerelle, aussi furieux que la Reine des Morts. J'ai un peu de peine pour lui. Il ne doit pas être au courant des cachotteries de son patron, sinon il ne lui enverrait pas des coups d'œil surpris.

— De quoi parle-t-elle, Hadès ?

— Oui, ô grand Roi des Enfers, Sa Majesté des Morts, monsieur je-me-la-p...

— Phita, me réprimande Poséidon.

— Désolée, soufflé-je en reprenant le contrôle. Bref, si tu leur donnais la véritable raison de ton acte de charité ? Moi-même, je l'ignorais, jusqu'à ce que j'apprenne le plan de Zeus... et ta position concernant cette histoire de Grande Révélation Divine. Tu n'as pas plus envie que Poséidon de le voir dévoiler notre existence aux humains. Tu savais que ton Roi avait besoin d'un dernier élément pour parvenir à ses fins, alors quand tu as rencontré Brook et qu'elle est morte, tu as sauté sur l'occasion, n'est-ce pas ?

Chacun de mes mots entraîne un changement d'humeur palpable chez Hadès. Il est passé de froid à hyper furieux. Sa colère me harponne avec autant de force que son pouvoir quand il le déploie. Au moins, c'est davantage supportable que les trois signatures énergétiques réunies.

— Hadès ? l'interroge Léther.

Puisque ce dernier ne semble pas vouloir parler, je balance la bombe :

— Brook est la réincarnation d'Aphrodite, la déesse de l'amour. Zeus avait besoin de son pouvoir pour rendre la nouvelle de notre existence plus supportable aux yeux des humains. Maintenant qu'Hadès l'a ramenée, elle n'atteindra jamais sa majorité divine ni son plein potentiel. Tu la voulais dans ton camp, Hadès. Je me demande si tu as aussi prémédité sa mort ou si tu en as juste profité...

— Je n'ai rien projeté du tout ! siffle-t-il.

Et je me prends une vague de chaleur terrible en pleine face. D'abord, surprise, je hurle. Poséidon me défend en envoyant un mur d'eau dans la tronche de son frère, alors que de mon côté, j'ai l'impression de brûler vive.

Tu es une Orione.

Les paroles du dieu des Océans me reviennent, elles s'insinuent en moi, glissent sous ma peau et apaisent la douleur. Je suis une Orione, il a raison. J'en ai assez de subir sans pouvoir me défendre. Quelque chose se craquelle dans mon esprit, se fissure, et explose. Au moment où une vague énorme menace de se former à la surface de l'océan, je souffle tout l'air de mes poumons. Excédée, mais aussi épuisée.

Et là, de nouveau, mon propre pouvoir balaie celui des dieux afin de ne laisser qu'un vide apaisant autour de moi. La pression se relâche sur mon esprit, je parviens à respirer normalement.

— Va falloir arrêter ça, les gars, fulminé-je.

À la tête que tirent Hadès, Poséidon et Perséphone, je devine qu'ils essaient de réveiller leurs pouvoirs, sans pourtant y parvenir. Je sais que c'est temporaire, alors le plus urgent est de mettre la situation à plat.

— Non, souffle Perséphone en se concentrant sur son fiancé. Elle plaisante, hein ?

— Elle a raison, répond-il, Brook est la réincarnation d'Aphrodite.

L'entendre de la bouche du Roi des Enfers rend cette vérité plus percutante encore. Surtout pour Perséphone et Léther. L'un comme l'autre ne semble pas pouvoir se remettre de l'information.

— Et le reste ? enchaîne la brunette en accusant le coup. Tu as laissé son enflure d'ex-copain l'assassiner pour... dis-moi que tu n'as pas fait ça.

Sa voix se brise. Je détourne les yeux, le cœur lourd. Mon arrogance vient de s'envoler d'un seul coup. J'aurais peut-être dû me contenter de l'annonce officielle et m'abstenir d'y inclure mes suppositions personnelles.

— On en parlera en privé, tranche-t-il.

Puis, à mon attention, il reprend :

— Tu n'aurais rien dû dire à Zeus...

— Tu vois, frangin, ricane Poséidon, c'est exactement pour cette raison que Tyron a décidé de vous quitter, toi et ton club. Je ne suis peut-être pas une figure d'honnêteté...

— C'est clair, le coupé-je.

Il continue comme si je n'étais pas intervenue :

— Mais il savait à quoi s'attendre avec moi. N'accuse pas Phita d'avoir vendu la mèche, alors que c'est en partie ta faute. Maintenant, quitte ce navire. Retourne dans ton Royaume des Morts, ou je te jure sur Chaos que ma colère déferlera sur les Enfers et que ce ne sera pas joli joli.

Un court instant, personne ne parle. Hadès et Poséidon s'affrontent en silence, pendant que Perséphone, perdue dans ses pensées, observe le sol.

Je me sens hyper coupable. Non seulement j'ai vendu Brook au Roi des dieux, mais en plus, j'ai sans doute brisé à la fois une amitié et une histoire d'amour. Franchement, il y a mieux que d'être responsable de la rupture du couple infernal le plus en vogue, non ?

J'hésite à demander pardon. Mais je me rappelle que je n'avais pas le choix. Ce qui ne rend pas ma faute plus tolérable.

— On s'en va, décide Hadès. Mais ce n'est pas fini...

Après le départ de la joyeuse compagnie, je reste immobile à regarder le rivage s'éloigner. Poséidon n'a pas bougé, lui non plus. Quand il prend une inspiration, je m'attends à ce qu'il me reproche mes actes, mais je me trompe.

— Tu maîtrises davantage ta nature.

— Je ne maîtrise rien du tout. Je ne le fais pas exprès de jeter une vague capable de mettre vos pouvoirs en stand-by.

Il tend la main devant lui, et une boule d'eau scintillante se forme.

— C'est un moyen de défense naturel qui se déclenche en toi. Tu peux le refaire ?

Je lui décoche un coup d'œil surpris, avant d'agiter la tête de gauche à droite.

— Pas maintenant. J'ai besoin de... pourquoi tu ne me hurles pas dessus ? lui reproché-je. Merde, à cause de moi, le chaos risque de se répandre sur terre !

— Tu veux vraiment que je te dise que tu as commis une erreur, alors que tu en as parfaitement conscience ? Tu sais, de temps à autre, il est nécessaire de prendre des décisions difficiles qui ne plairont à personne, pour éviter qu'un drame plus grand encore ne se produise.

— Ça aurait été dramatique si on s'était retrouvés aux Enfers à la place de Prométhée ?

Son sourire glacial me transperce de part et d'autre.

— Ça aurait été un drame que Zeus m'enferme dans le monde souterrain, parce que je l'aurais réduit en fumée. Et il le sait très bien. Tout repose sur l'équilibre : le monde des morts dépend de l'état de celui des vivants, et vice versa.

Je déglutis, les sourcils froncés.

— Donc, il ne t'y aurait pas envoyé...

— Zeus tient toujours ses promesses, même celles qu'il prend quand il est vraiment très en colère. Il n'y avait pas de bon choix dans cette histoire, Trésor. Juste des moins pires que d'autres.

Il passe une main sur son visage, soudainement très las.

— C'est ce à quoi sont confrontés en permanence les rois et les reines. C'est exactement pour cela que tu détestais ce titre, Amphitrite.

Il me tourne le dos et s'éloigne. Je ne fais aucune remarque concernant le prénom qu'il a utilisé, parce que je ne sais même pas s'il en a conscience.

— Je préfère largement la vie de pirate ! lancé-je.

Il ralentit, pivote dans ma direction, m'adresse un sourire capable de faire bondir mon cœur hors de ma poitrine.

— Je sais, Trésor.

36.

— Rah, pourquoi ça ne fonctionne pas ? J'en ai ma claque !

Malgré mes efforts, je ne parviens pas à localiser Brook grâce au sac à main qu'elle m'a offert la dernière fois qu'on s'est vues. Peut-être est-ce parce qu'il ne lui appartient plus ? Ou parce qu'elle est morte ? Cette idée me glace le sang. Elle renforce ma culpabilité, me donne envie de vomir.

Non, Brook n'est pas morte. Le Roi des dieux ne la tuera pas, c'est ce que m'a dit Poséidon. Elle est trop précieuse pour lui.

Désemparée, je m'enfonce dans le dossier de ma chaise, la tête renversée en arrière. Le navire continue de voguer tranquillement en direction d'un site de fouille, insensible à mon état émotionnel.

— Arrête, tu ne leur dois rien.

L'Olympien entre dans la pièce, suivi d'Akim et d'un mercenaire terrifiant.

— Je le dois à Brook. C'est mon amie. Certes, j'ai donné son nom à Zeus, mais je n'ai pas juré à cet enfoiré que je ne chercherais pas à l'aider.

Voilà l'une des raisons qui m'ont aussi poussée à agir ainsi : la certitude de sortir Brook de ses griffes d'aigle. Aujourd'hui, je comprends que je me suis foirée sur toute la ligne.

Je me lève pour quitter la cabine et laisser Poséidon régler ses problèmes de pirate. Je sors sous un soleil bien plus éclatant que mon humeur. À peine me suis-je éloignée de quelques pas qu'une main saisit mon poignet et me fait virevolter. Ma poitrine frappe le torse de Poséidon, son doigt glisse sous mon menton, relève mon visage, et il m'embrasse. Mes pensées se disloquent sur-le-champ, mes états d'âme aussi. Mes jambes se dérobent sous mon poids, la prise du dieu se resserre sur ma taille. Il ne m'a pas embrassée depuis une éternité. Une sorte de soulagement me submerge, mêlé à une euphorie ridicule, et un sourire étire ma bouche dès qu'il me libère.

— On devra parler quand j'aurai fini ma réunion.

— De Brook ?

— De nous.

Un ultime clin d'œil et il retourne dans la cabine. Moins en colère que quelques minutes plus tôt, je vadrouille sur le grand bateau. Bientôt, je m'arrête devant deux mercenaires en plein entraînement. Ils se battent comme de vrais chiffonniers, utilisant leurs poings, leurs pieds et même leurs têtes pour s'assener des coups dévastateurs. Autour d'eux, six de leurs collègues s'échangent des billets en pariant sur le vainqueur. Obnubilée par cette danse macabre, je reste immobile les minutes suivantes, les bras ballants.

Magnifique.

Je sors un billet d'un dollar de mon sac à main pour le tendre à un type chauve et au crâne couvert de tatouages. Il s'appelle Mitch, il supervise les mercenaires. Je l'ai déjà vu se battre, et c'est l'un des meilleurs combattants que j'ai pu rencontrer. C'est la première fois que je lui parle, en revanche.

— Un dollar sur Émeraude.

Il s'arrête, me détaille d'une manière terrifiante et éclate de rire.

— Un dollar ?

— C'est tout ce que j'ai, pour le moment. Je rappelle quand même, messieurs, grogné-je également à l'attention des moqueurs qui nous écoutent, que j'étais malade à crever en arrivant. Et je n'avais pas de valise ni d'affaires personnelles. J'ai gagné ce billet hier, en pariant avec Akim que je réussirais à monter et descendre deux fois de suite du nid-de-pie.

Certains cessent de rire pour se focaliser de nouveau sur le combat, mais Mitch continue de me dévisager. Il prend alors l'argent en soupirant.

— Tu es sûre de vouloir tenir avec Émeraude ? Harry a davantage d'expérience...

— Mais Émeraude est plus rapide et plus agile, je l'ai déjà vu courir sur le pont pour échapper à vos foudres.

Ses gros sourcils broussailleux se froncent encore plus.

— Je suis observatrice, me justifié-je. Bon, comment s'en sort Émeraude ?

Les surnoms des combattants sont écrits sur leur tenue de camouflage gris et bleu, dans le dos. En une poignée de secondes, je me laisse entraîner par l'euphorie des deux adversaires ainsi que par les remarques et l'excitation du public. C'est la première fois que j'entre véritablement en contact avec les mercenaires de Poséidon. D'habitude, je me contente de les saluer et ils me rendent la pareille.

Comme je l'espérais, Émeraude finit par prendre le dessus avec une série de coups vifs et précis. L'autre peine à esquiver, ce qui le handicape grandement. Lorsque le perdant tombe au tapis – j'entends par là, la plateforme en acier pour les épaves –, je m'exclame :

— Je te l'avais dit, Mitch !

— Tu avais raison, petite. Venez ici, ceux qui ont parié sur Émeraude.

Le chauve partage donc la somme parmi les trois. Alors que le groupe décide de s'éparpiller – c'était visiblement une pause *détente* – je reste près de Mitch.

— Alors, tu te fais à la vie en mer ? me demande-t-il, les mains dans le dos.

— Je m'habitue.

Il s'allume une cigarette sans faire mine de continuer la conversation.

— Je pensais qu'on aurait pu devenir amis, proposé-je.

— Quoi ? répète-t-il en éclatant de rire.

— Comme ça, tu pourrais m'entraîner au combat.

Je me tourne vers lui, les mains dans mes poches. En vrai, mon cœur cogne contre ma poitrine et je stresse à l'idée que le chef des mercenaires refuse.

— Tu veux devenir comme nous ? demande-t-il, réellement curieux.

— Non, je voudrais… être gardienne.

— Pourquoi ce doute dans ta voix ?

Parce que je réalise soudainement que je ne me suis jamais sentie aussi bien que depuis que je vis des aventures palpitantes en compagnie de Poséidon. Le métier de gardienne me paraît bien pâle à côté. Je ne me vois plus rester debout contre un mur, dans une surveillance passive constante. Et si ma voie se trouvait ailleurs ?

— Je ne sais pas encore ce que je veux vraiment faire. Enfin si, je refuse la vie facile des autres néréides. Ça, j'en suis sûre. Alors, tu accepterais de me donner quelques tuyaux, le temps que je retourne au manoir ?

— J'ai une dizaine de minutes à tuer, répond le chef des mercenaires. Pourquoi pas…

Ma joie retombe comme un soufflé lorsque mon corps frappe douloureusement le sol cinq minutes plus tard, après que Mitch m'a sommée de l'esquiver. Heureusement, il n'a pas mis toute sa force. Juste assez pour me donner l'impression de me briser de l'intérieur, sans que ce soit vraiment le cas. Je me redresse en gardant ma détermination intacte et je lui demande si je peux réessayer.

— Bah dis donc, s'esclaffe-t-il, je pensais qu'au bout de dix secondes, tu jetterais l'éponge.

Mais ce n'est pas le cas. Ni les minutes suivantes ni l'heure entière qu'il décide de m'offrir. Il a une manière bien moins douce que Xander de m'apprendre, voire carrément plus sévère. Mais ici, je ne suis pas « sa patronne » et ma mère ne risque pas de débarquer pour rappeler ma condition de fleur délicate destinée à être mariée. Non, ici, je suis l'unique femme dans un monde d'hommes impitoyables. Forcément, je n'ai droit à aucun traitement de faveur.

Et nom de Zeus, ce que j'aime ça !

Au fil de mon entraînement, des mercenaires se la jouent spectateurs. Certains me prodiguent des conseils du type : esquive, sur la gauche, sur la droite, plonge, feinte... mais ça n'empêche que pour la quinzième fois, je me retrouve plaquée par terre, le corps couvert de bleus. Pourtant, je souris comme jamais.

— Encore ! encouragé-je Mitch. Je veux devenir un mercenaire, finalement, et latter des monstres mythologiques !

— Tous à vos postes !

L'ordre de Poséidon retentit en cette fin d'après-midi ensoleillé. Les hommes se dispersent, et Mitch pose une main sur mon épaule, avant de s'éloigner. Un peu déçue, je demeure immobile en observant Poséidon qui m'approche.

— Eh, on commençait tout juste à s'amuser.

En guise de réponse, il esquisse un sourire, me prend par la main et m'entraîne dans sa cabine. Je continue de pester à voix basse, puis il m'ordonne de m'asseoir sur une chaise.

— Franchement, si tu avais vu le kick que j'ai envoyé à Mitch ! Enfin, j'ai essayé, pouffé-je.

— J'ai vu, répond-il. Très impressionnant et vraiment hyper sexy.

Oups, mon corps accepte un peu trop ce compliment.

— Ne bouge pas, continue-t-il.

Je devine son intention lorsqu'il s'agenouille devant moi avec un bol d'eau à la main, qu'il y trempe deux doigts et qu'il les approche de mon visage. Son contact m'électrise, il me coupe le souffle et les pensées. Et brusquement, il me paraît si dérisoire comparé à ce que j'ai vraiment *envie* de ressentir...

— Je parie que tu n'as pas conscience des retombées de ton premier entraînement, je me trompe ? me taquine-t-il.

— J'imagine que demain, mes muscles refuseront de coopérer.

Je tourne la tête vers un petit miroir. Je manque de m'étouffer avec ma propre salive quand je remarque les gros hématomes qui fleurissent un peu partout.

— L'avantage que tu as, comparé aux mercenaires, c'est que tu guéris plus rapidement qu'eux, note-t-il en frôlant mes blessures du bout des doigts.

— Une chance, grimacé-je en sentant tout à coup mon visage m'élancer.

Mais il n'est pas seulement question de mes joues ou de mon front : mes épaules, mes bras, mon ventre, mes jambes, tout a pris cher pendant cette séance improvisée.

Poséidon s'occupe de mes premières blessures superficielles, et un bien-être d'une puissance remarquable m'envahit. Je le laisse rendre mon visage plus présentable, me délectant secrètement de son toucher sur ma peau. Son propre souffle devient un peu erratique, son visage s'assombrit, mais son regard s'illumine de mille flammes. Sans me contrôler, je lève la main pour prendre la sienne, demeurée à proximité de ma tempe.

— Et maintenant, Posy, on fait quoi ? demandé-je dans un murmure.

— Ce que tu veux, Trésor.

Ma question concernait surtout la suite des évènements. Nous n'avons plus de comptes à rendre à Zeus, nous sommes libres. Du moins, tant que je ne songe pas trop à Brook.

— Et maintenant Posy, répété-je d'une voix grave, qu'est-ce qu'on fait ?

D'accord, je ne parle plus de nos plans, et il en a parfaitement conscience. Des frissons dévalent mon dos, se creusant un passage à travers ma chair jusqu'en bas de mon ventre. Il poursuit la lente évolution de ses doigts dans mon cou et le creux de mes épaules... Je ferme les paupières, envahie par une chaleur merveilleuse.

— Phita.

Quelque chose se brise en moi lorsqu'il prononce mon prénom. Je ne sais pas ce que c'est. Peut-être ma raison ? Mais je m'en fous. Sérieusement, j'ai juste envie d'arrêter de réfléchir. Donc, sans crier gare, je bondis sur Poséidon pour sceller mes lèvres aux siennes. Sceller nos consciences. Mon cerveau cesse de fonctionner, le monde s'évapore. Il ne reste que nous, nos corps, nos bouches avides. Ses doigts crochètent ma taille dans un grognement et il répond à mon baiser, d'une manière brutale qui me coupe le souffle. Je prends conscience de la violence de son désir, et ça exacerbe le mien, le multiplie à l'infini, me donnant l'impression d'exploser de l'intérieur. Mon dos frappe un mur, le torse de Poséidon se plaque contre ma poitrine. Il empoigne mes hanches pour me soulever de terre et me serrer plus fort contre lui. Ses lèvres me quittent le temps qu'il retire mon débardeur en le passant par-dessus ma tête. Un gémissement m'échappe au contact de ses dents dans le creux de mon cou, m'obligeant à m'arcbouter en arrière. Par instinct, je serre davantage mes cuisses autour de lui, rendant son excitation plus évidente encore entre mes jambes. Un sourire m'échappe, mon souffle se saccade.

En un clignement de paupières, on traverse la pièce et je me retrouve allongée dans son lit, pressée contre son corps tendu. Je me débarrasse de mon jean et il en profite pour passer la main sous ma culotte. Je pousse un soupir qu'il coupe net avec un autre baiser. Chacune de ses caresses me donne l'impression de tomber dans un puits de bonheur sans fond. Je m'accroche à ses épaules, ses doigts deviennent aventureux. Ses lèvres trouvent ma poitrine, et c'est comme si mon corps se consumait de l'intérieur. Ma conscience vacille, je me retrouve à espérer qu'il ne se contente pas que de caresses. Pour le pousser à le lui faire comprendre, je le renverse sur le dos. À califourchon sur lui, j'opère des mouvements de hanches qui accroissent l'incendie en moi.

— Faut que tu enlèves ce jean, Posy.

— Vraiment ? ricane-t-il en répondant à mes frottements.

— Oui. Tout de suite.

Son sourire carnassier n'a d'égal que la voracité dans son regard. Il se redresse, me renverse sur le lit et se déleste du reste de ses vêtements. À nouveau, il m'attrape par la taille, me soulève et me plaque contre le mur de la cabine. Pendant un instant, il ne fait que m'observer, les bras tendus de chaque côté de ma tête.

— Tu vas sérieusement faire durer le truc ? soupiré-je.

Au lieu d'obtempérer, il ricane et prend un malin plaisir à aller plus lentement. Étonnamment, ça ne réduit pas mon excitation, au contraire. Ses mains et sa bouche sur moi y parviennent très bien, sans compter le renflement de son sexe que je sens contre mon intimité. Ses légers coups de bassin m'envoient des décharges électriques dans tout le corps. Mes veines s'enflamment les unes après les autres et il en a parfaitement conscience.

— Je déteste le surnom que tu m'as donné, avoue-t-il à mon oreille sans cesser ses mouvements.

— Je sais, admets-je.

Il me pénètre en pressant davantage son corps contre le mien. Je me cramponne à ses larges épaules, incapable de résister au plaisir qui m'envahit. Ses mouvements vifs m'arrachent soupirs et gémissements. Son propre désir se mêle au mien, et je le perçois dans chacune des fibres de mon être. Je me laisse entraîner au fond de cet océan où tout est plus intense, plus beau, plus grand.

Et je n'ai jamais rien ressenti d'aussi délicieux.

Je me réveille au cœur d'une obscurité quasiment totale. Poséidon dort à mes côtés, un bras autour de ma taille, son visage enfoui dans mes cheveux. Parfaitement réveillée, je songe à ce qu'on a fait. Ou plutôt, à ce que ça signifie à mes yeux, mais surtout aux siens. Aux sentiments à l'intérieur de mon âme qui virevoltent et deviennent plus forts au fil des jours. J'ignore si j'ai raison de me laisser aller à les ressentir. Sur quoi déboucheront-ils ? Une véritable relation ? Poséidon est un pirate des temps modernes qui manie aussi bien le mensonge que le charme. Je ne sais pas encore si je dois lui offrir une confiance totale.

— Tu peux, Phita. Je te jure que tu peux.

Je me tends en retenant une salve de gros mots. J'avais oublié que certaines pensées lui parvenaient. Je m'apprête à me justifier, mais un élément dans son souffle régulier m'en empêche.

— Poséidon ?

Pas de réponse. Il dort, il n'a même pas bougé d'un cil. S'il a prononcé ces mots de manière inconsciente, ils sont sûrement honnêtes, non ?

Puis une vague de découragement me saisit.

Quand bien même cette histoire perdurerait avec Poséidon, ma mère en mourrait de chagrin. À ses yeux, il n'est qu'un commerçant du nom de Cove, il n'appartient pas à la haute société des tritons. Elle n'accepterait jamais que je parte avec lui s'il lui cache sa véritable identité.

À mon réveil, le lendemain matin, Poséidon est toujours dans le lit, mais il a les yeux grands ouverts. Le rouge me monte aux joues quand je décèle la tendresse dans son regard. Évidemment, bien vite, cette lueur devient moqueuse.

— Je ne m'attendais pas à ce que la guerrière Phita rougisse aussi facilement.

Je tente de le repousser quand il bascule sur moi, bien trop vexée pour accepter ses avances. Très vite, je me retrouve bloquée par une prison de muscles.

— Ne me cherche pas, Posy, Mitch m'a appris à frapper plus fort.

Mais au lieu de se méfier, il m'embrasse. Ce qui n'est pas juste, puisque ma colère redescend d'un coup, ne me laissant qu'une émotion semblable à une béatitude stupide. Prise d'un besoin de ne pas rompre le contact, je le serre davantage. Immédiatement, je le sens se durcir contre mon bas-ventre.

— L'art de la guerre et celui de l'amour se valent, non ? ironise-t-il tout contre mon cou.

— Je n'en sais trop rien... remontre-moi un peu l'art de l'amour ? Je n'y suis pas vraiment habitu...

Un hoquet de surprise et de plaisir mêlés franchit mes lèvres quand il s'enfonce en moi. Il attend quelques secondes afin que je m'habitue, puis me donne des coups de reins si intenses que j'ai le sentiment de perdre la tête. Je me laisse envahir par une allégresse qui semble capable de me briser de l'intérieur. Poséidon accélère, submergé par un plaisir insatiable. Je m'accroche à lui de toutes mes forces, mon souffle de plus en plus bruyant et irrégulier. Un incendie dévastateur prend naissance dans chacune de mes cellules, crépite, me brûle. Il se déploie dans tout mon corps, aussi ardent que délicieux. Mes muscles se tendent, la réalité perd ses reliefs au profit de milliers de couleurs derrière mes paupières closes, je sens ma poitrine sur le point d'éclater.

Mais ce n'est pas mon cœur qui explose, c'est moi. À l'intérieur. Je suis incapable de retenir un cri, les membres pris soudainement de tremblements. Immobile au-dessus de moi, Poséidon me regarde avec satisfaction.

— Alors, se moque-t-il, l'art de l'amour ?

— Je te l'accorde, il est aussi génial que celui de la guerre.

Il s'éloigne de moi après avoir déposé un baiser sur mon front. J'observe son corps musclé briller à la lumière du soleil, à travers les vitraux.

— Je suis ravi de l'entendre. Habille-toi, Mitch t'attend dehors pour une nouvelle séance d'entraînement.

Folle de joie, je me lève. Mon euphorie semble l'amuser encore lorsque je franchis la porte, prête à apprendre de nouvelles techniques de combat.

Deux heures plus tard, j'arrive à peine à marcher. Pourtant, je ne regrette absolument pas la fermeté de mon entraîneur, ni même la centaine d'autres écorchures qui brûlent à nouveau mon corps.

— Allez, une dernière fois, lui dis-je en positionnant mes pieds et mes poings comme il me l'a appris.

— Non, désolé, répond-il.

— Le devoir t'appelle ? Est-ce que tu crois que je pourrais entrer dans l'équipe, un jour ?

Il me fixe un long moment. Comme les autres mercenaires, aucune humanité ne brille dans son regard. Il me traite avec la même autorité que le reste de ses hommes.

— Que fais-tu de ton rêve de devenir gardienne ?

Je hausse les épaules.

— Je crois que je viens de trouver ma voie. Sans rire, j'ai toujours aimé me battre, voilà pourquoi je voulais devenir gardienne. Dans mon monde, un gardien était ce qui se rapprochait le plus d'une figure de combat. Aujourd'hui, je sais que d'autres chemins s'ouvrent à moi.

— La voie du mercenaire ?

— Oui. Si j'arrive à convaincre ma mère que c'est ce que je désire. Elle... va me tuer, je crois. Mais je ne peux définitivement pas me résoudre à simplement devenir la femme de quelqu'un. Tu vois ce que je veux dire ? J'ai besoin d'action, de bouger, de découvrir le monde.

Mitch me tend une bouteille d'eau que j'accepte avec plaisir. Il avale quelques gorgées de la sienne en trahissant une expression de fierté.

— Oui, je comprends très bien. Mais ce n'est pas moi qui prendrai la décision de ton intégration. Toutefois, je crois que tu as beaucoup de potentiel, ce serait dommage de le gâcher.

Je manque de mourir d'optimisme, tant ses paroles me touchent. Alors qu'il reprend son poste auprès de ses hommes, je croise le regard de Poséidon. L'Olympien se tient appuyé sur le bastingage en bois du pont surélevé. La gorge serrée, je secoue la tête en intervenant :

— Je souhaite devenir... autre chose que ce que mon peuple attend de moi. Je finirai par mourir d'ennui si j'accepte un mariage barbant. Quand bien même les gardiens que j'engagerai me donneront des cours, ce ne sera pas suffisant.

— Tu attends mon accord ? demande-t-il, étonné.

— Non. Enfin, j'en aurais besoin si tu veux bien de moi parmi l'équipage. Mais j'aimerais juste...

— Entendre que tu fais le bon choix ?

Oui. Voilà. Être soutenue dans ce projet un peu fou, pour la première fois de ma vie.

— Tu fais déjà partie de l'équipage, Trésor. Tu sais que ce n'est pas avec moi que tu dois avoir cette conversation.

Il se redresse soudainement et tend le bras vers l'horizon. Mon cœur rate plusieurs battements lorsque je reconnais ce morceau de terre en train de se dessiner. Cette falaise blanche familière battue par les vagues, si haute qu'elle m'a toujours donné l'impression de dominer le monde. D'ici quelques minutes, j'apercevrai le manoir de mes parents.

— Qu'est-ce qu'on fait là ? soufflé-je, troublée.

— J'ai pensé que tu aimerais assister au mariage de Thétis. Je me suis arrangé pour qu'il ait lieu chez toi, et non plus dans la propriété submergée du prince de la mer Noire.

37.

— N'oublie pas, me rappelle Poséidon en m'accompagnant sur la longue allée de graviers blancs diamantés. La dernière fois qu'ils t'ont vue, c'est quand tu es partie avec moi pour l'Europe. Ne leur parle pas de ton dernier retour et de ta maladie, ça briserait l'illusion.

Je hoche la tête, étrangement tendue. L'Olympien se dresse à mes côtés dans un costume capable de faire pâlir de jalousie n'importe quel triton. Je ressens une certaine appréhension à l'idée de revoir ma mère, maintenant que...

Tu es amoureuse ? ricane une voix narquoise à l'intérieur de mon esprit.

— Oui.

— Parfait, alors, dit-il avec un sourire de tombeur.

Je lui glisse un coup d'œil discret. J'ai du mal à croire qu'on puisse ignorer sa nature de Roi des Océans. Il a la carrure d'un guerrier, l'aura d'un dirigeant, la puissance d'un chef d'armée. Sa prestance n'a d'égale que son assurance.

— On pourrait aller dans le verger prendre du bon temps, propose-t-il.

— Quoi ? Non. Pourquoi ?

— Parce que si tu continues à me dévisager comme si tu

voulais me dévorer, je ne crois pas être capable de me retenir.

Au lieu du rouge qui me monte aux joues, c'est une vague de désir qui me submerge jusqu'à me couper le souffle. Je garde un rythme de marche normal pour essayer de dissimuler mon trouble.

— Tu es faible, Posy.

— Face à toi ? Toujours.

Je me concentre sur l'armada d'employés de maison qui courent partout. L'effervescence règne dans les jardins. Je n'ai jamais vu autant de bouquets de fleurs de ma vie ni un évènement réunissant tous les employés en même temps.

Quelques servantes me remarquent et ne manquent pas de me saluer avec de larges sourires. Mélisse fait partie de celles qui s'arrêtent, le temps de me dire qu'elle est ravie de me revoir. Poséidon devient la cible de regards à la fois fascinés et terrifiés. Lorsque la conductrice d'une camionnette de traiteur ne cesse de le dévorer des yeux comme une bonne glace en période de canicule, j'envoie un coup de coude dans les côtes de l'Olympien. Son sourire en coin enjôleur me vole un soupir agacé.

— Ils savent qui tu es !

— Non.

— Si. Ne te moque pas de moi : tu libères tes phéromones de dieu, je le sens.

— Mes phéromones de dieu ? répète-t-il en réprimant un sourire avec difficulté.

— Celles qui disent : *Je suis spécial, même si je veux te faire croire le contraire*. Du coup, tout le monde est fasciné.

Sa main se pose à l'arrière de mon dos, j'en ai des frissons.

— Personne ne sait, je t'assure.

On ne peut pas être Poséidon, posséder une telle classe, sans trahir inconsciemment son identité.

— Combien de temps vas-tu rester ? demandé-je pour changer de sujet.

Je ne détourne pas mon regard du manoir en attendant la réponse.

— Jusqu'à ce que tu me demandes de partir.

— Tu étais sérieux quand tu m'as dit que tu m'acceptais dans l'équipage ?

Les mains à présent dans les poches, il sourit de manière à accélérer les battements de mon cœur. Une pointe de moquerie demeure toujours sur ses lèvres, mais j'ai fini par comprendre qu'elle ne partirait jamais vraiment.

— J'ai toujours été très sérieux.

J'opine en silence, parce que ma joie se passe de mots. Je m'arrête après quelques pas, dans le hall richement décoré de la maison. Je n'avais pas réalisé que ces murs me manquaient. Le parfum fruité dans l'air ; les bustes horribles placés de chaque côté de la porte ; le carrelage bleu brillant et travaillé sous mes pieds ; les gravures magnifiques des murs représentant des scènes célèbres de l'histoire des néréides.

Ma mère surgit d'une pièce en hurlant des ordres à une armée de techniciens sur un échafaudage qui monte jusqu'au plafond. Il est question d'éclairage. Un sourire m'échappe, une joie discrète gonfle ma poitrine lorsque ma génitrice se précipite vers deux servantes qui installent des tapisseries fleuries avec difficulté. L'entendre râler me donne l'impression d'avoir quitté les lieux plusieurs siècles plus tôt.

— On devrait mettre un peu de rouge. Tout ce bleu me donne l'impression de me noyer.

Ma mère fait volte-face, les paupières rondes comme des soucoupes. La seconde d'après, elle se jette dans mes bras, juste avant de se rappeler qu'elle est une grande dame et qu'elle doit se maîtriser un minimum.

— Je ne t'attendais pas ! Je... ne vous attendais pas, note-t-elle en détaillant Poséidon d'un œil appréciateur. Heureuse de constater que vous êtes toujours en compagnie de ma fille, Cove.

— Minute, l'arrêté-je, qu'est-ce que ça signifie ? Je ne les fais pas tous fuir.

Je décoche un coup d'œil menaçant à Poséidon, histoire de lui conseiller de ne pas surenchérir. Il se contente d'attraper la main de ma mère et de la lui baiser en offrant une révérence charmante. Les joues de la matriarche des Nérés virent au rouge vif. Elle se ventile à l'aide d'un éventail apparu dans sa main par magie. J'ai toujours été très admirative de la vitesse avec laquelle les nobles dégainent ce genre d'accessoire, tels des soldats prêts à faire feu.

— Quel plaisir de vous revoir, madame Nérés.

— Je vous en prie, Cove, appelez-moi Katrina. Je n'ai pas eu beaucoup de vos nouvelles, ces dernières semaines.

Ah, la critique m'est destinée. Je hausse les épaules en roulant des yeux.

— J'étais pas mal occupée, désolée.

— De plus, nous nous trouvions, la plupart du temps, en mer, l'informe Poséidon avec un sourire enjôleur. Le réseau y est très mauvais.

Prendre du temps loin de mon environnement habituel m'a beaucoup aidée.

— Une chance que vous ayez appris que le mariage se déroulait ici la semaine prochaine. Cove, vous restez avec nous, n'est-ce pas ?

— Évidemment.

Elle se tourne vivement vers une employée qui passe par là et l'interpelle.

— Mary va vous conduire à votre chambre. Vous devez être épuisé. Allez vous rafraîchir.

Une minute plus tard, je me retrouve seule avec ma mère, au milieu du hall. Les mots me manquent. J'aimerais lui raconter mes mésaventures, piquetées de phases un peu plus joyeuses, mais trop rares. Je voudrais lui parler de Zeus, d'Hadès, de Prométhée, des choix horribles que j'ai dû faire.

À la place, je fixe le sol, embarrassée.

— Est-ce que ça va ? me demande-t-elle avec douceur. Ce voyage en Europe a l'air de t'avoir changée.

Le matin, lorsque je me regarde dans la glace, je n'aperçois aucune différence. Toutefois, je décide de la croire.

— Oui, c'était intense. Plein de surprises…

— Allons boire un thé.

Déjà, elle m'entraîne dans les couloirs jusqu'au salon bleu. Je n'ai jamais aimé le thé ni les petites pauses autour des biscuits. Elles m'ennuient plus qu'autre chose, je suis davantage une femme d'action. Cela dit, ces derniers temps passés sur un navire m'ont appris à me canaliser et à développer ma patience. Puis, pour une fois, j'ai envie de passer un peu de temps avec ma mère. Martin, son majordome, nous sert deux tasses, avant de se faire oublier dans un coin de la pièce.

— As-tu été bien traitée ? me questionne derechef ma mère en sucrant sa boisson.

Surprise, je réponds sans réfléchir :

— Évidemment, tu crois que je me serais laissé marcher sur les pieds ?

Elle secoue la tête en soupirant, et affiche son éternelle expression désapprobatrice qui m'est réservée.

— J'espère que tu as réussi à te comporter comme une jeune fille convenable.

Je bois une gorgée de thé en opinant, désireuse de ne pas m'épancher sur les détails. Si elle savait que j'ai passé le plus clair de mon temps avec des pirates, des mercenaires et des bikers, elle en perdrait ses magnifiques cheveux.

— Juré, réponds-je. Je ne t'ai pas fait honte une seule fois, l'honneur de la famille demeure sauf.

Si j'ai parlé sur le ton de la plaisanterie, ses traits se tordent brusquement en une grimace de culpabilité.

— Je ne doute pas que l'honneur des Nérés sera toujours sauf, avec toi. Ce n'était pas l'objet de ma question. As-tu fait des rencontres intéressantes ?

Par là, elle entend : as-tu posé des options sur de beaux tritons assez courageux pour demander ta main, l'année prochaine ?

— J'ai été pas mal occupée, lui répété-je. Cove m'a appris les bases du métier de commerçant. Nous avons beaucoup travaillé.

— A-t-il quelques amis appartenant au peuple des tritons ?

Je m'enfonce dans le dossier de mon fauteuil, tout à coup très lasse. J'ai besoin de sommeil, mon corps et mon moral le réclament.

— Cove n'est plus une bonne option ? demandé-je en éclatant de rire. J'ai pourtant cru que tu désirais arranger le coup entre lui et Thétis.

— La situation était... compliquée, rétorque-t-elle. Ta sœur avait besoin de compagnie pour se remettre du refus du Prince. Mais Cove n'a jamais été un triton et ne le sera jamais.

Non, il est tellement plus que cela. Mon attention se perd dans le liquide brun de ma tasse, happée par la vision de Poséidon incrustée dans mon esprit. Je songe à nous deux, à ce désir qui nous a consumés sur le bateau, à celui qui renaît chaque fois que je le regarde trop longtemps. À nos aventures épiques au cœur des Enfers, à notre entente qui n'a fait qu'évoluer au fil des jours, sans que je ne puisse rien maîtriser. Dans le fond, ça m'effraie. Toute ma vie, j'ai gardé un contrôle absolu sur mes émotions et mes actions, allant jusqu'à refuser certaines mœurs de mon peuple. Maintenant, j'ai peur. L'intensité de mes sentiments pour lui annonce une certitude importante : plus je l'apprécierai, plus le chagrin sera grand lorsque tout ceci se terminera.

— Phita, tu as quelque chose à me dire ?

Je croise le regard de ma mère sans le vouloir. À l'intérieur, je décèle un panel de questions, mais aussi une sorte de lueur maternelle capable d'abattre mon armure. Cette lumière me susurre qu'elle lit en moi comme dans un livre ouvert et qu'elle a déjà compris.

— Thétis va épouser un prince. Ce n'est pas très grave si, un jour, je m'engage émotionnellement auprès de quelqu'un qui n'est pas un triton.

Ma phrase ressemble un peu trop à une question. Ma mère pousse un léger soupir en posant sa tasse sur la petite table, face à nous. Sa main chaude, pleine de douceur, caresse mon genou.

— Phita...

— Je ne suis que la cadette, je n'ai aucune importance... tout ce qui compte, c'est le choix de l'aînée, et on ne peut pas mieux faire qu'un prince. On se fiche de ce qu'on dira, les autres familles oublieront si je n'épouse pas un triton. Je n'ai aucune im...

— Ne prononce plus le mot « importance », me coupe-t-elle durement.

Je me tais, la gorge sèche. Pour fuir son attention brûlante, je me concentre sur le magnifique tissu cyan du canapé.

— Phita, reprend-elle, tu as autant d'importance à mes yeux que Thétis. Je t'interdis de penser que ton âge ne t'offre pas les mêmes privilèges que ta grande sœur. Tu entends ?

Si ses paroles me touchent, je grogne :

— Ce n'était pas ce que je voulais dire.

— Je sais. J'ai, depuis longtemps, abandonné l'idée que tu épouses un triton.

Surprise, j'ouvre la bouche. Aucun mot n'en sort, alors elle continue :

— J'ai toujours su que tu étais différente, Phita. Aucune néréide n'a fait le choix de vouloir devenir une guerrière, avant même de savoir marcher. Ton père et moi savions que tu n'étais pas comme les autres. Je ne parle pas ici de ton don, mais plutôt de ta soif de liberté et de ta curiosité. Avant le décès de ton père, nous avons décidé de t'autoriser à te laisser t'en aller quand tu le choisirais. Je nourrissais l'espoir un peu secret que tu changes d'avis, mais dans le fond, je savais que ça n'arriverait pas. Il n'a jamais été question de te faire épouser qui que ce soit contre ta volonté. Ni toi ni ta sœur, d'ailleurs.

Ses yeux deviennent brillants de larmes.

J'en tombe des nues. Une puissante vague de soulagement

me saisit, si destructrice qu'elle me donne l'impression de me balayer de l'intérieur. Elle souffle mes doutes, mes peurs, mon angoisse de ne pas être assez bien aux yeux de ma mère. Sans réfléchir, je la serre contre moi. Mon « merci » reste bloqué sur mes lèvres, mais lorsqu'elle caresse mon dos et rit, je devine qu'elle a saisi mes pensées.

— Qu'on soit bien clairs, dis-je en rangeant une mèche échappée de mon chignon, je ne te parle pas de mariage.

— Tu as raison, laisse à Cove le temps de se rendre compte du pétrin dans lequel il se fourre.

Scandalisée, je hoquette, juste avant de réaliser quel prénom elle vient de prononcer. Mon visage s'embrase, un couinement m'échappe.

— Je ne... on ne...

— Je t'en prie, j'ai vu votre échange de regards avant qu'il suive Mary dans l'escalier. Donc, le métier de commerçante t'intéresse ? Vraiment ?

Elle dissimule sa moquerie derrière sa tasse en prenant une autre gorgée. Je grimace.

— Non.

— Je m'en doutais. Bon, je dois retourner m'occuper des préparatifs avant l'arrivée de ta sœur et du prince.

Je me lève en même temps qu'elle, trop heureuse de fuir cette conversation.

— Quand seront-ils là ?

— Dans quatre jours. Le cortège royal les accompagnera. Je trouve cela si merveilleux qu'ils aient décidé d'organiser la cérémonie ici ! Si tu avais vu la tête de Clarisse Ashford quand elle l'a appris...

Son ricanement n'échappe à personne dans la pièce. Déjà, elle s'en va en faisant claquer ses talons sur le carrelage. Je souffle en me grattant le front.

— Les gars, dis-je à l'attention des gardiens dissimulés dans la pièce, effacez-moi ces trognes de petits arrogants.

— Content de te revoir, Phita, intervient Clyde.

— Vous m'avez manqué aussi. Xander est ici ?

— Il s'occupe de l'armée de nouveaux gardiens venus en renfort pour la cérémonie. Désolé, je ne pense pas qu'il aura le temps de t'entraîner.

— Aucune importance, j'ai trouvé un instructeur lors de mon voyage. Bon courage, les gars.

Si le secret de ma relation avec Poséidon ne pèse plus sur mes épaules, je ne compte toutefois pas aborder ma future carrière de mercenaire. Je n'exclus pas, non plus, la profession de chasseuse de primes. Il vaut mieux pour l'instant que mon peuple et ma famille me pensent commerciale aux côtés de Cove. Je dirai la vérité à ma mère plus tard.

Mais pour le moment, j'ai besoin d'un peu de repos.

38.

Je passe les jours suivants à m'entraîner avec Mitch sur le navire de Poséidon et à reprendre mes marques au manoir. Ma mère refuse mon aide pour les préparatifs, considérant que « beurk » n'est pas une critique assez constructive lorsqu'elle me demande mon avis sur la déco générale. De mon point de vue : trop de bleu, pas assez de jaune, de vert, d'orange.

— Ce sont les souhaits de Thétis et du prince, a souligné ma mère chaque fois que je grimaçais devant elle. Respecte au moins cela.

Oh, oui. Mais je n'aime pas.

— C'est d'un cliché ! Sous prétexte qu'un peuple est marin, il doit se focaliser sur le bleu ? C'est... outch !

Je me retrouve plaquée par terre par le corps musculeux de Mitch

— ... si peu original.

— Tu as fini de parler chiffons ? On bosse !

Le mercenaire se redresse déjà en me tendant la main. J'écope encore d'une bonne série de bleus et d'écorchures sur la totalité du corps. Ce qui me soulage, c'est que Poséidon les effacera avant que je croise ma mère au dîner, comme tous les jours. Mes côtes me tiraillent, les muscles de mes cuisses se révoltent à chaque mouvement. Pourtant, je me remets en position de combat, debout à quelques mètres de mon instructeur.

— Je parie qu'ils vont obliger ma sœur à porter une robe bleue, continué-je sans me focaliser sur sa dernière remarque. Alors qu'elle adore le vert.

— Tu me fatigues, Phita.

— Je trouve ça trop injuste. Parfois, je regrette de ne pas être une dryade. Je me sentirais sans doute plus à ma place parmi les arbres plutôt que près de l'eau. Aïe ! Eh ! C'était mesquin !

Mon futur chef vient de bouger à la vitesse de la lumière, fauchant ma jambe avec la sienne. Mon dos se fracasse contre la plateforme. Il se dresse maintenant au-dessus de moi, les sourcils froncés, les poings sur les hanches.

— Tu n'es pas assez concentrée. À ce rythme-là, je vais te briser le cou. Quand tu es sur le navire, oublie ce qui se passe ailleurs. Focalise-toi sur l'instant présent.

— OK, désolée, tu as raison. On recommence ?

— Non. Tu vas me faire trois cents pompes.

S'il reste impassible devant ma grimace horrifiée, des mercenaires ricanent autour de nous. Il est convenu que pendant toute la durée des préparatifs du mariage, les guerriers de Poséidon restent en retrait sur le bateau. Au lieu d'en profiter pour se détendre un peu, ils demeurent sur le qui-vive, armés, terrifiants. Ils continuent leurs quarts, ils s'entraînent, ne baissent jamais la garde. Les marins, eux, profitent de leur temps libre. S'ils refusent de se rendre au manoir malgré mon invitation, ils aiment se promener dans les forêts et sur les plages alentour. Certains m'ont demandé de leur apporter du papier et des crayons pour qu'ils puissent écrire à des proches. Peut-être que les mercenaires n'ont aucune famille, eux ?

Je prends la position de la planche en me posant cette question. Je refuse de ronchonner ou de montrer la moindre faiblesse face à l'ordre de Mitch. Il me teste, c'est évident. Je veux qu'il me juge assez douée pour me prendre sous son aile.

Alors je me lance dans une série interminable de pompes. Les cent premières se révèlent assez faciles. Les suivantes me donnent davantage de fil à retordre. Les dernières me filent l'impression que je me disloque de l'intérieur chaque fois que je relève mon corps du bout des bras. Mitch reste à proximité, concentré sur le nettoyage de son flingue.

— J'ai compris... je suis... grave... dans l'instant présent.

Il se contente d'un sourire, mais reste assis sur la caisse en remontant son fidèle compagnon à détente.

Deux cent quatre-vingt-quinze, deux cent quatre-vingt-seize...

— Mais j'ai... un peu raison... non ? Le bleu... ça craint.

Trois cents. Je m'affale de tout mon poids sur le sol en acier, incapable de bouger. Le visage tourné vers la mer, j'observe la surface calme pendant une éternité. Comme Mitch ne me demande pas de recommencer, j'en conclus que notre entraînement d'aujourd'hui est terminé.

Je finis par me redresser, salue les gars que je croise jusqu'à la passerelle, et m'arrête devant Akim. Il me tend une liasse d'enveloppes à poster.

— Encore merci pour le coup de main, Phita.

— Pas de quoi.

Un membre du personnel du manoir s'occupe de la paperasse. Ça ne l'ennuiera pas de poster les lettres, comme elle a posté celles que j'ai envoyées à Brook et Hadès quelques semaines plus tôt.

Je retrouve mon cheval dans le pré proche de la plage. Mine de rien, il y a deux bons kilomètres à parcourir jusqu'au manoir. Je me félicite d'être venue à cheval : à pied, ça aurait été au-dessus de mes forces.

Alors que je lutte afin de me hisser sur la selle, Sa Majesté le Roi des Océans franchit le portail du domaine pour me rejoindre.

— Tu as raté un grand moment, lui dis-je. J'ai battu Mitch à plate couture.

— Il se raconte plutôt le contraire, Trésor. Trois cents pompes, hein ?

— Trop facile.

Je ne suis pas surprise qu'il connaisse ce détail. S'il n'a pas assisté à mon entraînement aujourd'hui, je sais que ses hommes lui filent des rapports réguliers de chaque situation. Surtout celles me concernant.

— Alors, tu as dit quoi à ma mère ? demandé-je pendant qu'il flatte ma monture.

— Qu'il était impossible de lui trouver une épave avant le mariage si elle insiste pour que ce soit légal d'un point de vue juridique. Je lui en ai proposé d'autres qui ne sont pas recensées auprès du gouvernement, mais elle refuse de prendre le risque d'avoir une épave illégale chez elle.

— Normal, soupiré-je. Je t'ai dit que les néréides adoraient les rumeurs. Une famille a attiré l'attention des autorités humaines un jour, parce qu'il se disait qu'elle gardait chez elle des tableaux disparus d'un peintre célèbre. D'après ce que je sais, ça a été compliqué pour ces néréides de se dépatouiller de toute cette histoire. Résultat, ils ont failli être jetés en prison parce qu'ils ne possédaient pas de documents de propriété. Bah ne t'en fais pas pour l'épave, c'était juste une idée dans l'espoir de rendre la déco encore plus grandiose.

Poséidon se contente d'opiner, non sans caresser Lune, ma jument, avec une tendresse infinie dans le regard.

— J'ai cru comprendre, avoue-t-il. Bon allez, viens, on va nager.

— Quoi ?

Déjà, il contourne l'animal et grimpe dessus, pressant mon dos contre son torse puissant.

— On a un peu de temps à tuer avant que ta sœur revienne et t'arrache à moi. Je vais en profiter pour t'apprendre deux ou trois trucs.

Il ordonne au cheval de se mettre en route, m'obligeant à m'accrocher à la selle lorsque l'animal part au triple galop. Alors qu'on franchit la barrière du pré, le paysage disparaît brusquement. Je cligne plusieurs fois des paupières lorsque la lumière du soleil m'éblouit. Les nuages duveteux ont laissé place à un ciel bleu parfait. Lune parcourt une plage de sable blanc que je n'ai vue qu'une seule fois, et qui transpire l'énergie magique de Poséidon.

L'île sur laquelle il m'a emmenée avant toute cette histoire. Les arbres se déversent à perte de vue dans les hauteurs sur ma droite, alors que l'océan caresse la plage sur ma gauche. Poséidon arrête le cheval et en descend avec une élégance hors du commun.

— Je n'ai pas envie d'apprendre à nager, grommelé-je.

— C'est une compétence obligatoire pour faire partie de mon équipage.

Je grimace. Évidemment, si je compte passer les prochains mois sur un navire, j'imagine que je vais devoir m'y coller.

— Je n'ai même pas de maillot, soupiré-je.

Il se place devant moi, glissant alors ses mains sous mon tee-shirt pour caresser ma taille vers le haut. Son contact rallume un désir fulgurant que je combats pour l'empêcher de se disperser en moi.

— Tu n'en as pas besoin. Il n'y a que toi et moi ici.

Il passe mon haut par-dessus ma tête, puis le jette sur le sable. Il fait pareil avec mon soutien-gorge, mon jean et ma culotte. J'aime le regard qu'il pose sur moi lorsque je me retrouve nue. Cette lueur animale dans ses yeux, celle qui lui échappe juste avant qu'on fasse l'amour. Ses doigts frôlent ma peau, sans oser s'y attarder.

— On est là pour t'apprendre à nager, dit-il en voyant mon sourire en coin.

Sa voix caverneuse ricoche dans mon corps et mon âme. J'attrape sa main et la fais glisser entre mes cuisses.

— Une petite pause de rien du tout ? lui suggéré-je.

En guise de réponse, il me presse contre lui sans aucune

douceur, continuant de caresser mon intimité avec ses doigts.

— Tu as raison.

Il met soudainement fin à cette brume de plaisir qui m'envahit sous ses caresses, pour me soulever par les hanches et m'obliger à entourer mes jambes autour de lui.

— Tu es sérieux, grogné-je lorsqu'il entre dans l'eau.

Au contact de l'océan, ses vêtements disparaissent comme par magie. Je lui aurais demandé des explications si une terreur sourde ne me faisait pas perdre tous mes moyens.

— Fais-moi confiance, Trésor.

Je serre les lèvres et ferme les yeux. Sentir mes plaies cicatriser et mes bleus s'évaporer s'avère être une faible consolation. Je m'accroche plus fort à Poséidon et il ne reste que nos visages et nos épaules à la surface.

— On n'est pas obligés, m'offusqué-je.

Sa bouche s'abandonne dans mon cou, titille mon oreille, chasse la fraîcheur de l'eau au profit de la chaleur.

— Tu es une néréide. Ta nature première fait de toi une créature de la mer.

— Je suis aussi une Orione, je te rappelle.

— L'un n'empêche pas l'autre. L'océan n'est pas ton ennemi.

— Poséidon, je...

Un soupir m'échappe lorsque sa main se perd à nouveau entre mes jambes. Il continue de me serrer dans ses bras, conscient que son excitation alimente peu à peu la mienne.

— Maintenant, susurre-t-il au creux de mon oreille, je vais plonger, mais tu ne couleras pas, parce que je te tiendrai.

— Quoi ? croassé-je.

Il s'exécute. Je me retrouve soudainement en train d'agiter mes bras, alors qu'il se glisse lentement le long de mon corps. Un autre cri de surprise m'échappe, suivi d'un sourire.

— Mais je rêve...

Il ne m'a pas menti. Il vient de passer mes jambes sur ses épaules, sa langue effleurant déjà la partie la plus sensible de mon corps. Poséidon m'arrache quelques autres gémissements, faisant preuve d'une dextérité assez étonnante. Et d'un talent plus grand encore. Au fil des secondes, j'oublie que je me trouve dans l'eau, j'oublie que j'ai peur, j'oublie que je ne sais pas nager. Ne subsiste que le plaisir démesuré qui se déploie dans mon ventre. Il m'arrive de passer les doigts dans les cheveux de l'Olympien, parcourue d'une fulgurante décharge électrique, mais je parviens à me détendre complètement. Bientôt, le visage tourné vers le soleil, je réalise que je bats des bras naturellement, comme si je l'avais toujours fait. Poséidon remonte à la surface, son regard plus brûlant que jamais. Sa bouche trouve la mienne, nos corps se mêlent l'un à l'autre en une étreinte dévastatrice. Son sexe déjà dressé palpite sous mes doigts. Il s'enfonce en moi, et j'ai à nouveau l'étrange sensation que dans les bras du dieu, j'ai trouvé ma place. Comme si nos pensées étaient sur la même longueur d'onde, il souffle à mon oreille :

— Je veux que tu restes avec moi, Phita.

Je garde le silence, parce qu'il ne fait aucun doute que nous allons passer pas mal de temps ensemble. À travers mes caresses, mes étreintes, mon désir, je lui donne une réponse silencieuse qu'il accepte avec plaisir.

Je ne sais toujours pas nager à notre retour au manoir. Mais je vais adorer les prochaines leçons, j'en suis certaine.

— Phita, tu es rayonnante !

Elle se fiche de moi ? Est-ce qu'on parle de cette superbe blonde aux grands yeux bleus et au visage illuminé par la joie ? Je n'ai jamais vu ma sœur aussi heureuse. D'un côté, cette constatation me vexe. Mais en coulant un regard à Poséidon, un peu en retrait, j'admets volontiers que certains bonheurs ne peuvent être apportés que par certaines personnes ou situations.

L'armée de gardes du corps autour de ma sœur nous entoure lorsqu'elle se précipite dans mes bras. Son prince, le gringalet aux airs un peu constipés, a aussi droit à sa propre petite armée. Ce qui fait qu'en comptant les gardiens et les quelques personnes de la cour de la mer Noire, j'ai la nette impression que la maison ne sera jamais assez grande pour contenir tout le monde. Et encore, les invités ne sont même pas arrivés.

Thétis se détache de moi en m'embrassant du regard, un sourire immense sur son visage. À cet instant, je prendrais bien une photo pour illustrer la définition du mot « bonheur » dans le dictionnaire. Elle me caresse la joue, puis murmure un « merci » du bout des lèvres.

— De quoi ?

— Je sais ce que tu as fait pour moi. Ce que vous avez fait pour moi, lance-t-elle en décochant un rapide coup d'œil à Poséidon.

Mais déjà, elle prend ma mère au creux de ses bras, mettant fin à cette étrange conversation. La suite se déroule dans une sorte de brouillard doré, perpétuel et grondant. Ma génitrice accueille la famille royale en lui proposant de visiter les lieux, alors que les gardiens nous suivent tous à l'intérieur. Un vent de panique s'empare du personnel, tout le monde se met à courir partout pour satisfaire la demande de nos invités.

Xander se matérialise à côté de moi pendant que je reluque celle qui semble être la tante du prince qui se plaint de l'étroitesse des couloirs. Il m'arrête avant que je puisse lui suggérer de porter une robe aux jupons moins proéminents. Elle a tellement de couches là-dessus qu'elle manque de faire tomber les vases luxueux posés sur les petites tables.

— Je te conseille de ne pas ouvrir la bouche, m'interrompt-il.

— Quel dommage, ricane Poséidon qui semble aussi avoir deviné mes intentions.

En l'ignorant, le chef des gardiens de la maison me prévient :

— Ta mère m'a demandé de te tenir à distance des invités royaux, le temps qu'ils s'installent.

— Quoi ? Pourquoi ?

— Devine, dit-il en me lançant un coup d'œil blasé.

Je soupire en secouant la tête.

— Recevoir des princes et des princesses ne leur donne pas le droit de critiquer ma maison, riposté-je. Désolée que nos couloirs ne soient pas assez larges pour Leurs Altesses !

J'ai crié cette dernière phrase, parce que Xander m'a obligée à m'arrêter.

— J'espère que Thétis réussira à leur retirer le balai qu'ils ont dans le...

— Tu devrais aller prendre l'air, me propose Xander.

— Bonne idée, répond Poséidon en m'entraînant à l'opposé du gratin.

On se retrouve bientôt sous le soleil éclatant des jardins richement décorés. Ma mère a mis les petits plats dans les grands pour rendre cet évènement majestueux. J'enfonce les mains dans les poches de mon jean et ronchonne entre mes dents. Poséidon, à mes côtés, trouve la situation très drôle.

— J'oubliais que tu détestais la noblesse et la royauté.

— Ce que je n'apprécie pas, c'est qu'ils blessent ma mère avec leurs remarques, alors qu'elle s'est donnée à fond. Je l'ai à peine vue cette semaine. Ils n'ont qu'à rester chez eux, ces maudits tritons et ces néréides impolies.

— Ta mère ne se laissera pas faire. Vous avez le même caractère.

C'est vrai, raison pour laquelle on se dispute souvent.

— Bon, reprends-je afin de changer de sujet, je crois que Thétis sait que tu l'as aidée.

— Évidemment, le prince a dû lui parler de moi.

Je fronce les sourcils sans comprendre. Il ajoute :

— Les familles royales des sept mers n'ignorent pas qui je suis, Phita. Ils vivent dans mes eaux avec mon autorisation, ils me doivent obéissance.

Je m'arrête en désignant du pouce le manoir, derrière moi.

— Tu veux dire qu'ils... savent que tu es Poséidon ? Ils le savaient aussi quand tu es venu au bal ?

— Tant que je décide de garder mon anonymat, ils ignorent ma présence, même si je me trouve près d'eux.

— Donc, si tu décidais de leur botter le cul pour leur insolence, là tout de suite…

— Ce que je ne ferai pas dans cette demeure. C'est à ta mère de gérer cela. Mais si je le décidais, ils perdraient leurs airs suffisants, crois-moi.

J'opine, imaginant le spectacle avec grand plaisir.

— Mais j'ai eu le sentiment que Thétis savait que tu étais Poséidon, tout à l'heure.

— Possible. Elle est également la réincarnation d'une néréide de la première génération. Elle possède une certaine clairvoyance.

Ma mâchoire se décroche. Ma douce et jolie sœur, la réincarnation d'une guerrière d'un temps passé ?

— Quoi ? Non.

— Si. Ta mère a eu le privilège de donner naissance à deux réincarnations. Ce qui fait d'elle une personne exceptionnelle, au même titre que vous. Alors, ne la crois pas aussi fragile face à la royauté des mers.

Il me faut une longue minute pour me remettre de cette annonce. Je cherche, dans mes souvenirs, des éléments qui me permettraient d'accepter les dires de Poséidon à propos de Thétis. Mais elle a toujours été une jeune fille normale, à mes yeux.

— Ma mère le sait ?

— Non.

— Et Thétis ? Elle ne s'en doute même pas un peu ? Elle ne se sent pas… différente ?

— C'était le cas pour toi ?

Il marque un point. S'il n'avait pas fait de références aussi claires à propos d'Amphitrite, jamais je n'aurais deviné être elle. J'attrape la main de Poséidon en rivant mon regard au sien.

— J'étais pareil, avant ? Je veux dire… quand j'étais Amphitrite. Tu la reconnais en moi ?

— Oui.

Comme il ne me donne pas de détails, j'insiste :

— J'avais quels genres de carrières dans mes autres vies ?

— Tu as été guerrière, puis chasseuse de primes pendant plusieurs siècles, soldat... mais ça ne durait jamais très longtemps.

Son regard et son visage s'assombrissent.

— Tu m'as guérie, donc maintenant, tu vas devoir supporter mes frasques de mercenaire, lui rappelé-je pour qu'il ne se focalise pas sur le passé.

— Tu veux réellement devenir mercenaire ? me questionne-t-il.

Oui, de plus en plus. L'idée de parcourir le monde en rendant service aux dieux et aux déesses me plaît.

— On verra, j'ai tout le temps d'y réfléchir. Allez, viens, on va retrouver les invités. Je vais essayer de ne pas déclencher d'incident diplomatique, promis.

Il ricane, et déjà on retourne au manoir en passant près de Xander, qui roule des yeux.

— Je serai sage, promis !

Et franchement, je suis assez fière de moi puisque je réussis à me contenir avec brio. En retrouvant la famille royale dans l'un des salons, je tiens ma langue, me comportant comme une jeune fille modèle. Pour Thétis et ma mère, je ravale mes critiques lorsque Gloria, la tante du prince, observe avec dégoût les tableaux accrochés dans la pièce. Je ne dis rien non plus lorsqu'un gamin de dix ans s'adresse à Mélisse sur un ton glacial :

— J'ai soif.

Je n'en ai pas besoin, parce que ma mère répond avec douceur et fermeté :

— Nous allons nous rendre dans les jardins pour nous rafraîchir. Mélisse sera ravie de t'apporter une boisson si tu ne lui aboies pas dessus. Bien, allons-y.

Le gamin et la tante pâlissent. Ma sœur sourit, le prince ne semble rien avoir entendu. Je me mords la lèvre pour dissimuler un rictus. Alors que nous nous dirigeons dehors après que les membres de la famille ont découvert leurs chambres, je constate que le prince ralentit l'allure. Au point qu'il finit par se trouver à hauteur de Poséidon et moi.

— Votre présence en ces murs explique beaucoup de choses, mon Roi.

Je me prends une gifle mentale. Intriguée, je reste silencieuse dans l'attente de la suite de la conversation.

— Cette famille mérite le respect qui lui est dû, Slider.

Le fait qu'il appelle le prince par son prénom rend la situation un peu bizarre.

— Je ne vous avais pas reconnu à mon arrivée. Je n'ai compris que c'était vous que lorsque vous êtes revenu des jardins.

Même si ce type ne paie pas de mine, il est doué d'un sens de l'observation remarquable. Je crois me souvenir que Thétis m'a dit, une fois, que les princes commençaient une formation militaire très jeune. Je le détaille de la tête aux pieds, notant sa démarche déliée. Arriverais-je à le mettre au tapis avant que ses gardiens me tombent dessus ?

Poséidon pose une main dans mon dos. Nos regards se rencontrent, ses pensées me parviennent presque comme si je les entendais dans ma tête :

Pas de vagues.

Tant pis. Une autre fois, j'imagine. À cet instant, je remarque que le blondinet m'observe.

— Bonjour, dis-je en affichant un large sourire. Je suis Amphitrite.

J'ai le bonheur absolu de voir ses traits se figer et son regard perdre un peu de son arrogance.

— Je voulais vous souhaiter la bienvenue dans la famille, ajouté-je. J'espère que Thétis sera heureuse à vos côtés. En fait, il le faut absolument. N'est-ce pas ?

Quelques secondes s'écoulent avant qu'il hoche la tête d'un léger mouvement.

— Je vais vous laisser discuter, et retrouver ma sœur, les

préviens-je en posant brièvement deux doigts sur ma tempe.

Avec toute mon assurance et ma dignité, je marche dans le couloir, avant de courir une fois hors de leur vue. Je ris encore lorsque je retrouve Thétis assise sur une chaise, dans un de nos nombreux salons de jardin.

— Une balade à cheval ? lui proposé-je. Comme au bon vieux temps ?

39.

L’orchestre joue un morceau traditionnel qu’on passe toujours aux mariages des néréides, alors que j’accompagne ma grande sœur vers l’autel. La cérémonie se déroule sur la falaise. Le vent estival caresse l’herbe verte ; l’air sent les fleurs sauvages et le sel ; l’océan se déploie à perte de vue depuis le pied de la falaise. Bref, un cadre idyllique et enchanteur pour un évènement qui l’est tout autant. Mais qui ne le sera jamais plus que ma grande sœur.

Ses boucles blondes, serties de perles avec lesquelles s’amuse le soleil, scintillent. Sa robe magnifique couverte de diamants verts accroche chaque rayon de lumière pour sublimer sa silhouette élancée. Ses doigts gantés de blanc compriment mon bras nu et si elle affiche une assurance royale, je devine sa nervosité.

— J’aurais aimé que papa soit là, me confie-t-elle à travers son sourire immaculé.

Elle salue les nombreux invités installés sur une trentaine de rangées de chaises. Elle s’attarde plus particulièrement sur les enfants en bordure d’allée qui éparpillent des pétales de roses. Deux autres fillettes tiennent la très longue traîne en dentelle dans son dos. Notre démarche lente permet à tous les yeux avides d’observer la nouvelle princesse de la mer Noire. À la place de Thétis, je me serais liquéfiée. Puisque l’assemblée m’ignore, l'épreuve ne me demande pas trop de courage.

— Il aurait été fier de toi. Moi, je suis fière de ce que tu es et de ce que tu deviens.

— Merci, Phita. Je craignais tant que tu ne sois pas revenue avant le mariage.

— Aucun risque, soufflé-je.

Après un ultime sourire, je la laisse parcourir le dernier mètre au bout duquel le prêtre l'attend. Je m'installe à côté de ma mère, sur une délicate chaise bleue confortable. Ma sœur se tourne vers son auditoire, les yeux rivés au loin. Les membres de l'orchestre entament une musique plus rapide dès que le prince apparaît. Comme ma sœur, il devient la cible des invités. On souffle des « waouh » sur son passage, on le qualifie de « magnifique », les commentaires vont bon train. Personnellement, je le trouve aussi classique que la première fois où je l'ai aperçu au bal. Mais bon, vu les étoiles dans les yeux de ma sœur et la manière dont lui-même la regarde, on se fiche bien de mon avis.

L'échange des vœux dure environ une heure, avec plusieurs morceaux joués par les musiciens. Je pensais trouver cela ennuyeux, mais les discours de ma sœur m'ont permis de constater qu'elle avait une vraie plume et un avenir dans l'écriture, si jamais elle larguait son prince.

Quand enfin la foule se disperse pour se diriger vers les jardins du manoir, je cherche Poséidon des yeux. Il n'a pas assisté à la cérémonie. Une urgence à régler sur le bateau, visiblement. Puisque ma mère, ma sœur, le prince et les proches de ce dernier semblent très bien ensemble, je m'éclipse discrètement. Mitch m'attend près d'une fontaine, la posture droite, son air sérieux incrusté sur ses traits. Il se confond presque avec les gardiens, à la différence que son aura combative me frappe de plein fouet.

— Un petit creux ? le taquiné-je en désignant l'une des nombreuses tables de buffet dressées pour l'occasion.

— Non, merci. Il faut que tu m'accompagnes jusqu'au navire, Poséidon t'attend.

Je ne parviens pas à deviner si c'est une urgence, puisque le chef des mercenaires ne sourit jamais. J'attrape donc mon jupon argenté pour le soulever et je me mets à courir derrière le guerrier. Je suis un peu essoufflée en arrivant sur le bateau, mais ma fatigue passe très vite lorsque les auras d'Hadès et de Perséphone taquinent ma conscience. Le couple des Enfers se tient assis autour de la table ronde, dans la cabine de Poséidon. Hadès porte un jean, un tee-shirt blanc et son éternelle veste en cuir avec l'écusson de président des Nyx floqué dessus. Sa fiancée a préféré afficher des couleurs vives dans une robe estivale.

— Bonjour, lancé-je en me plaçant près de Poséidon. On vous attendait.

Même si j'aurais aimé qu'ils débarquent après le mariage. Contrairement à Poséidon, je ne croise pas les chevilles sur la table et je me tiens droite sur ma chaise.

— Hadès et Perséphone sont ici pour te demander un service, annonce-t-il inutilement.

— Mais il semble que vous saviez que nous finirions par venir, poursuit Perséphone.

Je lui décoche un sourire presque désolé.

— Oui. Je sais ce que vous comptez me demander. Ce n'était qu'une question de temps avant que vous débarquiez.

Hadès arbore un rictus en posant les bras devant lui, le regard chargé de colère.

— On ne serait pas ici si tu n'avais pas décidé de vendre l'identité de Brook à Zeus !

— Nous non plus, on ne serait pas là, répliqué-je en désignant également Poséidon. Parce qu'on croupirait dans vos Enfers, le corps dévoré par une saleté d'oiseau. Chacun ses intérêts, n'est-ce pas ? Si tout le monde avait décidé de jouer cartes sur table dès le départ, on n'aurait pas eu besoin de... se combattre les uns les autres.

J'en profite pour couler un regard de reproches au dieu des Océans, parce que tout a commencé quand il a décidé de la jouer solo et d'emprisonner son frère et sa belle-sœur aux Enfers. Ensuite, la situation se résume à une succession de marchés passés pour éviter les représailles diverses et variées d'Hadès ou de Zeus.

— Il faut que tu nous aides à la retrouver, intervient Perséphone.

Au ton de sa voix, je devine sa gorge serrée. Les remords me picotent la poitrine, mais je garde un visage impassible.

— Je compte justement commencer une activité de chasseuse de primes. Vous voulez que je trouve Brook ? Je le ferai. Gratuitement. Enfin, disons que vous nous devrez un service.

— Alors qu'elle a été enlevée par ta faute ? s'énerve Hadès.

Je jugule ma brusque envie de lui balancer mon poing dans la figure, faisant preuve d'un contrôle extrême. Avec un calme olympien, je rétorque :

— Je vous rappelle que vous nous avez roulés en nous demandant le trident de Poséidon en échange d'un morceau – je grimace – de Prométhée, alors que ce dernier comptait nous approcher de toute façon. Ce n'était pas réglo.

— Ça l'était de nous filer un faux trident ? siffle-t-il.

— Je l'ignorais. Ça n'enlève rien au fait que vous avez voulu profiter de la situation. Je me suis contentée de sauver nos vies en offrant à Zeus un marché équitable. *Équitable*, vous connaissez ce mot ? Je ne crois pas, non.

L'air se charge soudainement d'une lourdeur atroce capable de prendre à la gorge. La seconde d'après, Poséidon fait apparaître son trident dans sa main et en frappe le bout du manche sur le plancher. Le pouvoir d'Hadès est balayé par une brise qui éparpille cartes et documents au passage. Je remarque tout de même des ombres menaçantes de damnés sur les murs.

— Pas chez moi, mon frère. Nous ne sommes pas dans le désert, ne compte pas avoir l'avantage en cas de combat.

Je lève les mains en soupirant.

— Il n'y aura pas de combat ! répliqué-je.

— On doit récupérer Brook, continue Perséphone. On peut travailler ensemble, cette fois. On accepte ta proposition en échange d'un service, Phita. Mais je t'en prie, aide-nous. Je ne fais pas confiance à Zeus.

Moi non plus. Ni au Roi des Rois, ni à Hadès, ni à elle. Toutefois, je tiens ma langue, la situation se révèle déjà assez complexe.

— J'ai ramené une pince à cheveux qui lui appartient, ajoute Perséphone en posant l'objet sur la table, les mains tremblantes. Est-ce que ça suffira ?

J'espère. Jusque-là, mes nombreuses tentatives avec le sac à main se sont soldées par des échecs.

— Oui. On va la sortir de là, c'est promis.

— Minute, me coupe Poséidon, l'accord c'est de les mener jusqu'à Brook, pas de l'arracher des griffes de Zeus.

Je roule des yeux en m'apprêtant à le contredire, mais il ne m'en donne pas l'occasion.

— Si tu t'en mêles, le marché que tu as passé avec Zeus ne tiendra plus.

— Tu crois ?

— Je le connais, Trésor, comme nous tous. On se limite à emmener Hadès et Perséphone jusqu'à Aphrodite.

Son frère arque à nouveau les lèvres en un sourire sinistre, étranglant sa colère avec difficulté.

— Marché conclu, décide-t-il finalement.

— Parfait ! m'exclamé-je. Revenez demain, pour le moment, j'assiste à un mariage.

— Quoi ? se révolte Perséphone. Mais Brook...

Elle n'a pas le temps de développer, parce qu'un coup de tonnerre monstrueux retentit à l'extérieur. Pendant une horrible seconde, je m'attends à ce que Zeus débarque, fou de rage. Je tente déjà de trouver une excuse potable. Poséidon et Hadès se précipitent dehors, Perséphone et moi sur leurs talons.

— Par tous les dieux, soufflé-je.

Le ciel d'été vient de se transformer en un amas de nuages gris sombres. Des éclairs éblouissent tout autour de nous, frappant l'océan au loin et les collines alentour. Le phénomène se déroule sur une minute environ, chargeant l'air d'une humidité étouffante. Ensuite, les nuages se dispersent comme s'ils n'avaient jamais existé, le soleil étale à nouveau ses rayons, le monde retrouve son calme.

Enfin, si calme est un mot qu'on peut employer dans cette situation. Mon pouvoir se réveille pour absorber l'énergie invisible. Il se déploie sans que je puisse le contrôler, gagnant en force. Je déglutis, les mains tremblantes.

— Vous sentez ça ?

Ce n'est pas douloureux. Au contraire, j'éprouve plus de puissance, davantage... comment formuler ? Je suis en phase avec moi-même et mon pouvoir. Poséidon, Hadès et Perséphone se mettent à parler en même temps. J'essaie de comprendre ce qu'ils se disent, mais je renonce pour m'éviter un mal de crâne carabiné.

Je recule, submergée par une énergie soudaine venue de nulle part, et qui me donne l'impression de pouvoir affronter n'importe qui. Elle vient de moi. De l'intérieur de moi. On dirait qu'une porte s'est ouverte sur mes dons d'Orione. Que tout devient plus clair concernant mes capacités.

À cet instant, une boule enflammée frappe le pont du navire. Ce dernier chavire sur la gauche, tient le coup en se remettant droit, mais le choc m'envoie dans un ensemble de caisses. La douleur m'arrache un grognement.

Zut, c'est quoi encore ce bordel ?

Je me redresse, le souffle coupé. Poséidon et Hadès se tiennent avec stabilité, prêts à affronter l'ennemi. Perséphone demeure à distance, l'air de vouloir en découdre aussi. Je croise son regard, me mords les lèvres. Tout ça ne me dit rien qui vaille.

Le squelettique Prométhée nous domine sur le pont surélevé. Les flammes autour de lui crépitent sans pourtant brûler les parties du navire qu'elles touchent. Trop vite pour qu'il réagisse, il devient la cible de flingues monstrueux braqués sur lui. Ce détail ne le perturbe absolument pas. Les mercenaires se tiennent prêts à tirer.

— Le temps est venu ! s'exclame Prométhée avec condescendance.

— Comment tu m'as retrouvé ? gronde Poséidon.

Le titan pivote vers Hadès en arborant un sourire cruel.

— Parce que je n'ai jamais vraiment quitté ton frère des yeux.

Bon sang ! C'est le mariage de ma sœur ! Le destin ne pouvait pas être clément avec ma famille pour une fois ? Notre invité surprise reprend la parole, balayant ma frustration de ses mots :

— Zeus vient d'annoncer l'existence des dieux au monde entier.

Perséphone écarquille les yeux, et sort son téléphone portable en même temps que moi. Une boule se loge dans ma gorge, je supplie n'importe quelle divinité pour que Prométhée se trompe.

Il dit vrai.

Zeus est actuellement en train de faire un live groupé sur ses réseaux sociaux. Cette fois, il ne se contente pas de se donner en spectacle, comme d'habitude. Il flotte au-dessus du sol, entouré d'éclairs qui tombent silencieusement dans un paysage urbain.

— ... mes amis, mortels et immortels, le monde tel que vous le connaissiez n'existe dorénavant plus ! Les dieux de la mythologie grecque sortent de l'ombre. Nous avons toujours existé, ne pensez pas que nous surgissons des ténèbres. Nous sommes vos voisins, vos amis, vos employeurs, vos collègues, vos commerçants du coin...

— Putain de merde ! s'exclame Hadès qui a rejoint sa fiancée pour regarder l'écran par-dessus son épaule.

Voilà ce qui a changé...

Beaucoup de ceux qui assistent actuellement au live – et ils sont nombreux – croient aux paroles de Zeus, d'après les commentaires qu'il reçoit. Pendant que le Roi de l'Olympe continue son discours en l'accompagnant de phénomènes météorologiques, Prométhée intervient :

— Il est temps de choisir entre l'anonymat ou la lumière. Hadès, Poséidon, permettez que vos noms soient effacés des mémoires collectives. Acceptez la flamme de Prométhée.

Non seulement il parle de lui à la troisième personne, mais en plus, il nous toise d'une manière très impolie. Sa puissance a décuplé, je la sens qui me brûle l'esprit. Mais il doit aussi se douter que celle des dieux de l'Olympe grandit, à présent que Zeus vient de bousiller leur existence. *Notre* existence. Après tout, on tire notre force de la croyance des mortels, et beaucoup sont en train d'apprendre notre retour.

Je me tourne vers Perséphone en massant mon bras douloureux.

— Je croyais que vous l'aviez acceptée, sa maudite flamme, grimacé-je.

— On l'a prise, c'est vrai. Mais on ne l'a pas encore activée.

— Pourquoi ?

Elle garde la raison pour elle, et je ne peux pas lui en vouloir. Nous ne sommes pas amies, loin de là. Mais bientôt, elle souffle :

— Si on... choisit la flamme, nous troquerons nos vies d'immortels pour devenir humains. C'est une décision très importante.

— Trop importante, reprend Hadès sans quitter Prométhée des yeux.

— En quoi c'est gênant d'avoir une vie peinarde ? questionné-je.

Mon incompréhension doit se lire sur mon visage, parce que Poséidon vient à mon secours :

— Les Enfers disparaîtront, s'ils acceptent.

Ah, voilà un détail ennuyeux.

— Vous pouvez rendre vos couronnes ! s'exclame Prométhée. Zeus, ce chien, trouvera d'autres larbins pour vous remplacer. Choisissez la liberté, mes amis...

Ça a l'air de lui tenir très à cœur, cette histoire. Poséidon pousse un grognement quasiment animal, puis se tourne lentement vers Hadès.

— Tu as voulu me faire abdiquer par la force, frangin, et maintenant, tu recules quand ça te concerne ?

— Ne te fous pas de moi, rétorque le dieu des Morts. Tu as abdiqué il y a déjà des siècles, d'une certaine façon. Ne me prends pas la tête ou je te l'explose.

— Renoncez ! en profite pour les encourager de nouveau le titan avec un sourire horrible.

Mais, alors qu'il se lance dans un plaidoyer digne d'un grand film, je réalise que les énergies de Poséidon et d'Hadès se confondent à présent. L'une bleue, l'autre noire, elles se mêlent, s'équilibrent, vibrent de pouvoir. On dirait... oui, qu'elles se complètent. Je ne l'avais pas compris jusque-là, sans doute parce que mon propre pouvoir n'était pas assez puissant pour me le permettre, mais je pense que ça a toujours été le cas.

Hadès et Perséphone s'affrontent un instant du regard. Je devine alors qu'ils ne sont pas d'accord sur la décision à prendre, d'où le fait que la flamme que leur a donnée Prométhée n'a pas encore été activée. Mais il y a autre chose, entre eux. La colère de la brunette forme un nuage sombre autour d'elle et il est entièrement dirigé vers son fiancé. Le Roi des Morts se détourne d'elle, et je le devine en train de vaciller.

D'être presque sur le point d'accepter de devenir humain...

— Non ! hurlé-je.

Tous les regards convergent vers moi, et si on ajoute ceux des mercenaires carrément paumés et celui plutôt cruel de Prométhée, ça fait beaucoup à encaisser. Je pointe le titan d'un doigt accusateur.

— Hadès et Poséidon sont liés, ils forment une sorte de... triade de pouvoir avec Zeus !

Enfin, je crois. C'est ce que j'en conclus d'après leurs énergies mélangées.

— Si deux membres de cette triade renoncent à leurs pouvoirs et leurs couronnes, le Roi des Rois perdra aussi les siens.

Ça, en revanche, j'en suis sûre. Cette certitude résonne en moi comme si je l'avais toujours sue.

— En revanche, vous, Prométhée, continué-je, vous garderez votre puissance. C'est ça, n'est-ce pas ? Vous espérez pouvoir vous venger de Zeus en utilisant ses frères.

Le visage ridé du vieillard se crispe de rage. À Poséidon d'intervenir :

— De toute façon, il est impossible pour moi d'accepter. Je garde ma couronne et mes pouvoirs. Je n'ai jamais envisagé de les abandonner.

Il se tourne vers moi, le regard rempli d'une douleur infinie.

L'un des ingrédients de la potion qui t'a guérie est mon sang. C'est même le principal et le plus important de tous. Si je deviens humain... commence-t-il dans mon esprit.

Ton sang n'agira plus, deviné-je. Et je mourrai.

Il opine.

— Vous faites le mauvais choix ! hurle Prométhée. Hadès, Perséphone ! Réfléchissez. Qu'importe si je me dresse face à Zeus, cette guerre n'est pas la vôtre.

L'hésitation chez Hadès me perturbe. Est-il réellement prêt à redevenir humain pour éviter d'affronter cette nouvelle épreuve commune qui nous attend ?

— Non, répond Perséphone. Je garde aussi mes pouvoirs. Prends ta décision, lance-t-elle à Hadès, elle ne m'engagera pas, de toute façon.

Une étincelle étrange traverse le regard du biker. De la souffrance voilée ? Non, impossible.

— Vous n'avez pas idée de ce que va engendrer le choix de Zeus, reprend Prométhée qui espère encore gagner. Des guerres, des révoltes, du sang à profusion.

— C'est pour cette raison que Zeus va utiliser Brook, répliqué-je. Il en a conscience. Il n'y a rien de plus fort que l'amour pour contrer la guerre. Genre avec un grand « A », vous voyez ?

Remettre Brook sur le tapis réveille la haine de Perséphone à mon égard.

— Donc, vous refusez de coopérer, devine Prométhée.

— Je refuse de te regarder tuer Zeus, le contredit Poséidon. Quelles que soient les conneries que ce petit con a faites, il a toujours agi pour le bien commun.

Hadès ferme les poings, se tend. D'ici, je ne vois pas vraiment son visage. Je devine juste qu'il se trouve sur la corde raide. Deux options s'offrent à lui : commencer une vie normale, ne plus avoir à se soucier de l'opinion publique concernant sa nature. Ou alors, se dresser devant les hordes d'humains qui bouleverseront son existence.

— Je n'ai pas toute la journée, s'impatiente Prométhée.

— Ouais, va te faire foutre, titan de mes deux.

Dès qu'Hadès prononce ces mots, Perséphone trahit un soulagement qui échappe à tout le monde, sauf à moi. Elle a beau en vouloir à sa moitié, elle craignait sa décision.

— Je te rendrai ta flamme, l'informe le Roi des Morts. Mon temps n'est pas encore venu d'abandonner.

Prométhée reste silencieux. J'imagine qu'il tente d'encaisser la nouvelle avec philosophie. Ou pas...

Son corps se couvre lentement de flammèches bleues, son visage se tord de rage, ses yeux deviennent deux puits noirs sans fond. Je recule, percutée par son pouvoir qui me pique comme des milliers d'aiguilles empoisonnées.

Le titan attaque. Avec une violence démesurée, il crache des jets de flammes par les mains. Les colonnes brûlantes manquent de frapper Hadès et Poséidon de plein fouet, mais ils l'esquivent avec facilité. L'air devient si chaud qu'il s'attaque à ma peau.

— Vous n'auriez pas dû me défier ! J'ai en moi... une colère... qui vous détruira... tous !

Je n'en doute pas une seconde. Si j'avais été enfermée pendant des siècles, dévorée par un oiseau de proie chaque jour, je péterais aussi un câble. Mais je ne cautionne pas son comportement. Se rend-il compte que des innocents fêtent un mariage à quelques kilomètres de là ? Poséidon se fracasse contre lui, et les deux divinités percutent l'eau à une cinquantaine de mètres.

— Oh merde, soufflé-je.

Le titan vient de s'extirper de l'océan et flotte maintenant à la surface. Son corps brûle encore. Pourtant, ce n'est pas le pire. Il est en train de grandir, grandir, grandir jusqu'à atteindre la taille d'une cathédrale. Je rejoins Hadès et Perséphone, complètement paumée.

Et flippée.

— C'est quoi ce délire ?

— Il compte combattre en prenant son apparence originelle, m'apprend le Roi des Morts.

— On ne peut pas le laisser blesser quiconque, déclare Perséphone.

Une nappe d'obscurité couvre le plancher du bateau. Des ombres noires s'élèvent par dizaines dans les airs, telles des fumerolles apportant la mort sur leur passage.

Les pouvoirs mêlés d'Hadès et de Perséphone inondent mon âme, sans pourtant l'agresser. Je cherche Poséidon du regard. Il n'est pas sorti de l'océan.

Oh non, et si Prométhée l'avait...

Un missile aquatique crève la surface pour frapper le titan de plein fouet. Le géant pousse un cri, recule, titube. Dans la foulée, autre chose sort de l'océan. Une masse liquide sous forme humaine, qui mesure au moins quinze mètres de haut. L'apparition brandit un trident aqueux qui frappe déjà le titan. Une vague monstrueuse se forme lors de sa chute. Elle soulève le bateau, me propulse dans les airs, disparaît de mon champ de vision.

Heureusement, le navire tient le coup et ne chavire pas. Une douleur cuisante au genou gauche m'empêche de me relever. Je crache une gerbe d'eau salée en essayant de me traîner vers la cabine. Dans ce combat, je ne sers à rien. Mieux vaut que je réussisse à trouver un abri le temps que... que quoi, d'ailleurs ? Que tout redevienne comme avant ? Poséidon se bat d'arrache-pied avec Prométhée dans une forme que je n'avais encore jamais vue. Je cherche Hadès et Perséphone du regard, sans les trouver. Ont-ils fui ?

Une main se dresse devant moi.

— Mitch ! Tu me sauves la vie.

Il me soulève sans le moindre effort. Le navire continue de tanguer sur l'eau devenue aussi colérique que lors d'une nuit de tempête. Le chef des mercenaires me soutient avec assurance, pour m'emmener vers le ponton brisé.

— On évacue, m'explique-t-il. On ne sera pas utiles à Poséidon si on coule.

En effet. Tant bien que mal, on descend de ce cercueil d'acier, pour regagner la plage au prix d'un effort démesuré. Trempée de la tête aux pieds, glacée, je souffre aussi d'élancements terribles au genou. J'ai l'impression que l'os a bougé. Mais la douleur passe au second plan quand je repose mon attention sur le combat.

Depuis la plage, Hadès et Perséphone se battent contre le titan qui devient plus grand encore. Complètement hagarde, je les regarde exposer leurs pouvoirs avec l'espoir de gagner. Un tourbillon obscur prend forme dans le ciel, juste au-dessus de la tête de Prométhée. Des ombres en sortent pour le percuter de tous les côtés, lui arrachant des hurlements terribles. Contre elles et le géant d'eau, il peine à garder l'avantage.

— Non ! s'écrie-t-il au point de faire trembler la terre. Vous ne m'enfermerez pas dans le Tartare !

Il se révolte, la mer autour de lui forme des vagues de plus en plus grandes. Poséidon les absorbe pour éviter qu'elles s'éclatent sur la terre ferme. Des gémissements d'outre-tombe se mêlent au sinistre spectacle. Les morts hurlent de rage. J'en ai des frissons.

Pour une fois, j'ai conscience de tout ce pouvoir sans en être victime. L'Orione en moi s'habitue à cette masse d'énergie pure. J'aimerais tant posséder un don semblable à ceux des dieux. Invoquer les défunts, contrôler l'océan ou je ne sais quel autre truc génial. Mais non. Moi, je ne suis qu'un GPS.

Un GPS qui sent venir la catastrophe avant qu'elle se produise. Alors que Prométhée recule encore et que le tourbillon au-dessus de lui s'agrandit afin de l'avaler, il pousse un cri de colère. La chaleur de l'air augmente de plusieurs degrés, elle me prend à la gorge, m'empêche de respirer.

— Je vais tous vous réduire en cendres !

La menace de Prométhée vibre dans l'atmosphère.

— Non ! Les gars, ordonné-je aux mercenaires et marins réunis, allez vous mettre à l'abri. Dépêchez-vous !

Des flammes crépitent maintenant autour de l'immense titan. Poséidon tente de les éteindre en dressant des murs d'eau, sans succès. Et je sais pourquoi. Prométhée a été forgé dans les flammes des Enfers tous ces siècles durant, ne rêvant que d'une chose : s'extirper de sa prison. Les eaux de cette terre ne pourront rien contre lui. Comme preuve, le géant aquatique se dissout à la seconde où il percute Prométhée.

— Oh non, soufflé-je.

Les divinités continuent de se battre malgré l'avantage du titan. Autour de moi, les employés de Poséidon observent la scène avec une fascination morbide.

— Mitch ! m'exclamé-je.

Le chef des mercenaires se tourne vers ses hommes.

— Tout le monde dans les terres ! Allez ! On se replie !

Alors que les mortels quittent la plage en courant, Mitch pose une main sur mon épaule.

— Non, réponds-je à sa question muette. Vas-y, toi. Je vais essayer de les aider, j'ai une idée.

Pourvu qu'elle fonctionne. Je me souviens encore nettement de ce qui s'est passé quand Poséidon et moi sommes arrivés devant le Royaume des Morts pour parler à Hadès. De l'onde de choc que j'ai expulsée et qui a annihilé les pouvoirs de tout le monde. Si je la reproduis, Prométhée perdra l'avantage. Il faut juste que Poséidon et les autres ne restent pas dans le périmètre.

Perséphone pousse un cri quand le titan la balaie d'un revers de la main et la propulse. Tel un missile, elle percute le sable avec violence. Je me précipite dans sa direction, la douleur passant au second plan. La déesse se relève avec une grimace. Hadès la rejoint sur-le-champ pour s'assurer qu'elle va bien.

— C'est bon, souffle-t-elle en esquivant sa main. On y retourne. On ne peut pas le laisser gagner.

— Il ne gagnera pas, assure Hadès. On ne peut pas utiliser toute notre puissance à cause des terres alentour. Tout risque d'être rasé sur une distance de trente kilomètres. On doit juste trouver un autre plan.

— Attendez, je crois que j'en ai un.

Je le leur expose en quelques secondes. Intéressé, Hadès semble réfléchir, pendant que sa fiancée observe le combat avec angoisse. Quant à moi, je m'efforce de ne pas regarder l'évolution de ce dernier.

— Tu t'en sens capable ? me questionne le dieu des Morts. Si tu y parviens, on pourra attirer Prométhée dans le Tartare sans problème.

Je me tourne enfin vers Poséidon qui s'emploie à élever des barrières d'eau immenses entre notre ennemi et la plage. Pour le moment, le géant barbu ne peut pas les franchir.

— Oui, je vais y arriver. Il le faut. Je m'occupe de dire à Poséidon qu'il doit s'éloigner.

Je prends une grande inspiration en faisant le vide dans mon esprit. J'oublie le combat, les risques, ma peur. Je me concentre sur la conscience du dieu des Océans. Sur la présence que j'ai perçue le jour où j'ai réussi à entrer dans sa tête.

Poséidon...

Un frémissement à la frontière de mon esprit me tire un sourire. Puis une fenêtre s'ouvre, déversant une lumière chaude agréable.

Rejoins-nous, je vais tenter de maîtriser ses pouvoirs.

Tout en gardant les murs d'eau dressés entre nous, Poséidon atterrit à mes côtés. Hadès et Perséphone soulèvent à leur tour des barrières d'ombres frémissantes et hurlantes.

— Il va falloir que tu t'ouvres complètement aux pouvoirs qui t'entourent, Trésor, me prévient Poséidon. Ça ne va pas être agréable. Pour réussir, ton esprit doit arriver à son point de rupture.

— Je sais. Je suis prête.

Je souffle, agite les mains et les jambes comme si je m'apprêtais à monter sur un ring, et je m'assois dans le sable. Mieux vaut être au plus près du sol, mon corps risque de me lâcher. Je ferme les paupières, vide à nouveau mon esprit.

Puis je l'ouvre à ce qui m'entoure. Comme une fleur que j'aurais gardée close et que je ferais éclore par la pensée. Si des effluves de pouvoirs coulaient entre les pétales jusqu'à maintenant, rien ne me prépare à ce que je reçois. C'est comme se faire percuter par une armée de gladiateurs super furieux. J'essaie de résister aux énergies groupées de Prométhée, d'Hadès, de Poséidon et de Perséphone. De lutter pour ne pas mourir d'asphyxie, ne pas me faire écraser. Un filet de transpiration coule sur mon visage, mon corps entier se tend à l'extrême. Mes organes luttent afin de continuer de fonctionner, mes os se fissurent.

Comment on respire, déjà ?

— Phita, m'explique Poséidon, ne résiste pas. Ta faculté à annihiler les pouvoirs qui t'entourent lorsque ça devient trop compliqué pour toi de gérer est un mécanisme de défense justement. Absorbe autant d'énergie que tu peux. Il se déclenchera de lui-même.

Le doute dans sa voix me tire une grimace. Il n'en est pas certain, en vérité. Mais j'ai mis au point ce plan bancal, maintenant, je n'ai plus le choix : à moi d'entrer en piste.

Alors, je baisse mes défenses d'un coup, prête à endurer la souffrance. Les pouvoirs me frappent de tous les côtés, me broient de l'intérieur, fendillent mon âme. Je n'arrive pas à crier. Ni à revenir en arrière. Écrasée, j'endure une douleur que je ne souhaite à personne. Je brûle de l'intérieur. Les flammes me consument, mes pensées partent en fumée.

Je songe à ma mère, à ma sœur. Pendant une seconde, ça m'aide à encaisser tout ce bordel. Pour elles, je suis prête à mourir s'il le faut. Ça a toujours été le cas.

Peu importent les tourments endurés.

Un barrage cède dans ma tête. Il se brise en morceaux. Les ténèbres se déversent en moi, décuplant cette fichue torture.

Je hurle. Puis le mécanisme dont parle Poséidon se déclenche. Il me traverse depuis le fond de mon âme et s'étale dans la réalité. J'ai juste le temps d'ouvrir les yeux pour voir les murs d'ombres et d'eau se dissoudre devant Prométhée. Ce dernier se prend la décharge de plein fouet. Il disparaît de mon champ de vision au moment où je sombre dans l'inconscience.

Soudain, je vais beaucoup mieux. Une douce obscurité m'entoure, me couvre de sa chaleur bienveillante. Je profiterais bien de ce silence tranquille encore un peu, mais une voix se creuse un passage à l'intérieur de ce brouillard.

— Phita, tu m'entends ? Tu as réussi.

Je me trouve toujours sur la plage, bien confortablement installée dans les bras de Poséidon. Un petit rire m'échappe. Je suis étonnée que mon corps ne se soit pas brisé. Le dos en compote, je me redresse avec difficulté.

— Vous l'avez envoyé au Tartare ?

— Non, le passage s'est refermé dès ton intervention, me répond Hadès qui se tient sur ma gauche avec Perséphone. Mais tu as stoppé net l'ascension des pouvoirs de Prométhée. Il a été contraint de reprendre sa taille normale. Il était conscient de ne pas faire le poids face à nous, alors il s'est barré.

Poséidon m'aide à me lever. Mon genou va bien mieux, et je devine qu'il m'a guérie. Sa main se scelle à la mienne, son corps me sert de béquille.

— Si on n'avait pas été aussi proches des habitations, vous auriez pu le battre ? demandé-je.

— Sans aucun doute, répond Perséphone.

— Il reviendra à la charge plus tard, annonce Poséidon avec

certitude. Pour le moment, il a besoin de retrouver ses forces. Et toi aussi.

Oh oui, j'ai juste envie de m'allonger sur un transat, au bord de ma piscine, avec un cocktail.

— N'oubliez pas notre marché, martèle Hadès d'un ton sombre. En attendant, rappelez à Zeus qu'il doit régler le problème de Prométhée. Que cette ordure se rende utile.

Il attrape l'épaule de Perséphone et tous les deux se dissolvent dans un nuage noir absolument terrifiant. Je papillonne des paupières, encore un peu sous le choc de toute cette agitation. La plage est sens dessus dessous : des débris du ponton la jonchent, le bateau repose dans les vagues tel un cadavre géant.

— Le navire a besoin de réparations, déclare Poséidon. On va devoir rester un peu au manoir le temps de régler le problème. Tu crois que ta mère accepterait d'accueillir mes hommes ?

Je hausse les épaules.

— Probablement. Est-ce que toi aussi, tu... j'ai des bruits étranges dans la tête. C'est ténu, mais...

— Ouais. Ce sont les prières des mortels adressées aux divinités grecques. Plus il y en a, plus forts deviennent les acouphènes. Celles qui ne nous sont pas adressées personnellement finiront par disparaître. Allez, rentrons.

— Tu penses qu'au manoir, ils savent pour notre combat et la révélation de Zeus ? Ils entendent les mortels, eux aussi ?

— Non. Les néréides ne sont pas concernées par les prières, contrairement aux divinités majeures.

À notre retour dans les magnifiques jardins colorés, nous concluons que personne ne sait pour l'aveu mondial du Roi des dieux. Tous s'emploient à fêter l'évènement dignement, les téléphones restent bien sagement dans les poches. Je ne doute pas que la situation risque de très vite changer. Il suffit d'une rumeur, une seule et hop, le peuple des néréides et celui des tritons saura. J'aimerais que le temps cesse de s'écouler. Que ma sœur continue de s'amuser, ivre de bonheur. Elle discute avec un groupe de nobles, des étoiles plein les yeux. Ma mère rit en compagnie de la famille du prince. Ce dernier se pavane parmi les invités en rendant les politesses sur son passage. Il rejoint bientôt Thétis sous une arche de roses argentées, la prenant tendrement par la taille. Je l'ai peut-être mal jugé, le gringalet. Avec un peu de chance, ils tomberont amoureux et ce mariage de convenance se transformera en union d'amour.

Avant que quiconque se rende compte de mon état pitoyable, je décide d'aller prendre une douche et de me changer. Plus les minutes passent, mieux je me sens. Je me suis à nouveau fermée aux pouvoirs qui m'entourent, histoire d'essayer de me détendre complètement.

Poséidon m'attend déjà sous le porche du manoir à mon retour. Il arbore un magnifique costume bleu roi qui lui va à ravir. Je crochète son regard, lui souris, et je me tends sur mes nouveaux talons pour l'embrasser.

L'heure suivante, j'enfourne une quantité non négligeable de petits fours, incapable d'ignorer cette aura de bonheur qui entoure les invités.

Je suis l'une des premières à entendre le hurlement d'un oiseau géant qui déchire les cieux. Poséidon siffle entre ses lèvres. Son visage jusque-là détendu s'assombrit.

— Merde.

Dans un premier temps, les convives ne réagissent pas. Mais bientôt, l'animal descend si bas que son cri devient perçant au point de camoufler la prestation de l'orchestre. Avant même qu'il pique en direction de la belle estrade dressée au centre des tables, je perçois son pouvoir.

Zeus.

— Tu continues de t'empiffrer ou tu m'accompagnes ? s'amuse Poséidon en me voyant gober un autre petit four.

Le stress me fait manger, je n'y peux rien.

— Puisqu'il faut y aller, soupiré-je.

J'attrape ma robe pour me creuser un passage dans la foule

maintenant réunie autour de l'estrade. Les nombreux gardiens viennent d'encercler le Roi de l'Olympe en le menaçant avec épées et tasers. C'en est presque drôle tellement c'est ridicule.

Zeus, habillé d'un costume blanc signé par un grand créateur, sourit à l'assemblée. Sur son live, un peu plus tôt, il se contentait de s'afficher avec un polo et un pantalon chino. Il tient dans sa main une coupe de champagne, comme s'il se trouvait ici depuis le début.

— Toutes mes félicitations aux jeunes mariés, argue-t-il.

Il ponctue sa phrase en levant la main vers le ciel. Des éclairs de toutes les couleurs strient les cieux, et ce spectacle me coupe le souffle. Un paquet d'invités devine alors l'identité de notre nouvel ami. Les murmures se répandent comme une traînée de poudre. Certains s'effondrent à genoux, entraînant la chute de presque tout le monde au passage.

— Votre majesté ! s'exclame le prince, la nuque baissée, le genou au sol. Nous ignorions que vous alliez venir. Auquel cas, nous...

— Il n'est pas là pour le mariage ! le coupe Poséidon, agacé.

Il n'y a que lui, ma mère, ma sœur, et moi qui sommes restés debout. Le dieu des Océans s'avance, et les regards furieux qu'on lui adresse l'atteignent à peine.

— Quelle honte ! s'exclame la tante chiante du prince. Qui est-il donc pour manquer autant de respect au grand Roi ?

L'aura de pouvoir de Poséidon jaillit de son corps afin d'éteindre les jérémiades des snobs. La peur s'immisce sur les visages de ceux qui viennent de lui manquer de respect. Poséidon s'en moque, son attention reste rivée sur Zeus.

— Magnifique, commente ce dernier. Toujours plein de classe.

Le blond avale une gorgée de champagne, l'air détendu. Poséidon se tourne vers les invités pour s'adresser à eux :

— Il est venu vous annoncer que les humains connaissent dorénavant notre existence. D'ici quelques heures, l'info sera relayée dans le monde entier.

Zeus continue de sourire. La déclaration achève d'assommer l'auditoire. Certains tombent sur les fesses, aussi livides que des morts. D'autres bondissent sur leurs pieds en hurlant au mensonge. Le prince reste silencieux, les yeux écarquillés, attendant que Zeus démente les paroles de son frère.

— Il a raison, déclare le Roi des dieux. Il était temps que notre existence soit révélée au monde entier, afin que nous puissions tous regagner notre gloire d'antan. Toutefois, sachez que ceux qui voudront rester dans l'ombre le pourront. Votre identité ne sera divulguée que si vous le désirez. Certains dieux souhaitaient revenir sur le devant de la scène, nostalgiques des temps passés. Dans un monde où l'humain se détruit, il est primordial de lui venir en aide afin de nous préserver également.

— Tu as commis une grave erreur, mon frère ! le coupe Poséidon.

— L'erreur aurait été de nous laisser tomber dans l'oubli. Quiconque souhaite rejoindre mon parti est invité à la cour de l'Olympe. Elle reprend du service et sera dorénavant ouverte à tous. À l'aide d'Aphrodite et de ceux qui le souhaitent, nous bâtirons un monde meilleur.

Alors qu'une vague scandalisée, surprise ou intéressée déferle sur les invités du mariage, Zeus redevient un aigle majestueux et disparaît dans le ciel. Je regarde Poséidon se mettre en mouvement et monter à son tour sur l'estrade.

— J'ordonne aux princes des sept mers d'ouvrir leurs cours à tous ceux qui désireront s'y réfugier. Que ceux qui sont d'accord avec Zeus se rendent sur l'Olympe. Il n'y a pas de bonne ou de mauvaise décision. Il y a celle que vous désirerez prendre et celle que vous prendrez après avoir songé à son impact pour vos proches et vos amis. N'oubliez pas qu'en entrant dans la lumière de Zeus, vous mettrez aussi en avant votre famille. Vous pouvez continuer à vivre en marge de la société mortelle, comme vous le faites aujourd'hui, mais rien ne vous assurera que votre nature ne fuitera pas et que vous serez en sécurité. Si vous avez un doute, allez vous réfugier chez les princes pour y réfléchir.

Un vieux triton à l'air un peu coincé, la bouche tombante et le cuir chevelu dégarni, intervient :

— Allez-vous reprendre votre place sur le trône des océans ?

Bonne question, tiens.

— Je ne l'ai jamais quittée.

— Il dit vrai ! s'exclame le prince qui monte davantage dans mon estime. Nous continuons de recevoir nos ordres de Poséidon, et ce malgré l'éclatement de sa cour.

Une femme s'avance, l'air un peu flippée.

— Qu'adviendra-t-il si les hommes cherchent à exterminer les divinités mineures, comme nous ? Ils ont déjà tué tant de nos amis en détruisant les forêts et en polluant les océans...

— Il l'a dit, répond le prince. Vous êtes libres de vous réfugier dans nos cours, il ne vous arrivera rien là-bas. Je me charge de transmettre vos ordres à mes frères, ô, mon Roi.

Le prince effectue une révérence.

— Bien. Quant à moi, j'assurerai les approvisionnements de nourriture. Que ceux qui ont peur cessent de s'inquiéter, je vais m'occuper de cette histoire. Bientôt, tout redeviendra normal.

Poséidon descend de l'estrade en marchant avec assurance à travers la foule. Il ignore les questions, disant qu'il donnera toutes les infos nécessaires aux sept princes qui les leur transmettront. Je reste encore un peu choquée, jusqu'à ce qu'il me saisisse par le poignet pour m'entraîner vers le manoir. Ce n'est qu'une fois dans le salon bleu qu'il s'arrête.

— Phita, nous devons sortir Brook des griffes de Zeus, au plus vite. Sans elle, il perdra l'avantage et il demandera à Chaos – notre créateur – d'effacer la mémoire des hommes. Fais tes valises, nous partons pour Phoenix immédiatement. Ça me fait mal de l'admettre, mais je vais devoir m'associer à Hadès...

Mon sourire ravi lui vole une grimace.

— Poséidon !

On se tourne tous les deux vers ma mère, debout dans

l'encadrement de la porte. Ma sœur la suit de près et tente de lui murmurer des paroles apaisantes. Son visage exprime une profonde colère, ses yeux luisent à la fois de tristesse et de rage. Mon cœur se serre.

Ça sent le règlement de comptes. Je m'efface un peu en décochant à Poséidon un regard plein de compassion. Il va devoir assumer d'avoir dissimulé sa véritable nature auprès de ma mère.

— Vous n'êtes pas Cove ! l'accuse ma génitrice.

Un peu de cran, Posy, pensé-je en espérant qu'il reçoit mes mots.

— Cove n'a jamais existé, avoue-t-il, j'ai simplement modifié un peu vos souvenirs. Il le fallait afin que je puisse vous approcher sans que cela n'engendre...

Il se prend la gifle du siècle. J'en reste figée de surprise. Vraiment, je n'ai jamais vu ma mère frapper quelqu'un, et je n'imaginais pas qu'elle s'en prendrait à un des trois Rois de l'Olympe. D'habitude, elle privilégie la diplomatie.

— Maman ! m'exclamé-je en même temps que Thétis.

— ... cette réaction, conclut Poséidon en terminant sa phrase.

Je n'arrive pas à comprendre d'où vient ce ressentiment chez elle.

— Je vous ai prié ! hurle-t-elle alors. Je vous ai prié pendant des jours afin que vous veniez en aide à mon mari !

Ah, je comprends. Oh non. Je ferme les yeux en proie à une brusque souffrance dans la poitrine. Me remémorer la douleur de ma mère à l'époque de la mort de mon père me donne l'impression de revenir en arrière.

— Maman, tente de la tranquilliser Thétis. S'il te plaît...

— Vous m'avez ignorée ! Vous l'avez ignoré ! Et voilà qu'un beau jour, vous débarquez pour enlever ma fille...

Je la rejoins et me dresse entre elle et le dieu des Océans.

— Arrête, ce n'est pas sa faute.

— J'ai prié notre roi ! continue-t-elle, les larmes aux yeux.

C'est la première fois que je la découvre aussi fragile, aussi...

triste. Ma gorge se serre. J'entoure ses épaules pour essayer de la calmer, mais elle me repousse en affichant une grimace de rage.

— M'avez-vous entendu ? demande-t-elle dans un cri.

— Oui.

Je me tourne vers lui, frappée par la dureté de sa réponse.

— Oui, j'ai entendu chacune de vos prières. Mais je n'aurais pas pu le sauver. Je n'ai pas ce pouvoir.

En guise de réponse, elle lui décoche un dernier regard meurtrier et quitte la pièce. Ma sœur pousse un soupir en se grattant le front. Une perle diamantée dans ses cheveux tombe par terre. Le silence demeure plusieurs secondes, jusqu'à ce qu'elle le brise :

— Le moins que l'on puisse dire, c'est que ce jour ne s'est pas passé comme prévu.

— Je suis désolée pour ton mariage, Thétis.

— On le fêtera à un autre moment...

Poséidon me dépasse d'un pas assuré. Je tente de lui attraper la main, mais il m'esquive.

— Si tu veux parler à ma mère, attends un peu qu'elle ait moins envie de te tuer.

— Je ne compte pas aller la voir tout de suite, bien que ce soit dans mes projets. Il faut que je m'occupe de mon équipage. On part bientôt pour Phoenix.

Epilogue

Ce soir-là, les invités quittent la maison sous l'ordre de ma mère. Il n'est plus question de les laisser dormir ici, vu la situation. Je les observe disparaître un à un avec soulagement. Plus personne n'a le cœur à la fête.

Debout sous le porche du manoir, appuyée contre une colonne, je tente de déterminer qui s'apprête à rejoindre la cour de Zeus parmi les convives. Et qui préférera aller se réfugier chez les princes. Poséidon ne cesse de passer des coups de téléphone depuis cet après-midi pour organiser au mieux la situation. Je n'ai même pas osé regarder la télévision ou ouvrir mes réseaux sociaux. Pour le moment, je préfère penser à mon propre avenir, plutôt qu'à celui des millions de mortels dont les vies sont bouleversées.

— Et maintenant ? me demande ma grande sœur en surgissant de la maison.

— C'est plutôt à toi que je devrais poser la question.

Ma jolie poupée blonde pousse un soupir, puis prend place sur la balancelle en gardant le dos bien droit. Elle vient de devenir princesse, pourtant elle en a toujours eu l'allure. Je la rejoins en pliant mes genoux sous mon menton.

— On part bientôt, nous aussi, m'apprend-elle dans un souffle. Je suis venue te prévenir que tu peux nous accompagner, si tu le désires.

— Non. Je suis désolée.

Un sourire triste étire ses lèvres.

— Maman a dit la même chose. Elle refuse de quitter le manoir. Elle dit que pour le moment, tant que les néréides se tiennent à carreau, elle n'a pas à partir.

— Elle a sûrement raison. Avant de paniquer, voyons comment les choses vont se dérouler. Les mortels se focaliseront sur les dieux qui se mettront en avant.

Tout à coup, Thétis se jette sur moi et pose la tête sur mon épaule. Son parfum délicieux chatouille mon nez, tandis que je me fais la remarque que je ne le respirerai plus pendant un moment.

— Tu vas faire quoi ? me questionne-t-elle.

— Partir à Phoenix pour aider Hadès et Perséphone à... régler un truc.

Ensuite, je m'entraînerai à devenir mercenaire, puis chasseuse de primes. Ma première mission, et la plus importante, étant de retrouver Brook.

— Tout a tellement changé, Phita.

— Je sais. C'est étrange pour moi aussi. Ça se passera bien à la cour du prince, tu penses ? Enfin, à ta cour. Petite veinarde...

Mes haussements de sourcils exagérés lui tirent un éclat de rire, et l'étincelle de peine qui demeurait dans son regard s'efface un peu.

— S'exclame la copine du grand Poséidon !

— Arrête, c'est encore trop tôt. Je ne réalise pas assez. Je m'attends à ce qu'il m'abandonne sur une île quelque part.

— Ça arrivera sûrement, tu es difficile à vivre, remarque-t-elle.

— Je sais, pouffé-je. Mais je le retrouverai grâce à mes dons et je lui botterai le train.

— Dire que pendant longtemps, on a tenté d'ignorer ton pouvoir en pensant juste que c'était une sorte de handicap.

Je grimace.

— Oui. En vérité, je suis une Orione : une chanceuse – note l'ironie – qui a été touchée par une pluie de météores qui renfermaient les pouvoirs du grand chasseur Orion. Je suis capable de localiser des gens grâce à des objets leur appartenant, et de deviner l'identité des dieux à travers leur puissance. Récemment, j'ai aussi découvert que je savais expulser une vague qui met en stand-by les pouvoirs surnaturels.

Elle ouvre grand les yeux et la bouche.

— Waouh.

— Je ne l'aurais pas dit exactement comme ça, soupiré-je.

Je tais le fait qu'on soit, toutes les deux, des réincarnations de néréides originelles. Elle n'a pas l'air d'avoir réveillé ses dons ou des souvenirs d'un temps passé.

Je le disais : la petite veinarde.

— J'aurais aimé pouvoir maîtriser l'eau ou le feu, tu vois ? Comme ça, hop, je crame les cheveux de Meredith…

— Arrête, pouffe Thétis. Attends ! La tête qu'elle va faire quand elle découvrira que tu sors avec Poséidon !

— Surtout, je veux une photo.

— Promis.

Le silence retombe, plus léger. J'en profite pour caresser ses cheveux et enregistrer chacun de ses traits doux dans ma mémoire. Je ne sais pas quand on se reverra.

— Pour répondre à ta question, m'informe-t-elle, je pense que tout se passera bien. Les cours des princes se trouvent si profondément dans l'océan qu'aucun mortel ne nous dénichera là-bas. Si tu changes d'avis, je chercherai une solution pour qu'on t'y accueille sans que tu aies besoin de nager jusqu'à nous.

Je dépose un baiser sur sa tempe et reste silencieuse. Inutile de lui mentir en lui disant que j'y penserai, parce que je préfère naviguer sur l'eau que vivre *dedans*.

— Je t'aime, Thétis.

— Je t'aime aussi. Donne-moi des nouvelles, d'accord ? J'aurai besoin de savoir que tu vas bien dans ce monde… qui ne manquera pas de virer à la folie.

— Compte sur moi, mais pense à m'envoyer le premier SMS. Je ne m'en souviendrai pas, sinon.

Nous restons un long moment pressées l'une contre l'autre, à nous gorger du calme des jardins. De temps à autre, elle jette un coup d'œil à ses réseaux sociaux. Je me retiens de lui demander des nouvelles du reste du monde, puisque je suis déjà au bord de la déprime.

Le pouvoir des dieux de la mythologie grandit. À mesure que les heures passent, j'en ai conscience. Si je n'ai pas besoin de me trouver à proximité de divinités pour percevoir leur puissance, ça signifie que ça n'augure rien de bon.

— Hermès s'est révélé aux mortels, m'apprend ma sœur. Ainsi qu'Apollon et Hestia. La Grèce est devenue la destination numéro une des pays qu'on cherche à visiter. Certains temples sont en reconstruction…

Je grimace.

— Et seulement quelques heures viennent de s'écouler, tu imagines ? J'espère que des filles comme Meredith n'iront pas parler à la presse en mettant notre existence en avant. Sinon, je te jure qu'elle n'aura pas que le pif à réparer.

— Oui, c'est déjà assez compliqué.

Elle se lève, étire les bras par-dessus sa tête et m'envoie un dernier sourire. Ensuite, elle m'embrasse sur la joue et rentre. La famille royale est sur le départ, bientôt elle m'abandonnera pour s'occuper des néréides et des tritons qui cherchent refuge, parmi ceux et celles qui n'ont jamais aspiré à vivre à la surface.

Bientôt, c'est au tour de ma mère de me rejoindre sur la balancelle. On va appeler ce machin : le rendez-vous des pleurs. Je n'ai pas osé lui parler depuis sa prise de bec avec Poséidon. Elle a besoin de temps pour encaisser la nouvelle et pardonner au dieu.

— Tu devrais partir avec Thétis, lui conseillé-je. Au moins, tu ne te retrouverais pas seule.

— Non. J'ai tous mes souvenirs dans cette maison. Ceux que j'ai vécus avec ton père. Je veux continuer à arpenter le sol sur lequel il marchait. Ces murs sont les nôtres, ils renferment notre amour. Donc, non, Phita, je ne m'en irai pas. Zeus peut bien déclencher la fin du monde, ça m'est égal.

Je ne trouve rien à répondre. Que penserait papa de tout cela ? Avec qui tiendrait-il ? Zeus qui compte reformer la cour de l'Olympe, ou Hadès et Poséidon qui vont se dresser contre lui ?

— Le dieu des Océans n'a pas le pouvoir de vie ou de mort, dis-je pour en revenir à ses reproches.

— Ne penses-tu pas qu'il aurait pu venir au manoir afin d'aider ton père quand il agonisait ?

J'aurais aimé. Oh que oui. Mais sauver les mourants de l'emprise de Charon entraîne des conséquences qu'on ne soupçonne pas. Si Poséidon m'avait laissée succomber à ma maladie, Prométhée serait encore aux Enfers, Brook ne se trouverait pas entre les griffes de Zeus et le monde se porterait mieux. Par ma survie, j'ai brisé les relations des Rois de l'Olympe, j'ai perdu des amis, j'ai semé le chaos.

— Je suis désolée, maman. Il n'aurait rien pu faire pour lui.

— Moi aussi, soupire-t-elle d'une voix froide.

Les larmes me montent aux yeux, parce que je m'apprête à la laisser ici. Je m'en veux par avance. Même si je sais qu'elle ne sera jamais vraiment seule, puisque nombre de néréides ne tarderont pas à débarquer quand mon lien avec Poséidon se saura. Je ne doute pas que son carnet d'adresses a pris de l'ampleur grâce à l'annonce du mariage entre ma sœur et le prince.

Je lui prends la main, elle ne la retire pas.

— Tu pars avec lui ? me demande-t-elle.

J'opine en m'attendant à une salve de remontrances bien salées. Au lieu de quoi, elle hoche la tête avec résignation. Pour justifier mon choix et tenter de gommer ma culpabilité, je reprends :

— Je dois aider quelqu'un et... je sens que ma vie est ailleurs.

— Si tu as le moindre problème, préviens-moi, m'ordonne-t-elle. Je ferai mon possible pour t'aider. Je te somme aussi de me rendre visite autant de fois que tu le souhaiteras. Je veux m'assurer qu'il s'occupe bien de ma fille.

— Juré, maman.

Déjà, elle marche d'un bon pas en direction de la grande fontaine, parce qu'elle vient de se rendre compte de la présence de Poséidon, appuyé contre la porte. Entre eux, ça promet quelques étincelles. Mais je ne doute pas que la situation retombera.

— Tu es prête ? me demande-t-il.

— Oui. On part quand ?

— Tout de suite.

Un poing invisible me percute. Ma nouvelle existence me tend les bras, pourtant l'ancienne risque de me manquer. J'en ai conscience. Tout va si vite.

— Allez, continue-t-il avec douceur. Mitch a promis de faire de toi la meilleure mercenaire de l'équipe. Tu vas salement douiller.

— Je sais. Il nous accompagne ?

— Ils viennent tous. Des voitures nous attendent devant la propriété.

Mon énorme sourire attise le sien, jusqu'à le faire éclater de rire.

— Attends, tu es contente parce que tu vas te retrouver amochée par mon bras droit ? me questionne-t-il.

— J'ai tellement hâte que l'élève dépasse le maître.

Je me redresse à mon tour avec le sentiment étrange de me tenir à un carrefour important de ma vie.

— Et Prométhée ? demandé-je avec angoisse.

— Il ne s'en prendra plus à nous. Pas maintenant que les puissances combinées des Rois de l'Olympe atteignent leur apogée. On n'a rien à craindre dans l'immédiat. C'est plutôt Zeus qui me pose problème. Quand il saura qu'on essaie de retrouver Brook...

— J'imagine... l'emplumé n'a qu'à bien se tenir. Je vais chercher mes affaires, j'en ai pour environ deux heures. Je compte faire porter un max de valises aux mercenaires. Des valises *roses*.

Je le contourne, non sans le frôler, pendant qu'il ricane. Son contact me transperce et j'ai soudainement envie de l'embrasser. Mais le temps presse. Juste avant de passer la porte, je me tourne une dernière fois vers lui :

— Tu étais sérieux quand tu as dit à Prométhée que Zeus avait fait ça pour une bonne raison ?

— Oui. Je le connais. Il n'a pas pris le risque de déséquilibrer la balance cosmique juste pour un petit caprice.

— Et tu connais cette raison ?

— Pas encore, mais on va la découvrir.

Alors qu'il s'éloigne, je réalise à quel point je suis heureuse à cet instant précis. Je n'ai jamais eu aussi hâte d'affronter mon avenir que depuis ma rencontre avec Poséidon.

Même si le ciel nous tombe sur la tête.

Tant qu'on sera ensemble, il ne nous arrivera rien.

Profitez d'offres exclusives et d'infos en avant-première en vous inscrivant à notre newsletter :
www.plumesduweb.com/newsletter

Retrouvez toute l'actualité de Plumes du Web sur notre site et sur les réseaux sociaux :
www.plumesduweb.com

www.facebook.com/PlumesduWeb
www.instagram.com/plumesduweb
twitter.com/PlumesduWeb
www.tiktok.com/@plumesduweb

ET

Découvrez dès maintenant de nouveaux horizons avec quatre autres livres déjà parus de notre

COLLECTION
OPALE

NOS ÂMES EN PERDITION

ELLE CATT

Romance fantastique

Pour Alice Swanpoel, la mort n'était pas vraiment prévue au programme.

Mais il a suffi d'une énième soirée trop arrosée – et peut-être d'une seconde d'inattention – pour qu'elle rende son dernier soupir. Son histoire aurait pu s'arrêter là, mais le sort en a décidé autrement.

Pour la jeune femme, ni paradis ni enfer, juste... l'entre-deux, et une mission à accomplir : sauver une âme pour libérer la sienne. Elle ignore ce qui a bien pu se produire pour qu'on lui claque les portes du paradis au nez, et pour couronner le tout, l'individu qu'elle est sommée de sauver n'est autre que Jaden McCarty, le beau gosse avec qui elle a passé la meilleure nuit de sa vie. Elle se retrouve enfermée chez lui, telle une condamnée, et bien que Jaden soit sacrément sexy, c'est un colocataire exécrable.

Pourtant, sous ses airs de tombeur, Alice est persuadée qu'il cache de lourds secrets qu'elle compte bien percer à jour.

Dans l'étrange partie qui se joue pour le salut de son âme, elle va devoir se confronter aux raisons qui la retiennent ici-bas, mais aussi à l'attirance qu'elle commence à éprouver pour son protégé...

Au final, qui sauvera l'autre de ses démons ?

CHLOÉ ERNEST

Le Tarot du Solstice

Urban fantasy/ Romance – 2 tomes

Depuis la nuit des temps, les cartes du Tarot s'incarnent sur terre dans une enveloppe charnelle qu'elles quittent une fois leur mission achevée. Cachées aux yeux des hommes, elles maintiennent l'équilibre d'un cycle qui se répète, envers et contre tout. Quand un coven de sorcières convoque les soixante-dix-huit arcanes du Tarot avant le solstice d'été... c'est qu'il est temps de reprendre du service afin d'éviter l'anéantissement du monde ! Réunis à Versailles, les arcanes se préparent à mener une guerre sans précédent. Hélas, même s'ils sont conscients de l'urgence de la situation, leurs cœurs sont indociles et leurs sentiments indomptables. Yvana, la Lune, retrouve l'homme avec lequel elle est restée en couple pendant sept ans. À son arrivée, la chanteuse internationale réalise que leur survie dépend de lui. Malheureusement, Chad, le Diable, en veut à la terre entière depuis leur rupture et rejette la faute sur l'humanité... L'échéance approche et il ne semble pas résolu à les rejoindre. Entre erreurs et rancœurs, les arcanes ne combattent pas seulement de simples démons, car les plus impitoyables sont enfouis au fond d'eux-mêmes, et sont sans doute les plus redoutables d'entre tous...

Ludivine Delaune
Julie-Anne Bastard

DARK MOON

Romance fantastique – 2 tomes

Si à Cursebrook, tout semble banal, cette ville recèle néanmoins bien des mystères... La communauté magique y a élu domicile depuis déjà longtemps. Pourtant, si les clans des fantastiques vivent en harmonie, ils ne se mélangent jamais, car la paix est précaire. Et lorsqu'un enfant loup-garou disparaît, l'équilibre bascule...

Ava Pearce est une jeune sorcière aux pouvoirs aussi récents qu'exceptionnels, mais dans son monde, on se cache pour survivre.

Jasper Loyd est un loup-garou puissant, mais déchu de son rôle d'alpha.

Elle recherche son père, lui veut sauver son frère.

Ils se détestent, pourtant, l'empathie d'Ava l'amène à sauver le jeune loup. Malgré leur aversion, ils vont devoir s'allier pour accomplir leur quête...

Cependant, rien ne se déroule comme prévu. Le danger rôde, et les fantastiques vont devoir choisir leur camp.

Reste une unique question : en qui peuvent-ils avoir confiance ?